I0764538

Rufe In Der Nacht

Michael Eisele

Bücher in Englischer Sprache
von
Michael Eisele

Without Tears And Other Tales
Twelve O'Clock Sharp
Odeur Of Rectitude
Obeah

Herausgeber: Michael Eisele

Gedruckt in den Vereinigten Staaten von Amerika
www.michaeleisele.ca

Inhaltsverzeichnis

Die Jägerin

Mark Russel war froh wieder daheim zu sein. Nach jahrelangem Aufenthalt in der weiten Prärie Manitobas, sehnte er sich nach den urzeitlichen Bergen Radiums, seines Heimatortes. Beim Anblick des Felsengebirges ergriff ihn eine freudige Erregung, welche in Jubel ausartete als er die Große Wasserscheide überquerte. Vor ihm, unten im Tal, lag Radium, ein kleiner Ort mit einem großen Ruf, wo Dickhornschafe unbelästigt auf der Hauptstraße herumlaufen.

Als erstes nahm er sich vor bei seinem Jugendfreund Justin anzuklopfen. Nachdem sie eine geraume Zeit gemeinsam Landvermessungen unternahmen, fühlten sie eine brüderliche Zuneigung füreinander. Oftmals setzten sie Leib und Leben aufs Spiel bei Rettungsunternehmen an den Ufern des reißenden Toby Creek. Den Toby ein Flüßchen nennen ist gelinde gesagt irreleitend; Sturzbach wäre treffender.

Russels Freude war von kurzer Dauer. Justin Benta war nicht daheim. Sein Haus hoch oben auf dem Hügel schien verlassen zu sein. Bald vernahmen seine Ohren unangenehme Nachrichten. Pierre, der Franzose, vermittelte ihm alles unverfälscht.

„Mark, wußtest du nicht daß Justin im Gefängnis ist?" wurde ihm gesagt.

„Soll das ein Scherz sein?" entgegnete Russel tadelnd.

Der Mann von Montreal war als Possenreißer und Witzbold bekannt. Seine Scherze verärgerten zuweilen mehr als sie belustigten.

„Ich wünschte du hättest recht, mein Lieber, aber so ist es nun mal, Justin sitzt im Gefängnis von Cranbrook."

„Unglaublich, was ist geschehen?"

„Das deutsche Weibsbild von den Heißquellen bewirkte es, davon sind wir alle überzeugt," beteuerte Pierre dem verdutzten Russel.

Die Sache war die: Justin Benta, der Verwalter der Kuranlage, Russels Busenfreund, wurde schuldig gesprochen wegen Diebstahl und Vertrauensbruch. Das Urteil von sechs Monaten war zur Hälfte abgesessen. Das trügerische Weib, Lena Bauer, eine Hauptzeugin des Anklägers, bekleidete nun Bentas Posten.

„Das ist eine Ränkeschmiedin, eine wahre Maria Magdalena, mit den sieben Teufels noch im Leib," verkündete Pierre.

Entrüstet, mit gefurchter Stirn, fuhr er fort:

„Justin stellte sie vor zwei Jahren als Kassiererin ein, kurz danach beförderte er sie zur Vizeverwalterin, womit er den Weg zu seinem Verhängnis ebnete."

„Sie eiferte nach seinem Posten, in anderen Worten."

„Genau, du kennst Justin besser als ich, er setzt stets aufs verkehrte Pferd."

Mehr war aus Pierre nicht zu entringen. Nach einem kurzen Gruß ging er unbekümmert wie immer seinen Weg.

Warum Russel nicht an die Seite seines Freundes eilte, verstand er selber nicht. Sibyllinische Mahnungen schienen in seinen Ohren zu raunen:

„Warte, Mark, laß dir Zeit. Überlege gründlich eh du weitere Schritte unternimmst."

Zusätzliche Auskunft einholen, wie seine innere Stimme riet, erwies sich als einfach in der begrenzten Umgebung mit dem weitverbreiteten Ruf. Radium war vielen Leuten bekannt. Nicht nur wegen den Heißquellen, sondern auch wegen der unberührten, wilden Landschaft.

Russel forschte hier und dort, von allen Seiten hörte er nur abfällige Bemerkungen.

„Das ist ein hinterlistiges Luder, bald wird sie den Posten des Direktors einnehmen," ließ ihn eins wies andere wissen.

Manche nickten vielsagend:

„Ohne Zweifel, sie und niemand sonst hat den Ring gestohlen, welchen sie dann in Justins Tresor schmuggelte."

Andere jedoch, mit einem Sinn für Gerechtigkeit begnadet, wiesen darauf hin wie schwierig solch ein Unternehmen sei, wenn nicht unmöglich.

„Justin allein kannte die Geheimzahlen um den Tresor zu öffnen. Ließ er ihn offen oder unbewacht? Wohl kaum, angesichts des beträchtlichen Barvermögens welcher der Schrank meistens enthielt," wandten sie ein.

Bald erfuhr Russel Einzelheiten die seine Überzeugung von Justins Unschuld stärkten. Lena Bauer unterschob ihm etwas wozu er unmöglich fähig war. Totschlag, ja, Mord in der Wut, vielleicht, aber auf Zehenspitzen umherschleichen und Besitztümer anderer aus Spinden klauen? Nicht in hundert Jahren! niemals Justin Benta, den er als Waghals kannte, mit einem Gemüt wie die große freie Welt der Kootenais.

Der Kern der Sache war dies: Die Anlage oben am Hügel enthielt unter anderem Umkleideräume mit einer Anzahl von Spinden, welche den Badegästen zur Verfügung standen. Sie konnten ihre Kleider darin aufbewahren während des Aufenthalts in dem Thermalbecken. Leider wurde oft mehr hinterlassen als bloße Kleidung. Warum auch nicht. Die Spinde, für jedes Auge handfest erscheinend, die überdies verschließbar waren, dünkten viele geeignet zur Aufbewahrung von Wertsachen. Trotz wiederholten Ermahnungen seitens der Angestellten, Schmuck, Uhren und ähnliche Dinge in ihrer Obhut zu lassen, mißachteten einige ihren Rat. Beschwerden wegen fehlenden Sachen wurden zuweilen eingereicht. Die Angestellten machten sich wenig daraus. Zwar drückten sie Bedauern aus, doch mit wenig Mitgefühl. Erstens schenkten sie solchen Meldungen wenig Glauben; zweitens hatte sich ihre Einstellung darin über die Jahre verhärtet.

„Die beschweren sich bloß aus Langerweile," sagten einige.

„Vielleicht sogar aus Boshaftigkeit," meinten andere.

„Oder aus Mutwillen," behaupteten welche.

Sogar als die Beschwerden zunahmen kümmerte sich die Verwaltung wenig darum. Mit einem Hinweis auf ein Schild an der Wand, legte man den Betreffenden nah ihre Wertsachen beim Personal abzugeben.

Dann kam ein kostbarer Ring abhanden, das Eigentum der Frau vom Leiter des Parks. Nun, diese Dame wußte wie man Krach schlägt, sie besaß langjährige Erfahrung darin. Anfänglich schenkte man ihrem Gezeter geringe Beachtung, aber wie erwähnt, sie war kein Lehrling im schelten und einschüchtern. Jeder Versuch sie zu beschwichtigen, ihren Eifer zu zügeln, führte zu nichts. Sie bestand darauf sofortige Ermittlungen einzuleiten; weiterhin, daß niemand die Anlage verlassen dürfe ohne sich einer Leibesuntersuchung zu unterziehen. Danach trat sie mit ihrem Mann in Verbindung, der unverzüglich einen Streifzug veranlaßte. Die Polizei erschien in Kürze, die Verhöre begannen ohne Umschweife.

Nach Lena Bauers Vernehmung kam die Aufforderung den Tresor zu öffnen, der in der Obhut Bentas stand. Dort fand man den gestohlenen Ring inmitten versiegelten Umschlägen, mit Namen und Kennummern versehen. Bentas Bestürzung schien echt zu sein, er beteuerte nachdrücklich davon nichts zu wissen. Mit steigender Wut bezichtigte er seine Gehilfin einer Unterschiebung.

Nach kurzen Untersuchungen folgte die Anklage. Benta wurde wegen Diebstahl und Vertrauensbruch zu sechs Monaten Gefängnis verurteilt. Die Aussagen Lena Bauers erwiesen sich als ausschlaggebend für die Ankläger. Russel wurde mitgeteilt, daß Justin sich selber keinen Gefallen tat. Seine Beteuerungen, freiwillig gegeben, klangen fragwürdig, widersprechend und zuweilen falsch. Lena Bauer dagegen zeigte keinen Wankelmut in ihrer Erklärung. Obwohl die Verteidigung sie als habsüchtige Ränkeschmiedin entlarvte, schenkte ihr der Richter Glauben. So behaupteten böse Zungen, obwohl es nicht der Wahrheit entsprach.

Wie konnte ein Mann Zutritt gewinnen zu den Umkleideräumen der Frauen ohne Aufsehen zu erregen, verwahrte sich der Verteidiger. Der Ankläger verlachte solche Einwände, während er die Lage des Gebäudes dem Gericht unterbreitete. Laut Lena Bauer, die mehrmals ihren Chef heimlich beobachtete, betrat Benta den Raum abends nachdem viele Badegäste die Anlage verlassen hatten.

Es ging so: Als er sich vergewisserte, daß niemand mehr, Frauen also, im Raum waren, kam er zur Hintertür herein. Sie verriegeln sowie den Haupteingang von innen versperren, nahm nicht mehr als einige Sekunden in Anspruch.

„Unmöglich, behauptet mein werter Kollege?“ bemerkte der Ankläger. „Nicht für eine befugte Person mit den Hauptschlüsseln am Bund.“

Der Diebstahl sowie jener Abend blieb Bauer lebhaft in Erinnerung. Ihre Aussage ließ sich nicht widerlegen. Benta schloß sich volle zehn Minuten ein. Als er heraus kam eilte er zu seinem Büro, öffnete den Tresor, worin er einen kleinen Gegenstand aus seiner Tasche verbarg. Da er völlig vertieft in sein Tun war, bemerkte er Lena nicht, obwohl sie ihm fast auf den Fersen folgte. Das war das Wesentliche ihrer Aussage; sicherlich erdacht vom Anfang bis zum Ende, wurde Russel mitgeteilt.

Nach wie vor fühlte sich Russel abgeneigt seinen Freund zu besuchen. Warum? Nun, weil die orakelhaften Stimmen nachdrücklich davon abrieten. Er nahm sich vor Lena Bauer näher zu betrachten. Die Heißquellen waren ihm bekannt, wie auch die langjährigen Angestellten. Soviel er vernahm hatten sie, und nicht weniger die Ortsansässigen, Lena Bauer auf dem Strich. Ihr zügelloser Ehrgeiz war ihnen ein Dorn im Auge. Darüber hinaus nahmen sie Anstoß an ihrer Jagdwut, welche sie unziemlich für eine Frau hielten. Ihr Spitzname, die Jägerin, hätte unmöglich spöttischer und verächtlicher von ihren Lippen fallen können. Seltsamerweise schien sich Lena nichts daraus zu machen. Selbst Beschimpfungen wie, Lena Piffpaff und Mannweib, ließen sie unberührt.

Seit einer Weile bedrängte sie die hiesigen Jagdführer und Ausrüster mit unwillkommenen Bitten. Sie wolle unbedingt ihren ersten Grislybär erlegen, verkündete sie, es stünde an der Spitze ihrer Tagesordnung. Kein Führer ließ sich herab ihr Gehör zu schenken. Jäger behelligen die bis ins Mark von Männlichkeit strotzten, erntete ihr nichts wie Spott und Verachtung.

„Ein Weibsbild auf die Jagd nehmen? Was noch!“ prusteten einige.

„Ich wäre fortan erledigt,“ wurde sie unterrichtet.

Aber Lena Bauer entmutigen glich einer Arbeit des Herkules; sie war beharrlich wie entfesselte Streber es eben sind. Ihr Blick wanderte ständig von einer Stelle zur anderen, sie suchte unablässig gefügige Jagdgesellen. Sie hatte sich vorgenommen in den wilden Bergen zu jagen, trotz den Sticheleien der Xanthippen und den Einwänden ihrer rauhbeinigen Pantoffelhelden.

Als Russel erschien schlug ihr Herz höher, denn sie hatte von ihm gehört. Während er sie noch von weitem musterte, unauffällig wie er glaubte, hatte sie ihn schon längst eingestuft als den Mann der ihren innigsten Wunsch erfüllen würde. Sie sprach ihn an:

„Herr Russel, wie ich höre sind Sie ein Großwildjäger,“ zirpte sie.

Russel spürte einen Drang das Weite zu suchen. Verwirrt hielt er Ausschau nach Bekannten die ihm helfen sollten seine Verlegenheit zu überbrücken. Die forsche Annäherung Lena Bauers nahm ihm den Wind aus den Segeln. Unter dem Vorwand der Vergeßlichkeit räusperte er sich einigemale, eh er auf ihre Frage einging.

„Das war einmal,“ gestand er zögernd.

„Jetzt nicht mehr, Herr Russel?“ sagte sie mit einem schmachtenden Augenaufschlag.

Einer plötzlichen Eingebung gehorchend, räumte er ein:

„Hm, wenn ich es bedenke, mein Jagdschein mag noch gültig sein.“

Dann frug er in einem heuchlerischen Ton:

„Warum möchten Sie das wissen?“

„Weil ich jagen möchte; genauer gesagt meinen ersten Grislybär zur Strecke bringen.“

Russel blieb unschlüssig ob er lachen oder finster blicken sollte. Er wollte der Frau Schaden zufügen, nicht ihren sehnlichsten Wunsch erfüllen. Von ihrem dreisten Anliegen bestürzt, angewidert von der Vorstellung mit einem Weib den König der Berge zu beschleichen, ließ er trotzdem durchblicken nicht abgeneigt zu sein; denn im Nu erkannte er eine Gelegenheit ihr eins auszuwischen. Dort oben in der Wildnis des Purcellgebirges, einsam und ungezähmt, wer weiß was geschehen könnte.

„Die Möglichkeit besteht," meinte er, während er heimlich kicherte bei dem Gedanken an den ausgelegten Köder.

Als er Lena näher betrachtete fühlte er eine Regung sich zu ducken, aus Furcht, daß sie ihm um den Hals falle.

„Wann möchten Sie gehen?" fragte er.

„Ich richte mich ganz nach Ihnen."

Mit den Worten:

„Ich lasse Sie es demnächst wissen," ging er seinen Weg.

Während der folgenden Tage wich er Freunden und Bekannten aus. Er ersann Mittel und Wege seinem Freund einen Liebesdienst zu erweisen. Er hielt sich von allen fern bis ihm etwas rechtes einfiel. Zum Teufel nochmal, er würde Lena Piffpaff das jagen abgewöhnen. Dort oben im Schatten der Saffrongipfel, an den Ufern des Dutch Creek, kann allerhand geschehen. Tony Hicks besaß dort eine Hütte, spärlich eingerichtet, aber bequem.

Hicks, ein Halbblut, wohnte in Wilmer, einem kleinen Ort an der Westseite des Kolumbias. Tony war ein Sonderling, ein lustiger Schwerenöter sondergleichen. Ein lachendes Gesicht strahlte unter einem pechschwarzen Haarschopf, das die Wolken vom schwermütigsten Gemüt vertreiben konnte. Hicks spielte gekonnt Geige, aber er verstand die Tonleiter der Liebe besser. Russel suchte ihn auf.

„Tony, tu mir einen Gefallen," sagte er nach den üblichen Artigkeiten.

„Der wäre?"

„Könnte ich deine Hütte für einige Tage benutzen?"

„Das läßt sich einrichten, sag mir wann und wie lange."

„Zwei bis drei Tage nach Beginn der Jagdzeit."

„In zwei Wochen also; abgemacht."

Russel verweilte noch, er schaute zum Fluß hinunter, dann vom Garten zum Felsengebirge nahbei. Hicks fragender Blick schien ihn nicht zu stören. Sie waren einst vertraute Freunde, die sich aber über die Jahre voneinander absonderten. Kurz nach dem Mannesalter entwickelte sich ihr Wesen verschieden. Hicks Neigung zur Leichtfertigkeit, verbunden mit einem Hang zu Liebesabenteuern, begann an Russels Empfindsamkeit zu nagen. Viele Jahre wandelten sie auf dem bacchantischen Pfad, sie hoben mehr als einen in den umliegenden Wirtschaften. Die reifenden Jahre berührten sie jedoch verschiedenartig. Hicks heiteres Fiedlerherz lag weiterhin auf seiner Zunge, im Gegensatz zu Russels, welches sich zunehmend in der Zurückhaltung einnistete.

Wie erwähnt verließ Russel die Kootenais um sein Glück im Osten zu suchen. Bis ans andere Ende der Großen Seen wollte er dringen, welches Ziel er aber nicht erreichte. Wie so oft im Leben waren die Launen des Schicksals stärker als der Wille. Kaum hatte er die Hälfte der Strecke zurückgelegt, als ihn eine innere Stimme bleiben hieß.

„Ruh dich aus, schau dich um. Bleibe, bleibe," wisperten die Vorboten der Unschlüssigkeit.

Letzten Endes erstreckte sich die Atempause zum vierjährigen Aufenthalt. Um die klirrende Kälte der Prärie Manitobas zu beschreiben, welche fünf lange Monate im Jahr das Land brach legt, fehlten ihm die Worte. Ganz zu schweigen von den fauchenden Winden die einem die Haare vom Kopf zerren, und der brennenden Sonne im Sommer. Er war froh wieder daheim zu sein, trotz der auferlegten Pflicht die kein Ehrenmann mißachten durfte. Lena Bauer mußte in Angriff genommen werden. Das Unrecht, welches sie Justin zugefügt hatte, verlangte es.

Ihre stockende Unterhaltung kam wieder in Gang. Hicks bemerkte augenzwinkernd:

„Mark, hast du noch mehr zu sagen?"

„Allerdings, Tony."

„Nun?"

„Du mußt mitkommen."

„Mit dir?"

„Mit uns."

„Wer ist uns, wohin geht es?"

„Uns ist eine Frau und ich. Wohin es geht? Zu deiner Hütte am Saffron."

Hicks starrte auf den einstigen Zechbruder als hätte er ihn noch nie zuvor gesehen.

„Die Antwort ist: Nein. Wer ist die Frau? Doch nicht etwa das Mannweib?"

„Dieselbe.

„Dann ist meine Antwort ein zweifaches nein. Ich weiß über sie Bescheid, zum Glück hat sie mich noch nicht aufgespürt. Ich mag eine Vorliebe für die Weiblichkeit haben, aber nicht für Amazonen."

„Tony, ich brauch deine Hilfe wie nie zuvor. Erstens bist du der beste Spurenleser der die Gegend kennt wie das Innere jeder Wirtschaft zwischen Cranbrook und Golden; zweitens bist du stark wie Atlas in seiner Jugend."

„Den Burschen kenn ich nicht, und wenn auch, mit mir ist nichts zu machen. Wie wärs mit dem Franzosen?"

„Mit dem windigen Kerl? Denke nicht daran. Er ist nicht nur unzuverlässig, sondern auch matt wie Fliegen im November."

Es folgte ein Wortwechsel gewürzt mit Anspielungen, Vorwürfen und beharrlichen Weigerungen. Russel, der körperlich schwächere, jedoch geistig schärfere, hämmerte am Widerstand Hicks bis er zerbröckelte.

„Weißt du noch wie ich dir beistand als der Bürgermeister versuchte dich mit dem Zeichen des Biests zu stempeln, wegen deines Techtelmechtels mit seiner Frau?"

„Hm, hm."

„Hast du Chadwick den Eisenfresser vergessen? Sag mir, wer hat dich damals vor seinen schrecklichen Klauen gerettet, als du und seine Frau in seiner Abwesenheit in wilder Ehe lebten?"

Als Russel merkte wie sich Tonys Miene erweichte, begann er sein zweites Geschütz zu laden.

Hicks fiel ihm ins Wort:

„Du machst es des Geldes wegen?"

„Nichts anderem, meine Taschen sind leer bis zu den Nähten."

„Etwas übrig für mich?"

„Die Hälfte."

Ein Verständnis wurde erreicht mit dem Vorbehalt, daß keine Silbe des Unternehmens je an die Öffentlichkeit dringe.

Am nächsten Tag benachrichtigte Russel Lena Bauer. Er kam nicht umhin zu mahnen:

„Ich möchte Ihnen nicht die Freude verderben, aber es muß gesagt sein, eine Großwildjagd ist keine Lustreise."

„Keine Sorge, ich bin kein zitterndes Mimosenblatt, noch bin ich aus Zucker gemacht," wurde ihm versichert.

„Ein Teil der Strecke wird mit Pferden zurückgelegt," ließ er durchblicken, obwohl er ahnte, daß selbst der geballte Zorn der Götter sie nicht von ihrem Vorhaben abhalten würde.

„Ich kann reiten," wies sie ihn zurecht.

Russel senkte die Augen um sich nicht zu verraten.

„Wie ich verstehe besitzt die Beute keinen Wert für Sie."

„Keinen weiteren, außer einigen Aufnahmen mit ihr."

Ihre Absicht damit ein großes Aufsehen zu erregen, verschwieg sie.

Zwei Wochen später waren sie unterwegs. Hicks, der Spurenleser, schloß sich ihnen an, doch erst am Ende einer Schotterstraße hinter Whitetail Lake. Keine Macht auf Erden hätte ihn dazu bewegen können sich mit einem Frauenzimmer auf dem Jagdzug blicken zu lassen.

Am nahen Ufer des Tobys verwaltete Oom Johnson Stallanlagen, wo er das ganze Jahr hindurch Pferde hielt. Er vermietete sie an Jäger, Ausflügler und Angler, zusammen mit den nötigen Ausrüstungen. Auch verkaufte er haltbare Lebensmittel. Eine zusätzliche Dienstleistung bestand darin die Beute zu zerlegen und zu verpacken.

Als sie auf dem engen Pfad bergaufwärts ritten, folgte Hicks in gemessenem Abstand. Er schüttelte wiederholt den Kopf über Russels Verhalten, welches ihn erstaunte. Seine unbefangene Natur konnte nicht verstehen wie ein Mann sich bei einer Frau so einschmeicheln kann, die unerträglich aufdringlich ist, geschwätzig wie zehn Orakels, und obendrein reizlos. Fräulein Bauer, hier, meine Liebe, dort, ging es in einem fort. Er konnte sich nicht des Eindrucks erwehren, daß Mark versuchte Freundschaft zu mimen die er nicht fühlte. Die ganze Angelegenheit wurde ihm von Minute zu Minute unangenehmer. Mehr als einmal spürte er das Verlangen umzukehren. Lediglich der Reiz einer Belohnung veranlaßte ihn durchzuhalten.

„Na ja, die Sache wird nicht lange dauern," meinte er im Stillen, denn er kannte sich in solchen Dingen aus.

Die Gepflogenheiten der Bären barg kein Geheimnis für ihn, schließlich betrachtete er die ganze Gegend als seinen Hinterhof. Die hungrigen Grislys hielten sich gewiß an den gewohnten Stellen auf. Er sah sie bereits am Ausfluß des kleinen Sees, ein Weiher eigentlich, tonnenweise Fische fangen. Einen davon in die Schußlinie des Mannweibs locken oder treiben, sollte nicht schwierig sein. Er konnte ein anerkennendes schmunzeln nicht unterdrücken bei dem Gedanken an ihren wunderlichen Wunsch, dem König der Berge gegenüber zu treten. Es erweckte eine stille Achtung in dem Mann, dem Wagemut nicht fremd war.

Die Frau in Hosen, anmaßend bis aufs Blut, zeigte einen Schneid der selten bei ihrem Geschlecht anzutreffen ist. Sie bestand darauf der erwählten Beute die Stirn zu bieten und sie aus der Nähe zu erlegen. Seltsam, dachte Hicks, als ich Einwende dagegen erhob, unterstützte Russel sie. Na ja, Mark ist schließlich der Führer des Unternehmens, übrigens ist der Wunsch des Kunden ausschlaggebend. Trotzdem wiederholte er seine Bedenken, welche Bauer prustend zurückwies:

„Seien Sie doch kein Tatterich, ich jage seit Jahren Großwild, halt nur keine Grislys bis jetzt," belehrte sie den finster dreinblickenden Spurenleser.

Zu seinem Pferd gewandt murmelte Hicks:

„Das Weib vergällt mir das Leben."

Als sie ihr Ziel erreichten, entschied Russel:

„Zuerst richten wir uns ein, dann wird die Lage betrachtet."

Man war damit einverstanden. Nachdem ihre Pferde versorgt und angebunden waren, gingen sie zu Fuß in ein kleines Tal. Hicks, gesegnet mit der Sicht eines Raubvogels, entdeckte in Kürze einige Bären am Ende des Baches. Bedacht auf der Windseite zu bleiben, schlichen sie näher. Mit unterdrückten Stimmen wurde die Lage besprochen.

Russel erklärte:

„Tony wird sich am gegenüberliegenden Ufer aufstellen, wo er wartet bis sich ein Bär absondert. Tony weiß Bescheid wie man den Streuner in die Lichtung drängt."

Zu Lena Bauer gewandt setzte er bedeutungsvoll hinzu:

„In anderen Worten in Ihre Schußlinie."

Nach weiteren Besprechungen fragte Russel:

„Alles klar?"

Als beide nickten ging man zurück zum Lagerplatz.

Herbst in den Kootenais verdrängt die Sehnsucht nach dem Paradies. Die Sonne über den schneebedeckten Gipfeln bietet einen verspielten Anblick. Das Wetter ist die reinste Wonne; es lädt die Menschen ein mehr zu lachen und weniger zu murren. Die Sonne hat ihre dörrende Glut in wohltuende Wärme verwandelt, welche Muckerern das Gesicht erhellt und dem zagen Herzen einen Stoß verleiht. Selten trübt eine Wolke den weiten, blauen Himmel. Kein Lüftchen bewegt die Blätter, die zusehends farbenprächtiger werden. Ostwärts, über der Großen Wasserscheide, erblickt man zuweilen das Schauspiel eines Alpenglühens. Wer könnte je den Anblick vergessen wo kahle, verwitterte Felsen in einen glühenden Strahlenkranz leuchten? Es grenzt an ein Wunder, das einem zwingt vor dem Morgengrauen vom Bett zu springen, und abends dem Gemüt ein Gefühl der Erlösung verleiht.

Nach dem Abendessen saß man um ein flackerndes Lagerfeuer zum plaudern. Plaudern? mitnichten. Lena Bauer nahm die Unterhaltung in Beschlag eh das Feuer loderte. Sie erzählte ohne Unterlaß, zum tiefen Unbehagen der Männer, die sich nachteilig berührt fühlten von der Tatsache, daß eine Frau sich rühmte in den Bereich der Männer eingedrungen zu sein; noch dazu in den Kootenais, dem letzten Bollwerk der Männlichkeit. Sie kamen sich entehrt vor während sie von ihren Jagderlebnissen berichtete.

Die Pirsch, so löblich für Männer, verlor ihre Anziehung wenn Frauen sie ausübten, ja, sogar ausüben wollten. Allerdings linderte Lena Bauers fremdländische Aussprache ihre Entrüstung; sie verlieh der Prahlerei eine unwirkliche Stimmung. Zusätzlich halfen wiederholte Schlucke aus der Flasche ihren Verdruß zu mäßigen.

Lena Bauer kam immer mehr in Fahrt, sie konnte ihre Zunge nicht zügeln. Bemüht sich beliebt zu machen, überschritt sie die Grenze der Schicklichkeit. Wie so oft, ein Nachahmer erreicht das Gegenteil von dem was er anstrebt.

Die Angehimmelten fühlen sich zwar geehrt, aber nicht minder schürt es ihre Verachtung für die Lobsängerin.

Die Männer warfen sich verstohlene Blicke zu, welche eine Mitteilung enhielt, nämlich, Lena Bauers Gaskonaden zu entrinnen. Als sie endlich anhielt um Luft zu holen, erhob sich Russel mit einem Ruck.

„Zeit fürs Bett,“ gab er zu verstehen.

„Ja, morgen ist ein ereignisreicher Tag,“ stimmte Hicks bei, der bereits auf seinen Beinen stand.

Am nächsten Morgen machte man sich schon vor Sonnenaufgang auf den Weg. Es wurde nicht gebummelt um die Landschaft in dem erwachenden Tag zu bewundern. Es galt keine Zeit zu verlieren. Russel nahm das Wort:

„Fräulein Bauer, Ihr Gewehr wurde von mir überprüft, gemäß den Regeln, alles ist in Ordnung.“

Hicks stimmte ein:

„Nicht lange warten ist mein Wahlspruch. Zielen, dann schießen bei der erstbesten Gelegenheit. Zaudern kann tödlich ausfallen.“

„Ja, schießen bis der Bär fällt,“ setzte Russel hinzu.

Nachdem jeder seinen Posten belegt hatte, warteten sie bis die Jagd beginnen sollte. Es dauerte nicht lange. Innerhalb einiger Minuten zottelte einer der Grislys in die Lichtung. Lena Bauer schritt sogleich aus ihrem Versteck.

„Zu zeitig,“ durchzuckte es Hicks.

Sie zielte als sich der Bär näherte, welcher bestürzt die Gestalt vor ihm betrachtete. Er richtete sich auf den Hinterbeinen auf, wonach er den mächtigen Kopf hin und her schaukelte und die Luft beschnupperte. Dann geschah alles so schnell, daß weder Russel, nahbei, noch Hicks am anderen Ufer des Baches, dem Fortgang folgen konnten.

Der Bär wurde ungehalten, dann wütend, er schien zu verstehen um was es ging. Alles verlief rascher als man es beschreiben kann. Der Grisly schnaufte drohend, seine Kinnladen schnappten auf und zu, seine Haltung bedeutete Gefahr. Jedoch Lena Bauer wich keinen Schritt. Ermutigt durch das geladene Gewehr, welches sie auf das schnaubende Biest richtete, ging sie auf ihn zu. Blitzschnell griff der Bär an. Wie ein Knäuel der Raserei, prustend und schäumend, schleuderte er sich vorwärts. Schüsse zerissen die Morgenluft, doch der Bär zuckte weder, noch strauchelte er im geringsten. Er stürzte mit einer Schnelligkeit auf sie zu die sich niemand vorstellen kann der es nicht miterlebte.

Als Lena Bauer merkte daß ihre Schüsse wirkungslos blieben, rannte sie um ihr Leben, vielmehr sie unternahm einen Versuch. Es bestand nicht die geringste Möglichkeit auf Erfolg. Bevor sie eine Kehrtwendung machte fiel der Schrecken der Wälder über sie her. Eh Russels und Hickses Kugeln ihr Ziel fanden, lag die Jägerin auf dem Boden; sie atmete nicht mehr.

In der Zwischenzeit kam Hicks an, er konnte sein Erstaunen nicht verbergen. Kopfschüttelnd murmelte er:

„Unmöglich, unmöglich, ich verstehe das nicht, einige ihrer Schüsse müßten doch ihr Ziel gefunden haben."

Entgeistert starrte er auf die arg zerschundene Leiche.

„Es kann nicht sein, Mark, es darf nicht sein," stotterte er.

„Sie hat daneben geschossen," tröstete Russel.

„Mark, vier Schüsse wurden gefeuert, zwei aus nächster Nähe, nicht mehr als zehn, fünfzehn Schritte entfernt," widersprach Hicks.

Russel schwieg. Er zuckte lediglich mit den Achseln.

„Eins ist sicher, sie ist eine tapfere Frau," lobte Hicks.

„War, Tony, war."

Kurz danach ritt Hicks im gestreckten Lauf zurück nach Invermere um einen Bericht abzulegen. Er war verstimmt, Anschuldigungen und Vorwürfe flogen über die Mähne des Rotschimmels:

„Da hab ich mir was eingebrockt, ich hätte nie mitgehen sollen; nein, nicht um alles Geld eines Krösus."

Er fuhr aus dem Sattel hoch.

„Geld? Was für Geld? Keinen roten Heller bekomme ich jetzt."

Eine schlimme Erkenntnis durchzuckte ihn: Neben der Zeitverschwendung hatte er eigenhändig das Tor zum Bereich des Kummers geöffnet, und letzten Endes stand er ärmer da als zuvor.

„Welch ein Jammer, welch ein Verdruß," lamentierte er in die Ohren seines Pferdes.

„Ich wußte es doch, das vermaledeite Weib mit dem stechenden Blick bringt nichts Gutes. Ich hätte sie vermeiden sollen wie die Beulenpest, aber einen Freund in der Not darf man nicht im Stich lassen."

So ging es bis zur Gabelung an der Schotterstraße.

Russel blieb zurück. Ihn quälten lästige Gedanken. Er war sich bewußt, daß eine amtliche Leichenschau stattfinden würde, was kein erfreuliches Erlebnis ist für einen im Kreuzfeuer. Man mußte ernste Verweise erwarten, wenn nicht Anklagen. Während er die Gegend stumm betrachtete, wälzten sich Erwägungen auf ihn zu, die er mal zurückwies, mal näher in Betracht zog, bis eine Entscheidung getroffen wurde.

Zu seinem Leidwesen mußte Lena Bauers tollkühnes Verhalten ans Licht gebracht werden; sie reizte den Grisly. Vielleicht einem Drang zur Überheblichkeit gehorchend oder aus Erregung, trat sie ihm forsch in den Weg. Die Saiten der Geduld des Bären, ohnehin schon gespannt, zerissen plötzlich. Hicks mag solche Schilderungen in Abrede stellen, aber hinsichtlich seines entfernten Postens sowie behinderter Sicht, müßten solche Beteuerungen mit Vorbehalt angesehen werden. Ohne Zweifel durfte man mit Rügen rechnen, weil sie nicht in Lena Bauers Nähe blieben, was man allerdings rechtfertigen konnte.

Sicherlich würde ihm Hicks beipflichten, daß sie darauf pochte dem Bären allein entgegen zu treten. Es schien ihr so viel zu bedeuten. Sie betrachte das Ganze als eine Feuerprobe, wurde ihnen nahe gelegt. Solche Forderungen erzeugten kein Stirnrunzeln; viele Kunden bestanden darauf. Allerdings die Frage, warum nicht früher geschossen wurde, bedurfte einer Erklärung. Na ja, urteilen ist leicht wenn man nicht selbst dabei gewesen ist, vor allem in geschützten Räumen und friedlicher Umgebung, würde er die Geschworenen erinnern. Draußen in der Wildnis, fast Stirn an Stirn mit einem wutentbrannten Grislybären, ändert sich die Lage. Wir mußten blitzschnell entscheiden. Schießen, als Fräulein Bauers erster Schuß den Bären nicht fällte, nach dem zweiten vielleicht? War es gefährlich zu feuern? Hinterher sieht alles einfach aus, besonders von weitem.

Bei der amtlichen Leichenschau wäre alles gut gegangen ohne den hartnäckigen Gardner, einer der Geschworenen, der Russel und Hicks die Köpfe wusch. Die anderen, obschon sie die Stirn runzelten und Gesichter schnitten, versuchten erst garnicht ihre Aussagen zu erschüttern. Anders verhielt es sich aber mit Jake Gardner, dem einstigen Fallensteller und Fremdenführer. Er sprach frisch von der Leber weg. Kernig wie je, furchtlos wie immer, rückte er ihnen erbarmungslos zu Leibe. Ein Ruf umwitterte ihn, teils wild romantisch, teils wahr. Er sprach selten von seinen haarsträubenden Erlebnissen, nicht mal in den jüngeren Jahren als er unter launischen Bären und heulenden Wölfen sein Lager aufschlug. Er war einer der wenigen der einem angreifenden Grisly seinen Mann stand und davon erzählen konnte. Unbewaffnet, mit nichts weiter ausgerüstet als einer stillen Entschlossenheit sowie dem Willen zu leben, drängte er den erstaunten Riesen zurück. Man durfte ihn einen Schlag Mensch nennen, der wund und weh im Sterben lag, in dem wilden Land mit den zahm gewordenen Menschen. Leidenschaftlich unabhängig sowie unbeugsam, sogar im anschreitenden Alter, blieb er ein Typ zu dem Nordamerika stolz aufblicken konnte.

Etwas wußte der alte Eigenbrötler gut; einem Grisly davon laufen ist gleichbedeutend mit Selbstmord. Sein vernichtender Tadel kränkte Russel mehr als Hicks, aus verständlichen Gründen. Jake Gardner schimpfte drauflos:

„Ich verstehe euch Burschen nicht. Lieber Himmel, ich kenne einen wie den andern seit ihr den Windeln entwachsen seid. Was zum Teufel bewegte euch eine Frau auf die Grislyjagd zu nehmen in einer wildeinsamen Gegend die ich kenne wie kaum ein anderer."

Dann ging es weiter:

„Schon der Gedanke, einer Frau, irgendeiner Frau, jagen zu helfen, und sei es nur eine Hasenjagd, sollte belangbar sein."

Bei diesen Worten zuckte der Untersuchungsrichter zusammen, und die Geschworenen, die Männer vielmehr, lockerten ihre Krägen. Es benötigte einen mutigen Mann solche Gesinnungen zu äußern, zu einer Zeit wo duckmäuserische Männer den Frauen huldigten. Aber Jake Gardner, umflort mit dem Geruch von Kanadas Vergangenheit, hatte nie gelernt verwaschen zu sein. Ihn anderweitig lehren wäre schwieriger gewesen als dem Löwen das brüllen zu verbieten.

Das Urteil lautete wie erwartet: Tod durch Mißgeschick. Freilich folgten einige Empfehlungen, welche zu einem Ohr reingingen und zum anderen raus. Russel und Hicks wurde kein ernstes Vergehen zugeschrieben, obwohl Rügen nicht ausblieben, jedoch nicht vernichtende, aber immerhin ärgerlich. Zum Glück hatte Gardners voreingenommene Bemerkungen des Richters Verweis den Stachel gezogen. Wie sagte er gleich?

„Die Pirsch ist nur für Männer gedacht."

Russel dankte seinem Schutzengel für den gnädigen Ausgang. Hicks nahm sich vor nie wieder mit Russel jagen zu gehen, und was Frauen betraf gelobte er einen weiten Bogen um sie zu machen.

Drei Wochen später erfolgte Bentas bedingte Entlassung. Als er an einem kalten, windigen Novembermorgen das warme Gefängnis verließ, war er überrascht seinen Freund Russel zu sehen.

„Mark, alter Junge, wo kommst du hergeschneit?" rief er freudig aus. „Ich dachte wir sehen dich nie wieder."

„Ich kam zurück, zur rechten Zeit wie es scheint."

Sie hatten sich viel zu erzählen. Briefe schreiben war nicht gerade ihre Stärke. Benta lenkte das Gespräch auf die Angelegenheit welche ihn schon eine Weile beschäftigte.

„Hast du etwas von dem Unfall gehört, oben in unserm alten Jagdgebiet?"

„Ja, sicherlich."

„Ich vermute du kanntest die arme Seele nicht."

„Arme Seele," entfuhr es Russel um ein Haar.

„Nicht gut," kam eine ausweichende Antwort.

„Arme Lena, welch ein Weg sein Leben zu enden," bedauerte Benta.

Während er seinen Freund prüfend betrachtete huschte ein betretenes lächeln über sein Gesicht.

„Ich weiß es klingt unsinnig, aber die Flüsterparole im Gefängnis nannte deinen Namen im Zusammenhang mit Lenas Mißgeschick."

„Der besteht."

„Aber wie denn? du warst doch garnicht hier."

„Ich kam vor zwei Monaten zurück."

Bentas Gesicht verdunkelte sich vor Überraschung und Enttäuschung.

„Vor zwei Monaten?" wiederholte er ungläubig.

Russel tröstete:

„Ich weiß, ich weiß, du wunderst dich warum ich mich nicht meldete. Ich hatte triftige Gründe fern zu bleiben."

„Na, heraus damit," drängte Benta.

„Nicht hier, Justin, in meiner Wohnung können wir alles in Ruhe besprechen, bei altem Brantwein, den ich für solche Anlässe beiseite legte."

Bald saßen sie in einer kleinen Blockhütte oben am Hügel, wo allein die Aussicht die Lebensgeister erfrischten. Es war ein wolkenloser, kalter Tag, unwirtlicher gemacht durch einen rauhen Nordwind, der von den Eiskappen des Felsengebirges herab blies. Der pfeifende Wind, ein sicherer Vorläufer des Winters, zwang Menschen sich zu tummeln. Er blies das welke Laub wirbelnd durch das weite Tal. Tiefer Schnee bedeckte die Gipfel des Purcellgebirges; Tag für Tag wanderte der weiße Teppich talabwärts, dem Dorf immer näher entgegen.

Nach einem reichlichen Schluck vom Wasser des Lebens, ließ Benta seiner Ungeduld die Zügel schießen.

„Na, Alter, raus damit," forderte er.

Russel hatte es nicht eilig, er genoß seine innere Zufriedenheit und nicht minder das Vorgefühl eines verdienten Lobes. Mit gehobener Hand wandte er ein:

„Immer mit der Ruhe. Was du hören wirst ist wert zu warten."

Benta musterte den Freund angespannt.

„Unglückliche Lena, welch ein Jammer," murmelte er etliche Mal.

„Laß das, sie ist tot und begraben. Gott sie Dank, sagen viele von uns."

„Na na, Mark, sie war nicht so übel. Ehrgeizig vielleicht, aber da ich den Biß dieses Unholdes selbst spürte, urteile ich lieber nicht," lenkte Benta ein.

„Wahrhaftig, Justin, ich verstehe gar nichts mehr. Die andere Backe hinhalten war nie deine starke Seite. Nachdem was sie dir antat verdiente sie zweifach was ihr widerfuhr," erinnerte Russel.

„Was meinst du eigentlich?"

„Genau das: Als ich von der Prärie zurückkam, ging ich schnurstracks zu deinem Haus, das ich verschlossen und verlassen vorfand."

„Kein Wunder," kicherte Benta.

Russel fuhr fort:

„In Kürze erhielt ich Auskunft über dein Mißgeschick. Pierre, der Franzose, unterrichtete mich über die hinterhältigen Machenschaften dieser Deutschen."

Als Benta Anstalten machte ihn zu unterbrechen, gab Russel ihm ein Zeichen zu schweigen.

„Warte, Justin, hör mich an. Ich versäumte mich bei dir zu melden weil eine innere Stimme, weiß der Himmel warum, mich hieß weg zu bleiben. Diese Stimme befahl schließlich mit dem Frauenzimmer abzurechnen."

Als er Bentas fahrige Bewegungen wahrnahm, ermahnte er ihn:

„Sag kein Wort, laß mich zu Ende reden. Ich arbeitete einen Plan aus, den ich alsbald verwirklichte."

„Lena mitnehmen zur Grislyjagd, war das dein Plan?" rief Benta.

Russel betrachtete ihn mitleidig.

„Ja, aber meine Absichten erstreckten sich weiter, aus welchem Grund ich Tony ersuchte mitzukommen."

Trotz seiner Verwirrung konnte Benta ein schmunzeln nicht unterdrücken.

„Wie hast du ihn herumgekriegt? Mußtest du ihm Daumenschrauben anlegen, in Anbetracht seines Greuels vor weiblichen Jägern?"

Russel kicherte:

„Beinahe, aber die Verlockung des Geldes tat ihren Dienst."

„Lena bezahlte euch, in anderen Worten."

„Ha! nette Aussichten nachdem was geschah."

„Wie kam das Unglück zustande?"

„Es war kein Unglück."

Benta schreckte auf.

„Was meinst du?“ rief er.

„Ich deichselte das Ganze,“ gestand Russel ohne sein Gesicht zu verziehen.

Benta geriet völlig aus der Fassung.

„Mark, was soll ich daraus folgern? Wie kann man einen Grisly, das unberechenbarste Wesen auf der Erde, zur Mitarbeit zwingen; Jäger oder nicht.“

„Immerhin habe ich es geschafft. Vielleicht stand mir das Glück zur Seite. Aber horch her, so wurde es bewerkstelligt. Bleib sitzen, hör zu. Eh wir uns an jenem Morgen zur Jagdstelle begaben, entfernte ich alle Kugeln aus Lenas Gewehrkammer und vertauschte sie mit Platzpatronen.“

Benta sprang auf. Er schrie entgeistert:

„Mark, das ist nicht dein Ernst!“

„Todernst. Wie bereits gesagt entfernte ich jede scharfe Patrone...“

Weiter kam Russel nicht. Zutiefst erschüttert strauchelte Benta hin und her, dann fiel er ächzend auf seinen Stuhl. Den Kopf in beide Hände gestützt, stieß er aus:

„Warum, Mark, warum?“

Erstaunt hob Russel den Kopf.

„Warum? Um ihr heimzuzahlen für alles was sie dir antat. Erinnerst du dich noch an unseren Leitspruch? Niemand schadet uns unbestraft.“

Benta stand langsam auf. Sein Gesicht war eine Maske des bleichen Schreckens. Er zitterte am ganzen Körper; sein Gebaren drückte Unglaube und Abscheu aus. Er starrte wie gehetzt auf Russel, eh er keuchte:

„Mark, was hast du getan!“

„Nichts weiter als was ein Freund tun sollte,“ kam die unbekümmerte Antwort.

Bedächtig, jedes Wort betonend, jeder Silbe Nachdruck verleihend, stieß Benta aus:

„Du hast einen Mord begangen, einen sinnlosen, ungerechten Mord. Mark, warum hast du mich nicht besucht?“

„Was hätte das eingebracht?“

„Es hätte ein unschuldiges Leben verschont, dazu mir viel Leid erspart,“ belehrte Benta, sichtlich erschüttert.

Wie vom Donner gerührt sprang Russel auf:

„Justin, was geht hier vor? Bist du schlapp geworden? Hat dich das Gefängnisleben zermürbt? Wie, oh wie, kann einem das trügerische Weib leid tun, das dich ins Unglück stürzte?"

Benta starrte immer noch auf den Freund, ein trauriges lächeln umspielte seine Lippen. Langsam nahm er wieder Platz.

„Wer sagt das Lena mir Unrecht getan hat?"

„Pierre erzählte mir alles, wie sie gegen dich aussagte, wobei sie wie gedruckt lügte, dich eines Verbrechens bezichtigte welches sie selber verübte, nur um dich aus dem Weg zu räumen."

Benta schüttelte vorwurfsvoll den Kopf:

„Offensichtlich bist du falsch unterrichtet worden, Mark. Pierre, ein rachsüchtiger Geselle von Natur, hat dich hinter das Licht geführt. Er unterschob schon seit einer Weile allerhand üble Taten dem Fräulein Bauer; er verunglimpfte sie bei jeder Gelegenheit. William Congreves Worte – Die Hölle kennt keine Wut wie die einer verschmähten Frau – passen Pierre wie angegossen. Du mußt wissen, Lena gab ihm den Laufpaß, wodurch sie einen unversöhnlichen Feind ins Leben rief."

„Heißt das, sie hat dir den Diebstahl nicht unterschoben?"

„Nichts anderes."

„Woher weißt du das?"

„Weil ich den Ring selber versteckte."

„Zur Aufbewahrung?"

Ein gequältes lächeln huschte über Bentas Gesicht.

„Man kann es so nennen, wenn es gefällig ist," teilte er Russel mit.

„Wie ist das zu verstehen?"

Dann ging ihm ein Licht auf. Mit gefurchter Stirn fragte er:

„Willst du sagen, daß Lena Bauer nicht gegen dich aussagte?"

„Mehr als das; sie log zu meinem Vorteil."

„Aber – aber, warum – warum wurdest du dann schuldig gesprochen?"

„Weil ich es war, es bin. Ich stahl nicht bloß den Ring, sondern auch andere Wertsachen."

Das undenkbare Geständnis, schamlos gegeben, bedurfte einiger Augenblicke um einzusinken. Auf Anhieb dünkte es Russel eine widersinnige Prahlerei. Doch die unanfechtbare Wahrheit erhob sich vor seinen Augen wie die Säulen des Himmels; leugnen nützte nichts.

Wie von selbst erweiterte sich Russels Sicht, weit über die Grenzen des Blickkreises. Er wollte den Freund fragen warum er sich erniedrigte, aber der Grund erschien klar vor seinen Augen. Sein Gast, mittleren Alters wie er, hatte sich verändert. Dahin waren die geschmeidigen Glieder, wie auch die feste Gesinnung. Sein Gesicht, oftmals der einzige Lichtblick des anrückenden Alters, war gezeichnet von Verzicht. Russel benötigte keine weiteren Erklärungen. Der einst zuversichtliche Mann, welcher mit seinen lachenden Augen und einnehmender Stimme jedes Frauenherz berührte, fühlte sich nun gezwungen mit Kram und Plunder zu erwerben, was einst so gern gegeben wurde. Als er den Freund näher betrachtete, hätte er schwören können, daß der Saft seines Lebens vor seinen Augen versickerte.

„Morgen früh werde ich abermals die Große Wasserscheide überqueren,“ entschied er.

Mißverständnis

Jakob Lahai erwachte aus wilden Träumen, gierige Hände mit eiskalten Fingern schienen in seinem Innern zu wühlen. Entsetzt versuchte er sich aufzurichten. Jedoch vergebens, denn bloß der Gedanke daran verursachte unaussprechliche Qualen. Er fühlte sich wie gelähmt, von Kopf bis Fuß von einer Starre befallen. Am schlimmsten jedoch peinigte ihn der Durst.

„Aus!" durchfuhr es ihn mit der sicheren Erkenntnis der Wildnis. Seine Nummer war gezogen, die Hand des Schicksals lag ausgestreckt am Stab seines Lebens.

Draußen wurde es allmählich wieder still. Der furchtbare Sturm, Urheber seines Übels, verzog sich nach und nach hinter den mächtigen Bergen. Die große Stille des Nordwestens legte sich abermals über das Land. Selbst die Raben auf dem Dach, angelockt von dem Geruch des Verderbens, schwiegen erwartungsvoll. Mühselig schob sich die kraftlose Wintersonne über die Gipfel der Mackenzies. Ein neuer Tag hatte begonnen, der Strahl der Hoffnung lächelte ermunternd auf das Land.

Der Alte jedoch in der einsamen Hütte fand wenig Trost an dem friedlichen Bild, ihn quälten andere Gedanken. Die unerbittliche Hand des Schicksals war im Begriff ihn ans Tor der ewigen Finsternis zu zerren. All seine bitteren Vorwürfe nützten nichts, er war verloren. Zum Unglück zerquälte er sich mit anklagenden Gedanken. Wie konnte man bloß so tölpelhaft sein! Ein Mann wie er, seit über vierzig Jahren den Tücken des

Nahannis ausgesetzt, tapste wie ein Grünling in die offensichtlichste Falle. Gewiß, die Sicht war behindert, von dem aufgewirbelten Schnee verschleiert, welchen ein heulender Wind vor sich hertrieb. Doch davon getäuscht werden schien ihm unverständlich.

Nicht zum ersten Mal überraschte ihn die Geißel des Nordens, jener ungestüme Schneesturm, welcher an Felsen rüttelt und festgestampfte Stege über Abgründe bauen kann. Lahai trat mit beiden Füßen auf solch eine tückische Brücke. Es war der verhängnisvollste Schritt seines Lebens. Halb besinnungslos, mehr im Traum als in der Wirklichkeit, krallte er sich aus dem eisigen Grab. Wie er halbtot, starr vor Kälte, überhaupt seine Hütte erreichte, blieb ihm selbst ein Rätsel; Sinn und Worte konnten es nicht beschreiben. Nur die langjährige Gewohnheit den Gefahren des Nahannis zu widerstehen, trieb ihn vorwärts.

Der Nahanni war seine Heimat, von den tosenden Fällen bis zur ausgedehnten Mündung nannte er ihn sein Eigen. Unwirtlich konnte man die Gegend nennen, ja, sogar gefährlich. Ihm jedoch war sie lieber als alle gepflegten Wiesen und Wälder Europas. Er hätte weder mit Eldorado noch Papst Benedikt getauscht, trotz der unheimlichen Winterstille, die nur vom eigenen Herzklopfen unterbrochen wird, dazu einer Sommerhitze die blutrünstige Insekten ins Leben ruft, welche sich um jede Pore der Haut raufen. Er war frei, frei wie der Adler über den Klüften, ungebunden wie die Wölfe auf der Hochebene.

Seine Lage verschlimmerte sich zusehends. Messerscharfe Zähne schienen sich um Mark und Knochen zu raufen. Am ärgsten plagte ihn der Durst. An Beistand von außen war nicht zu denken, somit blieb er völlig auf sich selbst gestellt. Nur mit eigenen Mitteln konnte er aus dieser Klemme entrinnen. Aber wie? Zum ersten Mal in seinem Leben verwünschte er die völlige Abgeschlossenheit. Ein Schluck Wasser, etwas Wärme, mehr begehrte er von der Welt nicht. Doch wer sollte es ihm beschaffen? Er selbst, niemand sonst.

Als erstes mußte er den Ofen erreichen, komme was mag, denn die eisigen Schnallen des Frostes legten sich unbarmherzig um seinen Leib. Nur wer den unbeugsamen

Willen des freien Menschen kennt, kann sich einen Begriff davon machen mit welcher Mühe Jakob Lahai an die Arbeit ging. Seine Lage war ernst, aber nicht hoffnungslos. Immerhin starrte er nicht zum ersten Mal dem sicheren Untergang in die Augen. Wie damals, als er mit angebrochenem Genick auf seinem Lager zwei Wochen lang auf Besserung harrte. Nur die Tropfen der Eiszapfen am Fenster hielten ihn am Leben, ganz zu schweigen von dem unerschütterlichen Glauben an bessere Zeiten.

Eins wußte er; zu mehr als einem Versuch reichten seine Kräfte nicht aus. Was immer er unternahm mußte beim ersten Anlauf gelingen. Drei Schritte trennten ihn vom Ofen, eine kurze Strecke, jedoch Welten entfernt. Pausbäckig stand der eiserne Wärmespender in der Ecke, zündfertig wie immer wenn er die Hütte verließ. Diese Sorgfalt konnte ihm vielleicht das Leben retten. Zuerst mußte er natürlich den Ofen erreichen.

Sich vom Lager erheben war nicht möglich, aber sich herunter wälzen und langsam hinschieben sollte möglich sein, vermutete er. Mit eiserner Entschlossenheit sowie geballter Kraft begann er sich zu raffen. Mit jeder Faser seines Willens angespannt, machte er sich zur Tat bereit. Der Befehl kam, Muskeln und Sehnen wappneten sich, aber nichts geschah, er konnte kein Glied bewegen. Mit dem Schweiß der Verzweiflung auf der Stirn und dem Blick des Entsetzens in den Augen, gab er sich nach etlichen Versuchen geschlagen.

Gefaßt, wie ein Mensch auf dem Weg ins Jenseits, bereitete sich Lahai auf das Ende vor. Lang konnte es nicht mehr dauern, denn die lähmende Kälte kroch unaufhaltsam dem Sitz des Lebens entgegen. Halb wach, halb träumend nahm er Abschied von seinem unvergleichlichen Dasein an dem sagenhaften Fluß. König war er über alles was das Auge sah, Herrscher über alles was der Sinn erfaßte.

„Nahanni oder sterben“ stand an seinem Kanu geschrieben, genauso wie im pochenden Herzen.

Seine Gedanken wanderten zurück, weit zurück in die Zeit wo er als junger Mann dem Lockruf des Nahannis folgte.

„Gold!“ schallte es damals von den Bergen herab.

„Gold!“ murmelten die Riffeln an jeder Biegung.

„Gold! Gold!“ brüllten die mächtigen Viktoriafälle.

Ein hundertfaches Echo hallte von der Quelle bis zur Mündung. Er folgte dem Ruf und bereute es nie.

Gewiß, andere Abenteurer kamen hinterher, trunken von dem Geruch des Nordwestens. Einzelgänger, von der Hoffnung beseelt ihr Glück an dem sagenhaften Fluß zu finden. Sie kamen aus allen Winden. Die meisten kehrten jedoch beim Anblick des ersten Grislybärs wieder um. Einige aber, mit derberen Schalen, drangen bis in die unteren Täler vor. Getrieben von dem Traum eines großen Fundes, hörten sie weder das unheilvolle raunen über den Klippen noch das drohende wispern aus den Schluchten; sie blieben. Ob sie je das große Geheimnis des Nahannis lüfteten ist nicht bekannt, denn gebleichte Knochen plaudern nicht.

Jakob Lahai überlebte sie alle. Zäh wie seine Vorfahren aus den Bergen Tennessees, durchstreifte er das grenzenlose Land, stets mit dem Duft des großen Fundes in der Nase. Überall wusch man damals die verheißenden Körner aus den Flußbetten. Vom Kolumbia bis zum Klondike wurden sagenhafte Reichtümer geborgen. Nur der Nahanni mit den hundert Stimmen gab seinen Hort nicht frei. Nichts wurde Lahai beschert, außer dem vermeintlichen Gekichere aus den Schluchten und höhnischem Gelächter über den Klippen, von welchem die Indianer behaupteten sie kämen aus den gebleichten Schädeln der gescheiterten Abenteurern.

Ha! einmal war er dem verruchten Schatz auf den Fersen. Es geschah in der Übergangszeit, als jedes Lebewesen sehnsüchtig auf die ersten Anzeichen des Frühlings wartete. Jubelnd begann er die lächelnden Körner aufzulesen. Mit wachsender Erregung stopfte er eins nach dem andern in die geräumigen Hosentaschen. Als er glaubte jedes einzelne Steinchen in Sicherheit gebracht zu haben, blickte er sich lange sinnend um, bis das ganze Gelände unauslöschlich in seinem Gedächtnis eingeprägt blieb. Als sich später der Fund als bloßer Kupferkies entpuppte, hätte er am liebsten wie die Wölfe im Hochland geheult. Als wäre es gestern gewesen haftete noch alles in seiner Erinnerung.

Weiter kam er in seinen Träumereien nicht; Stimmen waren zu hören. Die Erkenntnis durchfuhr ihn wie ein heißer Strahl. Ungläubig horchte er in die große Stille hinaus. Nichts war vernehmbar, kein Laut, kein Muckser. Warum auch? wisperte die Vernunft. Wer sollte sich in diese gottverlassene Gegend verirren, dazu noch im Winter. Da, wieder! Unverkennbar drang jetzt gedämpftes murmeln an sein Ohr. Blitzartig änderte sich sein Verhalten. Die vorige Entmutigung verschwand im Strahl der Zuversicht. Mit wallendem Blut und pochenden Schläfen strengte er sein Gehör an. So schwankte er eine Weile zwischen den Fängen des Zweifels und den liebkosenden Armen der Hofffnung. Krah, krah, kreischten die Raben vom Dach, während sie auf die Gipfel der Tannen flüchteten. Er konnte es kaum glauben, aber die Stimmen erwiesen sich als echt. Sie waren nun deutlich vernehmbar, ja, sogar Laute von schlürfenden Schritten drangen an sein Ohr.

Er war gerettet! Jemand näherte sich der Hütte. Zwar sträubte sich der Verstand es einzugestehen, aber die zunehmenden Laute sprachen deutlicher als alle Vernunft. Während er mit brennenden Augen und dem Fieber der Erwartung hinaus horchte, umgaukelten ihn schon verlockende Bilder. Im Geist sah er bereits die kleine Siedlung an der Mündung, jenen Zufluchtsort der Gestrandeten. Eine Woche in der vertrauten Umgebung, von der betulichen Frau des Krämers umsorgt, müßte ihn bald wieder auf die Beine bringen.

Wo man nur blieb, fragte er sich ungeduldig, denn seltsamerweise verstummten Schritte und Stimmen wieder. Schneller! schneller! hätte er am liebsten gerufen, nein, gebrüllt, nur leider versagten ihm die Stimmbänder den Dienst. Himmel, wie er sich nach Wärme sehnte. Grausam zerrte die Ungewißheit an ihm. Kamen sie näher, gingen sie weg oder waren sie garnicht vorhanden? Litt er an Wahnvorstellungen? Gott sei Dank, draußen wurde es wieder lebendig, Stimmen konnten nun deutlich vernommen werden. Es waren zwei Männer die sich der Hütte näherten, daran lag kein Zweifel mehr.

Jedoch im nächsten Augenblick erhielt seine Freude einen Dämpfer. Angenommen sie konnten die Hütte nicht sehen oder schenkten ihr einfach keine Beachtung? Wie ein Schlag traf ihn der Gedanke. Unmöglich, tröstete er sich, niemand könnte so beschränkt oder nachlässig sein. Wer weiß, vielleicht waren sie selber in Not, suchten Wärme, Nahrung, einen Zufluchtsort.

Im nächsten Augenblick zerstieben seine Bedenken wie Blasen im Wind. Man hatte die Hütte entdeckt, davon zeugten Stimmen die sich vor Staunen schier überschlugen.

„Sagen Sie, Jan, träume ich, eine Hütte – hier?“

„Erstaunlich, aber wahr,“ kam die Antwort.

„Dazu noch in annehmlichem Zustand. Was glauben Sie, Jan, wohnt hier jemand?“

„Wohnen? Franz, wo bleibt die Vernunft, wissen Sie denn nicht wo wir sind?“

„Na ja, nachschauen könnten wir trotzdem, man kann nie wisssen.“ lenkte Franz Romer ein.

Er war schon immer etwas beherzter als sein Jagdgenosse Jan Solta.

Jakob Lahai atmete erleichtert auf. Die vorige Angst fiel von seinem Gemüt.

„Ist jemand da drinnen?“ riefen beide wiederholt.

Als keine Antwort kam fügte Franz Romer hinzu:

„Wir sind Jäger vom Süden mit freundlichen Absichten.“

Beide begannen an die Tür zu klopfen; erst sittsam, dann immer lauter, bis schließlich ein Höllenlärm entstand. Keine Antwort kam von innen. Lahai versuchte mit heller Gewalt ein Zeichen seiner Gegenwart zu geben. Es gelang ihm einfach nicht. Die fürchterliche Trockenheit im Hals erstickte jeden Laut, dazu lähmte die unbarmherzige Kälte jedes Glied im Leib.

Eine verzweifelte Wut stieg in ihm hoch. Sein Leben hing an einem Faden, jede Minute war kostbar, wenn nicht lebensentscheidend, während die da draußen herum plänkelten. Solch ein tölpelhaftes, ja, fahrlässiges Benehmen erschien ihm rätselhaft. Eine Abneigung stieg in ihm hoch, die sich zunehmend in Haß steigerte.

Endlich wurde etwas unternommen, dem rütteln nach zu urteilen. Im nächsten Augenblick kam dem Alten eine grauenhafte Erkenntnis, die ihm durch alle Glieder fuhr. Die Tür war von innen versperrt! Er hatte sie mit letzter Kraft verriegelt, um vor dem tosenden Sturm sicher zu sein. Freilich blieben noch die Fenster. Die Läden davor sollten mit einem herzhaften Ruck aus den Angeln fahren. Sogar die größten

Zimperlinge müßten dann die Lage erfassen. Er verwünschte nun seine übertriebene Sorgfalt. Er ließ doch sonst alles unverschlossen, ob zugegen oder abwesend. Nur sein bedrängter Zustand konnte die Verantwortung dafür tragen. Seine unvorstellbaren Erwartungen gingen alsbald in Erfüllung.

„Nichts zu machen, Jan, die Tür könnte kein Erdbeben bewegen," rief Romer, indessen er die Bohlen bearbeitete.

„Versuchen Sie es mal am Fenster," ermunterte er seinen Gefährten.

Lahai horchte gebannt auf jeden Laut, während seine geballte Wut sich auf die zwei Leisetreter entlud. Den Stimmen nach zu urteilen schienen sie noch jung zu sein, dem handeln nach zu urteilen mußten sie steinalt sein, wenn nicht zusätzlich gebrechlich. Gewiß, die Fensterläden waren von innen verhakt, aber was bedeutete das schon? Ein tüchtiger Schlag könnte die Bretter in hundert Stücke zersplittern. Unheimlich erschien Lahai das verdatterte Getue da draußen. Ein Blinder hätte ihn bemerkt, denn hinweisende Spuren waren überall vorhanden. Von dem merkwürdigen Benehmen der Raben bis zum aufgehäuften Schnee über seinen Fußstapfen, zeigte alles von der Gegenwart eines Menschen. Verschlossene Tür, verriegelte Fenster? Ha! jedem Indianer ist es bekannt, daß man sich bei heftigen Stürmen so gut wie möglich verschanzt.

Plötzlich trat draußen eine Veränderung ein. Lahai bemerkte es mit dem sicheren Gefühl des Bedrohten. Die Raben wurden unruhig; sie hüpften von Ast zu Ast, indessen ihr geisterhaftes Gegluckse zunahm. Nach und nach flatterte einer nach dem anderen zurück aufs Dach. Er wußte was das bedeutete, ja, er befürchtete das Schlimmste. Seine Ahnung wurde im nächsten Augenblick bestätigt; sie waren im Begriff aufzugeben. Die Raben mit dem Geruch des Todes in der Nase, näherten sich dem gedeckten Tisch.

„Das Fenster ist ebenfalls von innen versperrt," rief Jan Solta, wobei er mit halber Mühe an den Brettern rüttelte.

Franz Romer, sein Gefährte, hatte genug gehört und gesehen. Er winkte seinen Kollegen zu sich, dann gab er ihm ein Zeichen sich still zu verhalten. Ihm erschien das Ganze langsam unheimlich, er konnte die schleichende Vorahnung nicht abschütteln, daß hier dunkle Mächte walteten. Um es genauer zu beschreiben, er witterte eine Falle. Warum? Aus zwei Gründen: Erstens erinnerte er sich an einen Bericht vom Norden worin beteuert wurde, daß die Hütten der Fallensteller stets unverschlossen bleiben, sogar bei langer Abwesenheit; zweitens bemächtigte ihn eine Ahnung, daß sich jemand drinnen verbarg. Ihm schien es nämlich als hätte er wiederholt schwere, unterdrückte Atemzüge gehört. Was ging hier vor?

Man versteckte sich vor ihnen, irgend jemand, vielleicht gefahndete, auf der Flucht womöglich, verschanzten sich in der abgelegenen Hütte. Planten sie einen Überfall? Schließlich besaß ihre Ausrüstung schon einen beträchtlichen Wert. Wie konnten sie bloß so blind und taub sein. Die Anwesenheit der Raben zum Beispiel, zeugte gewiß von Menschennähe, ganz zu schweigen von der wohlbetreuten Hütte. Sie wurden belauert, soviel stand fest, somit mußte jeden Augenblick mit einem Angriff gerechnet werden.

Erstaunt trat Jan Solta vom Fenster zurück, wie aus allen Wolken gefallen betrachtete er seinen Gefährten.

„Franz, was ist denn in Sie gefahren?“ wollte er wissen. „Warum soll ich still sein?“ fügte er hinzu, da sich Romer arg bemühte mit Zeichen und Zischlauten ihn zum schweigen zu bringen.

„Hier stimmt etwas nicht, Jan, jemand versteckt sich da drinnen, ganz gewiß nicht aus lauteren Gründen.“

Er erklärte ihm mit unterdrückter Stimme seine Beobachtungen. Jan Solta war leicht zu überreden, er hatte wenig Lust sich unnötigen Gefahren auszusetzen. Zwar plagte ihn das Gewissen ein wenig, aber er zog sich trotzdem mit Franz Romer zurück.

Was inzwischen in Jakob Lahai vorging kann keine Feder beschreiben. Herzzerreißende Stimmen, aus der Tiefe seines Wesens, flehten um Erlösung. Man ließ ihn im Stich, schnöde, gemein, aus Gründen die er nicht verstehen konnte. Fortuna hatte kurz, oh so kurz, ihr Röckchen gelupft, aber nicht hoch genug. Das Untier Verzweiflung tauchte abermals vor ihm auf, knurrend, mit dem Schlüssel zum bodenlosen Abgrund im geifernden Maul. Fieberhaft überlegte er was zu tun sei. Daß die zwei da draußen im Begriff standen sich zu entfernen, leuchtete ihm ein. Allein das Verhalten der Raben sagte mehr als hundert Worte, gar nicht zu reden von den leisen, ja, beinahe schleichenden, Schritten im Schnee.

Vergessen waren Kälte und Durst, von dem treibenden Gedanken an seine Rettung in den Hintergrund getrieben. Er mußte sich bemerkbar machen. Mit aller Gewalt versuchte er nochmals seine pelzige Zunge vom Gaumen zu lösen. Armer Alter, er hätte sich die Kräfte sparen können, sie klebte so fest, daß keine Macht, außer drei Tropfen Wasser, sie frei geben konnte. Er mußte somit nochmals versuchen sich vom Lager zu wälzen, in der Hoffnung damit genügend Lärm zu schlagen, welchen die zwei Taubblinden hören mußten, denn noch befanden sie sich in Hörweite; doch nicht mehr lange.

Mit zusammengebissenen Zähnen rückte er voran, mit hämmernden Schläfen gab er wieder auf. Es war zum jammern, er konnte sich einfach nicht rühren. Nicht aufgeben, ja nicht aufgeben, forderte ihn die innere Stimme auf. Nachdenken – nachdenken, verlangte sein unerbittlicher Trieb des Lebens, welcher seltsamerweise erneut aufflammte. Sicher gab es einen Ausweg, nur mußte er gefunden werden. Wie konnte er sich nur bemerkbar machen, wie – wie? Der Basiliskenblick! Gnade ohne Ende, warum fiel ihm das nicht eher ein? War es zu spät um wirksam zu sein? Wohl kaum, die Schleicher da draußen befanden sich gewiß noch in Reichweite, vielleicht lungerten sie sogar in unmittelbarer Nähe herum, nach wie vor unschlüssig was zu tun sei.

Der Basiliskenblick besitzt eine Bewandtnis die an Zauberei grenzt. Die Indianer wenden ihn zuweilen an; sie räumen ihm einen unleugbaren Erfolg ein. Mit genügend Willenskraft, beharrlichem Glauben, ferner mit geballter Aufmerksamkeit, behaupten sie, kann man allen seinen Willen aufdrängen. Jeder Hafen tut es in der Not, sagte sich Lahai, während er begann Nerv auf Nerv zu einem dichten Knäuel in den Augen zu ballen. Diese angesammelte Wucht schleuderte er wie Blitze den Männern hinterher; sie enthielten einen klaren Befehl:

„Kommt zurück! reißt Tür und Fenster aus den Rahmen, befreit mich aus den Klauen des Todes!“

Obwohl ihm die übermenschliche Anstrengung schier die Augen aus den Höhlen trieb, ferner er den Hauch der

Ohnmacht fühlte, ließ er nicht locker. Es war schließlich der letzte, einzige Ausweg. Entweder gelang es ihm seinen Willen zu übertragen, sei es mit zweifelhaften, ja, sogar frevelhaften Mitteln, oder er rutschte dem sicheren Tod entgegen.

Mit versagenden Kräften horchte er dann hinaus. Nichts rührte sich, außer dem zeitweisen Geflatter der Raben auf dem Dach sowie den Schritten die sich langsam entfernten. Eine tiefe bleiernde Trostlosigkeit übermannte ihn nun.

„Nahanni oder sterben," die Inschrift an seinem Boot stand im Begriff in Erfüllung zu gehen. Das Vermächtnis des unerbittlichen Flusses hatte gesprochen, sein Wille mußte geschehen.

Tränen der Wehmut schossen ihm in die Augen. Er dachte an den Frühling, welcher in Kürze seinen Boten, den Wind mit dem heißen Atem, auf die Reise schickt. Chinook, nennen die Indianer diesen warmen Wind, der plötzlich aufkommt und solange bläst bis Eis und Schnee von den Felsen schmilzt. Dicht auf seinen Fersen folgen die Bisons, ihre lange Wanderschaft über die Hochebene konnte beginnen. Und oh, der Eistaucher, jener Eigenbrötler mit der Stimme aus dem Jenseits. Nichts wünschte er mehr, als einmal noch den ausgelassenen Ruf des Vogels zu hören. Sein Schrei erweckt die Welt, er spornt Mensch und Tier zu höheren Taten an. Bote des Unheils, nennen ihn die Indianer, aber Lahai erkannte ihn als die Seele des Nordens.

Die Raben wurden allmählich mucksmäuschenstill. Jakob Lahai erkannte das Zeichen; es ging dem Abend entgegen. Wie immer um diese Zeit lag kurz vor Sonnenuntergang eine andächtige Stille über dem Land. Nur ein leises, immer leiser werdendes knirschen im Schnee unterbrach das lastende Schweigen. Jeder verstummende Schritt verlieh seiner Hoffnung einen Stich. Dann wurde es völlig still, sein bitteres Ende nahte.

„Nein!" hätte er beinahe geschrien, denn ihm fiel plötzlich etwas ein. Das Gewehr! Es lag wie üblich schußbereit neben ihm. Herr im Himmel! Das Schicksal lächelte ihm wieder mal zu. Eine unbeschreibliche Erregung erfaßte ihn, die wuchs, bis sie allmählich seine Lähmung in den Hintergrund drängte. Mit unendlicher Mühe schob er die frosterstarrten Finger dem

Gewehr entgegen. Vom neu erweckten Lebenswillen angepeitscht kroch die Hand am Kolben entlang. Millimeter um Millimeter glitt sie dem Bügel entgegen, bis endlich seine steifen Finger den Abzug berührten.

Im nächsten Augenblick zerriß ein peitschender Schuß die qualvolle Stille. Dann ein zweiter, ein dritter, bis die Kammer leer war. Ein beißender Qualm erfüllte den kleinen Raum, während draußen ein mehrstimmiges Echo über Wälder und Berge hallte. Einen lieblicheren Reigen hatte Lahai sein Leben lang nicht gehört.

„Gerettet – gerettet – gerettet!" schallte es über Gipfel und Täler.

Die Raben flatterten erschrocken auf. Mit mordswütigem Gezeter flogen sie davon, denn sie kannten diesen Laut allzugut.

Die unheimliche Anstrengung forderte ihr Recht; der Alte vom Nahanni fiel in eine tiefe Ohnmacht.

Beim ersten Schuß wandten sich beide Jäger erschrocken um.

„In Deckung!" rief Franz Romer, indessen er flink hinter einen Baum huschte.

Jan Solta ließ sich nicht zweimal heißen, er folgte seinem Gefährten auf den Fersen.

„Hab ich es nicht gesagt, daß jemand auf uns lauert?" stieß Romer zwischen den Zähnen hervor.

Er hielt seine Stimme absichtlich gedämpft, um den Schützen ihre Stellung nicht zu verraten.

„Mein Gott, Franz, Sie hatten recht," stimmte ihm Jan Solta bei, indessen beide vorsichtig von Baum zu Baum huschten.

Als nach einer Weile keine Schüsse mehr fielen, gingen sie eiligst ihrem Lager entgegen.

„Das war knapp," meinte Franz Romer.

„Knapper als mir lieb ist," erwiederte Jan Solta.

Fauch Tiger, Fauch

Ulal Dhali wußte über Schlangen und Tiger Bescheid eh er laufen konnte. Von dem Tag an wo seine dünnen Beine den Haut und Knochen Leib tragen konnten, beschlich er sie. Nicht die Tiger, sondern die Schlangen. Tiger vermied er, obwohl die Bezahlung für einen annehmbaren Wurf ziemlich verlockend war; besonders seitens der Tiergärten.

Mit Giftschlangen verhielt es sich anders. Getötet und geliefert brachten sie ein Handgeld ein, gering, jedoch willkommen wo Schmalhans Küchenmeister ist. Fast jeden Tag suchte er in der Umgebung nach ihnen. Er entwickelte eine beträchtliche Gewandtheit darin sie aufzustöbern; so sehr, daß über die Jahre hinaus das Ministerium ihn etliche Male lobend erwähnte. Er fiel sogar dem Minister ins Auge, welcher dem Jungen eine Gedenktafel aushändigen ließ die seine unermüdliche Arbeit anerkannte.

„Verrate uns dein Geheimnis," wurde er ersucht.

Nun, was die Obrigkeit nicht wußte und sich niemand denken konnte, war die Tatsache, daß Ulal die Schlangen züchtete, welche er um ein Kopfgeld abgab.

Sein bevorzugter Handel bildeten Sochurekis, eine der kleinsten, tödlichsten Vipern auf Erden. Ihr Gift tötet oder lähmt lebenslänglich. Er lernte so geschickt mit ihnen umzugehen, daß sie keinen Kratzer auf seiner Haut hinterließen, obwohl sie angriffslustiger als die schwarze Mamba sind.

Eines Tages wanderte Ulal durch den Dschungel wo er Ausschau nach ihnen hielt. Plötzlich drang ein Lärm an seine Ohren, welcher ihn unwillkürlich veranlaßte hinter ein Gebüsch zu huschen. Indessen er mit pochendem Herzen horchte, vernahm er Stimmen, schrill und eindringlich, die versuchten das fauchen eines rasenden Biestes zu übertönen. Ulal kannte das ungezähmte knurren, von wilder Wut entfacht und erhöht durch sinnlose Angst. Anscheinend hatten einige Männer einen Tiger in die Enge getrieben. Ulal blieb kauernd in seinem Versteck bis es still wurde. Kein Maß an Neugierde hätte ihn zur Hast verleiten können, denn er kannte den unbändigen Zorn eines gereizten oder verwundeten Tigers.

Als er sich schließlich mit seiner kennzeichnenden Vorsicht näherte, erreichte er die Stelle wo der Pfad eine scharfe Biegung machte. Zeichen eines erbitternden Kampfes waren allgegenwärtig. Zertrampeltes Gebüsch, dem Erdboden gleichgemachtes Gestrüpp, zeugten von einem heftigen Gefecht, bei welchem, wie es schien, der Tiger den kürzeren zog.

Ulal hielt verängstigt an, bereit beim ersten Zeichen einer Gefahr die Flucht zu ergreifen. Die Männer mit dem Tiger hatten sich entfernt. Obwohl sie außer Sicht waren, konnte er sie noch weit unten auf dem Pfad hören. Man lachte und sang, während der Tiger zuweilen brüllte, dann grauenhaft röchelte, in einer Weise die alle bösen Geister zwischen Himmel und Erde nicht nachahmen konnten. Er erkannte die Merkmale; der Tiger, wahrscheinlich ein Menschenfresser, erhielt seine verdiente Strafe.

„Geschieht ihm recht," murmelte Ulal, während er sich auf den Heimweg machte.

Da fiel ihm etwas ins Auge. Er sah eine kaum merkliche Bewegung am Rande der Lichtung. Ein kleines Tier, welches im ersten Augenblick einem Kätzchen ähnlich sah, tapste vorsichtig in die Lichtung. Ziemlich neugierig nun, wandte sich Ulal voll dem kleinen Wesen zu.

„Eine Katze kann es nicht sein, sie wäre in weniger als einer Minute in Stücke gerissen worden. Aha, ich sehe was es ist, ein Tiger Junges, noch blind wie es scheint."

Während er sich heran schlich, aus keinem bestimmten Grund, durchzuckte ihn ein Gedanke, welchen er später von Herzen bereute. In der Tat beeinflußte jener Einfall das Leben vieler Menschen nachteilig. Allerdings lag das noch in der Zukunft. Jetzt dachte er an seinen Onkel, den verehrten Häuptling von Tagish, dessen innigster Wunsch bald erfüllt werden sollte.

Häuptling Wangiri, sein Pflegevater seit dem Tod des eigenen Vaters, war erpicht ein Tiger Junges zu besitzen. Er hatte vor es abzurichten, im Sinne des Khans von Tatary. Da, just vor seinen Augen tapste der Gegenstand des Onkels Begehr. Er beschloß den hilflosen Welpen zu fangen. Hilflos? Ulal entdeckte was anderes. Das Kerlchen, obwohl noch blind und verängstigt, erwies sich weder sanftmütig noch wehrlos. Solch ein zischen und kratzen schien unvorstellbar zu sein in einem kleinen, neugeborenen Tierchen. Schließlich gelang es Ulal das sträubende Knäuel zu bewältigen, welches noch hinterher jeden Muskel des kleinen Körpers anstrengte um zu entfliehen.

„Nur zu, fauch, strampel nach Herzenslust, heute noch wirst du Onkel Wangiri glücklich machen," sagte Ulal.

Von Dank bewegt wollte er eben das widerstrebende Tierchen tätscheln, jedoch entschied er anderweitig. Mit großen Schritten, nun beschwingter hinsichtlich des Onkels erwarteter Freude, eilte er dem Dorf entgegen. Wangiris Entzückung war grenzenlos. Zu Tränen der Freude gerührt versprach er ein fürstliches Fest zu Ulals Ehren zu geben. Zuvor jedoch mußte eine passende Unterkunft für den kleinen Racker gefunden werden, denn alle wußten wie schnell Tiger wachsen. Folglich wurde umgehend ein geeignetes Gehege errichtet.

Von Anfang an kam der Häuptling mit Timbur, so wurde der Tiger genannt, großartig aus. Als er heran wuchs zeigte er eine erstaunliche Zuneigung für den Häuptling. Obschon er sich allgemein unbändig verhielt, leckte er buchstäblich seine Hände. Die Zeit nahte wo Wangiri das Gehege unbedenklich betreten konnte.

„Bald kann ich meinen Tiger zur Jagd nehmen," verkündete er. „Ihr seid alle eingeladen uns zu beobachten. Schaut gut zu und vergeßt nicht das Wort in alle Richtungen zu verbreiten. Ruhm erwartet uns, Tagish wird in den Jahresbüchern genannt werden."

Als man das hörte, kicherten manche, andere rümpften die Nasen, aber die meisten nickten anerkennend. Wangiri zollte den Übelwünschern keine Beachtung, denn er fühlte wie ihm die Hand des Schicksals ermunternd auf den Rücken klopfte. Obwohl diese Behauptungen von den meisten Dorfbewohnern als Larifari angesehen wurde, achteten sie ihn weiterhin und vertrauten ihm rückhaltslos. Den Alten, ein mächtiger Kämpfer in seinen jüngeren Jahren, hielt man für einen Weisen.

„Frag doch Wangiri," rieten erboste Väter ihren irrenden Söhnen.

„Laßt uns den Häuptling zu Rate ziehen," sagten in Verlegenheit geratene Leute.

„Wangiri soll entscheiden," riefen zankende Menschen.

Er wurde nicht bloß verehrt, sondern als die Verkörperung der Klugheit angesehen.

„Wangiri irrt sich selten," lobte man.

„Er kennt das Gemüt von Mensch und Tier."

Jedoch wurde er von einem Tiger arg getäuscht.

Es geschah gegen Ende des Sommermonsuns, der sich von Anfang an launisch verhielt. Tatsächlich schwankte die Witterung, in der Regel berechenbar in jener Gegend, zwischen Unbeständigkeit und Schrulligkeit so sehr, daß die besten Wetterpropheten in Verlegenheit gerieten. Die Regenzeit schritt nicht stufenweise heran wie erwartet, sondern bestürmte das Hochland auf einmal mit voller Macht. Der Wind wechselte fast über Nacht seine Richtung, er peitschte den starken Regen quer durch das Nagaland. Kein Dörfler hatte diese jähe Veränderung voraus geahnt, denn zumeist vergehen Wochen, wenn nicht ein ganzer Monat, eh sich der Kreislauf einer Jahreszeit vollendet.

Jedoch nicht dieses Jahr, weit davon entfernt. Von dem Tag an wo der Monsun seine Richtung änderte, regnete es ständig. Der fortwährende Schwall verursachte, daß die Wände aus Grasmatten sowie Binsendächer, eimerweise Wasser aufsaugten. Auch die Hitze setzte Jung wie Alt ungebührlich zu. Ständig durchnäßt vom Regen oder Schweiß, lernten die Menschen das volle Maß des Elends kennen. Ein beißender Geruch erfüllte Mitte der Jahreszeit die Luft. Die Nagaländer, nicht gerade als zimperlich bekannt, rümpften angeekelt die Nasen.

Nun, das abscheuliche Wetter war nicht die einzige Quelle ihres Verdrußes, der wegen Mangel an Jagdwild zunahm. Zu allem Elend brach noch die Rinderpest aus. Männer, Frauen sowie Kinder stimmten einen Chor des Jammerns an, nachdem es ihnen zum Bewußtsein kam.

„Die Not klopft an die Türen, wir sehen den Hunger auf unseren Schwellen lauern."

In der Tat wurde die Nahrung knapper, während Sorgen wie Pilze aus dem Boden schossen. Alle Augen wandten sich dem Häuptling zu, sie flehten um Hilfe:

„Allein deine Weisheit kann uns retten," drückten ihre gramvollen Mienen aus.

Obwohl Wangiri nicht so recht bereit war zu handeln, ersann er trotzdem einen Plan, welchen er dem Ältestenrat vorlegte.

„Unser Kummer wird bald enden," verkündete er.

„Wie denn? Ernten mißraten, das Wild flieht, überdies fallen Kühe wie tote Fliegen auf den Boden," wurde er erinnert.

„Mein Tiger wird das weichende Wildbret finden," versprach er.

Als man das vernahm, neigten sogar Zweifler und Verunglimpfer bejahend ihre Köpfe, als ob sie sagen wollten:

„Ein schrulliger Einfall ist besser als gar keiner."

Der Gedanke fand allgemeinen Beifall, es sei einen Versuch wert, stimmte man zu.

Der Häuptling belehrte:

„Umsicht ist erforderlich, folglich braucht man Zeit um die notwendigen Vorbereitungen zu treffen. Sagen wir, in zehn Tagen wird begonnen?"

„Warum so spät?" wollte Tawahli wissen.

„Der Tiger muß zuerst eingeübt werden," erwiderte Wangiri; dann erklärte er:

„Timbur jagte noch nie; weder für sich noch auf das Geheiß seines Herrn. Sicherlich ist er vorbildlich gehorsam innerhalb der Einzäunung, wie ihn jedoch die Außenwelt berührt bleibt zu ersehen. Folglich sind einige Übungen im Freien erforderlich."

Das sah man ein. Die Dorfältesten nickten und entfernten sich in der Gewißheit, daß ihr scharfsinniger Häuptling die Angelegenheit fest im Griff hat.

Nun, die Gemeinde Tagish zählte unter ihren Bewohnern einen örtlichen Besserwisser. Alt war er, runzelig und grillenhaft, jedoch angeblich prall bis zu den Kiemen mit Weisheit erfüllt. Nachdem die letzten zwei unausbleiblichen Trödler verschwanden, trat er Wangiri entgegen.

„Wie ich höre gedenkst du deinen Tiger zur Jagd zu nehmen. Guter Einfall, sehr löblich, sollte es dein Ernst sein," meinte er.

„Das ist es."

Der Neunmalkluge schnalzte mit der Zunge, schmatzte mit den Lippen, neigte den Kopf, wonach er die Augenbrauen hochzog, in einer Weise welche den Häuptling aus der Fassung brachte. Die folgenden Worte ärgerten ihn noch mehr:

„Wangiri, du brauchst einen Rat. Aber laß mich zuerst von Umat erzählen."

„Wer ist Umat?" unterbrach der Häuptling.

„War, Wangiri, war. Es geschah vor langer Zeit, vor mehr als fünfzig Jahren, als Umat, überall als Besserwisser bekannt, seinem Schicksal begegnete."

„Was redest du denn," sagte Wangiri, sichtlich verstimmt.

„Dieser Umat richtete, wie du, einen Tiger zur Jagd ab. Alles ging gut, bis zum ersten Ausflug. Pfiff Umat, kam der Tiger angerannt. Auf den Befehl: Los! raste die große Katze schneller als der Schall. Wenn sein Herr ihm gebot zu halten, kam er zum quietschenden Stillstand."

„So, was ging verkehrt?"

„Nun, der Tiger hatte seine Raublust verloren. Wie erwähnt verhielt er sich richtig innerhalb, wie auch teilweise außerhalb, seiner Einzäunung. Jagen jedoch? nicht das Muttersöhnchen. Auf alle Fälle, als die Zeit günstig erschien seinen Ruhm zu besiegeln, lud Umat eine Auswahl von

Kriegern und Jägern ein, die Zeugen sein sollten von dieser einzigartigen Vorstellung. Ein üppiges Fest war vorgesehen nach der erstmaligen Jagd mit einem Tiger."

„Wie ich vermute war es kein Erfolg."

„Jämmerlicher Fehlschlag hätte es besser beschrieben. Ich war zugegen, obwohl noch ein Knabe, hielt ich mich für einen scharfen Beobachter. Das Biest entblößte Umat als einen närrischen Angeber; es zeigte nicht die geringste Absicht zu jagen. Umats Rufe: ‚Halali, halali,' wurden mit blinzeln und gesenktem Kopf beantwortet, als wollte es sagen: ‚Herr, was ist bloß in dich gefahren?' Dann gähnte der Tiger und streckte sich auf der Erde aus."

„Ich bin überrascht das zu hören," bemerkte Wangiri.

„Ich nicht. Überfüttert und verhätschelt verlor der Tiger das Verlangen zur Jagd; weder für sich noch für seinen Herrn. Was das Biest dachte vermag ich nicht zu sagen, aber das Verhalten der Dörfler bleibt mir lebhaft in Erinnerung."

„Ohne Zweifel, erzähle schon davon," ermutigte Wangiri.

„Umat wurde erbarmungslos verspottet, von Kindern veralbert, von Jugendlichen beschimpft, und schließlich vom Dorf vertrieben. Aber nun zu meinem Rat: Schränke des Tigers Nahrung ein bis er am Hungertuch nagt. Tu es allmählich, Tag für Tag, bis das Biest lernt nach mehr zu betteln."

„Timbur wird sich sträuben."

„Laß ihn, ein magerer Tiger wird eher bestrebt sein zu gefallen. Belohne ihn nach jedem zufriedenstellenden Lauf, niemals zuvor."

Anfänglich verspottete der Häuptling den Rat des Alten, den er ohnehin als einen Nichtswisser bezeichnete, trotz dessen Anspruch auf Scharfsinn. Jedoch als er eine Weile darüber nachdachte, erschien es ihm sinnvoll.

„Außerdem, was kann dabei verloren gehen," sagte er sich.

Natürlich mußte auch der zunehmende Nahrungsmangel berücksichtigt werden.

In den folgenden Tagen wurde Timburs Zuteilung schrittweise verringert. Wenig ahnte Wangiri, daß er damit seinen Kopf in das sprichwörtliche Hornissennest steckte, aus welchem, wie so manch gieriger Bär, er sich nicht mehr befreien konnte. Allerdings dauerte es einige Tage eh es sich offenbarte.

Am ersten Tag der neuen Kosteinteilung geschah nicht viel. Nachdem Timbur geräuschvoll seine kleine Portion Fleisch verschlang, schaute er forschend auf seinen Herrn.

„Wo ist der Rest?“ schien er zu fragen.

Am zweiten Tag, sowie den folgenden, wurde die Lage bedenklich, dann heikel, und schließlich regelrecht gefährlich. Timbur weigerte sich die stufenweise Verringerung der Kost fügsam hinzunehmen. Die Vorhersage des Neunmalklugen traf nur teilweise zu. Hunger machte den Tiger willfähriger, aber auch gereizter, überdies schürte es seine wesenhaften Triebe. Wangiri, von einem Meer der Sorgen umringt, zollte den Possen eines blöden Tieres, wie er es nannte, wenig Beachtung. Noch benahm sich Timbur nicht mutwillig, aber stumpfsinnig erwies er sich auch nicht.

Am fünften Tag änderte sich sein Benehmen wesentlich. Wie immer wenn sich Wangiri näherte, stieß er Laute des Willkommens aus, nämlich, sanftes knurren und einladendes schnurren. An der Oberfläche schien er fügsam wie je, doch seine Bewegungen, stets geschmeidig und sicher, wurden seltsam eckig. Auch seine Stimme erwarb einen bedenklichen Unterton. Dennoch leckte er des Häuptlings Hände unterwürfig wie erwartet; allerdings erst nachdem er die tägliche Nahrung verschlungen hatte. Aber nicht heute. Nachdem der letzte Bissen im heißhungrigen Schlund des Tigers verschwand, stieß er ein lautes wuff aus, wonach er bedrohlich knurrend des Häuptlings Hände ergriff; nicht spielerisch wie gewohnt, aber auch nicht mit roher Gewalt.

Nach jenem Zwischenfall sammelten sich die Umrisse eines Unheils über den Bergen, welche allerdings niemand sah. Am Abend, als sich die Dunkelheit über das heimgesuchte Hochland senkte, schlug Timbur einen Krach, welcher die Stimmen des Dschungels übertönte und den Dörflern an den Nerven zehrte. Man konnte es nicht ein rechtes brüllen nennen, sondern ein Lärm der einem an die Nieren ging. Unheimlich hörte es sich an, unnatürlich für einen Herrn des Dschungels. Timbur gab keine Ruhe. Mal heulte er wie ein seelenkrankes

Wesen, mal schnaubte er wie ein wutentbrannter Stier. Diese schauderhaften Rufe erklangen die ganze Nacht.

Am nächsten Tag hatte der Tiger alle Spuren der Fügsamkeit abgestreift. Fauchend, wie ein entfesselter Unhold, starrte er wütend auf seinen nahenden Herrn. Ein teuflischer Funke erhellte seine Augen. Es war nicht länger zu leugnen: Die gemeine Natur der prächtigen Bestie hatte die Oberhand gewonnen. Erschreckt blieb der Häuptling wie angewurzelt stehen. Es rettete ihm das Leben, denn das rasende, speiende Scheusal schleuderte sich vorwärts, zum Angriff bereit, sollte Wangiri sein Gehege betreten.

Obzwar alt, und nicht mehr so flink, zuckte Wangiri nicht ohne weiteres zusammen. In seiner Brust schlug immer noch ein mannhaftes Herz, welches seit seiner Kindheit vor keinem Gefecht zurück schreckte. Auch jetzt fühlte er sich ungeneigt es zu tun. Sein schlummernder Kampfgeist regte sich; führwahr, er wird der Bestie eine Lehre erteilen, und zwar von diesem Augenblick an.

Beherzt schritt er dem schäumenden Tiger entgegen, der dem Anschein nach über die kühne Annäherung erschrak.

„Fuß, Timbur, Fuß!" rief der Häuptling aus vollem Hals.

Dieser Befehl, stets befolgt eh ganz ausgesprochen, zeigte keine Wirkung. Eine Wiederholung in einem herrischeren Ton, schürte lediglich des Tigers Wut.

„Ich werde dich aushungern bis du gehorchst," drohte Wangiri während er wegging.

Ein verbissenes, inneres ringen folgte nun. Wangiri nahm sich vor seinen Willen mit dem seines widerspenstigen Schützlings zu messen. Nun, Timbur brüllte und tobte ohne Unterlaß Tag und Nacht. Obwohl sein Gehege beträchtlich vom Dorf entfernt lag, fingen die Bewohner an zu murren.

Nach vier Tagen und Nächten dieses unmenschlichen Lärmes, stieg ihnen das Blut in den Kopf. Am nächsten Morgen bei Tagesanbruch erschien eine Gruppe Krieger in der Hütte des Häuptlings. Aus ihrer Mitte trat Hamun, ein geehrter Dorfältester, hervor.

„Wangiri, der Tiger muß gehen," verkündete er.

Bestürzt, von Schuld und Verlegenheit geplagt, widersprach der Häuptling:

„Wartet einige Tage, sein gutes Benehmen wird sich wieder einstellen.“

Hamun zeigte sich ungewillt nachzugeben.

„Laß ihn heute noch heraus, oder wir brechen das Schloß auf und tun es selber eh die Dunkelheit einbricht,“ wiederholte er.

Es war eine dreiste Aufforderung an einen Häuptling gerichtet, doch hegte dieser keinen Zweifel an ihrer Entschlossenheit. Es dünkte ihn weniger eine Drohung als ein Versprechen. Der Tiger mußte aus mehreren Gründen verschwinden: Mangel an Nahrung und ungebührlichem Krawall.

Schweren Herzens, zerknirscht, und nicht weniger wütend auf die Welt, näherte sich Wangiri dem Gehege. Im Sinn argwöhnisch, körperlich schwerfällig, schleppte er sich durch den Regen. Seine kühnsten Hoffnungen wurden vereitelt, seine wunderbare Erwartung erwies sich als eine irrige Vorstellung. Was sollte er tun, vielmehr was konnte er tun? Den Tiger, sein Stolz und seine Freude, behalten, stand nicht in den Karten; ihn länger voll verpflegen war unmöglich, wegen des Mangels an Wild. Weiterhin ihm verringerte Nahrung geben würde sich gewiß als verhängnisvoll erweisen, ebenso wie die Ausführung des Jagdvorhabens.

Indessen er sich das Hirn zermarterte eine Lösung zu finden, geriet er ins Gesichtsfeld des Tigers. Im selben Augenblick ergriff ihn eine seltsame Erregung. Den Blick auf Timbur gerichtet, mit geweiteten Augen und aufgesperrten Ohren, versuchte er zu ermitteln was vor sich ging. Er wollte der Sicht nicht trauen, aber es war nicht zu leugnen; die tobende Bestie hatte sich in ein friedliches Lamm verwandelt. Tief geduckt, erbärmlich jammernd wie ein einschmeichelnder Hund, versuchte die riesige Katze, vor kurzem noch unbändig wie zehn Unholde, Abbitte zu tun. Es dauerte eine Weile um einzusinken, zu erkennen und gestehen, daß seine Mühe nicht vergebens war. Timbur zeigte sich zur Jagd bereit.

„Ich habe den Kampf gewonnen,“ flüsterte er, während ihm Tränen der Erlösung in die Augen stiegen.

Immer noch ein wenig furchtsam, erwägte Wangiri ob er schnurschracks reingehen oder zurückeilen sollte um mehr Fleisch zu holen.

Des Tigers unterwürfiges Verhalten, seine flehende Miene und lockenden Äußerungen, wirkten entscheidend. Nie zuvor sah Wangiri solch ein Entzücken im Gesicht Timburs, wie jetzt als er sich dem Tor näherte und anschickte das Schloß zu öffnen.

Das Ende Wangiris war da; er wurde seine erste Beute. Mit einem mordgierigen brüllen, gefolgt von scheußlichem fauchen, stürzte sich Timbur auf seinen Herrn, der weder Zeit fand aufzuschreien noch die Geistesgegenwart besaß, rückwärts zu springen und das Schloß zu sichern. Mit einem Prankenhieb trennte die Bestie Wangiris Stimmbänder. Danach riß er den tödlichen Rachen weit auf, der sich knirschend um den Hals des Häuptlings schloß. In wenigen Sekunden waren Biest und Mann verschwunden.

Unterwegs

Heute gelangt man mühelos nach Nemaska, eine Indianersiedlung über tausend Kilometer nördlich von Montreal. Aber nicht damals, als drei staatliche Landvermesser sich auf dem Weg dorthin befanden. Bis Matagami bestanden keine Schwierigkeiten, aber von dort bis zum Ziel, zweihundert Kilometer entfernt, bedurfte es mehr als guten Willen um durchzuhalten. Eine Siedlung am Nemaskasee war vorgesehen, im wild einsamen Land, hundert Kilometer vom nächsten Ort entfernt. Sie sollte eine zweite Heimat werden für die Creeindianer vom Sakamigebiet, am mächtigen La Grande, just unter dem vierundfünfzigsten Breitengrad. Eine zwangsläufige Umsiedlung war geplant, weil innerhalb drei bis vier Jahren ihre angestammten Jagdgründe wegen Überschwemmungen verloren gingen. Vorläufig handelte es sich nur um Straßen sowie Versorgungsanlagen, ein Lageplan für das Dorf kam später in Frage.

Der Nemaskasee kann als klein bezeichnet werden, verglichen mit vielen anderen rundum. Einem umgedrehten Antoniuskreuz gleichend, mißt er über vierzig Kilometer ostwest gesehen, aber etwas weniger in südnördlicher Richtung. Breit ist er nicht, vielleicht drei Kilometer, wenn überhaupt.

Der Chef des Trios hieß Peter Dudinka. Er war beträchtlich älter als seine zwei Mitarbeiter, von kräftigem Wuchs, wettergebräunt und fest auf den Beinen. Trotz der anrückenden Jahre fürchtete er keinen Marsch oder schwere Arbeiten. Ihn beglückte eine heitere Natur, den weder Rückschläge noch Unglück die Zuversicht raubten, ja, ihn nicht mal betrübten. Unüberwindliche Hindernisse nahm er mit einem lächeln hin; sie wurden mit Achselzucken umgangen. Nach einigen geflügelten Worten, von welchen er eine reine Fundgrube war, ging es in einer anderen Richtung weiter. Lange deuteln überließ er anderen, ihm lag es nicht.

Nach etlichen Verzögerungen erreichten sie die Brücke über den Rupert, wo ihr Proviant sowie Ausrüstungen in Kanus verladen wurden. Dann ging es flußaufwärts dem Ziel entgegen, welches sie am nächsten Tag bei klarem Juniwetter erreichten. Ohne Umschweife begann der Bau einer Hütte, die in den kommenden Monaten ihnen als Arbeitsraum sowie Schlafstätte dienen mußte. In knapp sieben Tagen stand sie fertig am nordwestlichen Ufer des Sees. Kleine Mühe verursachte es geübten Händen, von beherzter Besinnung geleitet, besonders hinsichtlich Dudinkas Erfahrungen, der ähnliche Arbeiten schon dutzendmal verrichtete. An Licht im Raum bestand kein Mangel, denn obwohl die Wände hauptsächlich aus Rundholz bestanden, überdeckte das Dach, wie auch den oberen Teil der Wände eine durchsichtige Plane. Man freute sich schon auf den Regen, was verständlich ist für jemand, der je unter ähnlichen Dächern schlief.

Die Wahl seiner Begleiter lag ausschließlich in Dudinkas Händen, was von großer Wichtigkeit war; denn im engen, abgeschlossenen Beisammensein kann solch ein Unternehmen angenehm verlaufen oder als Gang durch Tartaros ausarten. Bittere Erfahrungen lehrten ihn vorsichtig sein, besonders nach einem folgenschweren Erlebnis am unteren Orinoko, im Gebiet der kriegerischen Yanomamös.

Um ein Haar hätte er die sandigen Ufer des Nemaskasees nie gesehen, weil ihm jener dampfende, drückende Urwald beinahe zum Grab wurde. Das knapp verhütete Unheil verdankte er seinem damaligen Begleiter, aber nicht minder der eigenen Treuherzigkeit, die an Einfalt grenzte. Der Zungenfertigkeit jenes Schmeichlers und Wortverdrehers war er nicht gewachsen, genauso wenig wie den Huldigungen des eigennützigen Schwächlings. Obschon widerwillig, nahm er ihn auf die gewagte Reise mit. Die Entscheidung kostete ihm schier das Leben. Nur ein Zufall, vielleicht konnte man es Geschick nennen, zog seinen Hals aus der Schlinge. Seither bildete Sorgfalt sein Leitspruch in der Auswahl eines Mitarbeiters. Nur langjährige Bekannte, Kollegen oder vielerseits empfohlene Anwärter, durften hoffen mitgenommen zu werden. Gleichmut, hieß die erste Bedingung; die zweite, Verträglichkeit. Ein längerer Aufenthalt im engen Raum, völlig abgeschlossen, wo die einzige Abwechslung heulende Wölfe sowie kreischende Adler sind, erfordert eine innere Ruhe und weitreichendes Selbstvertrauen. Haltlose Menschen, ewig auf dem Sprung, sind sich und anderen eine Last in solch einer Umgebung; sie wirken sogar auf die Tierwelt wie ein wucherndes Geschwür. Ein Abt der ewigen Unruhe mag Vorteile im großen Leben besitzen, aber in einem weiten Raum, wo jedes Wort ungehört in den Wäldern verhallt, wird er zum schwärenden Greuel.

Henri Musil, wie auch Roland Kreisel, enttäuschten Dudinka bisher nicht; beide erwiesen sich als vortrefflich geeignet für diese Arbeit. Sie waren begnügsam, selbständig und trotz den jungen Jahren von unerschütterlicher Gelassenheit. Freilich besaß Musil einen Hang zum Schabernack, welcher bei Kreisel nicht den geringsten Anklang fand. Davon abgesehen herrschte Zufriedenheit miteinander; bös gemeinte Worte fielen keine. Ihren Hang zur Nüchternheit begrüßte Dudinka besonders, weil er in dieser Hinsicht so manches mitmachen mußte. Hin und wieder geschah es, nachdem ein Anwärter hochheilig beteuerte nie was stärkeres als Quellwasser über seine Zunge laufen zu lassen, daß sich der Mann als zügelloser Säufer entpuppte. Dudinka, der selber gern dem Bacchus die Ehre antat, kam einfach nicht darüber hinweg was in solchen Menschen vorging. Ein Schluck genügte um alle zwölf Hauptteufel zu entfesseln, die sich dann um die Seele des Unglücklichen rauften. Aus ist es mit seiner Ruhe, solang noch ein Tropfen in der Flasche schimmert muß er, einer unwiderstehlichen Macht gehorchend, den vermeintlichen Kobold am Boden finden. Er weiß nicht was er von ihm erwartet, aber unstillbar ist der Trieb den Geist näher ins Auge zu fassen. Unten angelangt geschieht etwas unerwartetes; der

Kobold flieht. Wo versteckt er sich? Ha! dort kauert er, unten am Boden einer anderen, vollen Flasche. Der Gedanke daran entlockte Dudinka ein schmunzeln, es jedoch erleben müssen, kräuselte mehr als seine Stirn.

Die Arbeit ging gut voran. Das Wetter zeigte sich schon wochenlang von einer gnädigen Seite. Kaum ein Tropfen fiel vom Himmel. Starke Winde, Widersacher der Landvermesser, blieben bis jetzt aus; kaum ein Luftzug setzte die Kronen der hochgeschossenen Tannen in Bewegung. Die Stimmung in dem kleinen Lager blieb ungetrübt. Geruhsame Nächte folgten angenehmen, durch erfolgreiche Arbeit zufrieden gestellte Tage.

Ungeachtet des günstigen Wetters unterließ es Dudinka nie in der Früh den Horizont zu prüfen. Wetterstürze auf der großen Ebene, unterbrochen von Wäldern, Seen und Sümpfen, galten kaum als eine Seltenheit. Sie waren ihm bekannt nicht bloß durch die Verkündung anderer, sondern aus eigener Erfahrung. In der Hudsonbucht, über zweimal so groß wie Deutschland, sammelten sich zuweilen Winde, die weiter unten, in der immer noch riesigen Jamesbucht, sturmähnliche Ausmaßen annehmen. Heulend stoßen sie aufs Land, wo sie, zur Verheerung gesinnt, sich in alle Richtungen ausbreiten. Ihre Ausläufer bedecken im Nu die Seen mit Schaumkronen und biegen die Bäume bis sie knarren und bersten.

Eines Morgens, als er wie immer als erster aus der Hütte trat, genügte ein Blick um ihn einzuweihen. Die Luft roch anders, der Himmel über der aufsteigenden Sonne hatte sich verändert. Die Anzeichen am Horizont sagten ihm mehr als das Barometer an der Wand, er begann unwillkürlich Bänder und Streben zu prüfen. Gewissenhaft, ohne zögern, wurden Stricke verknüpft, weitere angebracht sowie Pfähle eingeschlagen. Der Lärm weckte natürlich seine Gehilfen auf.

„Was ist denn da draußen los?“ wollte Kreisel wissen, eher neugierig als ungehalten.

„Sturm ist los, Burschen, auf, raus und mithelfen. Es braut sich was zusammen,“ rief Dudinka.

Der inzwischen schwarz gefärbte Himmel ließ keine Zweifel aufkommen, ein Unwetter näherte sich. Es sah nach heftigen Winden sowie strömendem Regen aus, der zu dieser

Zeit lange anhalten konnte. Aufkommende Stürme verdienten ungeteilte Beachtung im menschenleeren Nirgendwo, dazu in einer behelfsmäßigen Hütte wohnend. Nichts durfte dem Zufall überlassen werden; es hieß zweifach binden, stützen und vertäuen. Denn segelt das Dach mal über schäumenden Wellen, bringt es keine Hoffnung je wieder zurück. Undenkbar wäre solch ein Mißgeschick, wenn nicht verhängnisvoll.

Sechs tüchtige Hände wurden rege, drei kundige Augenpaare überflogen jede Ecke ihres vorläufigen Heims. Wurden Schwächen entdeckt, behob man sie wortlos. Niemand gab Anweisungen, welche ebenfalls keiner erwartete. Drei Gestalten handelten wie ein Körper mit sechs Armen, denn es erhoben sich bereits die ersten Wellen über dem Wasser.

Bald ging es lustig zu. Zuerst kam der Wind, welcher wie verspielt an der Traufe zupfte, dann mal versuchsweise an den Stricken zerrte, vielleicht um rauszufinden wie straff sie seien. Aber in Kürze traf sie eine Bö nach der anderen. Der Regen ließ nicht lange auf sich warten; schwere, prasselnde Tropfen führten den Tanz der Makkabäer auf dem Dach auf.

Es blies und goß nun schon seit drei Tagen. An Außenarbeit war nicht zu denken, selbst kurze Ausflüge um die Hütte erwiesen sich als unbequem. Aber es mußte sein, denn leicht konnten sich Stricke lockern, die manchmal bedenklich surrten, als stünden sie kurz vor dem zerreißen.

Eine Tatsache offenbarte sich allmählich, erst tastend, beinah scheu, aber schließlich unleugbar. Die Zeit wälzte sich immer mühseliger voran. Vor allem hing sie Musil und Kreisel schwer an den Händen. Die Ablenkung der steten Bewegung fehlte ihnen, genauso wie die Gewohnheit nach Feierabend vollbrachte sowie bevorstehende Arbeiten zu besprechen. Ebenso vermißten sie die wohlige Müdigkeit nach getaner Arbeit, gleichwie die Genugtuung über die Leistungen des Tages.

Musil und Kreisel wurden erst rastlos, dann fingen sie an zu grübeln. Die auferlegte Untätigkeit vermochten sie weder mit geistiger noch anderweitiger Beschäftigung auszufüllen. Seltsam, dachte Dudinka, hier sind zwei gesellige Männer, die lieber reden als zuhören, aber nun wie mit zugenähten Lippen herumhocken. An Gesprächsstoffen konnte es kaum mangeln, denn der eine wie der andere war vielbereist, sie konnten auf ein reges Leben zurück schauen. Ihr Beruf führte sie in unerforschte, oftmals Gefahr umwitterte Gegenden, wo es viel zu erleben gab. Beide begegneten den Ureinwohnern Kanadas, was allein als ein Abenteuer gelten konnte.

Es war Dudinka bekannt, daß Musil am Bahngleisbau nach Schefferville teilnahm, welches zur ersten Eisenerzmine im nördlichen Quebec führte. Kreisel, wie er wußte, wanderte vom Atlantischen bis zum Stillen Ozean, kletterte im Felsengebirge herum und arbeitete auf Ölbohrinseln nahbei der Ostküste Neufundlands. Aber dennoch wußten sie wenig zu erzählen, sie hörten und sahen viel, aber empfanden wenig. Konnte es ihren jüngeren Jahren zugeschrieben werden, einem unerklärlichen Versäumnis, oder dem Zufall? Dudinka wußte es nicht, wie erwähnt, deuteln überließ er anderen.

Der Wind ließ langsam nach, jedoch der Regen nicht. Obwohl die Wolken schier die Kronen der Tannen streiften, trat die Dunkelheit erst nach elf Uhr ein. Duster wurde es allerdings zeitiger, ebenfalls stiller in der Hütte, bis Musil und Kreisel am fünften Abend ein angeregtes Gespräch begannen. Eh sich Dudinka wegen der plötzlichen Wendung fassen konnte, entbrannte ein regelrechtes Wortgefecht zwischen ihnen. Er war so bestürzt darüber, daß er bloß stumm zuhören konnte.

„Ich sag es zum letzten Mal, die Sprache ist das Wichtigste am Menschen, sie formt und lenkt uns, sie ist der Hauch des Lebens. Eine entwickelte Sprache, vom Herzen ausgehend, erhebt und spornt an,“ ereiferte sich Musil mit rechthaberischer Stimme.

„Bah, Henri, nichts wie Larifari. Sprache ist nur zur Verständigung gedacht, darüber hinaus besitzt sie keinen Wert. Jede entgegengesetzte Behauptung ist Selbsttäuschung. Vom Herzen kommend? das ich nicht lache, warum nicht vom Hirn,“ setzte Kreisel entschieden entgegen.

Henri Musil ließ sich nicht beirren, offenkundig bewegte ihn etwas das tiefer als bis ins Hirn reichte. Mit zelotischem Eifer verteidigte er seine Meinung.

„Sprache ist Seele, verkommt sie, verdirbt der Mensch. Was glaubst du hat uns Quebecer wach und stark gehalten?

Untergegangen wären wir ohne unsere Sprache, weder zu Heu noch Gras geworden inmitten einem Meer von unvergleichlicher Vernichtungswut. Wie, sag mir doch, wie konnte eine geringe Schar nicht nur der riesigen Woge einer geballten Gleichscherung trutzen, sondern sie umdrehen und mit ihren eigenen Merkmalen krönen? Sprache, mein Sohn, Stolz und Sprache haben das unglaubliche vollbracht."

Kreisel stutzte einen Augenblick, ihm fehlte eine Widerlegung, weshalb er hilfesuchend auf Dudinka schaute. Der stumm Aufgeforderte atmete schwer auf, unschlüssig wem er recht geben sollte. Da beide ihn erwartungsvoll betrachteten, fühlte er sich verpflichtet etwas zu sagen. Er nickte zwei-dreimal mit dem Kopf, räusperte sich laut, wonach er meinte:

„Mir scheint es ihr wollt meine Meinung darüber wissen. Am liebsten möchte ich sie durch ein Erlebnis ausdrücken, welches mir vor vielen Jahren zustieß. Es ist eine lange Geschichte, unglaublich klingend, aber wahr."

Da beide ihre Stühle erwartungsvoll zurecht rückten, begann er:

„Kennt ihr den Orinoko in Südamerika?"

Als man zustimmte, fuhr er fort:

„An der Grenze zwischen Venezuela und Brasilien, wo der Mavaka in den Orinoko fließt, widerfuhr mir ein Mißgeschick, so merkwürdig, wenn nicht abwegig, daß es mir heute noch Alpdrücken verursacht. Die Tatsache ist, ich ließ um ein Haar mein Leben in dem feuchten, dampfenden Tropenwald, nur ein Wunder brachte mich heil zurück. So unglaublich das klingen mag, das Wunder hieß Sprache."

Dudinka mußte schmunzeln als er Musils aufleuchtende Augen gewahrte, obwohl der finstere Blick Kreisels ihn entmutigte.

„Ein Telegramm erreichte mich eines kalten Wintermorgens in Montreal. Ein vormaliger Kollege, nun in Venezuela tätig, lud mich zu einem Aufenthalt nach La Esmeralda ein, einem kleinen Städtchen am unteren Orinoko. Eine Arbeit warte dort auf mich, von kurzer Dauer, aber gut dotiert, berichtete er – sie gleicht eher einem Abenteuer, Ihnen ganz auf den Leib geschrieben. Abenteuer in den Tropen? Ein Blick durch das vereiste Fenster auf den wirbelnden Schnee genügte um mich zu überzeugen. Als ich dazu noch die Bedingungen las, fing ich sofort an zu packen. Postwendend surrte sodann mein Kabel mit der Zusage durch die Drähte.

„Alles verlief wie am Schnürchen. Freilich setzte mir die ungewohnte Hitze gewaltig zu, vor allem in den ersten Tagen. Schweißgebadet erhob ich mich in der Früh, wie in nasse Tücher gewickelt ging ich abends ins Bett. Aber trotz der brennenden Sonne, ungeachtet der Stechmücken die mich schier auffraßen, fühlte ich mich außergewöhnlich wohl. Eine unerklärliche Hochstimmung erfaßte mich, die an Übermut grenzte. Das harte Pflaster unter meinen Füßen fühlte sich wie Luft an, die Hitze, wie ein Hauch der mich zu Taten anstachelte. Waren es die Menschen, seltsam frei und unbekümmert, die meine Lebensgeister erweckten? Der üppige Wachstum oder die schrillen, aber Vertrauen erzeugenden Töne der entfesselten Natur? Wer weiß, es hätten auch die fröhlichen Gesichter sein können, mit den blitzenden Zähnen und lachenden Augen, oder die Musik an jeder Ecke.

„Ich muß gestehen, selten fühlte ich mich so bewegt, erhoben und zu verwegenen Streichen aufgelegt. Mein ganzes Wesen schien eine Umwandlung durchzumachen, alles was ich sah stand in voller Blüte, was ich hörte klang betörend. Die Arbeit erschien mir nicht schwierig, und obwohl sie den Erläuterungen nach mit gewissen Gefahren verbunden war, freute ich mich darauf. Eine Straße, vielmehr ein befahrbarer Weg war vorgesehen, entweder nördlich oder südlich am Orinoko entlang. Bis zur brasilianischen Grenze sollte die Straße mal führen, etwa zweihundert Kilometer ostwärts. Meine Aufgabe bestand darin das Gelände aufzuzeichnen, sachdienliche Aufnahmen zu machen sowie weitläufige Beschreibungen auszuführen. Wie mein Kollege sagte – mir ganz auf den Leib geschrieben. Soviel mir mitgeteilt wurde, handelte es sich um eine Art befahrbaren Weg ins Gebiet der Yanomamös, auch als die Grimmigen bekannt. Selten hätte ein Fremder jene Gegend betreten, wurde mir gesagt. Über den Stamm von schätzungsweise zehntausend Wilden, sei man noch völlig im unklaren.

„Ein Gehilfe wurde mir angeboten, der mir vom ersten Augenblick an mißfiel. Er stammte aus New York, lebte aber seit zehn Jahren in Trinidad, weiter im Norden, bevor er am Orinoko entlang runter nach La Esmeralda gelangte. Mein Kollege, wie einige andere, empfahlen ihn rückhaltlos. Er komme aus bester Familie, wurde versichert, weiterhin besäße er Fähigkeiten, freilich nicht im Vermessen, die bei diesem Ausflug höchst gelegen kämen.

„ ‚Das letzte Wort liegt natürlich bei Ihnen,‘ beteuerte Kollege Gronan. ‚Der Mann heißt Ron Rawlins, er befindet sich auf dem Weg zu uns, morgen sollte er eintreffen. Betrachten Sie ihn erst mal näher, stellen Sie ihm einige Fragen eh entschieden wird,‘ riet Gronan offenmütig.

„ ‚Gehilfen findet man schon, ob sie jedoch geeignet sind, darüber läßt sich streiten. Die meisten Europäer, vielmehr Weiße hierzuland, sind frühzeitig erschlaffte Gestalten, am Leib geschwächt, in der Seele geknickt. Weiterhin sind fast alle dem Teufel Alkohol verfallen,‘ fügte er hinzu.

„ ‚Rawlins trinkt nicht viel?’ fragte ich ihn.

„ ‚Keinen Tropfen,‘ kam die überzeugte Antwort.

„Ha, Kollege, keinen Tropfen! Leider wurde ich bald eines anderen belehrt. Ich stimmte bei, hauptsächlich weil ich damals noch nicht wußte wie man nein sagt, ich war zu jung dazu.

„Nachdem ein seetüchtiges Boot mit voller Ausrüstung bereit stand, stießen wir ab. Die erste Strecke, weit über hundert Kilometer, ging es mit voller Geschwindigkeit voran. Erst nach Jasubibeteri begann die Arbeit, also im Bereich der Yanomamös, den sogenannten Grimmigen. Ich muß erwähnen, man mahnte uns wiederholt vor ihnen. Gefährlich durfte man sie kaum nennen, gewiß nicht im Verkehr mit Fremden, aber unberechenbar schon, sagte man uns.

„ ‚Laßt euch nicht von ihrem Äußeren abschrecken, sie geben sich wilder als sie sind,’ riet der amerikanische Konsul.

„Ihre kriegerische Veranlagung übten sie anscheinend bloß untereinander aus. Allerdings müsse man sich hüten ihnen körperliche Drohungen anzubieten, welche sie anscheinlich mit reiner Mordlust heimzahlen. Also im Umgang mit ihnen Ruhe bewahren, legte er uns nahe, außerdem freundliches, aber trotzdem umsichtiges Verhalten zeigen. Die Reise ins

Ungewisse hatte begonnen, sie sollte wenigsten zwei Monate dauern."

„Ich wünschte, ich wäre dabei gewesen," unterbrach Musil.

Dudinka warf ihm einen unbestimmbaren Blick zu, wobei er sagte:

„Ich befürchte Sie waren damals kaum den Strampelhöschen entwachsen."

„Ich glaube etwas spitzt sich hier zu mit diesem Rawlins, erzählen Sie doch weiter," munterte Kreisel auf.

„Schon am dritten Tag erkannte ich Rawlins bereits als ein Hindernis, an Beistand seinerseits war kaum zu denken. Etwas bedrückte ihn, er wurde von Stunde zu Stunde unruhiger, ja, so fahrig, daß ich ihn ernsthaft ersuchen mußte gefaßter zu werden. Auf meine Frage ob ihn etwas belaste, antwortete er mürrisch: ‚Nein, nein, mir fehlt nichts.'

„Aber trotzdem glitten seine Augen ständig an den Ufern entlang, wie ich vermutete gewiß nicht aus beruflichen Gründen. Er dünkte mich drangsaliert, ja, bis zur Beängstigung von einer Erwartung ergriffen, die ich nicht mal ahnen konnte. Eine Strecke von wenigstens hundert Kilometern lag noch vor uns, das heißt bis zur Quelle des Orinokos, was freilich außerhalb unseres Arbeitsbereiches lag. Erst kurz vor Bisasi-Teri mußte das Gelände vermessen und aufgezeichnet werden, also vor dem Treffpunkt des Mavakas und Orinokos. Nach Punto, etwa dreißig Kilometer entfernt, führte dann unser Ziel, vielleicht auch weiter, wenn es die Zeit erlaubte, nämlich, eh der unausgesetzte Regen sich über das Land ergießt.

„Schon weit vor der erwähnten Stelle weigerte sich Rawlins ans Land zu gehen. Glaubt ihr das war alles? Weitaus nicht. Er machte sogar Anstalten Landungen, ja, glattweg Annäherungen ans Ufer zu verhindern. So etwas hatte ich selten erlebt, wie ein Mensch dabei hadern und zetern konnte. Nach dem dritten Versuch mir ins Ruder zu fallen, schwoll mir der Kamm. Ich brüllte ihn an:

„ ‚Kerle, nehmen Sie Ihre Hände weg, sind Sie denn ganz von Sinnen?'

„Dieser Ausbruch schien ihn einigermaßen zu beschwichtigen, aber nicht genügend um der Vernunft zu gehorchen. Als ich am nächsten Morgen einem günstigen Landeplatz zusteuerte, mit der vollen Absicht dort unser einstweiliges Lager aufzuschlagen, offenbarte sich mehr als mir lieb war. Wie von allen Furien gehetzt benahm sich Rawlins."

„Hatte er Angst vor den Indianern?" unterbrach Kreisel betroffen.

„Angst? Das wäre glimpflich ausgedrückt. Der Mann zitterte am ganzen Leib."

„Was geschah dann?" wollte Musil wissen.

„Wie gesagt, Rawlins benahm sich höchst sonderbar, als höre er Stimmen aus einer anderen Welt die sein Ende verkündeten. Beunruhigt faßte ich ihn näher ins Auge, wobei mir sein verstörtes Gesicht auffiel. Erhitzt erschien er mir, seltsam aufgedunsen, vor allem schrecklich übernächtigt. Nein, dachte ich, Furcht allein verursacht niemals solch eine Verwüstung, den Menschen plagt ein körperliches Leiden.

„Er saß wie immer am Bug, also entgegengesetzt von mir am Heck, bebend, so sehr, daß kein verständliches Wort über seine Lippen trat. Malaria! schoß es mir durch den Kopf, das mußte es sein, es erklärte sein ausgefallenes Benehmen. Da kam nur eins in Frage, nämlich, schleunigst umkehren. Sofort kehrte ich den Bug westwärts, zurück nach La Esmeralda. Rawlins benötigte ärztliche Betreuung. Ich unterrichtete ihn von meinem Vorhaben, vielmehr von der Notwendigkeit der Rückkehr, wogegen er sich heftig wehrte. Er fing an zu stottern, wobei seine zitternde Hand ans Ufer zeigte. Ich verstand kaum ein Wort, außer Indianer, Yanomamös, Barbaren. Ja, sicher, dort standen sie wie erwartet mit Speeren, Pfeil und Bogen oder handfesten Prügeln. Aber was tut's, sagte ich mir, wir wußten doch im voraus von ihrer Gegenwart, außerdem, daß sie trotz ihres grimmigen Gebarens völlig ungefährlich sind, solang man sie in Ruhe läßt. So, warum die sinnlose Angst?

„Na ja, tröstete ich mich, ihn hat das Fieber gepackt. Die Vernunft jedoch lehrte mich eines Besseren, sie raunte mir in beide Ohren: Fieber macht doch gleichgültig, gelockerter und freier. Wahrhaftig, ohne die Beteuerung, er meide den Alkohol, hätte ich ihn für betrunken gehalten, stockbetrunken, meine ich.

Dann fing er an zu fluchen, wobei er den Deckel einer Holzkiste hob, welche stets an seiner Seite stand. Ich wunderte mich schon beim einladen was sie enthielt; ob es Gold sei, erkundigte ich mich scherzhaft.

„ ‚Oh nein, bloß Bücher,‘ antwortete Rawlins lachend.

„Wie von selbst zogen sich meine Augenbrauen hoch, denn Bücher in die Wildnis mitnehmen erschien mir höchst merkwürdig, besonders für jemand, den ich als Spießbürger betrachtete. Alles offenbarte sich im nächsten Augenblick. Rawlins entnahm der wohlbehüteten Kiste kein Buch, sondern eine Flasche bis zum Hals mit Tequila gefüllt. Treff mich ein Donnerkeil wenn ich übertreibe; der vermutete Kranke öffnete den Verschluß und leerte über die Hälfte des Inhalts gluckernd durch seine Kehle. Wohlgemerkt, es war noch früh am Morgen, die Sonne stand kaum über den Palmen.

„Die Erkenntnis traf mich schwer; der Mann war ein Säufer. Er leerte insgeheim eine Flasche nach der anderen aus der getarnten Kiste. Somit erklärte sich sein sonderbares Benehmen von selbst. Er litt nicht an Malaria, sondern an den Vorläufern des Säuferwahns. Er unternahm einige Versuche aufzustehen, was ihm schließlich gelang. Strauchelnd, die inzwischen geleerte Flasche über den Kopf schwingend, kam er mir entgegen. So konnte das nicht weitergehen, die Lage spitzte sich ins Unerträgliche zu. Unverzüglich lenkte ich das Boot dem Ufer entgegen, indessen ich dem schäumenden, torkelnden Rawlins tröstend zuredete. Kaum legten wir an, da ließ er von mir ab und kletterte ans Land, wobei er ständig bösartige Verkündungen den mittlerweile versammelten Indianern entgegen schleuderte. Dann stürzte er sich drohend unter sie.

„Den Lärm hättet ihr hören sollen, ein Aufruhr entstand wie in einem Tollhaus. Die Yanomamös fühlten sich im ersten Augenblick bedrängt, überrumpelt von einem offenkundig Besessenen, weshalb sie unschlüssig zurück wichen. Aber nicht lange, oh nein, man kannte sie nicht umsonst als die Grimmigen. Eh es Rawlins gelang die erhobene Flasche auf einen schwarzen Wuschelkopf zu schmettern, durchbohrten ihn wenigstens zehn Speere. Dann wandten sich die erhitzten Wilden mir zu. Im Nu wurde ich eingekreist und von wenigstens dreißig nackten, knurrenden Kriegern mit erhobenen Speeren bedroht. Allein ihre fratzenhaften Gestalten hätten ausgereicht mir die Furcht des Herrn einzubleuen. Zählt man dazu das mörderische Gekeife, außerdem die kläffenden Köter die sich um meine Fersen rauften, weiß jeder was heilloser Schrecken bedeutet. Ich versuchte sie zu beruhigen, wiederholte immer wieder das Wort Freund, während ich beide Hände über der Brust faltete. Warum, wußte niemand, gewiß verstand kein einziger Indianer was ich redete. Sie fuchtelten bedrohlich mit ihren Waffen, wobei einer nach dem andern geisterhafte Rufe dem Himmel entgegen schickte."

„Konnten Sie nicht fliehen?" unterbrach Kreisel.

„Unmöglich. Erstens war ich umzingelt, außerdem fuhren dutzende Speere in die Höhe, sobald ich die geringste Bewegung machte."

„Ich bin gespannt wie alles verlief, offensichtlich kamen Sie heil davon," sagte Musil.

„Ja, aber wie ich es schaffte grenzt an ein Wunder. Zurück in den Tropenwald, wo ich um mein Leben zitterte. Zu allem Elend gesellten sich nun Frauen und Kinder unter sie. Nackt wie ihre Männer, mit noch schrilleren Stimmen, schienen sie die erregten Krieger anzustacheln. Ohne ein Wort zu verstehen, ahnte ich um was es ging, nämlich, um mehr als meine Gesundheit.

„Plötzlich öffnete sich der Kreis. Zwei wüst bemalte Männer kamen angeprustet. Beim Anblick dieser beschmierten Zerrbilder von Gestalten, begann sich wahrhaftig alles um mich zu drehen. So was abgrundtief häßliches hatte ich noch nie gesehen, viel weniger solch abwegiges Benehmen. Beide nahmen Stellung im geöffneten Kreis, wie Freistilkämpfer vor dem Angriff. Waffen trug keiner, nur die geballten Fäuste wurden gezückt, eine schnellte vorwärts, die andere zuckte halb erhoben nach hinten. Dann prallten sie aufeinander wie zwei erboste Kampfhähne. Keiner wankte oder wich. Sie schlugen sich mit voller Wucht auf die Brustkästen, sie betrommelten sich mit wuchtigen Hieben, daß es nur so dröhnte. Dann fuhren beide zurück, wonach erneut ein Anlauf genommen wurde und weiter ging es wie zuvor. Seltsamerweise verhielten sich nun alle ruhig, sogar die Hunde verstummten. Trotz meiner Bedrängnis vernahm ich den verblüffend hohlen Ton, welcher ihr hämmern erzeugte. Um was das Ganze ging, wußte ich immer noch nicht.

„Eine Erklärung ließ nicht lange auf sich warten. Als einer ächzend zu Boden sank, stieß der Sieger einen Schrei aus der das Blut in den Adern erstarren ließ. Er griff nach einem dargereichten Speer, womit er den Boden rund um sich bearbeitete. Später fand ich heraus, daß ihr Brustschlagen eine Art feierlicher Brauchtum ist, welchen Schamane ausübten, unter dem Einfluß der Ebenidroge. Meine ganze Aufmerksamkeit galt nun dem stampfenden, jaulenden Yanomamö, der sich in einen Zustand der Verzückung steigerte. Furchterregend, zähnefletschend, zeigte er wiederholt auf mich. Was er vorhatte leuchtete mir ein, besonders als er einige Scheinangriffe auf mich unternahm. Ich stand wie im Bann eines Basilisks im Kreis der zischelnden, ächzenden, nun höchst erregten Yanomamös. Jeden Augenblick erwartete ich den Todesstoß."

„Konnten Sie nicht fliehen?" wollte Musil wissen.

„Ich muß gestehen, der Gedanke war mir jetzt weit entfernt. Immerhin wäre es sinnlos gewesen, denn bei jeder Bewegung zeigten dreißig Speere auf mich, wie bereits erwähnt."

„Peter, sagen Sie uns doch endlich wie es ausging. Das Ganze hört sich wie ein Traum an," gab Kreisel zu verstehen.

„Wie ein Alptraum, um genauer zu sein," meinte Musil.

„Aber irgendwie haben Sie es geschafft," fügte er hinzu.

Beide hatten ihren Streit über die Wirksamkeit der Sprache vergessen. Ihre Augen und Ohren hingen gefesselt an Dudinkas Lippen, bedacht jedes Wort zu hören.

„Was danach geschah kommt mir heute noch wie eine Erscheinung aus dem Jenseits vor, in dessen Bereich ich schon mit einem Fuß stand. Ein Entrinnen gab es nicht, davon war ich überzeugt. Ein Blick auf die nackten, kreischenden Wilden genügte, um jeden Strahl der Hoffnung zu verlieren. Womögliche Hilfe lag weit entfernt. Ich war den kriegsbemalten, rasenden Gestalten hilflos ausgeliefert. Aber irgendwie vergaß ich plötzlich mein unabwendbares Schicksal. Meine Gedanken begannen zu wandern, weit zurück über den schäumenden Ozean, hoch über das Uralgebirge, bis zum breiten, blauen Emisej in Sibirien. Es mag euch überraschen zu erfahren, daß dort meine Wiege stand. Meine letzte Reise, eine Flucht vor der Wirklichkeit, führte mich zur Stätte meiner Geburt sowie den ersten fünf Jahren meiner Kindheit.

„Meine Eltern wurden frühzeitig das Opfer eines tödlichen Unfalls, weshalb ich nach Kanada zu Verwandten kam. Dort sprach man bloß Englisch, weshalb die russische Sprache bei mir gänzlich in Vergessenheit geriet. Auch die Erinnerungen an meine Eltern, wie überhaupt alle Spuren jener fünf Jahre, verblaßten, bis sie schließlich völlig verschwanden. Aber wie durch ein Wunder hörte ich auf einmal des Vaters Stimme, die ich nicht bloß deutlich erkannte, sondern ich verstand ebenfalls jedes russische Wort. In seinem tiefen, grollenden Baß forderte er mich zur Wehr auf. Etwas muß ich hier einflechten: Mein Vater rühmte sich einer ruhigen, ausgeglichenen Natur. Doch wehe, man verärgerte ihn, wie in meinem Fall wenn ich nicht gehorchte. Dann verwandelte sich der gefaßte, wohlmeinende Klang ins donnernde, blitzende Unwetter. Konnte der Mann schimpfen und wettern, was man anscheinend auf Russisch weitaus besser vermag als auf Englisch. In beiden Ohren rangen jetzt seine aufmunternden Rufe:

„ ‚Peter Dudinka, Sohn des Igors, wehr dich! Du hast nichts zu verlieren außer der Angst. Los! Draufzu! greif sie an!'“

Dudinka verstummte einen Augenblick, wobei er seinen Kollegen tastende Blicke zuwarf, wie ein Mann der selber nicht so recht glauben konnte was er hier redete.

Draußen zupfte und zerrte wieder der Wind an den Planen über dem Dach. Wie flatternde Segel zu weit im Wind, hörte es sich an. Aber niemand zollte ihnen die geringste Aufmerksamkeit, wie gebannt hing man an den Lippen Dudinkas, der unaufgefordert seinen Bericht weiter führte:

„Ich hörte Stimmen aus meiner Kindheit. Männer, Frauen und Kinder forderten mich auf, wohlgemerkt auf Russisch, einen Angriff zu wagen. Dann erschienen vor meinem inneren Auge wilde, ausgelassene Kosakentänzer, die mich ebenfalls zur Wehr anspornten. Die Wirkung blieb nicht lange aus, besonders weil die anfeuernden Rufe immer eindringlicher in meinen Ohren dröhnten, wohlgemerkt in einer Sprache, welche ich glaubte längst vergessen zu haben.

„Auf einmal wich jegliche Spur der Angst von mir, aus dem zitternden Lamm wurde ein gereizter Büffel, bereit alles vor sich niederzustoßen und in den Boden zu stampfen. Was dann geschah erscheint mir heute noch wie ein zauberhafter Traum. Ich fing an zu brüllen, aber nicht in der Sprache die ich täglich seit über dreißig Jahren anwandte, sondern auf Russisch. Grollend, wetternd, wie einst mein Vater, schleuderte ich den hupfenden, plärrenden Indianern eine Drohung nach der anderen entgegen. Immer lauter, wuchtiger wurde meine Stimme, bis sie das Gekreische der Wilden übertönte."

Dudinka hielt ein, wobei er tief aufatmete, ohne den ungeduldigen Bewegungen seiner Zuhörer Beachtung zu schenken. Danach stöhnte er auf, lauter als der zerrende Wind über dem aufgewühlten Wasser. Da war er wieder, der rätselhafte Blick, zweifelnd, zögernd, als wußte er von vornherein, daß ihm sowieso niemand glaubte, ja, glauben konnte. Aber obschon abwegig klingend, wollte er ihnen alles erzählen.

„Das Wunder geschah; sie stutzten, wonach alle verstummten und mich entgeistert anstarrten. Ich war nicht mehr aufzuhalten. Wie ein Berserker tobend stürzte ich auf den Schamane zu, der erst mitten im Lauf stockte, dann mit einem Schrei des Erstaunens seinen Speer in die Erde stieß, wonach er beide Arme wehrend hob. Zu sagen mich hätte die veränderte Haltung der Indianer überrascht, hieße der Wahrheit einen Maulkorb umhängen. Nein, sage ich euch, sie machte mich fassungslos. Ihr kennt ja die Wirkung, wenn eine todsichere Erwartung nicht bloß ausbleibt, sondern genau das Gegenteil geschieht. Ich stockte mitten im Lauf, bestürzt wie noch nie in meinem Leben schaute ich rundum. Die unerwartete Stille kam mir unheimlich vor, bedrückender als ihr kriegerisches Verhalten. Kinder wie Frauen gaben nun keinen Muckser von sich, nur die Männer fingen an zu murmeln, aber nicht drohend wie zuvor, sondern eher verträglich.

„Freilich schabte ihr Singsang, in welchen sie dann ausbrachen, arg an meinen Nerven. Es klang so schauderhaft, unglaublich mißtönend, daß ich in Versuchung geriet mir die

Ohren zu verstopfen. Was nun? dachte ich, denn immerhin verstand ich weder ein Wort noch waren mir ihre Gepflogenheiten geläufig, die ich nur vom Hörensagen kannte. Unwillkürlich ahnte ich jedoch eine günstige Wendung. Trotz der unablässigen Schwüle, muß ich gestehen, spürte ich ein Frösteln in allen Gliedern, das nun vom warmen Strahl der Hoffnung auftaute.

„Gerettet! war mein nächster Gedanke. Warum, wußte der liebe Himmel, aber die ganze Stimmung wurde zuträglicher. Freundlich zeigten sich die Yanomamös allerdings nicht. Wie konnten sie auch mit ihren kunterbunt bemalten Körpern, den teuflisch aussehenden Gesichtern, schwarz beschmiert, woraus das Weiß der Zähne und Augen geisterhaft leuchtete. Aber an den Bewegungen erkannte ich ihre versöhnlichere Gesinnung. Zögern tat ich nicht länger, mein Bestreben führte nur in eine Richtung, nämlich, flußabwärts nach La Esmeralda, mit oder ohne Rawlins. Vorsichtig ging ich rückwärts meinem Boot entgegen, ständig beide Augen, von der Sicht eines Bedrohten geschärft, auf die schnatternden Indianer gerichtet. Sie folgten mir in angemessenem Abstand, doch unmißverständlich darauf bedacht von meiner Gegenwart befreit zu sein. Bemüht keine ruckartigen Bewegungen zu machen, die falsch ausgelegt werden könnten, drehte ich mich langsam um, wonach ich ungehindert meinen Gang zum Boot fortsetzte."

„Sie kamen also mit heiler Haut davon?" erkundigte sich Kreisel beinahe enttäuscht über den glimpflichen Ausgang.

„Ja, keine weiteren Gefahren standen mir im Weg. Allerdings mußte ich Rawlins zurücklassen, weil bei jedem Versuch mich ihm zu nähern, dreißig knurrende Yanomamös bedrohlich mit ihren Speeren rattelten."

„Was geschah dann?" wollte Musil wissen.

„Nicht mehr viel. Ich kam vor Dunkelheit in Jasubibeteri an, dem nächsten größeren Ort flußabwärts. Allerdings plagten mich dort Sprachschwierigkeiten, da ich weder Spanisch noch Portugiesisch sprach, wohingegen kein Englisch oder Französisch, sogar bei den Behörden, bekannt war. Aber schließlich renkte sich alles ein; man verband mich mit dem amerikanischen Konsul in La Esmeralda, der versprach alles weitere zu unternehmen. Ich hatte genug, mir stand der Sinn nur nach Montreal, Kälte oder nicht, die Tropen hatten den Reiz für mich verloren."

Draußen wurde es inzwischen stockfinster, der Wind hatte nachgelassen, aber der Regen nicht. Er nahm eher zu, dem trommeln auf dem Dach nach zu urteilen, das bedenklich klang, als versuchten schwere Tropfen tausend Löcher ins Dach zu bohren. Drinnen fiel kein Wort, die Männer horchten wie vertieft dem Treiben über ihren Köpfen zu, als wären sie dankbar für die Ablenkung. Im Augenblick wußte keiner etwas zu sagen. Dudinkas erhobene Augenbrauen senkten sich wieder, nachdem die erwarteten Fragen ausblieben. Ihm war es recht, denn wer konnte schon mit ernstem Gesicht solch merkwürdige Geschehnisse erklären.

Kreisel versuchte seine Gedanken zu ordnen, welche der fesselnde Bericht aus der Bahn warf. Beim besten Willen konnte er das erstaunliche Erlebnis seines Chefs weder als Bestätigung seiner vorigen Behauptung auslegen noch als Widerlegung. Im Gegensatz zu Musil, dessen Miene sich bereits seit einer Weile erhellt hatte. Zu Kreisel gewandt sprach er frohlockend:

„Da siehst du wie mächtig die Sprache ist. Die Not treibt einen in die Kindheit zurück, in höchster Gefahr wendet man unwillkürlich die Muttersprache an. Keine weitere Gegenrede, mein Freund, deine Folgerungen sind nichtig."

Dudinka mußte über die Überheblichkeit Musils lächeln, wogegen Kreisel ungehalten den Kopf schüttelte.

„Henri hat teilweise recht," pflichtete Dudinka bei, eh Kreisel seinem Ärger Luft machen konnte.

Trotzdem wandte er ein:

„Wie erklären Sie das?"

„Man beachte, daß ich teilweise sagte. Aber laßt mich zu Ende erzählen. Leitete mich damals eine höhere Macht, spielte der Zufall seine Possen, oder rührte sich die Hand der Vorsehung? Ich weiß es nicht. Mir fehlt heute noch eine Erklärung für mein sonderbares Benehmen, einerseits wesensfremd, anderseits ans zauberhafte grenzend. Wie kam ich darauf plötzlich wider meiner Natur rabiat zu werden, dazu in einer Sprache deren ich zuvor wie hinterher nicht mächtig war. Wie konnte ich auf einmal in der Art meines Vaters loswettern, der schon längst in Vergessenheit geraten war, den ich übrigens kaum kannte?“

„Wie ich immer noch behaupte, das Unterbewußtsein lenkt einem in der Not zur Kindheit zurück, also zur Muttersprache. Zufall? davon kann keine Rede sein,“ warf Musil dazwischen.

Dudinka betrachtete ihn eine Weile stumm, wonach er fortsetzte:

„Mal langsam mit diesen Folgerungen, es kommt noch mehr, merkwürdig genug um sich Gedanken zu machen. Als ich mit Dank im Herzen wieder heil in Montreal ankam, fand ich keine Ruhe. Zwei Fragen quälten mich: Erstens, wie ich es fertig brachte eine längst vergessene Sprache zu gebrauchen; zweitens, wieso diese grimmigen, furchtlosen Indianer daraufhin die weiße Fahne zeigten.“

Als Musil versuchte ihm ins Wort zu fallen, hob er abwehrend die Hand.

„Augenblick, hört alles an. Wie gesagt, es ließ mir keinen Frieden mehr, weshalb ich erst unbewußt, sodann mit reiner Versessenheit Auskunft über die Yanomamös suchte. Nach langem stöbern stieß ich endlich auf ein Büchlein, eine Abhandlung möchte ich sagen, sehr aufschlußreich, wenn nicht des Rätsels Lösung enthaltend.

„Ein Forscher namens Narimanov hatte dieses kurze wissenschaftliche Werk geschrieben. Er hielt sich fast zwei Jahre unter den Yanomamös auf. Seine Bleibe endete ungefähr ein Jahr vor meiner Ankunft. Zu sagen ich hätte das Büchlein angeregt gelesen, würde der Wahrheit keine Ehre zollen. Oh nein, ich verschlang den Inhalt schon unterwegs im Stehen. Ein bemerkenswertes Buch, mußte ich gestehen, von einem tiefsinnigen Menschen gewissenhaft aufgesetzt. Nichts fehlte, sorgfältige Aufzeichnungen folgten getreuen Darstellungen. Alles wurde peinlich genau beschrieben, von der einzigartigen Sprache über die unvergeßlichen Gepflogenheiten bis zur gespielten Grimmigkeit. Ich hing mit beiden Augen an jeder Zeile, die mir im nächsten Augenblick schier aus den Höhlen traten.“

„Oh, wieso das?“ erkundigte sich Musil.

Dudinka antwortete nicht sofort. Mit einem bedeutsamen Blick stand er auf, wonach er zwei- dreimal hin und her lief. Ein unterdrücktes lächeln huschte über sein Gesicht, während er bedachtsam weiterfuhr:

„Narimanov beklagte vom ersten Tag an die Ruppigkeit der Yanomamös, die an Herausforderung grenzte. Ihre diebischen Veranlagungen jedoch bejammerte er am meisten, freilich auch ihre Vorliebe zu Drohungen. Er fühlte sich ständig bedrängt. Obschon er ihnen freundlich entgegentrat, ihre Sprache ziemlich gut lernte, behandelten sie ihn wie einen Feind, ja, wie einen Untertan. Er schrieb:

„ ‚Eines Wolken verhängten Tages, schwül wie nie zuvor, wurde es mir zu bunt. Viele meiner Besitztümer verschwanden über Nacht, die Hunde kläfften mich dreister als sonst an, außerdem verhöhnten mich heute sogar die Frauen und Kinder. Wohlgemerkt, ihre Sprache enthielt kaum mehr ein Geheimnis für mich. Dann trat ein Krieger aus den schmähenden Reihen Speer rüttelnd auf mich zu. Plötzlich sah ich rot. Tief aus meinem Innern erhob sich eine Säule der Wut, wie ein feuriger Strahl brannte sie in mir. Ohne mich zu besinnen, begann ich den Lästeren in gleicher Münze heimzuzahlen. Lauter, immer eindringlicher wurde meine Stimme bis ich sie regelrecht anbrüllte. Erst merkte ich es selber nicht, daß ich auf Russisch tobte und wetterte. Erschrocken wollte ich soeben auf ihre Sprache umschalten, obendrein einen milderen Ton anwenden, als ich merkte wie sie stutzten. Mit dem kleinen Finger hätte man mich umhauen können, so baff war ich. Statt einem erwarteten Angriff folgte eine versöhnliche Haltung. Ihr kriegerisches Gebaren änderte sich mit einem Ruck; sie wurden fügsam wie Lämmer. Hoho, dachte ich, das Schicksal ist mir heute gnädig gesinnt, es zeigt mir den Pfad zu einer besseren Zukunft. Ich stand nämlich am Scheideweg; aufgeben oder weitermachen. Um meine Arbeit erfolgreich zu beenden benötigte ich noch ein volles Jahr, welches unter weitaus günstigeren Voraussetzungen beendet werden mußte. Kein Mensch, nicht mal ein Wundertäter vermochte solch ein Tüpfelunternehmen auszuführen, inmitten einer aufsässigen, diebischen Bevölkerung, die einem jede Hürde vor die Füße stellt. Aber fand ich nicht eben ein Mittel um sie halbwegs in

Schach zu halten? Von dieser Erkenntnis angefeuert, stauchte ich sie weiterhin unbarmherzig zusammen.

„ ‚Da rührte mich schier der Schlag beim Anblick, wie einer nach dem andern angetrippelt kam mit meinen gestohlenen Sachen unterm Arm, die sie beinahe zerknirscht vor meine Füße legten. Von da an änderte sich die Lage, ich wurde mit zögernder Achtung behandelt. An freudige Mitarbeit war freilich nicht zu denken, obendrein sickerte ihre angeborene Widerspenstigkeit nach einer Weile wieder durch. Dem ließ sich jedoch abhelfen; ein kräftiger Anraunzer, natürlich auf Russisch, renkte alles auf absehbare Zeit ein.' "

„Also doch verdanken Sie Ihr Leben nicht der Macht der Sprache, sondern den Launen eines Zufalls," stellte Kreisel fest.

„Wie bereits erwähnt, ich weiß es nicht," antwortete Dudinka.

Ohne Tränen

Napatuk machte ihnen Sorgen. Trotz der fieberhaften Beschäftigung, der ständigen Jagd nach Nahrung, warf man bedenkliche Blicke auf ihn.

Die Begebenheit trug sich in den fünfziger Jahren zu, als die europäische Kultur Kanadas Norden mit heller Macht ansprang, wo sie wie eine Blutvergiftung über die Tundra raste. Gnadenlos wucherte sie im Land des großen, weißen Schweigens. Unersättlich wie Moloch aus Gehenna überfiel sie Mensch wie Tier, bis dem nichtsahnenden Inuit das lächeln im Gesicht erstarrte. Die Verheißung einer höheren Ordnung lag in der Luft, ein neuer Wind fegte über das riesige Ödland, vom Amundsengolf bis zur Baffininsel. Er trieb die wunderliche Kunde der Zivilisation vor sich her.

„Das sind erstaunliche Menschen,“ flüsterte man sich zu.

Als sie jedoch eines Morgens aufwachten, starrte ihnen die Wahrheit in die schlaftrunkenen Augen. Sie waren nicht mehr frei! Man hatte sie überlistet. Die Erkenntnis brach ihr Herz, sie raubte ihnen den Willen zur Wehr. Scham gesellte sich zur Trauer, eine lähmende Gleichgültigkeit schwächte ihre Hände, welche einst Speer und Bogen führten, aber nun kaum noch die Kraft besaßen um Almosen hinzunehmen.

Freilich unterlagen nicht alle dem Einfluß des Fortschritts, einige verschmähten die Gaben der ‘Großen Augenbrauen’ und flüchteten in eine entlegene Bucht bei Igloolik, wo sie unbehelligt von der eisigen Hand der Christenliebe und dem

Stachel der Zivilisation, ihre alte Lebensweise fortführten. Sie lachten, sangen und tanzten wie zuvor.

„Das Schlimmste liegt hinter uns," hieß es abermals.

Eine klirrende Kälte lag bereits über dem Land, wo die ersten Nordlichter den langen, dunklen Winter ankündeten. Kaum waren die Vorräte gespeichert, schon fiel der erste Blizzard über sie her. Während es draußen blies und heulte, blieben die Menschen in ihren Räumen, wogegen die Huskies sich tiefer im Schnee einrollten.

Nach dem Sturm brach eine Kälte aus, welche die Träne gefrieren ließ, eh sie zu Boden fiel. Das große, weiße Schweigen legte sich nun über das unendliche Land, welches nur vom Singsang der Polarwölfe unterbrochen wurde. Die Inuits ertrugen die Kälte mit Gleichmut, sie zuckten mit keiner Wimper; weder vor den rasenden Stürmen noch vor der erdrückenden Dunkelheit. Nur Napatuk machte ihnen Sorgen.

„Wie geht es mit Napatuk?" fragte man Mukpa, seine Frau.

„Er ist sich ganz selbst," kam die Antwort.

Die gute Nachricht flog von Iglu zu Iglu, von Mund zu Mund, wobei sie eine allgemeine Hochstimmung auslöste. Man schwatzte, lachte und ging ungezwungen auf Besuch. Das Leben war lebenswert; der Bauch war voll, die Iglus warm, obendrein blieb Napatuk friedlich.

Tassagut, der Alte, begann zu erzählen, von seinem Vater Echaluk, der schneller als der Wind lief und das Rentier im vollen Lauf überholen konnte. Oi, war der stark! Konnte er nicht den Eisbär mit bloßen Händen niederringen? Obendrein zog er das Walroß wie eine Robbe aus dem Wasser. Hartnäckig war er, dazu ausdauernd wie der hungrige Wolf auf dem Raubzug. Er war ein Inuit, wie sie, die mächtigsten Jäger der Erde, welche ohne murren aus dem bitteren Kelch eines mühsamen Lebens trinken. Die mit Bären und Wölfen über die Tundra streifen, wo sie auf der ewigen Jagd nach Nahrung, schrecklicher Einsamkeit und verheerenden Stürmen ausgesetzt sind.

Gefaßt, beinahe gelassen treten sie dem heulenden Wind entgegen, der ungehindert über das Ödland fegt, wobei er Schnee und Eis vor sich her treibt. Plötzlich tritt ihm ein schlagendes Herz in den Pfad. Wie in sinnloser Wut faucht er mit dreifacher Wucht darauf zu. Doch der winzige Fleck am Horizont weicht keinen Schritt; im Gegenteil, er wendet sich ihm zu und faucht lachend zurück. Sie sind die Inuits, die weder jammern noch klagen wenn die drückende Stille und Finsternis ihre klammen Fühler ausstreckt, um ein erbarmungsloses Netz um sie zu weben.

Tassagut erzählte, während die anderen zustimmend nickten. Gewiß, sie waren die Inuits, Inuks, ungeschwächt von der Romantik, ferner ungebeugt von dem Joch des Ehrgeizes. Sie rückten näher zusammen um die Wärme der gleichen Gesinnung zu spüren, um den Pulsschlag ähnlicher Gedanken zu hören.

„Mehr, Tassagut, mehr," spornte man ihn allerseits an.

Sie wollten es immer wieder hören, bis jedes Wort unauslöschlich an ihnen haften blieb.

Aber plötzlich horchte Kapik, der Schamane auf, indessen Tassagut verstummte.

„Was ist, Kapik?" wollte man wissen.

Er schüttelte den Kopf.

„Nichts," antwortete er.

Es wurde totenstill rundrum, man ahnte das Schlimmste. Napatuk! Wie ein weidwunder Grislybär sprang sie der Name an.

„Napatuk, Napatuk," flüsterte man mit blutleeren Lippen.

Tassagut ließ traurig den Kopf hängen.

„Er tobt wieder," keuchte er.

Schlagartig änderte sich die Stimmung in der ganzen Siedlung. Der Lärm wuchs an bis die Hunde vor Angst winselten. Mukpa saß wie erstarrt neben ihrem Mann, denn bös war sein Blick, giftig der Zahn seiner Wut. Als Napatuk anfing blindlings in den Pelzen herumzustechen, schlich sich Mukpa unmerklich dem Ausgang entgegen, worin sie mit einem herzhaften Sprung verschwand. Das hatte er nicht erwartet, es goß Wasser auf seine Mühle. Mit gräßlichen Drohungen und Flüchen stürzte er hinterher. Die ganze Siedlung geriet jetzt in Aufruhr. Kinder jammerten, Hunde jaulten, verängstigte Stimmen riefen wirr von allen Seiten, ein schreckliches Durcheinander folgte.

Plötzlich trat eine Änderung ein. Die Huskies merkten es zuerst, dann nahmen es die Frauen wahr. Sie nickten, lächelten ihren Kleinen zu und streichelten sie mit den Nasen.

„Es ist vorbei," wisperten sie.

Napatuk saß bereits wieder in seinem Iglu, mit einer Miene als wäre nichts geschehen. Auch Mukpa kam zurück, zündete Lampe wie Kocher an, wonach sie frischen Tee abbrühte. Er zeigte sich munter und unternehmungslustig.

„Ho, ho, Mukpa, mach dich fertig, wir gehen jagen," sang er aus.

Draußen huschte die gute Nachricht von Mund zu Mund.

„Es ist vorbei, Napatuk ist wieder sich selbst."

Sie legten Furcht und Waffen zur Seite und wandten sich wichtigeren Dingen zu. Es war ein Jammer, aber was sollte man tun?

„Morgen wird alles besser," sagten sie.

Jedoch die Jüngeren, von dem Schamane unterstützt, wollten es nicht mehr dulden. Napatuk war ein Dorn in ihrem Leib der entfernt werden mußte. Sie beschlossen ihm bei seiner Rückkehr die Verbannung anzubieten. Verbannung oder Tod, hieß das ungeschriebene Gesetz der Ahnen. Nur die nächsten Verwandten konnten es verhüten, indem sie die Verantwortung für den Verurteilten übernahmen. In allen Fällen mußte es ein Mann, ein Inuk sein. Da trat Okituk, der Sohn, aus den Reihen. Er versprach des Vaters Bürge zu sein.

„Du weißt was das bedeutet," wollte der Schamane wissen.

„Ich weiß es," kam die Antwort, denn sollte der Verurteilte rückfällig werden, muß der Bürge das Urteil vollstrecken.

Kurz danach kamen Napatuk und Mukpa zurück. Müde waren sie, aber glücklich, denn die Jagd erwies sich als erfolgreich. Je näher sie jedoch an die Siedlung kamen, umso tiefer mummte sich Mukpa ein.

„Napatuk, mir ahnt nichts Gutes," klagte sie.

„Sei still," schalt er, obwohl auch ihm eine Last auf dem Gemüt lag.

Als Napatuk von dem Beschluß der Gemeinde unterrichtet wurde, lächelte er zufrieden.

Ihre Not mit Napatuk wurde alsbald durch ein größeres Ereignis verdrängt. Ein seltsames prickeln lag in der Luft, Menschen tasteten den südlichen Himmel mit angestrengten Augen ab, während die Hunde mit straffen Ohren und erhobenen Schnauzen den Horizont beschnupperten. Eine große Erwartung beseelte Mensch wie Tier, sie verdrängte den Hunger aus ihrem Leib sowie die Kälte von der Haut.

Dann war es soweit. Die Flamme des Lebens zeigte eines Tages wieder ihr Gesicht, die Sonne kam zurück. Eine unstillbare Freude fuhr von Iglu zu Iglu, sie berührte jedes Herz. Aber leider war ihr Glück von kurzer Dauer, es erhielt einen rüden Dämpfer. Napatuk tobte wieder, zwar mit der Macht eines ausgeruhten Vulkans.

Alle Augen waren nun auf Okituk, den Sohn, gerichtet, denn er allein trug jetzt die Verantwortung für den Vater. Mit einem Ruck straffte er sich, wonach er dem Iglu seiner Eltern entgegen schritt.

„Alles wird nun gut," versprach der Schamane.

„Okituk kennt seine Pflicht," stimmte man ihm bei.

Bald stand Okituk dem Vater gegenüber, verlegen und wortlos, denn ihm fehlten die Mittel eine Brücke über das Schweigen des Vaters zu bauen. Im Land des üppigen Schwelgens und des nagenden Darbens wird Zurückhaltung über alles geschätzt.

„Geht alles gut mit dir, Okituk?" kam die Frage.

Das Eis war gebrochen, die Unterredung konnte beginnen.

„War die Jagd erfolgreich?" wollte er wissen.

„Erfolgreich? Ha, die Robben krabbelten bei meinem Lockruf aufs Eis, die Bären drängelten sich in meine Schußlinie, während Polarfüchse mit Vielfraßen um die Fallen wetteiferten."

Fleisch kochte im Topf, Tee brodelte im Kessel. Allen drei war die Wichtigkeit dieser Stunde bewußt, jedoch dem Vater gebührte das erste Wort.

Ein ausgedehntes Schweigen legte sich dann über den Raum. Sie warteten. Mukpa rührte wie geistesabwesend in den Töpfen, während Okituk verlegen auf die Felle starrte. Endlich unterbrach Napatuk die lastende Stille.

„Du hast etwas auf dem Herzen, Okituk?“ richtete er das Wort an den Sohn.

„Ja,“ kam die zögernde Antwort.

„Ist die Entscheidung getroffen?“

„Ja,“ antwortete der Sohn betrübt.

Der Blick des Vaters verirrte sich auf den Boden, indessen die Mutter absichtlich die Augen abwandte.

„Was schlägst du vor?“ wollte der Vater wissen.

„Deinen Tod.“

Mukpa zuckte wie unter einem Peitschenhieb zusammen. Sogar der Vater erbleichte unter der verwitterten Haut. Er nickte schweigend; das war das Ende.

„Wie?“ erkundigte er sich.

„Durch meine Hand,“ verkündete der Sohn.

Ein zufriedenes lächeln umstahl des Vaters Mundwinkel.

„Das ist gut,“ lobte er. „Laßt uns beginnen.“

Okituks Blick irrte von seiner Mutter zum Vater, mit dem er am liebsten allein gesprochen hätte. Mukpas Augen waren auf die Männer gerichtet, als wollte sie Einspruch erheben. Nur Napatuks rügender Blick verhinderte eine Einmischung. War es nicht angenehm vom geliebten Sohn auf die große Reise geschickt zu werden? drückte seine Miene aus. Mukpa schwieg, denn was sollte sie auch sagen, die Wirklichkeit sprach lauter als Gefühle. Gewiß war Napatuk ein guter Mann, aber der Stachel des Jähzorns stand im Begriff das Leben der ganzen Gemeinschaft zu zerstören.

„Ich bin bereit,“ hörte sie Okituk sagen.

Napatuk enttäuschte die Sippe nicht, er nahm den dargereichten Kelch mit den bittersüßen Tropfen klaglos hin. Er war gewillt ihn bis auf den Grund zu leeren. Sein Gesicht verriet herzlich wenig. Die innersten Regungen mußten der Außenwelt verborgen bleiben; sie gehörten nur ihm. Freude, Trauer, durften die Schwelle der Seele nicht überschreiten, sie mußten auf immer gefangen bleiben. Das Leben, die wilde Tänzerin, reichte ihm zum letztenmal die Hand, nicht wie üblich zum ausgelassenen Wirbel, nein, der lachende, küssende Wildfang nahm Abschied von ihm.

Mit einem Ruck hakte sich Napatuk in den Arm des Schicksals ein. Ohne Reue, frei von Bedauern machte er sich bereit. Alles wird nun gut, dachte er, die Sippe handelt richtig, es gibt keinen anderen Ausweg. Das zweischneidige Schwert bleibt in der Scheide, unbefleckt vom Blut der Unschuldigen. Nur Okituk tat ihm leid. Er hoffte inständig, daß die auferlegte Pflicht keine Narben hinterließ. Aber war er nicht ein Inuit, ein Sohn seiner Ahnen, obendrein jung wie die Tundra im Juli?

Die Männer schauten sich lange an, während Mukpa hilflos und halb gelähmt in einer Ecke saß. Draußen tanzte und flackerte das Nordlicht über dem Himmel, geisterhaft, wie eine Botschaft aus einer anderen Welt. Kaum hatte sich Napatuk umgedreht, als ein Schuß die Stille zerriß, der Mukpa durch alle Glieder fuhr und Okituk in den Abgrund der Verzweiflung stürzte.

Draußen horchte man erleichtert auf. Ein großes Hindernis wurde beseitigt, ein giftiger Stachel aus ihrer Brust gerissen. Obwohl die Erleichterung unbegrenzt war, welche sie froh machte, ließ man es mit keiner Miene merken. Die Zigeuner des Nordens, grausam an der Oberfläche, besaßen eine edle Gesinnung. Hinterher begann die Totenwache. Drei Tage lang wurden die Taten Napatuks besungen, am vierten wurde er auf einen Schlitten gelegt.

Seine Grabstätte lag etwa fünf Kilometer vom Dorf entfernt, eine kurze Strecke, welche kaum eine Stunde in Anspruch nahm. Der letzte Gang gehörte Vater und Sohn, niemand durfte sonst zugegen sein. Dort angekommen legte Okituk den Vater behutsam an die auserwählte Stelle. Sogleich umschritt er den Toten viermal, wonach er eine Öffnung ins dichte Fell schnitt. So, das wäre getan. Die Seele, sein Name, konnte nun beim ersten Ruf ungehindert entweichen.

Wortlos wandte er sich um, unschlüssig hafteten seine Augen am Dorf. Plötzlich richteten die Hunde ihre Schnauzen hoch und begannen jämmerlich zu heulen. Okituk stutzte, aber nicht lange, eh auch er den Kopf zurückwarf und langgezogene Klagerufe dem erwachenden Tag entgegen schickte. Von unbändigem Schmerz erfüllt, schallten seine bitteren Schreie über die weite Ebene. Die Huskies verstummten erschrocken, sie horchten ergriffen dem herzzerreißenden Totengesang zu, welcher so unerwartet abbrach wie er begann.

Mit einem Ruck straffte Okituk die Zügel, wonach die Peitsche um die Ohren des Leithundes sauste, bis die ganze Meute dem Dorf entgegen jagte. Der Vater war gut versorgt, das wußte er, denn obwohl er zeitlebens mit starker Hand tötete, achtete er stets die Seele der Tiere.

Als sie dem Dorf näher kamen, begann ein goldgelber Schimmer die Erde zu umschmeicheln. Bald, dachte er, wird der warme Hauch der Mitternachtssonne Schnee und Eis verschlucken. Vor seinem inneren Auge erschien die Tundra mit dem flammenden Teppich und den tausend ausgelassenen Stimmen. Mögen den Neidern die Augen ausbrennen, er war glücklich, denn das Schlimmste lag hinter ihnen. Morgen wird alles besser sein.

Sangaree

Als Franz Ebert das Telegramm erhielt, zögerte er keinen Augenblick. Mit regen Händen und flinken Füßen begann er zu packen. Seinen alten Freund und Kameraden mal wiedersehen erfüllte ihn mit Freude, die leider einen Dämpfer erhielt hinsichtlich gewisser Tatsachen. Bedenken trübte seine Stirn als er Kenntnis davon nahm. Die Mitteilung lautete:

„Ich brauche Hilfe, komm sofort. Verlange nach Rinaldo im El Rancho, in Petionville, Haiti." Unterzeichnet: Sangaree.

„Was wohl der Canuck mal wieder im Schilde führt?" wunderte sich Ebert.

Die Echtheit der Nachricht anzweifeln stand außer Frage; der Ausdruck Sangaree verlieh ihr den Stempel der Glaubwürdigkeit. Es war ihr erwähltes Kennwort, lange bevor jener denkwürdigen Nacht, als sie Abschied nahmen im Montrealer Hafen.

Es geschah vor etlichen Jahren, doch jener Abend blieb lebhaft in Eberts Erinnerung. Dort standen sie, ungeachtet des strömenden Regens lagen sie sich in den Armen und heulten wie zwei mutterlose Kinder. Sie gelobten sich ewige Treue sowie immerwährende Freundschaft. Flucht schien der einzige Ausweg für Baldwin zu sein, der um seine Freiheit bangte, wenn nicht um sein Leben. Das Gesetz würde ihn sicherlich verfolgen, außerdem mußte er damit rechnen, daß Karel

Gabaris schonungloser Arm sein beabsichtigtes Ziel nicht verfehle.

Sie kannten sich seit undenklichen Zeiten. Gemeinsame Erlebnisse, freudig sowie traurig, bildeten ein unlösbares Band. Ebert kicherte:

„Das sieht ihm ähnlich, verlange nach Rinaldo."

Arthur konnte nie eine Gelegenheit zur Leichtfertigkeit versäumen, es schmeichelte stets seiner Eitelkeit.

Sie trafen sich wie vereinbart. Ebert beunruhigt nennen als sein Auge auf den Freund fiel, hätte der Behauptung Lügen gestraft. Erschreckt starrte er auf den verwirrten, ja, gehetzten Freund. Der einst saubere, stattliche Mann hatte sich einer ungünstigen Wandlung unterzogen. Ehedem vornehm und heiter, entzückte er stets die Herzen der empfänglichen Canadiennes, aber nun stand er vor ihm zerzaust und mürrisch. Die einst feste Hand hing schlaff in seinem Griff. Er schien im Ringkampf mit der Altersschwäche zu stehen, die ihn jäh und verfrüht ansprang.

„Bist du krank, Arthur?" fühlte sich Ebert bewogen zu fragen.

„Nicht leiblich, mit meinem Körper ist nichts verkehrt," folgte eine rätselhafte Antwort, die Ebert geziemend unbeachtet ließ.

Ohne ein weiteres Wort begleitete er den Freund in eine Weinstube. Eine Ahnung befiel ihn indessen, daß viel trübes Wasser unter Baldwins Brücke floß, in dessen Strömung er sich nur mit Mühe behauptete. Eine Stimme, weiß der Himmel von woher, mahnte zur Umsicht, den Freund keineswegs mit bohrenden Fragen zu bestürmen. Er schien ungewöhnlich empfindlich zu sein, auf der Hut eigentlich, was von Kummer zeugte, vielleicht sogar Geldnot. Der Ring an Baldwins Finger entging nicht seiner Aufmerksamkeit.

Nachdem sie Platz genommen hatten, an einem etwas abseits gelegenen Tisch, wies er darauf hin:

„Wie ich sehe bist du verheiratet," bemerkte Ebert wie so nebenbei.

„War, Franz, war."

„Was ist geschehen?"

„Meine Frau starb vor einem Monat," wurde ihm gesagt, in einem Ton der weder Bedauern noch Genugtuung ausdrückte.

Jedoch das Widerstreben sich nicht weiter darüber zu äußern, stand ihm auf der Stirn geschrieben. Ebert fand es seltsam. Sie hegten seit Jahren keinen Umgang miteinander. Berücksichtigte man Baldwins übereilte Abreise sowie die dringende Nachricht, ein Notruf wie man es auch drehte, durfte man sein Verhalten als höchst eigenartig betrachten. Jedoch gab er vor davon nichts zu merken, auch vertuschte er Merkmale seiner wachsenden Besorgnis. In der Tat hatte sich Baldwins Aussehen stark verändert; er glich einem Zerrbild seines ehemaligen Selbst. Ein großes Leid, verbunden mit Angst, die er verbergen wollte, schien ihn in den Grund und Boden zu pflügen. Von dem Gedanken beruhigt in Kürze alles zu erfahren, zeigte sich Ebert bereit über ihre gemeinsame Vergangenheit zu reden.

„Ja, wir verbrachten eine stürmische Jugend miteinander," stimmte er bei. „Aber die späteren Jahre waren nicht weniger ereignisreich," fügte er hinzu.

„Das schon, überdies erwiesen sie sich als erfolgreich," bestätigte Baldwin.

„Da wir von Erfolg reden, wie steht es mit deinen Finanzen?" platzte Ebert heraus, eh er sich auf die Zunge beißen konnte.

Tiefe Falten erschienen auf Baldwins Stirn. Er stieß mehrere Seufzer aus welche einen unverbesserlichen Zyniker zum Mitleid bewegt hätten. Ebert wechselte sogleich das Thema:

„Ich vermute du weißt von dem ausstehenden Haftbefehl gegen dich," bemerkte er.

„Ich weiß davon."

„Er ist jetzt international."

„Auch das ist mir bekannt, es bildete den Grund warum ich Abstand nahm mit dir in Verbindung zu treten."

Ebert kicherte, als dachte er die Nachricht vorweg ins Lächerliche zu ziehen.

„Du magst ebenfalls wissen, daß Karel Gabari einen Mordauftrag gegen dich erließ."

Baldwin zuckte mit den Achseln:

„Nein, dessen war ich mir nicht bewußt."

„Hunderttausend Dollar ist der Preis."

Da mußte Baldwin lachen:

„Danke für die Erheiterung, alter Knabe, sie kommt mir wie gerufen."

Überraschend wie es klang entsprach es der Wahrheit; Baldwin faßte Mut.

„Franz, es spielt keine Rolle, das kanadische Gesetz kann mir nichts anhaben, noch weniger der verrannte Gabari. Als erstes fehlen ihm, wie seiner ganzen Sippe, sogar die Mittel zu einer Omnibusfahrt nach Kahnawake. Wie kann er da ein Unternehmen finanzieren, dreitausend Kilometer entfernt? Hunderttausend Dollar? Wäre ich nicht so würdevoll, tät ich mich vor lachen auf dem Boden wälzen. In der Tat, hunderttausend Dollar, daß ich nicht wiehere. Die könnten nicht einmal tausend auftreiben, selbst wenn alle mit ihrem Blut unterschreiben. Die ganze Sippschaft ist pleite, außerdem sind sie auf der Flucht vor der Unterwelt."

„Das deckt sich so ziemlich mit meiner Einschätzung," pflichtete Ebert bei."

Die prustende Entrüstung übte sich wohltuend auf Baldwin aus, sie riß ihn aus der Trübsal. Der ehmalige Glanz erhellte abermals sein Gesicht; die Züge strafften sich, sie nahmen eine rosige Färbung an. Jedoch Schatten, Zeichen eines weilenden Leides, wichen nicht gänzlich.

Ebert wandte schweigend seinen Blick auf das Treiben draußen. Ein lächeln umspielte seine Lippen, während er das bunte unbeschwerte Leben betrachtete. Wie solch ein Getümmel eine beruhigende, schlaffördernde Stimmung hervorrufen konnte, überstieg seinen Verstand. Was verursachte diese erlösenden Gefühle? Nun, die Menschen bewegten sich ungezwungener hier, als wären sie auf ihren Füßen geboren. Das allein jedoch erklärte nicht das Gefühl der Geborgenheit. Nein, es mußten die Frauen sein welche das Wohlwollen verbreiteten. Sie berührten schon immer sein innerstes Wesen, wenn er sah wie sie selbstsicher, in einer aufrichtig fraulichen Weise dahin schlenderten. Ihre bunte

Kleidung, die sich hob und senkte im Einklang mit den wiegenden Hüften, war ihm eine wahre Augenweide.

Ein tiefer Seufzer entrang sich Baldwins Brust, der Eberts Betrachtungen unterbrach.

„Franz, ich habe Schwierigkeiten," klagte er.

„Heraus damit. Deshalb bin ich ja gekommen, um zu helfen eine Lösung zu finden. Aber wäre es nicht angebrachter uns in dein Haus zu begeben, oder wo du halt wohnst?"

„Ohne Zweifel," gestand Baldwin.

Nach einer langen Fahrt erreichten sie seinen Wohnsitz, der sich als höchst bescheiden herrausstellte. Die Bezeichnung schäbig hätte sicherlich das kleine Haus besser beschrieben. Es stand verlassen da, Spuren von Nachbarn waren nicht vorhanden. Die einsame Stille wurde lediglich vom Fall des Wassers unterbrochen, welches aufgepeischt vom Passat sich schäumend am Ufer brach.

Ebert verbarg seine Überraschung mit bemerkenswertem Gleichmut. Kein Wort der Enttäuschung fiel von seinen Lippen beim Anblick des dürftigen Häuschens. Er erinnerte sich noch deutlich an Baldwins weitverzweigte Besitztümer in Quebec, die er, Ebert, zu Bargeld und mündelsicheren Wertpapieren umwandelte. Im Rückblick schwoll ihm die Brust vor Stolz beim Gedanken an seine angewandte Findigkeit. Ja, er handhabte alles mit vorzüglicher Schlauheit. Es bestand nicht die geringste Möglichkeit den Bestimmungsort nachzuweisen, nämlich, Arthur Baldwins Hände. Es belief sich auf ein beträchtliches Vermögen, gewiß ausreichend um Ländereien auf den Inseln zu erstehen mit allem Zubehör; und noch mehr, scheute Ebert sich nicht zu behaupten.

Nun, man ließ sich umgehend häuslich nieder. Indessen er den Freund besorgt betrachtete, konnte Ebert den Eindruck nicht verscheuchen, daß Arthur auf der Schwelle einer seelischen Erschütterung stehe. Seine Blicke wanderten zu den Bildern an der Wand, die ihm sofort ins Auge fielen als er das Haus betrat. Sie ähnelten sorgfältig angefertigten Gemälden, die eine Frau von Charakter darstellten und den Eindruck von Schönheit erweckten. Nicht im geschniegelten Sinn, weit davon entfernt, aber sie veranschaulichten eine Anmut welche den Betrachter einlud nochmals hinzuschauen.

„Deine Frau, vermute ich?"

„Ja."

„Noch ziemlich jung, wie ich sehe, an was starb sie denn?"

„Franz, was ich dir jetzt mitteile wirst du höchst erstaunlich finden und nicht weniger beunruhigend. Anita, meine Frau, war außergewöhnlich gesund, wie auch tatkräftig, bis etliche Wochen vor ihrem Tod."

„Geschah etwas schlimmes?"

„Überhaupt nicht, bestimmt nichts körperliches. Nur ihr Benehmen änderte sich fast plötzlich; sie wurde fahrig, gereizt, und völlig tatenlos."

„Suchte sie einen Arzt auf?"

Baldwin fuhr mit einem Ruck auf.

„Sie weigerte sich glattweg, sie behauptete mit ihr sei nichts verkehrt."

„Hm, sonderbar, jedoch nicht so ungewöhnlich. Wie lange ward ihr verheiratet?"

„Kaum sechs Monate, selige Monate, wenn ich hinzufügen darf. Nie zuvor war ich so glücklich. Ich erstand einen rühmenswerten Besitz, drüben in Caraco, am Atlantischen Ozean. Das Gut, völlig von Mauern umgeben, sagte uns ganz und gar zu. Die Tage verbrachten wir mit der Betreuung des ausgedehnten Grundstücks, die Abende waren ausgefüllt mit lesen oder Unterhaltung."

„Dann erkrankte deine Frau plötzlich?"

„Erkrankte? Nicht wirklich, sie wurde nur merklich lustlos, beinahe lebensmüde. Innerhalb weniger Tage konnte sie nicht mehr auf den Beinen stehen."

„Kein Arzt untersuchte sie, sagst du?"

„Doch, ich ließ einen gegen ihren Willen kommen, sozusagen hinter ihrem Rücken."

„Was war der Befund?"

„Nichts weiter als Mangel an Lebenslust, die bald wiederkehre, stellte der Arzt fest."

„Aber ihr Zustand verbesserte sich nicht, wie ich entnehme."

Baldwin prustete verächtlich:

„Innerhalb vierundzwanzig Stunden hörte sie auf zu atmen."

„Hast du den Arzt zurück gerufen?“

„Nicht denselben, ich ließ zwei andere kommen von Cap Haitien, die mir empfohlen wurden.“

„Was wurde als Todesursache angegeben?“

„Herzstockung, von einem dritten Arzt bestätigt.“

Baldwin verstummte, was Ebert recht war, denn eine zunehmende Verwirrung ergriff ihn, deren Ursache er sich nicht erklären konnte. Ein innerer Zwang lenkte seinen Blick immer wieder auf die Bilder an der Wand.

Der Abend rückte schnell heran, der westliche Himmel färbte sich zusehends; lodernde Farben begannen den blauen Horizont zu verhüllen. Bald würde die Sonne verschwinden, wonach die nächtlichen Stimmen ihr Konzert beginnen. Ebert zollte dem jähen Übergang von Tag zur Nacht kaum Beachtung. Nach wie vor konnte er dem Drang nicht widerstehen auf die Bilder zu starren.

Ein Ausruf Baldwins riß ihn unsanft aus seiner Träumerei.

„Franz, ich werde verfolgt.“

Im ersten Augenblick wußte Ebert nicht ob er lachen oder verärgert sein sollte.

„Unsinn, von wem denn und warum? Eben sagtest du, daß dich der Arm des Gesetzes nicht erreichen kann, ferner, daß Gabaris Drohungen dein Zwerchfell kitzeln.“

„Allerdings, jedoch meine ich weder das eine noch das andere.“

„Ja, was denn sonst?“

Die Frage wurde mit einem langen, glasigen Blick erwidert, begleitet von unmutigen Lauten, die sich aus einer gequälten Brust erhoben.

„Hm, von wem ich verfolgt werde? Ich kann es mir einfach nicht denken. Eins jedoch ist sicher; jemand mit üblen Absichten setzt mir nach. Ein verschworener, unbarmherziger Feind ist erpicht mich an Leib und Seele zu vernichten. Das ist der Grund warum ich dich rief. Ich bin am Ende meiner Kraft.“

Für einen schrecklichen Augenblick dachte Ebert sein stets gelassener, unerschrockener Freund erleide einen Nervenzusammenbruch, er schien den Tränen nahe zu sein. Schwankend zwischen Verlegenheit und Unmut, gelang es Ebert nur mit Mühe die Fassung zu behalten. Ein Bild des

Elends saß ihm gegenüber, welches er bisher bloß in einer Heilanstalt begegnete. Baldwin stand im Begriff in ein Bereich zu gleiten wo Dämonen herrschen und Heimgesuchte um die Wette jammern. Doch sammelte er seine schwindenden Kräfte mit übermenschlicher Anstrengung.

„Nun mal raus mit der Sprache, ich möchte alles hören," forderte ihn Ebert auf.

„Sei gefaßt, was ich dir mitteile ist die nackte Wahrheit. Etwa eine Woche nach Anitas Beerdigung ging ich zur Bank um meine Angelegenheiten zu regeln. Ich gab wenig aus von dem was du für mich erworben hattest durch den Verkauf meiner Besitztümer. Es war eine beträchtliche Summe wie du dich sicherlich erinnerst."

„Ein Teil davon verzehrte gewiß der Kauf des erwähnten Grundstücks," gab Ebert zu bedenken.

„Lediglich auf dem Papier, da wir nur eine Anzahlung von zehn Prozent machten und uns verpflichteten das Übrige später zu bezahlen."

„Wir?"

„Ja. Ich meine Anita und mich, wir waren damals verlobt."

„Das überrascht mich angesichts deiner Abneigung Zinsen zu zahlen."

„Schon, aber Anita bestand darauf."

Bestrebt seinen rügenden Blick zu verhehlen, lenkte Ebert ab:

„Wie ging es bei der Bank?"

„Überhaupt nicht gut. Kurzum, dort war nichts zu erledigen."

„Nichts zu erledigen?" wiederholte Ebert verduzt. „Es mußte doch ein beträchtliches Vermögen vorhanden sein, in Bargeld und Wertpapieren."

„Sollte, Franz, sollte, jedoch alles war verschwunden."

Ebert sprang auf.

„Das überschreitet die Grenzen meines Verstandes," rief er verblüfft.

„Meine auch. Ich wiederhole: Das Konto war ausgeraubt, unsere Tresorfächer enthielten nichts als Luft."

„Aber – aber, warst du nicht der einzige Bevollmächtigte im Besitz von Schlüsseln sowie des Losungwortes, welches die Sicherheit erfordert?"

"Eigentlich nicht, Anita war Mitunterzeichnerin sowie im Besitz von Schlüsseln, ferner war ihr das Kennwort bekannt. Überdies pflegte sie einen regen Umgang mit den Angestellten der Banken."

„Du sprichst in der Mehrzahl."

„Ja. Unser Geld, die Wertpapiere wie auch Wertsachen, verwahrten wir in drei bedeutenden Banken."

Da er Eberts nächste Frage voraus ahnte, erklärte Baldwin:

„Dasselbe geschah bei den anderen Banken."

Während Ebert heimlich den Kopf darüber schüttelte wie man seine ganze Habe der Willkür anderer anheim stellen konnte, sei es die Ehefrau oder sonstwer, fiel ihm plötzlich ein warum ihm die Frau in den Bildern bekannt vorkam. Er war sicher, ihr, oder einer ihrer Blutsverwandten, schon mal begegnet zu sein. Seine Gedanken wurden unterbrochen von Baldwins erschütternder Verkündung:

„Franz, jemand hat mich ausgeraubt."

Mit erhobenen Händen wies er die erwarteten Einwände des Freundes zurück.

„Eh du Schlüsse ziehst möchte ich dich darauf aufmerksam machen, daß diese Abhebungen vier Tage nach Anitas Beerdigung geschahen, worüber ich mir im klaren bin. Das Ganze kommt mir unmöglich vor, wie reiner Betrug. Ich schlug einen gewaltigen Krach bei der Bank, was den Verwalter veranlaßte samt seiner Gefolgschaft herbeizueilen. Der Versuch mich zu beschwichtigen erwies sich als erfolglos. Ich schlug mit den Fäusten auf den Schaltertisch und stampfte mit den Füßen auf bis der Direktor erschien."

„Was sagte er?"

„Anfangs nicht viel. Er begann in so einer Art Französisch zu reden, wovon ich bloß die Hälfte verstand. Dann forderte er mich auf, wie auch einige Angestellte, ihm in sein Büro zu folgen."

Baldwin unterbrach seinen Bericht, wonach er den sonderbarsten Blick auf Ebert warf den man sich vorstellen kann. Staunen spiegelte sich in einem Meer von Widerwillen, wenn nicht ungespielter Abscheu.

„Was ich dann erfuhr ließ mir das Blut in den Adern erstarren und die Nackenhaare sträuben. Halt dich fest und hör zu. Alle behaupteten Anita hätte das Geld abgehoben; zwei schworen sogar bei allen Heiligen, sie in den Tresorraum begleitet zu haben."

„Folglich gab sich jemand als deine Frau aus," meinte Ebert.

„Was ich auch behauptete, zum Verdruß des Direktors, der solch einen verstiegenen Einfall, wie er es nannte, entrüstet ablehnte. Empört versicherte er, daß die Unterschrift echt sei, weiterhin belehrte er wie folgt: Obwohl die Kassiererin Frau Baldwin gut kannte, erbat sie trotzdem die Ermächtigung des Verwalters. Herr Cote grüßte Anita herzlich, sie war ihm natürlich bekannt, wonach er das Geschäft beglaubigte. Als ich ihn fragte, in einem rügenden Ton befürchte ich, ob ihm der Handel nicht bedenklich dünkte, betrachtete er mich höchst erstaunt.

„ ‚Aber Herr Baldwin, Ihre Frau verrichtet seit Monaten die meisten, wenn nicht alle Bankgeschäfte. Ich hatte weder Gründe noch das Recht den Handel zu verhindern,' belehrte er.

„ ‚Aber meine Frau lag schon vier Tage im Grab als das geschah,' schrie ich ihn an."

„Wie stellte man sich dazu?"

„Sie zuckten mit den Achseln und grinsten, überzeugt ich sei entweder betrunken oder irre."

„Hast du es bei der Polizei gemeldet?"

„Nicht sofort, ich benötigte Zeit um nachzudenken. Am nächsten Tag erstattete ich eine Anzeige, vielmehr ich versuchte es. Mit allen Urkunden gewappnet, einschließlich dem Totenschein, der Begräbnisbestätigung und weiß der Kuckuck noch was, unterbreitete ich ihnen den Fall."

„Du kamst nicht weit, vermute ich?"

„Ich wurde mit höflichen Verbeugungen zur Tür hinaus begleitet."

„In anderen Worten, sie wußten Bescheid."

„Dem Anschein nach, ja. Die Bankverwalter hatten mich sicherlich angemeldet, natürlich mit Hinweisungen auf meinen verwirrten Geisteszustand. Na ja, wer konnte es ihnen verübeln, hinsichtlich meiner Behauptungen. Wie hört sich das an: ‚Denken sie nur, Herr Wachtmeister, der Mann behauptet, daß seine Frau schon im Grab lag als sie bei uns vorsprach. Was soll man von solch einem Menschen denken?‘ “

Es ging dem Abend zu, Ebert fühlte sich müde an Leib und Seele. Die Laute der karibischen Nacht, ansonsten jede Mühe wert sie zu hören, kamen ihm jetzt vor als bearbeite Thors Hammer seinen blanken Schädel. Das rauschen der Wellen, die sich am Strand in gleichmäßigen Abständen brachen, zehrte an seinen Nerven. Oftmals zuvor kletterte er über Berge oder unternahm lange Wanderungen um es zu hören; doch nicht jetzt. Ebert schwankte zwischen der Wirklichkeit und einer Welt der Vorstellung.

Seine Augen sahen die wohlbekannten Züge des Freundes, die Ohren vernahmen die vertraute Stimme, doch der Sinn weigerte sich gelten zu lassen, daß es Arthur Baldwin sei der ihm gegenüber saß. Er fühlte sich verwirrt und erschöpft, bereit ins Bett zu fallen. Doch eh er sich zurückzog, wünschte er einige Dinge aufzuklären.

„Arthur, ich möchte gern wissen wie du so sicher sein kannst, daß Geld und Wertpapiere tatsächlich erst nach dem Tod deiner Frau verschwanden. Wohlgemerkt, ich mache keine Anspielungen, aber Irrtümer sind schließlich möglich.“

Baldwin betrachtete ihn mit einem bedauernden lächeln, als ob er sagen wollte: „Auch du, mein werter Freund?“

„Wie bereits erwähnt besteht darüber kein Zweifel. Zwei Tage vor ihrem Tod bestand Anita darauf, vielleicht einer Laune gehorchend, daß ich einen Rundgang bei den Banken mache um unser Vermögen zu überprüfen. Meine Einwände, daß genaue Abrechnungen durch unsere Bankbücher zu ersehen wären, wies sie zurück. Da es ihr offensichtlich so viel bedeutete, verrichtete ich die Besorgung. Alles stimmte bis auf den letzten Pfennig. Als sie das hörte, lächelte sie zufrieden. Seitdem verließ sie das Haus nicht mehr. Zwei Tage später lag sie kalt im Sarg.“

„Arthur, deine Frau, glaube ich, kreuzte meinen Weg zuvor. Ich bin ziemlich sicher, daß ich ihr schon mal begegnete. “

„Wohl kaum, sie führte ein völlig abgesondertes Leben."

„Dann muß es eine nahe Verwandte gewesen sein."

„Unmöglich, sie versicherte mir keine Verwandten zu haben."

Da Baldwin den erschöpften Zustand des Freundes sah, riet er:

„Geh nur ins Bett, ich werde es auch bald tun."

Abscheuliche Träume störten Eberts Schlaf. Er fühlte sich von Schreckgespenstern verfolgt, eins grimmiger als das andere. Alle besaßen Frauengestalten; jedes einzelne ähnelte Anita Baldwin. Man verhöhnte ihn gnadenlos, eine Herausforderung nach der anderen drang an seine Ohren:

„Wer ich bin? Schurke, Freund einer Klapperschlange. Du glaubst mich zu kennen? Erinnere dich geschwind, eh es zu spät ist. Er wird sterben, hörst du? Sterben, eh der Monat um ist!"

Ebert erkannte im Unterbewußtsein, daß ihn lediglich ein Alp peinigte. Trotzdem erschien ihm alles echt, besonders als die Bilder an der Wand anfingen sich zu vergrößern. Sie nahmen riesige Ausmaße an, bis sie Lebensgröße erreichten. Ein Schrei, sein eigener, weckte ihn auf als aus jedem Rahmen eine Gestalt zu treten schien, aus deren rauhen Kehlen nervenzerreibendes, wieherndes Gelächter drang. Jedes Gesicht war von Haß verzerrt, als man sich ihm entgegen drängte. Der Anblick genügte ihn aus den Angstträumen zu reißen.

Er fuhr auf, nicht mit bewußter Mühe, sondern unwillkürlich. Von Kopf bis Fuß in Schweiß gebadet, starrte Ebert auf die halb geöffnete Tür. Kein Laut war im Haus zu vernehmen, nur das gedämpfte dröhnen des Wellengangs am Strand war zu hören. Das schrille Konzert der kleinen, pfeifenden Frösche flaute rasch ab. Ebert kannte die Zeichen; die Sonne schob sich über den östlichen Horizont.

Während er die letzten Spuren einer lähmenden Stumpfheit abschüttelte, erkannte Ebert warum ihm Arthurs Frau vertraut erschien. Womöglich begegnete er ihr nie, aber mit Sicherheit erkannte er nun ihre Blutlinie. Sie hatte ihren Ursprung über dem Atlantischen Ozean, in der Stadt Montreal. Ihr Gesicht besaß die Züge einer Gabari. Der einladende Blick Zoltan und Karel Gabaris war unauslöschlich in ihre Miene geprägt. Er hätte die Ähnlichkeit beim ersten Anblick erkennen sollen. Allein das verkrampfte lächeln, bewußt unterdrückt, jedoch stets gegenwärtig auf den Lippen der Brüder, deutete auf eine Verwandtschaft hin. Fügte man die samtäugigen Merkmale hinzu sowie die bezeichnende Entschlossenheit, verstärkte sich die Annahme, daß alle drei vom selben Stammbaum sprossen.

Ebert kannte die Brüder Gabari gut, besonders Zoltan, tot nun, erschossen von Unbekannten, und beigesetzt im Schatten seines geliebten Mount Royal. Karel Gabari bezichtigte Baldwin der Tat, die Behörden suchten ihn als unentbehrlichen Zeugen.

Mehr als je verwirrt erhob sich Ebert, zog leichte Kleidung an und ging zum Strand hinunter. Es war ein prächtiger Morgen. Die rasch steigende Sonne schob den Morgennebel an den Bergen hoch, schneller als das Auge es wahrnehmen konnte. Die Sicht über dem Meer erstreckte sich ungehindert Kilometer weit. Der Anblick des tanzenden Wassers, das sich verspielt unter der freundlichen Sonne hob und senkte, beseelte ihn mit wachsender Zuversicht. Ein neuer Tag lag vor ihnen; zwölf Stunden strahlende Sonne, inmitten einer Welt der Üppigkeit und Blüte, die nie verfehlte sein Herz zu erfreuen.

Das wiedergefundene Vertrauen tat ihm wohl; er beschleunigte seinen Gang und schritt beherzt in die schäumende Brandung. Der prickelnde kühle Sprüh klärte seinen Kopf, sein Gemüt war nicht mehr von Trübsinn beschwert. Es bestand kein Zweifel, sein Freund wurde beschwindelt. Jemand, durchtrieben bis ins Blut, hatte sein Vermögen geraubt und wahrscheinlich zur selben Zeit seine Frau ins Grab geschickt. Es konnte nicht anders sein, doch auf welche Art und Weise das geschah, blieb rätselhaft. Es schien ein dunkles Geheimnis zu sein, welches durch Anitas Beteiligung düsterer erschien. Sie war gewiß eine Mitwirkende im Komplott; bis zu welchem Grad blieb dahingestellt. Seiner Ansicht nach verursachte ihre Teilnahme, bewußt oder unbeabsichtigt, den Abstieg ins frühe Grab.

Seine Erwägungen wurden durch Baldwins Erscheinen unterbrochen, dessen Gebaren Bände sprach. Er sah fix und fertig aus, als hätten ihn rüde Fäuste gezwungen Spießruten zu laufen durch eine Gasse von fletschenden Gespenstern.

Von Mitleid bewegt, einer Eingebung gehorchend, beschloß er seine Mutmaßung hinsichtlich Anita zu verheimlichen. Er forderte Baldwin zu einem Spaziergang auf.

„Komm, Arthur, ein bißchen Bewegung tut uns beiden gut."

Während sie am Strand entlang liefen, sprach keiner ein Wort. Ebert hatte das untrügliche Gefühl, daß sein Freund mit dem Gedanken rang etwas zu sagen. Er nahm sich vor ihn auszuhorchen, auf ehrbare Weise oder anderweitig. Immerhin waren sie Freunde, nach Aristoteles eine Seele in zwei Körpern. Die ganze Angelegenheit roch nach üblen Machenschaften, welche Baldwin nicht bloß bettelarm machten, sondern ihn auf die Schwelle einer Gemütskrankheit zerrten. Das durfte nicht geschehen; er, Ebert, würde es nicht zulassen.

„Ich vermute dein Besitztum jenseits der Berge ist noch unberührt," bemerkte er.

„Er ist verloren," kam eine Antwort.

Als Baldwin die verdutzte Miene des Freundes sah, belehrte er:

„Volle Zahlung war vor zwei Wochen fällig. Da es an den Mitteln fehlte das Grundstück vollends zu erstehen, so fiel, wie vereinbart, alles wieder an den Verkäufer zurück. Der Mann, ein Franzose bis in die Fingerspitzen, verhielt sich ziemlich anständig; er war gewillt zu warten. Jedoch ich wollte davon nichts hören angesichts der jüngsten Ereignisse. Er bestand freilich darauf, als Beweis seiner Anerkennung, einen Teil der Anzahlung zu vergüten. Immerhin, beteuerte er, verbesserten wir die Anlage und erneuerten vernachlässigte Gebäude. Es ermöglichte mir diesen Platz hier zu mieten und mich über Wasser zu halten."

„Keine Sorge, ich kann für uns beide aufkommen," versicherte Ebert.

Baldwin äußerte sich nicht weiter, er hüllte sich in anhaltendes Schweigen.

Nach etlichen Anläufen die Unterhaltung weiterzuführen, die aber nur in wiederholtem räuspern endete, platzte Baldwin heraus:

„Ich würde nie wieder in jenem Haus wohnen, niemals! niemals!“

Obschon bestürzt, nickte Ebert beistimmend.

„Das ist verständlich, die schmerzhaften Erinnerungen machen dir sicherlich schwer zu schaffen. Die Zeit wird diese Wunden schon heilen, ganz gleich wo du wohnst.“

„Du mißverstehst meine Gründe.“

„Oh, was sind sie denn?“

Baldwin zögerte, er zeigte nach einer Stelle weiter oben:

„Laß uns einen ruhigeren Platz finden, entfernt von der Brandung.“

Sie setzten sich wortlos nieder, wonach Baldwin zu erzählen begann:

„Gestern erwähnte ich verfolgt zu werden.“

„Ja, ich erinnere mich, von unbekannten Personen dem Anschein nach.“

Baldwin stieß wieder einen seiner gequälten Seufzer aus.

„Ich sagte nicht alles. Etwa eine Woche nach Anitas Begräbnis schlenderte ich am Kai der Fischer entlang, in Cap-Haitien. Als ich mich umdrehte erblickte ich eine Gestalt die mir das Blut in den Adern erstarren ließ.“

Belustigt über Baldwins anregende Redeweise, wollte Ebert wissen:

„Wer war es?“

„Anita, so dachte ich im ersten Augenblick, bis mir einfiel wo sie war.“

Ebert, bemüht gefällig zu sein, meinte wie nebenbei:

„Das kommt vor unter solchen Umständen, man sieht was einem beschäftigt. Was den Sinn ständig bewegt, beginnt das Auge wahrzunehmen. Ich kann dir versichern, es ist ein unbedeutender Vorgang.“

„Hm, vielleicht auch nicht. Hör dir den Rest an. Als ich mich ihr völlig zuwandte und sie näher betrachtete, eindringlich befürchte ich, verhielt die Frau ihren Schritt. Ich ging ihr entgegen, was sie veranlaßte hinter ein Gebäude zu huschen. Ich suchte hartnäckig überall herum, doch es gelang mir nicht ein weiteres Auge auf sie zu werfen. Erkundigungen bei den Matrosen auf dem Kai erwiesen sich als erfolglos, trotz der ausführlichen Beschreibung bezüglich Kleidung, Aussehen und Gebaren.“

„Hm, einer Frau aufs Geratewohl nachsetzen war noch nie einer deiner Wesenszüge,“ bemängelte Ebert.

„Die Frau trug Anitas Kleid,” behauptete Baldwin.

„Du meinst ein ähnliches.”

Baldwin schüttelte heftig den Kopf.

„Franz, es war ihr Kleid. Seltsamerweise jenes, welches sie trug als wir sie in den Sarg legten.”

Ebert wies die Behauptung mit einer Handbewegung von sich:

„Zufall, alter Knabe, reiner Zufall,” wandte er ein.

„Wie du willst. Aber was kurz danach geschah überzeugte mich anderweitig.”

„Was geschah danach?”

„Bei meiner Ankunft auf unserem Landsitz fand ich das Tor unverschlossen. Wohlgemerkt, es ist eine stabile Anfertigung, die von Kunsthandwerkern der alten Schule geschmiedet wurde. Halte dir die Schlösser der kanadischen Gefängnisse vor Augen, dann erhältst du eine Vorstellung was ich meine. Diebeshaken würden sich eher zu Ösen winden als den Riegel bewegen, jedoch das Schloß war geöffnet. Ein leichter Schubs ließ das schwere Tor in den Angeln knarren.”

Ebert meinte:

„Du hattest vergessen es zu verschließen, nicht wahr?”

„Keineswegs. Ich sperrte es mit Sicherheit zu, aber jemand fand einen Weg es zu öffnen oder besaß einen Schlüssel. Auf alle Fälle erweckte es mein Mißtrauen. Ich näherte mich dem Haus mit äußerster Vorsicht. Wie befürchtet, schwenkte die Haustür ebenfalls in den Angeln. Beunruhigt nun, bewaffnete ich mich mit einem handfesten Knüppel. Vergiß nicht, es geschah unmittelbar nach meiner Begegnung mit Anita.”

Als er den rügenden Blick Eberts sah, verbesserte er sich:

„Ich meine die Frau die Anitas Kleid trug.”

Dann sagte er halb im Spaß:

„Nur zu, nenne mich unsinnig, krankhaft, wenn du willst, wälze dich auf dem Boden vor lachen wegen meiner Torheit, aber was ich berichte entspricht den Tatsachen. Als ich die Tür zum Wohnzimmer aufstieß verlor ich die Nerven. War ich es der rief:

„ ‚Anita, Anita, mein Liebling, du kamst wieder zurück?' oder war es eine Stimme aus einer anderen Welt? Ich vermag es heute noch nicht zu sagen."

Ebert suchte nach Worten des Trostes als er den kummervollen Zustand des Freundes sah. Jedoch wurde sein Mitgefühl offensichtlich nicht geschätzt.

Baldwin fuhr fort:

„Als ich im Raum stand überwältigte mich ein Duft den ich gut kannte. Der Wohlgeruch von Anitas bevorzugtem, nie abwesenden Parfüm, erfüllte die Luft. Er erweckte angenehme Erinnerungen in mir, jedoch nicht lange."

„Was geschah?"

„Ich vermute du kennst die Ventilatoren die sich langsam drehen?"

„Gewiß."

„Dort, in der Mitte des Raumes an der Decke, hing Anitas Kleid an solch einem Ventilator. Unheimlich schwenkend führte es einen regelrechten Totentanz auf."

„Das klingt wohl unheimlich," gestand Ebert, wonach er hinzufügte:

„Eine Hausangestellte hat es wahrscheinlich zum lüften aufgehängt."

„Unmöglich, wir hatten keinerlei Dienerschaft im Haus."

Baldwin starrte den Freund mit geweiteten Augen an.

„Franz, es war das Kleid welches jene flüchtige Frau trug. In anderen Worten, dort hing Anitas Leichengewand."

Bemüht, Eberts erwarteten Einwand im Keim zu ersticken, setzte er seinen Bericht eiligst fort:

„Das war nicht alles. Auf einem Tisch unter dem geisterhaft schwingenden Kleid stand eine handgeschnitzte Schale, welche ich in der Früh mit Früchten gefüllt hatte. Sie war nun leer, außer einem Ring, den ich sofort erkannte."

Baldwin zögerte, als koste es Mühe mehr zu sagen.

„Es war ihr Ehering. Ich sehe, du schiebst es mit einem Achselzucken zur Seite."

„Es geschah unwillkürlich, Arthur. Wie dem auch sei, der Ring birgt wohl kaum ein Geheimnis."

„Franz, du verstehst etwas nicht."

„Oh?"

„Der Ring steckte an ihrem Finger als wir den Sarg verschlossen."

„Das klingt unglaublich," gestand Ebert.

„Aber wahr. Was ich dir berichte bildet eines der Gründe warum ich mich weigere je wieder das Grundstück zu betreten."

„Es bestehen also mehrere?"

„In der Tat, so verhält es sich. Hör zu. Am nächsten Morgen stand das Haupttor weit offen. Sage nicht wieder ich hätte vergessen es zu schließen, denn immerhin bestand ein zwingender Anlaß Hof wie Gebäude, niet und nagelfest zu sichern. Du kannst meinen zunehmenden Argwohn gewiß verstehen, der sich unabwendbar in sinnlosen Schrecken verwandelte. Ich wagte mich kaum aus dem Haus, aus Furcht vor einem Unheil."

„Hattest du nicht die Schlösser ausgewechselt?"

„Zu was denn, der Besitz stand im Begriff an den ursprünglichen Eigentümer überwiesen zu werden. Außerdem, wer möchte schon ein williges Opfer sein eines lauernden Halunken, der bis zu den Kiemen mit Rachgier erfüllt ist. Mein Maß war voll, ich räumte das Feld."

„Geschah etwas ähnliches seit du umgezogen bist?"

„Nein, ich glaube meine Spuren sind verwischt."

Es war eine erstaunliche Geschichte, unerklärlich und nicht weniger erschütternd. Wieviel man als bare Münze nehmen konnte war Ebert nicht vergönnt zu entscheiden. Einige Tatsachen jedoch schienen unwiderlegbar: Sein Freund stand zwischen dem Löwen und seinem Gebrüll. Er erweckte weder den Eindruck eines Geistesgestörten noch eines verstiegenen Träumers. Demnach trug so manches was ihm zu Ohren kam den Stempel der Wahrheit. Sein Vermögen ging verloren, unrettbar wie es schien, ebenfalls das Gut in Caraco. Dieser Verlust jedoch galt als nebensächlich, er war seiner

Seelenruhe unterstellt. Ein gewaltiger Schwindel wurde verübt; von wem, mit welchen Mitteln, blieb vorläufig dahingestellt. Der Schlüssel zum Geheimnis lag in einem Grab, hoch in den La Salle Bergen. Betrog sie ihren Mann schändlich oder wurde sie ihrerseits schmählich hintergangen? Wer weiß, es mag ewig ein Rätsel bleiben. Baldwins Gesundheit, vielmehr sein seelisches Gleichgewicht, mußte wieder hergestellt werden. Ein Ortswechsel stand vorderst in Eberts Sinn. In die Ferne ziehen, Monate oder ein Jahr lang, dort verweilen wo Menschen einem ähnlich sind in mehr Hinsichten als dem Aussehen. Aber es durfte nicht Hals über Kopf geschehen, sondern bedachtsam geplant und allmählich ausgeführt werden.

„Arthur, du solltest dich mal eine Weile ausruhen, ein wenig herumbummeln, ohne dich anzustrengen. Laß uns die Vergangenheit vergessen und in der Gegenwart leben. Als erstes möchte ich einige Bücher lesen die mir ins Auge fielen. Dies ist ein geeigneter Platz sich in solchen Beschäftigungen zu verlieren."

Baldwins Teilnahme blieb unberührt, er saß nach wie vor brütend da. Eberts plötzliche Begeisterung mißfiel ihm gänzlich, sie störte seine düsteren Gedanken. Ein Mensch im Elend versunken, obschon verhaßt, fühlt sich verlassen ohne dessen Gegenwart, weshalb er ungeneigt ist Ablenkungen hinzunehmen. Trübsal, in Eberts Erfahrung, bedarf ständiger Pflege; Zerstreuungen erzeugen Unwille. Trotzdem beharrte er darauf, daß Baldwin ihn ins Haus begleite, was ihm schließlich gelang. Der Freund folgte ihm zögernd und murrend. Baldwin zeigte lustlos auf ein Regal an der Wand:

„Dort sind einige Bücher, mehr findest du in Schachteln dort auf dem Boden. Es sind Anitas. Ich brachte sie lediglich zum Andenken mit."

„Ich entnehme du magst sie nicht."

„Ich kann nicht behaupten daß sie mir gefallen, aber schau sie dir an, ich mache inzwischen einen Spaziergang."

Ebert vermochte nur mit Mühe einen unerklärlichen Drang zu zügeln sich darüber zu stürzen. Sofort fiel er auf die Knie und begann auszupacken. In Kürze konnte man erstauntes murmeln hören sowie Ausrufe der Überraschung. Staunen verwandelte sich allmählich in Verblüffung; jeder Titel den er überflog befaßte sich mit übernatürlichen Handlungen. Er lud sich die Arme voll mit blindlings gewählten Titeln, welche er draußen auf den Tisch legte, der unter wiegenden Palmbäumen stand. Im Nu vergaß er alles um sich, er fühlte sich in eine geisterhafte Welt versetzt, umhüllt vom Hauch des Voodoos und Ouangas.

Ein Buch fesselte ihn besonders, es war von einem Europäer geschrieben der einmal, vielleicht heute noch, unter den Eingeborenen von Morne La Salle lebte. Er sprach fließend Kreolisch und wußte aus erster Hand von Gebräuchen welche kein Europäer je miterlebte. Er schrieb von spukhaften Erlebnissen, welche der sachlichste Mensch kaum von Tatsache und Einbildung unterscheiden konnte. Gewiß wurden manche Berichte vom Autoren mit spöttischen Anspielungen behandelt, jedoch ernsthafte Zweifel fehlten im großen Ganzen.

Ebert kam zu einem Abschnitt im Buch der ihm buchstäblich den Atem raubte. Grauen erregende Vorfälle wurden beschrieben, von Männern und Frauen, die man sofort nach der Beisetzung aus den Särgen entfernte und sie mit zweifelhaften Mitteln wiederbelebte. Zombies nannte man diese unglücklichen Wesen, wandelnde Leichen, durch Zaubermittel wieder ins Leben gerufen, zum Zweck der Ausnützung.

Der Gedanke ließ Ebert ungläubig kichern, dann zufrieden räuspern, als er Andeutungen des Autoren entdeckte, daß ihm dieser Zombiekult zweifelhaft erschien. Am Ende des Buches fand Ebert ein Nachwort das ihn unsanft rüttelte. Timothy Sandor, der Autor, erzählte von einer Begegnung mit Professor Marteau bei einer festlichen Veranstaltung. Real Marteau, ein Arzt, galt als hervorragender Gelehrter in Voodoo Angelegenheiten. In Kürze waren beide in die Geheimnisse Haitis vertieft.

„Ich las ihr Buch, Herr Sandor, ein überaus scharfsinniges Werk, muß ich gestehen," verkündete der Professor.

„Von Ihnen lobend erwähnt werden, Herr Professor, ist mehr wert als jede glühende Anerkennung die mein Buch erhielt."

Man sprach eine Weile über dies und jenes, zumeist beipflichtend, bis das Gespräch auf die Zombies kam.

„Mir nach befinden Sie sich darin im Irrtum," bemerkte Dr. Marteau.

„Nanu, Professor, Sie wollen doch nicht etwa behaupten es gäbe Zombies?"

„Nicht wirklich, Herr Sandor, gewiß nicht wie sie von Ihnen geschildert werden."

„Ich bin verwirrt. Könnten Sie deutlicher sein?"

„Sie werden von Ihnen wandelnde Leichen genannt, was ein Namensirrtum ist."

„Sie meinen...?"

„Das nichts dergleichen besteht, Herr Sandor."

„In anderen Worten, diese Menschen, sollte es sie geben wie mir versichert wurde, befinden sich im ständigen Zustand des Scheintodes."

„Sowas ähnlichem, ja."

„Sie waren also nie tot?"

„Nein."

„Hm, wie kann man das wissen ohne alle frischen Gräber des Landes zu öffnen?"

„Das ist nicht nötig wenn diese Beschaffenheit mit Absicht herbei geführt wurde."

„Sie meinen, daß jemand, bewandt in Ouanga, mit Bedacht eine tiefe Bewußtlosigkeit in einem Menschen verursacht, den er kurz nach der Bestattung wieder ausgräbt, ihn mit fraglichen Mitteln wiederbelebt, um ihn dann schändlich auzunützen? Unmöglich, sage ich, gänzlich widersinnig. Glaubt man sowas wirklich?"

Angeblich antwortete Professor Marteau nicht darauf; er zuckte lediglich mit den Achseln und lächelte.

Von einer ansteigenden Erregung ergriffen las Ebert diesen Teil etliche Mal. Er ahnte einen Zusammenhang zwischen des Professors Anspielung und Baldwins Kummer. Anitas Beschäftigung mit Voodoo und dem Überirdischen siegelte ihr Schicksal. Sie wurde das geneigte Opfer eines gewissenlosen Schurkens. Drückte Arthur nicht seine Verblüffung aus als er Anitas plötzliche Schlaffheit bemerkte, begleitet von einer krankhaften Geheimniskrämerei? Er erinnerte sich deutlich an seine Worte:

„Ich werde nie ihre erstaunliche Verwandlung verstehen. Etliche Wochen vor ihrem Tod wurde sie mürrisch, abwehrend sowie ausgesprochen streitlustig. So verhielt es sich bis die Zeichen einer schleichenden Krankheit erschienen. Ihre häufige Abwesenheit überraschte mich am meisten. Diese Ausflüge, oft den ganzen Tag während, wurden kaum erwähnt, weder von mir noch von ihr. Bei der geringsten Andeutung daran fuhr sie mich wie eine Wilde an.“

Was sich zutrug konnte Ebert vermuten. Anita wurde betäubt mit undenkbaren Mitteln, schmählich hintergangen, geschröpft und schließlich ins Grab geschickt. Es erschien wie eine treffliche Auslegung, die jedoch durch die beunruhigende Ähnlichkeit mit den Gabaris arg hinkte.

Ebert sprang auf, er rief trotzig in den Wind:

„Sie ist eine Gabari, ich weiß es, sie ist eine Gabari.“

Der Gedanke kam ihm, daß Anita einer Leichenöffnung unterzogen werden sollte. Jedoch unumstößliche Tatsachen dämpften sofort seine Begeisterung. Als erstes benötigte man Arthurs Zustimmung, und sogar dann mag es die Behörde nicht zulassen. Zwingende Beweise eines verübten Verbrechens müßten vorgelegt werden, was Ebert als aussichtslos betrachtete.

Baldwin kam in Sicht. Er schlurfte mit gebeugtem Kopf auf ihn zu. Es schien ewig zu dauern eh er das Haus erreichte. Er machte einen entmutigten Eindruck, als stünde er vor einem bodenlosen Abgrund, von welchem Ebert beschloß ihn zu befreien. Einfach wird es nicht sein, gestand er sich, jedoch der Mühe wert.

Als erstes mußten die seltsamen Umstände der Todesursache Anitas berücksichtigt werden. Baldwin mußte von der Vorstellung geheilt werden eine ergebene Zuleika geheiratet zu haben, welcher er rein zufällig begegnete und, vom Glück beseelt, ihre Hand nach kurzer Werbung erhielt. Es ist einfach einen flüchtigen Mann zu täuschen, dachte Ebert. Könnte sein Freund die Wahrheit verkraften? Wohl kaum. Sie mag dem rechtschaffenen Mann einen vernichtenden Schlag versetzen, womöglich sogar seine Auffassung von fraulicher Unschuld zerstören.

„Arthur, wo liegt Anita begraben?“ fragte Ebert den Freund, der inzwischen das Haus erreicht hatte.

„In einem Privatfriedhof, oben in der Morne La Salle Gegend.“

Ebert zuckte zusammen als hätte ihn etwas gestochen.

„Warum so abgelegen?“

„Anita bestand darauf. Sie hinterließ ein Schreiben, worin unter anderen Dingen dieser Wunsch mit Nachdruck genannt wurde. Warum auch nicht? Es ist eine schöne Stelle, privat und kühl.“

„Kühl? Warum kühl?“ entfuhr es Ebert beinahe, jedoch biß er sich noch rechtzeitig auf die Zunge.

„Ich vermute, daß nicht jedem Zugang gewährt wird?“

„Nein. Das Grundstück ist von einer Mauer umgeben, zusätzlich wird es Tag und Nacht bewacht.“

Indessen er Ebert von der Seite betrachtete, erkundigte sich Baldwin:

„Warum die Teilnahme, hast du vor ihr Grab zu besuchen?“

Ebert blieb eine Antwort schuldig. Seine Gedanken wanderten an den Bergen hoch wo der Autor, Timothy Sandor, möglicherweise zu finden war. Er beschloß in der Früh nach ihm zu suchen. Die Wahrheit könnte dort oben im Schatten der ragenden Gipfel liegen.

Als Baldwin durchblicken ließ, daß er der Ruhe bedürfe, kam es Ebert wie gerufen; es bot ihm Gelegenheit seine Gedanken zu ordnen. Baldwins Vorstellung von der Unschuld seiner Frau spottete jeglicher Vernunft, es glich einem wahren Trugbild. Ohne Zweifel webte sie ihr Totenhemd oder half mit es zu flechten.

Solche Vermutungen schienen mehr als berechtigt zu sein, im Hinblick unwiderlegbarer Tatsachen. Jedoch die geringsten Andeutungen daran erweckten heftige Widersprüche seitens Baldwin. Reine Verblendung hat des Freundes Sinn getrübt, vermutete Ebert. Nun, darüber grübeln erzielt nichts; unerschrockenes handeln sowie Eile ist die einzige Lösung. Ausgrabung, mit Sicherheit aufschlußreich, erschien ihm ein endloser Traum. Baldwins Einverständnis erhalten wie auch die Zusage der Behörde, glich einem Wunder Babylons. Man durfte nicht vergessen, daß zwei unabhängige, angesehene Ärzte einen natürlichen Tod bezeugten. Herzstockung nannten sie es, wobei die Jugend der Frau, sowie ihre eiserne Gesundheit, bequem übersehen wurde. Ihre Leiche bei Nacht und Nebel entfernen stand außerhalb dem Bereich der Möglichkeit, nachdem was ihm eben zu Ohren kam. Folglich blieb nichts anderes übrig als die Zelte abbrechen und versuchen die Vergangenheit zu vergessen.

Zuerst jedoch wollte er mit Sandor und Dr. Marteau sprechen, der mühelos zu finden war; jeder Taugenichts schien den Namen gehört zu haben. Jedoch Zugang gewinnen bei dem Gelehrten erwies sich als schwieriger, denn der Professor zeigte geringe Neigung Fremde zu begrüßen.

Eine List öffnete schließlich seine Tür. Ebert ließ durchblicken, daß er im Namen des berühmten Autoren Timothy Sandor vorspreche. Die Flunkerei brachte alsbald den Doktor aus seinen Räumen.

„Ich möchte nicht vorgeben über Ihren Besuch erfreut zu sein, Herr Ebert, aber da Sie nun mal da sind können wir uns eine Weile unterhalten," meinte Dr. Marteau, während er die Hand zum Gruß ausstreckte.

Nach Austausch einiger Artigkeiten wollte der Professor wissen:

„Wie geht es Herrn Sandor?"

„Herr Professor, ich muß ein Geständnis ablegen. Ich benutzte den Namen des Autors um Eintritt bei Ihnen zu gewinnen. Die Tatsache ist, obwohl ich zwei seiner Bücher las, ich begegnete Timothy Sandor nie."

Ebert suchte nach Spuren des Ärgers in Dr. Marteaus Gesicht, entdeckte jedoch keine. Im Gegenteil, ein breites lächeln erhellte sein dunkles Gesicht, als ob ihn etwas erheitert hätte. Während sich seine Miene sichtlich entspannte, schmunzelte er nachsichtig:

„Was liegt Ihnen auf dem Herzen, Herr Ebert?"

„Verzeihung, Professor, wenn ich zwanglos erscheine. Die Angelegenheit ist die: In einem Nachwort von Sandors Buch wird eine Unterredung wiedergegeben, die zwischen ihm und Ihnen stattgefunden hat, welche ich höchst verblüffend fand und nicht weniger aufschlußreich."

„Können Sie mein Gedächtnis auffrischen? Man darf nicht vergessen, daß ich viele Dinge sage."

Mit flinken Händen nahm Ebert ein Buch aus seiner Aktentasche, das er unverzüglich an einer Stelle aufschlug, die im voraus mit einem Lesezeichen versehen wurde. Ein Blick genügte um das Gedächtnis des Professors zu beleben.

„Ich erinnere mich an das Gespräch, welcher Teil erregte Ihre Aufmerksamkeit?"

„Die Andeutungen der totenähnlichen Bewußtlosigkeit, mit geheimnisvollen Mitteln herbei geführt, aus der ein Mensch nach Wunsch wiederbelebt werden kann."

„Erstmal eine Frage, Herr Ebert, was liegt Ihnen daran?"

Als Ebert sich verlegen räusperte, meinte Dr. Marteau:

„Wohlgemerkt, ich hege keine Absicht Aufsehen zu erregen, ebenso wenig wie ich ruhmheischenden Leuten beistehen möchte."

Nimm den Verweis und geh, schien seine Miene auszudrücken. Er vermutete wohl einen der überdrüssigen Nichtstuer vor sich zu haben, auf der Suche nach billigen Reizen.

Ebert schüttelte den Kopf nachdrücklich; er begann die Ursache seines Besuches zu erklären. Namen wurden verschwiegen, aber nichts weiter. Professor Marteau horchte mit steigender Aufmerksamkeit zu, während sichtliches Bedenken seine Züge trübten. Zuletzt bezichtigte Ebert Anita rundweg der Mittäterschaft, in der Hoffnung dem Doktor hinweisende Worte zu entlocken.

„Ich bin ziemlich sicher sie hatte ihre Hände im Spiel, ja, ist immer noch an dem Schwindel beteiligt. Aber wie sie das Ganze bewerkstelligte bleibt mir rätselhaft."

Eberts forschender Blick erzielte wenig. Professor Marteau verzog keine Miene; er ging stumm zu einem Wandbrett auf dem eine Reihe Bücher standen. Ebert hörte ihn murmeln, daß man nie findet was man sucht, doch er kam mit einem sauber gebundenen Buch in den Händen zurück.

„Sie lesen Französich, vermute ich?"

„Mühelos," erwiderte Ebert.

Er überreichte ihm das Buch mit den Worten:

„Hier ist Haitis Strafgesetzbuch, lesen Sie Abschnitt 249."

Die Klausel enthielt ein erstaunliches Verbot, sie entfernte die Schuppen von Eberts Augen. Es hieß darin:

„Einer Person Mittel zuführen, die zwar nicht tötlich wirken, jedoch einen Scheintod verursachen, wird als Mordversuch betrachtet. Sollte die Person beigesetzt werden, heißt die Anklage Mord, ungeachtet was danach geschieht.“

„Professor, was bedeutet das?“ stieß Ebert keuchend aus.

Eine weitere schleierhafte Bemerkung seitens Dr. Marteau folgte:

„Das, mein lieber Herr, müssen Sie selber entscheiden.“

Der Ton in seiner Stimme entging Ebert nicht; er verabschiedete sich. Eh er die Tür erreichte, stellte der Professor eine Frage:

„Haben Sie je Herrn Sandors Büchlein gelesen – Der Friedhof mit den leeren Gräbern?”

Ebert wandte sich um.

„Nein. Ist es von Bedeutung?”

„Mag schon sein. Sehen Sie, Herr Ebert, er beschreibt darin einen Friedhof, hoch in den Bergen in der Morne La Salle Gegend, welcher der Öffentlichkeit nicht zugänglich ist.”

Ebert stand da wie vom Donner gerührt, dann stürzte er zur Tür hinaus.

Im Schatten eines blühenden Jasminstrauches setzte er sich nieder um seine Gedanken zu sammeln. Eine brennende Frage bedrängte ihn. Diese Anita, oder was immer ihr Name ist, lebt sie noch? Wird sein Freund tatsächlich von ihr, oder einer Verbündeten, verfolgt? Und wenn, welchen Zweck erfüllt es? Üble Vorstellungen schwebten vor seinen Augen, Begriffe von fletschenden Grabschändern ließen ihn schaudern trotz der tropischen Hitze. Der liebliche Duft rundum vermochte nicht seine aufgewühlten Gefühle zu besänftigen. Er zweifelte nicht länger an der Wirklichkeit einer teuflischen Verschwörung, obwohl ihm weiterhin der Grund unverständlich blieb.

Wurde Anita von Gier oder Vergeltung bewegt? Dem Wagnis nach zu urteilen welches sie unternahm, mußte das letztere angenommen werden. Ebert schüttelte sich innerlich bei dem Gedanken an die Niedertracht solch eines Menschen, der so etwas in Betracht ziehen konnte Wohlgemerkt, ihr Mann tat ihr nie ein Unrecht, er behandelte sie stets mit liebevoller Güte. Ihr teuflisches Vorhaben trug offensichtlich Früchte; Arthurs ganzes Vermögen fiel oder ging durch ihre Hände. Mit Sicherheit folgt nun der Gnadenstoß, mutmaßte Ebert. Die Plünderung war der erste Streich, gedacht den Freund seelisch zu zermürben, um die allmähliche Fahrt in eine Hölle auf Erden zu erleichtern. Wahnsinn stand auf dem Plan; nichts weniger als das. Baldwin sollte in ständiger Furcht leben, wo das Gewicht einer Feder drückender wirkt als eine Tonne Eisen. Ebert eilte zurück zu seinem Freund.

Als er beim Haus ankam war keine Spur von Baldwin zu sehen. Er ruht sich gewiß drinnen aus, dachte Ebert, der weder dem Wind Beachtung schenkte, welcher in den Bäumen und Sträuchern ächzte, noch dem rauschen der Wellen die sich am Ufer brachen. All seine Gedanken galten dem Haus sowie dem Freund, der sich vermutlich darin aufhielt. Sein Entschluß war gefaßt, es gab kein zurück mehr; Baldwin muß die Insel verlassen, womöglich heute noch.

Da er annahm die Tür sei verriegelt, wollte Ebert eben rufen, als er merkte wie sie sich in den Angeln bewegte. Das erschien ihm seltsam, weil Baldwin alles zweifach verschloß, ganz gleich ob er sich drinnen oder draußen aufhielt. Im selben Augenblick als er die Schwelle übertrat, ergriff ihn ein Unbehagen. Ein beißender Geruch lag in der Luft, ein verführerischer Duft stieg ihm in die Nase, der Erinnerungen wach rief an schöne Frauen in Abendkleidern, die sich von Männern der oberen Schicht den Hof machen ließen. Baldwins Schilderung kam ihm in den Sinn. Erzählte er nicht von einem Kleid, umwittert von einem Wohlgeruch der sein Herz schneller schlagen ließ?

„Arthur, Arthur," rief Ebert.

Kein Laut war zu vernehmen. Als er vorwärts drängte wurde der Geruch stärker, aber auch unterschiedlicher. Ätzend, als ob Weihrauch, gemischt mit Myrrhe, brannte.

Im hintersten Raum fand er Baldwin halb sitzend, halb liegend in einem Sessel, anscheined tief in Schlaf versunken. Doch warum hielt er eine Pistole in den Händen?

„Schau mal den Helden an, er fürchtet seinen eigenen Schatten," kicherte Ebert.

Dann bemerkte er den Dunst der versuchte durch alle Ritzen zu entfliehen. Die Pistole wurde vor kurzem gefeuert, vermutete Ebert. Aber warum, und auf wen? Die Frage fand eine rasche Antwort, als er die ausgestreckte Gestalt auf dem Boden bemerkte, umwittert von einem wohlriechenden Duft. Wer dort lag erkannte Ebert ohne Umschweife, jedoch beugte er sich trotzdem hinab um genauer zu sehen.

„Anita Baldwin, des Teufels Tochter von Morne La Salle," stieß er zwischen den Zähnen hervor.

Tiefe Seufzer lenkten Ebert ab; sein Freund wurde wieder lebendig. Mit von Schrecken verzerrtem Gesicht und geweiteten Augen, rang er nach Atem.

„Was hab ich getan, Gott steh mir bei, ich erschoß meine Frau," jammerte er.

Es gelang Ebert Baldwin so weit zu beschwichtigen, daß er ihn von den Ereignissen unterrichten konnte. Folgendes geschah:

Baldwin ruhte sich in seinem Lieblingssessel aus, wo er schließlich einschlief. Bald wurde sein Schlummer von beklemmenden Träumen gestört, die allmählich in die Wirklichkeit rückten.

„Ein bekannter Duft begann meine Sinne zu erregen, ein Duft der sprunghaft stärker wurde. Der Versuch mich wach zu rütteln erwies sich als schwierig. Währenddessen gelang es mir irgendwie meine Hand an die Pistole zu legen. Obwohl immer noch benommen, erkannte ich deutlich wer im Zimmer stand. Ich weigerte mich einerseits solche Gedanken zu hegen, jedoch eine andere, nüchterne Seite, erkannte die Tatsache.

„Während eine Erklärung nach der anderen durch meinen Sinn jagte, immer noch im Halbschlaf, hörte ich einen Knall, gefolgt von lauten Schreien. Als ich einen dumpfen Aufprall vernahm, wurde mir bewußt was ich getan hatte. Ich fiel in eine tiefe Ohnmacht, aus welcher du mich wecktest."

Baldwin begann abermals zu stöhnen:

„Franz, was geschieht nun, ich habe meine Frau getötet."

Ebert antwortete nicht sofort, aber sein Gesicht, bisher düster, erhellte sich. Er lächelte, wonach er kicherte und schließlich in ein schallendes Gelächter ausbrach.

„Arthur, du hast niemanden getötet," versicherte er dem Freund.

Verblüfft zeigte Baldwin auf die hingestreckte Gestalt auf dem Boden.

„Du redest Unsinn, da liegt sie doch, steif und mausetot."

Ebert schmunzelte wissend.

„Schon, schon, aber sag mir doch wie man jemanden töten kann, der seit Wochen im Grab liegt und wahrscheinlich nicht mehr besteht. Erkläre mir das."

„Ich verstehe dich nicht."

„Gewiß tust du es. Arthur, das Schicksal hat gesprochen, du bist befreit. Gürte dich, es geht weiter."

„Aber – aber, was geschieht mit Anita, was sollen wir mit ihr machen?"

Als Baldwin Eberts bedeutungsvolle Blicke wahrnahm, die von der Leiche auf den Dielen zum umliegenden Gelände wanderten, begann er zu verstehen. Ein lächeln, das erste seit Wochen, erhellte sein Gesicht.

Das Versprechen

An einem sonnigen Tag im April erschien ein junger Indianer im Lager der Onondagas, am Otiskosee, im heutigen Staate New York. Er kam zu Fuß. Über seiner Schulter hing ein Gewehr, am Gürtel trug er, wie so üblich, eine Jagdtasche sowie ein Messer und Trinkhorn. Er näherte sich mit sicheren Schritten dem Zelt des Häuptlings Tekanawita, den er allerdings dort nicht antraf. Der Häuptling sei mit anderen Kriegern auf der Jagd, wurde er von einem Ältesten unterrichtet.

„Du bist kein Onondaga," stellte er dann fest.

„Kajuga," kam die einsilbige Antwort.

Weitere Erkundigungen wurden nicht eingezogen, denn es hätte alle guten Sitten der Irokesen verletzt. Sie sagten:

„Der Wille zum reden ist mein Eigentum, wer in mich dringt begeht einen Diebstahl."

Dann folgte eine Einladung, welche Mantinoah, der junge Wanderer, dankend abschlug.

„Ich warte auf Tekanawita."

Der Älteste faßte den Fremden näher ins Auge. Er nickte zufrieden, denn was er sah gefiel ihm. Er dachte an Hiramatha, seine Enkelin, die unnahbare Tochter einer unzugänglichen Mutter. Kein Krieger war ihr gut genug, nicht mal die Söhne des Häuptlings Tekanawita erbeuteten einen Augenaufschlag der schönen, stolzen Hiramatha.

„Tekanawita mag lange unterwegs sein,“ sagte der Älteste.

„Ich warte,“ brummte Mantinoah.

Er hatte Zeit. Wie alle Indianer jener Tage rechnete er in Monden. Stunden bedeuteten ihm nichts. Wortlos ließ er sich neben dem Zelt des Häuptlings nieder. Tekanawita mußte ja mal wieder zurück kommen; wenn nicht heute, dann ein andermal.

Nach einer Weile gesellte sich ein zweiter Ältester zu ihm. Er sprach lange kein Wort, denn er erkannte die Verlegenheit des jungen Kajugas. Zwischen ihn und seine Gedanken treten käme einer Entweihung gleich.

„Ich suche Zuflucht bei euch,“ verkündete Mantinoah endlich.

Der Älteste nickte, wonach er einige laute Rufe den anderen entgegen schickte. Sie kamen herbei. Frauen, alte Männer, sowie einige Krieger die zum Schutz zurück geblieben waren, zeigten ihre freundlichen Absichten. Ohne weitere Förmlichkeiten wurde er aufgenommen. Es war nicht schwierig, denn auch er gehörte dem Irokesenbündnis an. Warum er zu ihnen kam, wie lange er bleiben wollte, danach forschte niemand. Auch der Häuptling, wie die zurück gekehrten Krieger, begrüßten ihn wie einen Bruder. Ihm wurde unverzüglich ein Zelt zugeteilt, neben einem Pferd und sonstigen Ausrüstungen.

Der Frühling kommt zeitig ins Tal der Onondagas. Der Wind, vom ausgedehnten Wasser des Ontariosees erwärmt, strich ungehindert übers Tal. Die Welt nahm schrittweise bunte Farben an. Die Weiden in den Niederungen wechselten vom goldgelben Blütenstand ins herrliche Grün. Rote Knospen der wilden Apfelbäume warteten auf den Tag, wo sie in einem rotweißen Glanz entflammten. Der Frühling war da, die schöne blühende Zeit hatte begonnen. Junge, unverheiratete Frauen und Mädchen, warfen den Burschen forsche Blicke zu, die auf ihren Pferden wilder als je umher ritten.

Dann kam der Herbst und mit ihm erschien Georg Marsen, der neue Vertreter der Regierung. Er nahm in einer der wenigen Holzhütten Quartier. Die Indianer nannten ihn Watias, sie schenkten ihm jedoch wenig Beachtung. Nur Mantinoah, der zugewanderte Kajuga, zeigte sich geneigt mit ihm näher bekannt zu werden. Marsen begrüßte die Annäherung des Jünglings, denn er fühlte sich nicht gerade willkommen bei den Onondagas. Er wurde geduldet, man war aber nicht begeistert von ihm. Ihr widerstrebendes Verhalten ihm gegenüber störte ihn mehr als er sich eingestehen wollte, besonders weil es eine Geringschätzung in sich trug. Gewiß konnte er nicht wie sie sattellos im gestreckten Lauf über die Wiesen galoppieren. Entbehrungen, welche sie mit bewunderswertem Gleichmut hinnahmen, hätten gewiß seinen Tod bedeutet. Gewaltmärsche, schwer beladen, mit leerem Magen, hätten ihn mit Sicherheit umgebracht.

„Wozu auch," sagte er sich, „mein Schicksal setzt mir andere Ziele."

Der Winter zwischen dem Oneida- und Ontariosee kann streng sein, schneereich und kalt, aber fast immer kurz. In der Siedlung der Onondagas trug sich nichts weiter zu; das Leben nahm seinen gewohnten Gang. Man hörte zuweilen die Schreie eines Neugeborenen, sah die strahlenden Gesichter der Jungvermählten, oder begegnete den traurigen Zügen von Hinterlassenen.

Marsen, der Regierungsvertreter, entpuppte sich als ein Lichtblick; er war zuverlässig, keineswegs aufdringlich oder herrisch wie sein Vorgänger. Allmählich legte sich das Mißtrauen der Indianer, besonders als sie sein Bestreben merkten ihre Sprache zu lernen. Mit dem Fortschritt darin wuchs auch ihr Vertrauen. In der Tat, es war erstaunlich wie sich Marsens Kenntnisse in der onondagischen Sprache entwickelten. Die Indianer erkannten diese Entwicklung als Beweis eines guten Willens. Folglich betrachteten sie ihn nach und nach mit offeneren Gemütern.

Mit Mantinoah jedoch entstand ein engeres Verhältnis. Als die Sonne höher stieg und das honk-honk der Kanadagänse den Frühling ankündete, betrachteten sie sich als Freunde. Sie tauschten Geschenke aus, jagten miteinander, schwammen im eisbefreiten See um die Wette, oder saßen stumm, mit sich und der Umwelt zufrieden, am Lagerfeuer. Die Freundschaft löste die Zungen, sie überkam langsam gewisse Tabus. Wo Mantinoah herkam wußte Marsen bereits; warum er kam, blieb ihm jedoch weiterhin verborgen. Es war ihm recht. Der langjährige Umgang mit Indianern hatte ihn einiges gelehrt, darunter die Erkenntnis, daß Wissen über den andern dem Verhältnis den Zauber raubt. Aber necken tat er ihn gern, besonders wegen seinem scheuen Benehmen gegenüber der Weiblichkeit.

„Mantinoah, mein Freund, was hast du gegen Hiramatha?“ fragte er eines Abends halb scherzend, halb ernst.

Noch röter hätte kein Indianer anlaufen können als der Gefragte.

„Nichts, Watias, aber warum fragst du?“

„Ha, ha, ha! Kamerad, versuch erst garnicht mich zu täuschen, ein Blinder merkt es wie du ihr absichtlich ausweichst.“

Mantinoah schüttelte bloß verlegen den Kopf, aber eine Antwort blieb er schuldig. Marsen sah schon richtig; das bildsaubere Mädchen hatte offensichtlich beide Augen auf seinen Freund geworfen. Aber warum ein Bursche, grad gewachsen, von strahlendem Äußeren und obendrein ungebunden, einer schönen Maid aus dem Weg geht, vermochte er nicht zu verstehen. Hiramathas Absichten ließen sich schlecht verkennen, ihr ganzes Wesen veränderte sich in seiner Nähe. Das üblich steife Verhalten nahm eine merkliche Biegsamkeit an. Ein heller Schein trat in ihr Gesicht bei seinem Anblick, welcher es noch lieblicher als sonst gestaltete. Sie ähnelte dann einer wilden Rose, die im Hauch der warmen Morgensonne in voller Blüte steht.

Fast zwei Jahre vergingen seit Mantinoah im Lager der Onondagas erschien. Er hatte sich eingelebt, ja, man vergaß allmählich, daß er dem Stamm der Kajugas angehörte. Diese Tatsache wurde von ihm nie erwähnt, überdies zeigte er keine Sehnsucht nach seiner Heimat am Kajugasee. Hiramatha warb um ihn mit weiblicher List, mit der natürlichen Begabung einer verliebten Frau. Sie hatte schon längst gemerkt, daß er ihre Gefühle erwiderte, nur bekennen wollte er sich nicht, oder traute sich nicht. Nun, Geduld war eine Tugend der Onondagas. Ob Kind, Frau oder Mann, alle bezeichneten Hast als unwürdiges Merkmal eines Irokesen. Übereilung wurde verlacht, wenn nicht mit Verachtung bestraft.

„Das Leben besteht aus vielen Monden,“ sagten sie, „was heute nicht zutrifft, geschieht vielleicht morgen.“

Trotzdem besuchte Hiramatha eines kalten Märztages Georg Marsen, den Vertreter der Regierung. Selbstverständlich wußte sie von seiner Freundschaft mit dem Empfänger ihrer Liebe; sie kam um ihn auszuhorchen. Was sich nicht für einen Krieger geziemte, nämlich, neugierig sein, rechneten die weitfühlenden Indianer einer Frau nicht übel an. Marsen mußte schmunzeln als er sie kommen sah, so in einer Art versunkenen Schlendergang, denn er wußte was sie im Sinn führte. Aber er kannte seine Pflicht, es hätte an Verrohtheit gegrenzt sie zu versäumen. Er grüßte, erkundigte sich nach ihrem Befinden, drückte Bewunderung aus über ihr blühendes Aussehen, wonach er sie schließlich in seine Hütte einlud. Nach den üblichen Einleitungen lenkte sich das Gespräch wie von selbst wohin es beide haben wollten.

„Watias, wo ist dein Freund?“ kam ihre Frage wie geistesabwesend.

„Mantinoah? Oh, er ging zur Jagd,“ kam die Antwort.

„Ohne seinen weißen Bruder?“ forschte sie.

„Ja, ohne mich.“

Laß sie nur, dachte Marsen, eine Weile zappeln tut gut. Trotz der angeborenen Zurückhaltung, stellte sie schließlich die brennende Frage:

„Watias, zeigt Mantinoah dir manchmal sein Herz?“

„Ich kenne es,“ erwiderte er.

„Sagt er dir auch wem es gehört?“

Marsen antwortete nichts darauf, er schaute den Regentropfen zu, wie sie am Fenster in kleinen Rinnsalen herab flossen. Er verstand Mantinoah nicht. Obwohl er mehr als ein Auge auf Hiramatha geworfen hatte, verbarg er seine Gefühle mit ungewohnter Verschlossenheit. Jede Andeutung auf sie berührte ihn scheinbar schmerzlich, sie schien ihm weh zu tun. Sein treuherziger Freund, mitteilsam ohne Rückhalt, offen wie das weite grüne Land, verschloß sich bei der Erwähnung ihres Namens. Er hüllte sich dann mit gepeinigter Miene in sein Tuch und verstummte wie eine Mumie. Ob aus Scheu, übertriebener Ehrfurcht oder tieferen Beweggründen, vermochte er nicht zu sagen. Aber er nahm sich vor ihn zu fragen.

Hiramatha unterbrach das Schweigen.

„Sein Herz ist also schon vergeben?"

„Ja," gestand er ohne Zögern, wobei er sie voll ansah.

Die flackernde Ungewißheit auf ihrem Gesicht, ihre Züge von Bedenken gequält, von einer unstillbaren Hoffnung erhellt, bewegten ihn beizufügen:

„Ja, Hiramatha, an dich."

Die Freude in ihrem Gesicht erhellte den ganzen Raum, sie verlieh dem strömenden Regen einen goldenen Glanz. Ein Schimmer trat in ihre Augen, hell wie die aufgehende Sonne, warm wie die Nächte im Juli. Dann ließ sie ihn mit seinen Gedanken allein, sie hatte gehört was sie hören wollte.

Als Mantinoah von der Jagd zurückkehrte, teilte er unverzüglich die Beute mit seinem Freund Marsen, welcher die Gelegenheit wahrnahm um zu berichten:

„Mantinoah, ich habe mit Hiramatha gesprochen, sie wartet auf ein Wort von dir."

Mantinoah schreckte diesmal nicht zurück, auch hüllte er sich nicht ein, er schaute bloß stumm auf den Freund. Marsen entnahm seiner Miene den Willen mehr hören zu wollen, was ihm gelegen kam. Das rätselhafte Benehmen Mantinoahs hatte ihn ohnehin schon zusehends beunruhigt. In allem zielbewußt, wie der plätschernde Bach zwischen den Hügeln, hell und klar wie das o-ka-leee der Amsel über den taufrischen Wiesen, zeigte sich der junge Krieger wankelmütig im Umgang mit der lieblichen Hiramatha.

„Watias, ich habe kein Wort zu geben," verkündete er schlicht.

Marsens Geduld, bereits über die Nähte gedehnt, stand im Begriff zu platzen:

„Aber willst du sie nicht heiraten?" stieß er unwillig heraus.

„Das schon," kam die Antwort.

„Was hindert dich daran?" sagte er lauter als beabsichtigt.

„Ich darf es nicht tun," stöhnte Mantinoah, offensichtlich im Griff eines tiefen Zwiespalts.

Er wich dem ungläubigen, entgeisterten Blick Marsens aus und murmelte:

„Eh die Blätter an den Bäumen grün werden, bin ich tot, deshalb kann ich Hiramatha nicht heiraten."

Verdutzt erhob sich Marsen. Das war es also, Mantinoah erschien ein Gesicht. Wie einst Minnehaha, die Tochter des alten Pfeilschnitzers, sah er die Maske des Todes, hörte die Stimme Pauguks, die sein Ende verkündete. Gewiß wußte er von solchen Voraussagungen die oftmals in Erfüllung gingen. Aber nur bei alten Männern und Frauen nah am Ende ihres Lebens. Niemals erschien einem jungen, strammen Burschen dieser Bote. Der Versuch es ihm auszureden wäre zwecklos gewesen, weshalb er es auch unterließ.

Zwei Wochen später erschien Mantinoah hoch zu Roß, in voller Ausrüstung, vor Marsens Tür. Er saß kerzengerade auf dem Pferd. Dort blieb er eine Weile stehen, stumm und unbeweglich. Welch ein Anblick, durchfuhr es Marsen zum tausendsten Mal. Ein Bild der Erhabenheit waren Roß und Reiter. Wie oftmals zuvor bewunderte er das vornehme Verhalten der Indianer. Mensch wie Tier schienen sich in eine Statue der Würde verwandelt zu haben.

„Watias, du bist mein Freund," unterbrach Mantinoah endlich das Schweigen.

„Das bin ich," wurde ihm versichert.

„Ich brauch dein Geleit."

„Wohin?"

„Zum Kajugasee, meiner Heimat."

Unterwegs begann Mantinoah zu erzählen, erst stockend, dann mit etwas mehr Eifer.

„Eh heute die Sonne hinter den Baumkronen verschwindet bin ich tot. Ich muß sterben, weil ich getötet habe," berichtete er dem sprachlosen Regierungsvertreter.

„Vor genau zwei Jahren geriet ich in einen Streit mit meinem Freund Tuskarare, er warf mir das schlimmste Vergehen eines Kajugas vor, nämlich, gelogen zu haben. Der Zank artete in einem Handgemenge aus, ich erschlug Tuskarare."

Mantinoah verstummte, als hätte ihm die Erinnerung die Stimme geraubt. Marsen wandte ein:

„Du hast in Notwehr gehandelt.“

„Das sagt der Verstand, doch die Wirklichkeit spricht anders. Nein, Watias, ich bin schuldig, mein Herz weiß es. In mir brannte ein Feuer das nicht wärmen, sondern vernichten wollte. Meinem Arm wurde befohlen nicht zu wehren, sondern zu zerstören. Ich verdiene den Tod.“

Marsen wußte zwar immer noch nicht wo das hinführen sollte, aber Einwände machte er keine. Offensichtlich trieb Mantinoahs Gewissen ihn an den Tatort zurück, aber warum genau nach zwei Jahren, blieb ihm unverständlich. Wollte er dort Selbstmord begehen? Wohl kaum, dachte Marsen, denn nie in all den Jahren welche er unter Irokesen verbrachte, hörte er eine Silbe davon. Selbstmord war ihnen wesensfremd, Gemütskrankheiten kannten sie nicht. Aber er verstand die Entschlossenheit seiner Schützlinge, die, wenn sie einmal sich was in den Kopf setzen, es mit Gewißheit ausführen.

Schließlich kamen sie in die Nähe eines Wäldchens. Mantinoah hielt an. Er schwang sich vom Pferd, legte beide Hände an den Mund und schickte gellende Rufe dem Wald entgegen. Dann horchte er ohne eine Miene zu verziehen. Auch sein Pferd gab keinen Laut von sich, es zuckte mit keinem Muskel. Wie ein Echo erschollen ähnliche Schreie aus dem Wäldchen. Mantinoahs Gesicht erhellte sich, der Anflug eines Lächelns trat um seine Lippen, er nickte unmerklich.

Kurz darauf erschien eine Gestalt zwischen den Bäumen. Es war ein junger Kajuga, in vollem Schmuck, mit einem Gewehr in der Hand. Hundert Gedanken rasten durch Marsens Hirn. Kaum verwarf er einen, schon stürzten drei andere über ihn her. Er ahnte etwas, doch konnte es nicht beim Namen nennen. Die beiden Indianer nahmen sich bei der Hand, sie begrüßten sich mit einer Herzlichkeit die alle Bedenken eines nahenden Unheils verscheuchten. Vielleicht führen sie nur einen Brauchtum aus den ich noch nicht kenne, mutmaßte Marsen. Zum sorgen bestand kein Anlaß, denn ihre aufrichtige Freude über die Begegnung schloß böse Absichten aus.

Im nächsten Augenblick jedoch wurden seine Hoffnungen vernichtet. Mantinoah trat auf ihn zu, ernst, aber gelöst, sprach er zu ihm:

„Watias, treuer Freund, dort ist mein Pferd, es gehört jetzt dir. Nimm es zurück zu den Onondagas, sag ihnen, Mantinoah starb wie ein tapferer Krieger, sie brauchen nicht die Köpfe in Schande hängen, sie gewährten einem unerschrockenen Mann ein zweites Zuhause. Hier ist mein Gürtel, gebe ihn Hiramatha, sprich laut zu ihr von Mantinoah, dem jungen Kajuga, der nicht zitterte als ihm der Tod mit ausgestreckten Händen entgegen kam. Hier, Watias, nimm meine Tasche, mein Messer und Horn, ich brauche sie nicht mehr. Ich muß gehen, der große Geist ruft mich. Lebewohl."

Eh sich Marsen fassen konnte, stand Mantinoah unter einer riesigen Eiche. Mit dem Rücken an den Stamm gelehnt wartete er gelassen auf sein Ende. Wie im Traum hörte Marsen die Abschiedsworte des jungen Kajugas, der mit dem Gewehr in der Hand sagte:

„Mantinoah, mein Freund, die Sonne beginnt sich hinter die Bäume zu senken, bist du bereit?"

Ein nicken war Mantinoahs Antwort. Der andere fuhr fort:

„Vor genau zwei Jahren hast du meinen Bruder getötet. Wir gaben dir eine Frist, sie ist um. Dein Versprechen, unter dieser alten Eiche am heutigen Tag deine Strafe hinzunehmen, hast du wie ein Kajuga gehalten. Wir sind stolz auf dich."

Marsen wollte sich eben schützend vor seinen Freund stellen, doch es war zu spät. Die sichere Kugel traf ihr Ziel. Die Hand, welche dem Befehl eines traurigen Herzens folgte, zitterte nicht. Mantinoah wollte noch zum Gruß die Hand erheben, aber auch dazu war es zu spät.

Madame Xiang

Eines Morgens erhielt Picard eine Einladung von Rolland Mercier, dem stellvertretenden Minister. Damals ging man noch vornehm voran in solchen Dingen, insbesondere unter Frankokanadiern. Ein Bote in vollem Putz überreichte Picard eine hübsch umrahmte Visitenkarte, natürlich auf einem fein geränderten Tablett.

„Der stellvertretende Minister und seine Frau ersuchen die Anwesenheit des Herrn Maurice Picard bei ihrer jährlichen Geburtstagsfeier. Sie findet im Eisbärklub statt am kommenden Freitag um 20:00 Uhr."

Picard nahm bereitwillig an, er war dankbar für die Abwechslung.

Die Feier erwies sich als ein vorzügliches Ereignis, bis zu einem Grad, daß er seinen nagenden Kummer vergaß, welcher ihn seit kurzem bedrängte.

Am Ende der Mahlzeit erhielt jeder Gast ein Chinesen Gebäck, auf einem Tellerchen welches seinen Namen trug, worin Prophezeihungen auf einem Schriftröllchen standen. Eins nach dem andern wurde mit Geziertheit geöffnet, dann unter Gelächter und hänseln vorgelesen.

Als die Reihe an Picard kam bemühte er sich eine spaßige Vorstellung zu geben. Er schnitt Gesichter wie ein Gaukler und machte schelmische Verrenkungen, eh er sein Röllchen öffnete. Es war eine löbliche Vorführung, würdig eines Thepsis in der Blüte seiner Jahre. Frauen zollten ihm Beifall, Männer nickten anerkennend.

Die rühmlichen Äußerungen nahmen ein plötzliches Ende. Picard wurde aschfahl, erbärmlich ächzend sank er in sich zusammen, während er jammerte:

„Nein, nein, es darf nicht sein."

Bestürzt, unsicher ob man sein Benehmen als weitere Schauspielerei oder Ausdruck des echten Kummers betrachten sollte, verstummte die Gesellschaft. Sein Tischnachbar hob das Seidenröllchen auf, entfaltete es und las:

„Endlich hab ich dich gefunden." Unterschrift: Madame Xiang.

Andere Gäste streckten ihre Hände nach dem Zettel aus, sie wollten mit eigenen Augen sehen was sie eben hörten. Picard, der inzwischen mit heller Macht versuchte sein Gleichgewicht wieder zu gewinnen, verkündete mit gequältem grinsen:

„Verzeihung, ich hatte einen plötzlichen Schwächeanfall."

„Bestehen Gründe zur Besorgnis?" erkundigte sich die Frau des stellvertretenden Ministers.

Picard antwortete kopfschüttelnd:

„Nicht die geringsten, aber trotzdem wäre es ratsam nach Hause zu gehen. Eine gute Nachtruhe wird meine Kräfte gewiß wieder herstellen."

Kichernd fügte er hinzu:

„Man darf nicht vergessen, ich bin nicht mehr der Jüngste."

Am Montag erschien Picard im Ministerium wie ein veränderter Mann. Seine Augen, stets hell zuvor, hatten ihren Glanz verloren; der wachsame Blick, Zeichen des forschenden Geistes, war verschleiert; sein kennzeichnendes Merkmal, der zielbewußte Schritt, war nun schleppend. Er hinterließ den Eindruck eines Mannes mit Furcht im Nacken und Blei an den Füßen.

„Lief ein schwarzer Hund über Ihren Schatten, Herr Kollege?" wurde er gefragt.

Mit hippokratischer Miene, welche stumm um Mitgefühl bat, verwahrte er sich:

„Wie kann man sowas nur denken, ich fühle mich lediglich ein wenig unpäßlich, weiter nichts."

„Aha, wegen der chinesischen Wahrsagung," wollte der Kollege sagen, jedoch hütete er seine Zunge.

Natürlich kamen Gerüchte in Umlauf die sich bald im ganzen Ministerium verbreiteten; ja, sogar darüber hinaus. Zungen regten sich, Ohren wurden gespitzt, die sich bemühten jedes Wort zu hören. Im Hinblick auf Picards verdächtige Nachfragen nahm das Geflüster noch zu. Die bohrenden Erkundigungen, besonders über Frauen, machten viele stutzig. Untergebene sowie Kollegen fühlten sich unangenehm berührt von dieser zwanghaften Beschäftigung mit der Weiblichkeit. Manche nannten es unzüchtig, andere bezeichneten es unziemlich für einen Abteilungsleiter, noch dazu im anschreitenden Alter. Folglich begannen zotige Anspielungen zu kursieren; mehr aus Verlegenheit als Überzeugung. Niemand verstand so recht den Sinn der Fragerei, trotzdem nahm man Anstoß daran.

Nach einer Woche blieb Picard dem Ministerium fern. Er versäumte Termine, was ungewöhnlich erschien, da es bisher kaum, wenn je geschah. Bei einer vorgesehenen Abwesenheit, kurz oder lang, erteilte er stets zuvor Anordnungen was zu tun sei, ferner unterrichtete er zuständige Personen wo man ihn erreichen konnte. Fragen wurden gestellt, Mutmaßungen ausgedrückt, einige zogen die Augenbrauen hoch, jedoch niemand spürte die Neigung ernsthaft nachzuforschen.

„Sicher ist der Minister im Bilde," hieß es allerseits.

Außerdem wußten nur einige wo Picard wohnte, noch weniger wo er verkehrte. Sein kleines Haus stand einsam am Ufer des Ottawas, was den Vorstellungen des einsiedlerisch veranlagten Chefs gerecht wurde. Er war ledig, unabhängig, überdies gewiß kein Lebemann.

Frau Pratt stand in seinem Dienst, sie kam täglich um Hausarbeiten zu verrichten. Da sie etliche Tage fern blieb, somit sich schuldig fühlte, ging sie behutsam voran. Zu ihrer Überraschung war die Haustür nicht bloß unverschlossen, sondern nur angelehnt. Beklommen betrat sie das Haus.

„Sind Sie daheim, Herr Picard?"

Als keine Antwort kam und sich nichts rührte rief sie mit erhobener Stimme:

„Herr Picard, ich bin wieder da."

Eine drückende Stille herrschte im Haus, obwohl Zeichen von Picards Gegenwart sichtbar waren. Seine Jacke hing am Kleiderkaken, auf dem Fach lag sein Hut, darunter standen die nachlässig hingestellten Schuhe.

„Seltsam, sehr seltsam," äußerte sich Frau Pratt mit unterdrückter Stimme.

Die Stille wirkte störend auf sie, da Herr Picard nicht gerade als Quietist bekannt war; weit davon entfent. Seine lärmende Art war ihr und anderen nicht fremd. Auf Zehenspitzen, mit angehaltenem Atem und offenen Ohren, lauschte sie eine Weile. Was war das? Ein stöhnen im oberen Geschoß?

„Sind Sie es, Herr Picard?"

„Ja, ja," kam eine röchelnde Antwort.

Zögernd, jedoch erleichtert, stapfte sie die Treppe hoch und näherte sich dem gequälten keuchen. Um ein Haar wäre Frau Pratt wieder umgekehrt, die Sicht raubte ihr den Atem. Auf Anhieb glaubte sie ein Trugbild anzustarren. Sie wollte, ja, konnte ihren Augen nicht trauen. Blinzeln nutzte nichts, vermutete Marienfäden vom Gesicht wischen hatte keinen Erfolg. Hier lag ein Mensch mit einem Fuß im Grab, mußte sie gestehen. Vor Schreck hätte sie beinahe das Kreuz geschlagen. War es möglich, konnte es sein, daß ihr Arbeitgeber am hellichten Tag, bei grellem Sonnenschein im Bett lag? Der Anblick seines gramzerfurchten Gesichts ließ sie wie festgenagelt, mit offenem Mund, auf der Schwelle anhalten. Frau Pratt konnte es nicht fassen, daß ein Mensch von strotzender Gesundheit innerhalb weniger Tage sich in eine aufgewärmte Leiche verwandeln konnte.

„Was ist geschehen? Hatten Sie einen Unfall?" fragte sie mit bebender Stimme.

Picard schüttelte den Kopf:

„Nein."

„Hat Sie ein Arzt untersucht?"

Die Frage, gewiß harmlos, ließ Picard unwillig hochfahren:

„Ich brauche keinen Arzt," stieß er aus, wonach er hinzufügte:

„Treten Sie mit Herrn Basil in Verbindung, er soll sofort zu mir kommen."

Bruno Basil, sein Freund, erschien am späten Nachmittag.

„Was gibt's, Maurice," erkundigte er sich in seiner flotten Art.

„Sie ist hier."

„Wer ist hier?" fragte Basil bestürzt.

„Madame Xiang," ächzte Picard.

Basil erinnerte sich an den Vorfall im Eisbärklub. Er betrachtete den Freund mit einem schrägen Blick. Picard jammerte:

„Aus und vorbei, ich bin verloren."

„Unsinn, du fühlst dich unwohl, weiter nichts."

Mit gefurchter Stirn und hochgezogenen Augenbrauen verlangte Basil zu wissen:

„Wer ist denn diese Madame Xiang?"

„Mein Verderben."

„Hör auf zu greinen, weih mich ein."

„Nicht hier, Bruno, vielleicht könnten wir uns später im Sportsklub treffen."

„Wenn du dich imstande fühlst, ich bin gewillt."

Sie trafen sich wie ausgemacht. Picard, gewiß nicht sein lebhaftes Selbst, zeigte Spuren seiner ehemaligen Tatkraft, jedoch nicht lange.

„Nun, mein Lieber, heraus damit," drängte Basil.

Picards Miene verfinsterte sich eh er begann:

„Ich werde dir bis zu den Säulen des Herkules folgen."

„Das versteh ich nicht."

„Du kennst den Ausdruck, nicht wahr?"

„Schon, aber ich sehe keinen Zusammenhang."

„Das waren ihre letzten Worte, die sie mir ins Gesicht schleuderte, mit der Heftigkeit einer Speischlange wenn sie ihr Gift ausspuckt."

Basil ließ die flache Hand auf den Tisch fallen.

„Genug mit biblischen Gleichnissen, sag endlich wo du hinaus willst," fuhr er ihn an.

Picard ließ den Kopf fallen.

„Ich bin vergiftet," stöhnte er.

Basil schnaubte ihn gereizt an:

„Komm, komm, Maurice, wie kann man vergiftet sein und trotzdem herum laufen?"

Als er den Freund näher betrachtete hätte er beinahe hinzugefügt:

„Allerdings siehst du aus wie eine Leiche auf Urlaub," aber er hielt seine Zunge im Zaum.

„Sag was du willst, der schleichende Tod haftet an meinen Fersen, ich bin mit den Merkmalen vertraut, ebenfalls mit ihren Absichten."

„Ihr, sie, du beziehst dich hoffentlich nicht wieder auf die verflixte Frau, die höchstwahrscheinlich nichts anderes ist als ein Hirngespinst deines fieberhaften Zustandes."

Picards mißbilligender Blick hätte einen empfindsameren Mann verletzt. Basil zuckte mit keiner Wimper, er lächelte lediglich als er bemerkte:

„Na, fang schon an."

Picard schöpfte tief Atem, vor seinen Augen erschienen jene ereignisreichen Tage, vielmehr Monate, die er auf der Wind gepeitschten Tundra verbrachte. Er war jung damals, körperlich kräftig und geistig rege.

An einem sonnigen Nachmittag im Juni betrat er eine wunderliche Welt, deren Sicht ihm schier den Atem raubte. Soweit das Auge reichte war kein Baum zu sehen, aber trotzdem wimmelte das Land von erwachendem Leben. Er hatte Schnee erwartet, Eis auf dem Wasser und Nebel in der Luft. Es sollte anders kommen. Ein flammender Teppich von üppigen Farben breitete sich über der Tundra aus. Eine Verheißung lag auf dem Land die er nie zuvor spürte. Die Sonne stand täglich achtzehn Stunden am Himmel; die Hügel erdröhnten von ausgelassenen Stimmen, die miteinander wetteiferten den Sommer zu verkünden.

„Kennst du Lake Harbour?" erkundigte sich Picard.

„Nie davon gehört," erwiderte sein Freund.

„Ich wünsche inbrünstig ich könnte dasselbe sagen, aber hör zu. Vor etwa zwanzig Jahren schickte mich mein Arbeitgeber, Roonex International, nach Lake Harbour, einer kleinen Siedlung südlich von Frobisher Bay. Fünf Männer waren bereits dort. Sie wohnten in einem Lager abseits von der

Siedlung, die hauptsächlich wandernde Inuits ein Zuhause nannten."

„Was habt ihr dort gemacht?"

„Wir erweiterten eine Tankanlage. Alles verlief wie am Schnürchen, bis Henry Montour, ein Halbblut-Indianer, durchdrehte."

„Durchdrehte?" wiederholte Basil.

„Ja. Eines Morgens pflanzte er sich am Fenster auf und rührte sich nicht von der Stelle. Dort stand er wie angewurzelt und starrte auf die steigende Sonne. Zunächst begann er ein Kauderwelsch anzustimmen das niemand verstand."

„ ‚Ist es Mohawk,' fragte ich den Vorarbeiter.

„ ‚Nein, es ist Esperanze,' wurde ich belehrt.

„Mein forschender Blick bewegte ihn mehr zu sagen:

„ ‚Er fleht die Hoffnung an.'

„Eine seltsame Bemerkung, dachte ich, für einen Mann der selten lächelte. Hartwigs nächste Worte verwandelten unsere verdutzten Blicke in ungläubiges starren.

„ ‚Laßt ihn sein,' wurde uns befohlen.

„ ‚Nanu,' flüsterten wir uns zu, ‚der strenge Chef erlaubt einem Arbeiter zu trödeln während der Arbeitszeit. Hm, unglaubhaft, aber wahr.'

„Montour, möchte ich hinzufügen, diente unter anderem als Koch und Faktotum.

„Als wir mittags zurückkamen stand Montour noch auf demselben Fleck."

„ ‚Ein Inukshuk,' spöttelte Benoit.

„ ‚Er hat Buschfieber,' verkündete Hartwig.

„Buschfieber?" wiederholte Basil.

„So äußerte ich mich damals auch, aber Hartwig gab keine Erklärung. Als wir am Feierabend zurückkehrten erwartete uns eine bemerkenswerte Sicht."

„Oh, was denn?" frug Basil.

„Montour saß auf seinem Bett und betrachtete uns mit finsteren Blicken. Er wies auf zwei Breitbeile die bis zur Wange im Boden steckten und drohte:

„ ‚Niemand überquert diese Linie, bleibt auf eurer Seite.'

„Glaub mir, Bruno, wir waren uns unschlüssig ob man lachen oder ihn zurechtweisen sollte. Ich war damals jung und forsch, geneigt jedem Verbot zu trutzen, jedoch Hartwig hielt mich zurück. Es erwies sich als ein Fehler, wir hätten ihm von Anfang an Einhalt gebieten sollen; viel Leid wäre uns erspart geblieben."

Als Picard einen Augenblick verstummte, betrachtete ihn Basil mißbilligend. Er konnte sich keinen Reim aus der ganzen Sache machen.

Picard nahm die Erzählung wieder auf.

„Wir wußten nicht mehr ein noch aus, noch was wir sagen oder machen sollten. Versuche über nichtige Vorfälle zu reden scheiterten, weil wir stets Montour anstarrten. Dinge spitzten sich zu. Montour holte ein mörderisches Messer hervor, das er mit teuflischem grinsen zu schärfen begann. Unsere Augen weiteten sich, die Worte verstummten."

„Er wetzte sein Messer?" unterbrach Basil.

„Messer, sagst du? Ha! es ähnelte eher einem Hackbeil oder Säbel mit gekrümmtem Heft. Die Schneide, wuchtig und breit, hätte sicher eine Eiche gefällt mit wenigen Schlägen. Hartwig forderte uns mit einer Handbewegung auf ruhig zu bleiben. Er stand auf und näherte sich Montour mit vorsichtigen Schritten.

„ ‚Henry, was gibt's,' sagte er in beschwichtigendem Ton.

„Es war nichts zu machen, einfacher wäre es gewesen einen Tasmanischen Teufel zu besänftigen als Henry Montour."

„Was geschah?" erkundigte sich Basil mit zunehmender Aufmerksamkeit.

„Das bisher leidliche Verhalten des Halbindianers verwandelte sich in Raserei; er fauchte wie ein gestellter Vielfraß und stürzte sich auf den Vorarbeiter. Eh wir begriffen was geschah lag Hartwig am Boden, festgenagelt von Armen die sich wie Stahl anfühlten, gestand er hinterher."

„Das klingt ja schrecklich, was geschah dann?"

„Nichts erfreuliches, weit davon entfernt. Wir hätten uns den Burschen frühmorgens vorknöpfen sollen, wie ich vorhatte. Aber höre wie es weiter ging. Als wir Hartwigs Bedrängnis erkannten sprangen wir in die Bresche; sein Leben stand auf dem Spiel. Es gelang Montour eine Hand an sein fürchterliches Haumesser zu legen, welches er über dem sträubenden Hartwig zückte. Ich war als erster auf den Beinen, die anderen folgten mir auf dem Fuß."

Picard schwieg. Er betrachtete Basil mit Grauen eh er fortfuhr:

„Montour, der jetzt wie ein Berserker tobte, wurde schließlich überwunden und auf sein Bett gefesselt."

Basil runzelte die Stirn als Zeichen der Mißbilligung, er konnte keine sinnvolle Beziehung erkennen zwischen Picards Wiedergabe und der gefürchteten Madame Xiang. Er rutschte ungeduldig hin und her. Da er aber merkte wie wohltuend die Darstellung auf den Freund wirkte, zügelte er seinen Unwillen. Picard erzählte weiter:

„Inzwischen brach die Dunkelheit herein. Da weder der Mond schien noch Sterne zu sehen waren, hatte man den Eindruck von schwarzen Schleiern eingehüllt zu sein. Unser Verdruß steigerte sich nachdem wir ein anderes Unheil entdeckten."

Basil, der nach wie vor nicht ahnte worauf sein Freund steuerte, hielt den Atem an.

„Jemand hatte unser Funkgerät verstellt, es war unbrauchbar gemacht, folglich konnte keine Hilfe von der Außenwelt angefordert werden."

Während Picard seinen Freund näher ins Auge faßte, bemerkte er betont:

„Bevor ich mehr sage muß verstanden werden, daß keine Menschenseele davon etwas erfährt."

„Das versteht sich von selbst," versicherte Basil.

Picard stöhnte als wäre es mit ihm Matthäi am letzten.

„Bereite dich auf einen Schreck vor. Hier ist was geschah: Jene Nacht vor zwanzig Jahren liegt mir ewig in Erinnerung, sie rief einen Inkubus ins Leben den ich allzugern vergessen hätte. Mitnichten, jetzt hockt das Biest abermals auf meiner Brust und schnürt mir den Atem aus den Lungen. Beim Gedanken an jene verhängnisvollen Stunden rieselt mir jetzt noch ein kalter Schauer über den Rücken. An Schlaf war nicht zu denken obwohl wir ihn nötig hatten. Montours stöhnen und seine zeitweise unheimlichen Beschwörungen ließen uns nicht zur Ruhe kommen. Dann trat plötzlich eine Stille ein, somit konnten wir endlich ein Auge zudrücken; aber nicht lange."

„Was geschah?“

„Bruno, du wirst es nicht glauben, eine erschütterte Stimme rief aus:

„ ‚Henry ist tot.‘

„Mit einem Ruck richteten wir uns auf. Halb betäubt, schlaftrunken, tastete sich einer nach dem andern voran. Äußerungen wie:

„ ‚Unmöglich, er schläft sicherlich nur, fühlt seinen Puls,‘ wurden von allen Seiten laut.“

Picard senkte den Kopf, er erwürgte schier an seinen Worten.

„Von dem Augenblick an verschwanden alle Spuren der Besonnenheit, der Verstand flüchtete von unserem Lager.“

„War er wirklich tot?“ forschte Basil.

„Mausetot.“

„Wie konnte das geschehen?“

„Wie? Laß mich erklären. Beim flackernden Schein der Funzel sahen wir etwas das uns völlig aus der Fassung brachte.“

„Was denn?“ unterbrach Basil.

„Schwielen an Montours Hals.“

Basil reckte sich.

„Schwielen?“ stieß er aus.

„Ja, unverkennbare Zeichen einer Erwürgung.“

„Aber – aber,“ stotterte Basil.

„Sowas ähnliches sagten wir auch. Unglaube stritt sich mit Verwirrung. Du kannst dir vorstellen was in uns vorging. Die lästige, doch halbwegs erträgliche Angelegenheit, nahm eine unheilvolle Wendung an. Jemand, einer von uns, hatte den unseligen Montour erdrosselt. Aber wer?“

„Und warum?“ flocht Basil ein.

„Das fragte ich mich später auch.“

„Konnte nicht ein Außenseiter die Tat verübt haben?“

„Möglich, aber letzten Endes spielte es keine Rolle. Wie erwähnt, wir verloren gänzlich unsere Nerven. Hör zu, du wirst mir sicherlich recht geben. Die Zeichen des Morgengrauens zeigten sich noch nicht, draußen herrschte eine Ägyptische Finsternis, drinnen flackerte die Lampe geisterhaft. Was dann geschah kann weder erklärt noch gerechtfertigt werden; gewiß nicht in einer Umgebung geleitet von Grundsätzen und Regeln. Jedoch im Land des ständigen Bodenfrostes, heimgesucht von Ahnungen aus vorsintflutlichen Zeiten, sieht alles ganz anders aus. Abwegigkeiten können zur Selbstverständlichkeit werden. Hartwig sprach zuerst:

„ ‚Wir sitzen in der Patsche,' erklärte er.

„ ‚Wir? Einer von uns, erlaubt mir zu sagen.'

„Diese Äußerung erntete mir einen vernichtenden Blick des Vorarbeiters sowie höhnisches kichern seitens der anderen. John Miller, der Schweißer, augenscheinlich schneller von Begriff als ich, erläuterte Hartwigs Andeutung."

„ ‚Schaut her, es betrifft uns alle, die Lage ist unverkennbar. Die Behörden werden uns sicherlich zur Last legen, daß wir Henry mißhandelten, somit seinen Tod verursachten.'

„Baxter, der Elektriker, stimmte bei:

„ ‚Die Schwielen an Henrys Hals deuten darauf hin, daß er erwürgt wurde.'

„ ‚Nicht von mir,' stand ich im Begriff einzuwenden, doch verschluckte ich meine Worte."

„ ‚Was nun,' jammerte Guy Benoit.

„Hartwig nahm Zuflucht in Spitzfindigkeiten."

„ ‚Henry ist tot, das ist eine Tatsache. Die andere ist, daß wir ihn mit Gewalt behandelten, ganz zu schweigen von der Ankettung. Totschlag heißt sicher die Anklage im Hinblick der verräterischen Schwielen, folglich muß mit einer langjährigen Gefängnisstrafe gerechnet werden.'

„Indem er einen vielsagenden Blick auf mich warf, fügte er hinzu:

„ ‚Für uns alle.' "

„Das hätte ich bezweifelt," meinte Basil.

„Heute ja, aber damals war unser Urteilsvermögen stark beeinträchtigt."

Basil, der wie auf glühenden Kohlen saß, forderte den Freund auf endlich zur Sache zu kommen:

„Diese Madame Xiang, besteht oder bestand sie wirklich?"

Picard ließ die Frage unbeantwortet, er setzte seine Erzählung fort:

„Sagte ich beeinträchtigt? Das drückt zu wenig aus. Unsere Urteilskraft steckte in den Falten der Sinnlosigkeit. Kurzum, wir ließen Montour verschwinden."

Basil zog die Augenbrauen hoch.

„Verschwinden, wie?" wollte er wissen.

Picard hob den Kopf, seine Miene nahm einen schalkhaften Ausdruck an, den Basil selten sah in dem ernsten, breiten Gesicht, noch weniger das lauernde lächeln welches seine geschürzten Lippen umspielte.

„Nun, er verschwand während der Nacht und kam nie wieder zurück. So lautete unser Bericht bei der Polizei, dem Arbeitgeber sowie allen anderen. Drei Tage später erschien eine Frau bei uns. Dem Aussehen nach glich sie einer Mischung von Inuit und Indianerin, ihre Sprechweise ließ eine Frankokanadierin vermuten.

„ ‚Ich bin Madame Xiang,' sagte sie. ‚Ich werde für euch kochen und Hausarbeiten verrichten.'

„ ‚Hat sie der Himmel gesandt?' drückten unsere Blicke aus.

Es waren die besten Neuigkeiten seit Tagen, da kochen und reinigen nicht gerade unser Fach war. Überdies nahm es wertvolle Zeit in Anspruch die man der Arbeit widmen sollte, welche allmählich in Verzug geriet. Wir taten unser bestes Hartwig zu bewegen die Frau anzuheuern. Seit Montour uns sozusagen schnöde im Stich ließ, der einzig und allein Kochfähigkeiten besaß, in anderen Worten nicht bloß Dosen öffnete wie wir es taten, fühlten wir uns unterernährt."

Basil fiel ihm ins Wort:

„Sag mal, Maurice, erregte Montours Abwesenheit kein Aufsehen?"

„Kaum, denn damals, wahrscheinlich heute noch, kamen und gingen Leute dort ohne Gruß oder Händeschütteln. Viele verschwanden oft spurlos auf kurze Zeit oder auf immer; man kümmerte sich wenig darum, vor allem die Inuits. Die Obrigkeit benachrichtigen wäre ihnen nie eingefallen. Ohnehin verliefen diese Ermittlungen fast ausnahmslos im Sand. Wie erwähnt wir versuchten Hartwig durch Mienenspiel und Handbewegungen zu ermuntern sich mit Madame Xiang zu einigen. Schließlich schien er dazu geneigt zu sein, seiner gekräuselten Stirn nach zu urteilen. Wir stießen einen Seufzer der Erleichterung aus, der aber im nächsten Augenblick in unterdrücktes stöhnen ausartete.

„ ‚Das ist kein Platz für Frauen, überdies haben wir keine Unterkunft für Sie,‘ meinte Hartwig.

„ ‚Es ist nicht nötig, ich wohne in der Siedlung,‘ entgegnete sie mit einem verführerischen lächeln.

„Glaube mir, Bruno, die Frau besaß die Eigenschaft einer Jezebel, ihr verheißender Augenaufschlag brachte unser Blut in Wallung. Sie wurde eingestellt.“

Picard lachte in sich hinein.

„Seltsam, trotz ihres circenhaften Wesens pochte sie auf Förmlichkeit“

„ ‚Ich bin Madame Xiang,‘ verkündete sie.

„Aus unerklärlichen Gründen nahmen die anderen Anstoß an dem vermeintlichen vornehmen Getue, wie sie es nannten. Sie versäumten keine Gelegenheit sie deswegen zu necken.“

„ ‚Wie heißen Sie wirklich?‘

„ ‚Madame Xiang. Ihr nennt mich Madame Xiang,‘ betonte sie.

„ ‚Und wenn ich es nicht tue?‘ stichelte Miller.

„Auf mein Wort, Bruno, diese unsinnige Herausforderung hatte überraschende Folgen. Wortlos trat sie auf Miller zu, fast Stirn an Stirn, Zeh an Zeh, reckte sie sich über ihre Größe hinaus. Ich schwöre bei allem was mir heilig ist, daß glühende Pfeile aus ihren Augen schossen. Weder zuvor noch seither wurde ich Zeuge von solch geballtem Zorn. Mit einer Stimme, schneidend und drohend zugleich, stieß sie aus:

„ ‚Zum letzten Mal, ich bin Madame Xiang.‘

„Schreckte Miller zurück? Und wie. Sein forsches Auftreten täuschte niemanden. Der rauhe Bursche als den er sich ausgab, schrumpfte sichtlich unter ihrem Basiliskenblick. Kein Wunder in Anbetracht der unheimlichen Verwandlung. Die üppige Frauengestalt nahm blitzartig Formen an die einer Säule der Vergeltung ähnelten. Gefesselt schauten wir dem Schauspiel zu; verdutzt blickten wir uns an, als ihre weibliche Anmut wie durch Zauberei wiederkehrte. Auf der Stelle erkannte ich, daß sie keine Tochter Kanadas war.“

„Wie ich mich erinnere glaubtest du sie sei eine Frankokanadierin, eine Mischung von Inuit und Indianerin," bemerkte Basil.

„Schon, jedoch die Auseinandersetzung mit Miller belehrte mich anderweitig. Unser heimischer Boden erzeugt keine Frauen mit solchem Feuer in den Augen und dieser befehlenden Stimme, ganz zu schweigen vom erschreckenden Willen. Kurz danach erfuhr ich wo ihre Wiege stand; in den wilden Bergen Yukatans, sie war eine Chorti Indianerin. Miller, der Schweißer, brach als erster zusammen."

„Oh, warum?"

„Wir wußten es nicht, es geschah kurz nach dem Abendessen. Während wir ihn auf sein Bett legten sank Hartwig zu Boden, wo er liegen blieb und stöhnte als raufe er sich mit Dantes zwölf Teufeln. Baxter und Benoit blieben ebenfalls nicht verschont. Ich schleppte sie auf ihre Betten, wo sie halb besinnungslos um die Wette ächzten."

„Das klingt abscheulich," äußerte sich Basil teilnahmsvoll.

„Ohne Zweifel, ich befand mich in einer mißlichen Lage, die mir den Kopf schwirren ließ. Mein Verstand arbeitete nicht mehr, ich fühlte mich unfähig klar zu denken. Madame Xiang hatte sich vor einigen Stunden entfernt, somit blieb ich allein mit den jammernden Männern. Während Baxter versuchte sich aufzurichten, stammelte er:

„ ‚Maurice, dort, das Funkgerät, ruf Hilfe an.'

„Ha, das war leichter gesagt als getan, denn aus schleierhaften Gründen war es selten brauchbar nach Dunkelheit. Endlich jedoch hatte ich Erfolg; ich erreichte die Polizeistation in Frobisher Bay. Wachtmeister Ritchie versprach frühmorgens aufzubrechen. Seine Kenntnisse in Nothilfe kam uns gelegen, er belehrte mich was in der Zwischenzeit zu tun sei. Er meinte es hätte den Anschein einer Fleischvergiftung."

„Warst du nicht davon befallen?" unterbrach Basil.

„Gewissermaßen schon, aber in geringerem Grad."

„Hm, seltsam," bemerkte Basil.

„Eigentlich nicht, wenn man in Betracht zieht, daß ich an jenem Abend spärlich aß, insbesondere vom Fleisch. Wie dem auch sei, ich verbrachte eine abscheuliche Nacht unter vier leidenden Männern, welche dem jammern nach zu urteilen mit dem Tode kämpften, dazu ins Reich der Wahnvorstellungen schlitterten. Am nächsten Morgen erschien Madame Xiang wie üblich um unser Frühstück zu bereiten. Bei meinem Anblick stieß sie einen Melusinenschrei aus. Ihr Gesicht, anfänglich von Erstaunen ergriffen, verwandelte sich in eine Maske des Hasses. Ich sehe und höre sie heute noch, lebensnah, nach vorne gebeugt, wie eine Hyäne lachen und eine Schlange zischen:

„ ‚Nächstes mal, nächstes mal,' eh sie weglief.

„Auf der Schwelle blieb sie stehen. Dann drehte sie sich um und keuchte:

„ ‚Ich werde dir bis zu den Säulen des Herkules folgen!' "

„Bis ans Ende der Welt, in anderen Worten," warf Basil ein.

„Genau, aber nun zurück zu mir in der einsamen, Wind gerüttelten Hütte unter vier klagenden Männern. Madame Xiang stapfte racheschnaubend aus dem Raum. Völlig verwirrt schüttelte ich den Kopf. Ich wollte sie zurückrufen, ihr nahelegen mich einzuweihen.

„ ‚Bleiben Sie doch, Madame, reden Sie mit mir,' beabsichtigte ich zu rufen, aber kein Wort rollte über meine Zunge. Warum? möchte man fragen. Weil mir ein abscheulicher Gedanke kam, so gräßlich, daß ich nicht wagte ihn auszusprechen. Während mir der kalte Schweiß ausbrach, wankte ich auf mein Bett. Die Erkenntnis raubte mir den Atem: Sie hatte uns alle, Mann für Mann vergiftet."

„Offensichtlich nicht dich," bemerkte Basil.

Ein gequältes lächeln trat auf Picards Gesicht.

„Noch nicht, noch nicht," flüsterte er.

„Laß mich weiter erzählen. Die Polizei kam am Nachmittag an. Sie schienen alles schnell zu begreifen; auf jeden Fall ging man rüstig voran. Ich versuchte meinen Verdacht zu äußern, den Wachtmeister Ritchie mit einer Handbewegung abwies:

„ ‚Keine Zeit, keine Zeit,' gab er zu verstehen, ‚Sie können mir alles unterwegs erzählen.'

„ ‚Ich muß mitkommen?'fragte ich.

„Der Polizist warf mir einen Blick zu als hätte er sich verhört.

„ ‚Sie fühlen sich doch hundeelend. Ihrem Ausehen nach zu urteilen möchte man es auch glauben. Außerdem benötigen wir Ihre Aussage‘ meinte er barsch.

„ ‚Was geschieht mit Madame Xiang?‘ wollte ich wissen.

„ ‚Wer ist das?‘ knurrte Ritchie.

„ ‚Die Köchin, höchst wahrscheinlich die Ursache unseres Übels.‘

„Ich begann zu erklären, aber der Polizist fiel mir ins Wort:

„ ‚Später, später, erstmal alle ins Boot, es ist eine lange Fahrt bis Frobisher Bay,‘ mahnte er.

„Das war es schon. Ein Arzt kam ebenfalls mit, der nach einer flüchtigen Untersuchung Fleischvergiftung erkannte, die aber nicht lebensgefährlich sei, teilte er uns mit. Er gab uns eine Arznei die unseren Zustand verbesserte.“

„Erholten sich die anderen?“

„Ja und nein.“

„Wie soll man das verstehen?“ wunderte sich Basil.

„Sie starben zwar nicht, jedoch siechten sie dahin. Wie ich ein Jahr danach hörte, schlichen sie wie leblose Wesen ihrem Grab entgegen.“

„Ich vermute, daß eine Untersuchung stattfand,“ deutete Basil an.

„Allerdings, aber mit wenig Eifer, meines Erachtens nach.“

„Was war der Befund?“

„Vergiftung, verursacht durch den Genuß von verdorbenem Fleisch. Kein Grund zur Sorge, entschied die Obrigkeit, noch Anlaß zur Anklage.“

„Was geschah mit der Köchin?“

„Ihr wurde nichts zur Last gelegt. Allerdings erhielt sie einen schüchternen Verweis unreines Fleisch aufgetischt zu haben. Gemäß meiner Aussage bestanden Gründe zur polizeilichen Untersuchung, wenn nicht Belangungen, dachte ich, jedoch die Behörde war anderer Meinung. Freilich erntete ich wohlwollendes nicken und einen freundschaftlichen Rippenstoß, weil ich mich bemühte der Obrigkeit beizustehen.“

Während Picard redete ließ Basils Aufmerksamkeit nach; er fühlte sich von nagendem Zweifel befallen. Das Zusammensetzspiel, von dem Freund geschildert, paßte nicht ganz ineinander. Die Teile waren zu rauh an den Kanten, seine Wiedergabe erschien Basil zusammenhangslos, teilweise sogar sinnwidrig. Was Maurice damit bezweckte blieb ihm rätselhaft; es roch nach Mohrenwäsche, aber dennoch schien die Unterredung erlösend auf ihn zu wirken. Ohne Zweifel saß ihm die Furcht im Nacken. Aber warum? Er redete viel, jedoch sagte wenig. Basil kam nicht umhin zu folgern, daß der Freund sich selber irre leite, um sein bedrängtes Gewissen zu erleichtern. Diese Madame Xiang, bestand sie wirklich? Wenn schon, warum würde sie ihn sowie jene Männer im Norden vergiften wollen? Was hatten sie ihr angetan, außer vielleicht Anstandsregeln mißachtet zu haben?

Basil war nicht schwer von Begriff, er kannte die sogenannte Wahrheit als eine launische Dame, die sich gern mißbrauchen läßt. Webte Picard ein Netz mit den Fäden der Verwirrung und den Knoten der Täuschung? Offen gestanden glaubte er Maurices Geschichte nicht ganz; sie ähnelte den Schilderungen der Arabischen Nächte, erdacht um abzulenken. Etwas ging hier nicht auf. Der Freund verfolgte einen Hintergedanken mit dieser wunderlichen Erzählung. Welchen? Warum?

Eine sonderbare Erregung ergriff Basil. Ja, das war es. Maurice stand im Begriff etwas zu gestehen, so abscheulich, daß er davor zurückschreckte. Basil beschloß auf den Busch zu klopfen.

„Maurice, du sagtest zuvor: ‚Wir ließen Montour verschwinden,‘ was meintest du damit?“

Picard zuckte zusammen. Seine Augen, unbeständig bisher, nahmen einen gehetzten Ausdruck an. Er stöhnte wie bis ins Mark verletzt, dann sprach er in einem Unterton von Rechtfertigung:

„Laß mich erst Bruce Hartwig beschreiben.“

„Den Chef?“

„Er war älter als wir, aber immer noch sehnig wie ein tätiger Sportler. Einen anmaßenderen Menschen kann man sich nicht vorstellen. Er besaß ein herrisches Wesen sowie eine überraschende Geistesgegenwart, was er an jenem verhängnisvollen Morgen bewies. Schwierigkeiten begegnete er mit Handlungen, zögern gab es bei ihm nicht. Wenn er einmal eine Entscheidung traf, mußte sie ausgeführt werden. Er duldete weder Tadel noch Widerspruch; wie damals, als er verkündete:

„ ‚Jungs, das geht uns alle an, wir schwimmen oder versinken zusammen. Kein wenn und aber, es gibt nur einen Ausweg.'

„ ‚Der wäre?' meinte Miller.

„ ‚Henry muß verschwinden.'

„ ‚Warum?' wandte ich ein.

„Ich kann weder Hartwigs vernichtenden Blick beschreiben noch das schnoddrige kichern meiner Mitarbeiter."

Picard hob den Kopf. Er schaute den Freund lange an, eh er bemerkte:

„Bruno, hier ist was mich beklemmt."

„Erzähl mir davon," ermutigte Basil.

„Wie gebannt beugten wir uns nicht bloß Hartwigs Willen, sondern standen ihm bei. Wie erwähnt, wir hatten einen Zustand erreicht der Verblendung ähnlich. Wie wiederbeseelte Leichen gehorchten wir ihm; keiner erhob Einspruch als Hartwig verkündete:

„ ‚Wir werden Henry in der Hudson Meerenge versenken.'

„Keine Widerrede war zu hören als wir Montour die Fesseln abnahmen; keine Silbe des Bedenkens wurde ausgedrückt während wir ihn zum Boot trugen, in das wir die Leiche legten. Von Hartwigs Anweisungen geleitet, ruderten wir heimlich zu einem Fjord, wo wir anhielten und Henry über Bord warfen."

Sichtlich verstört versuchte Picard etliche Male mehr zu sagen, aber er unterließ es.

„Ist das alles?"

„So ziemlich. Allerdings möchte ich hinzu fügen, daß uns Hartwig das Versprechen abnahm Montour als vermißt zu melden. Er verschwand spurlos in der Nacht. Wohin? Davon wissen wir nichts, wurde uns vorgesagt."

Zwei Wochen nach dieser Unterredung erreichte Basil eine dringende Nachricht.

„Komme sofort. Ich bin im städtischen Krankenhaus. Raum 112."

Als Basil das Zimmer betrat, wäre er beinahe auf den Rücken gefallen; ihm war es als höre er ein Totengeläut. Sein lieber Freund gab den Anschein eines hutzeligen Männchens, er ähnelte einer ausgegrabenen Leiche.

„Maurice, was ist geschehen?" entfuhr es ihm.

„Sie hat mich gefunden," keuchte Picard.

„Unsinn. Was sagen die Ärzte?"

Mit wissendem lächeln und verzeihendem Blick belehrte er:

„Fleischvergiftung. Ha, ha, ha! nichts ernstes."

„Wie bei den anderen," entfuhr es Basil.

„Ja, genauso. Nach all den Jahren wurde ich mit einem Mittel vergiftet, das weder Spuren hinterläßt noch Gegengifte anerkennt. Madame Xiang mischt gut. Sie weiß wie man ein strotzendes Lebewesen ins Siechtum versetzt."

Er richtete sich ächzend auf.

„Ich – wir haben es verdient. Mann für Mann bekamen wir unseren Lohn."

„Du sprichst in Rätseln," bemerkte Basil.

„Bruno, setz dich und horch zu."

Basil tat wie ihm geheißen wurde. Er nahm Platz auf einem Stuhl und wartete geduldig auf Picards Worte. Eine kribbelnde Spannung erfaßte ihn. Die geheimnisvolle Madame Xiang, mit der Neigung einer Borgia, kam ihm zunehmend unheimlich vor. Nicht weniger das leichenhafte Aussehen und entsagende Gebaren des Freundes.

Picard saß nun aufrecht im Bett. Seine Augen schweiften von Basil zur Wand eh er das Wort wieder aufnahm:

„Bruno, errinnerst du dich noch was ich dir im Sportsklub erzählte?"

„An das meiste, aber ich verstehe nach wie vor nicht warum euch diese Madame Xiang vergiften sollte."

„Du wirst, Bruno, du wirst. Als ich sagte, daß wir Henry Montours Leiche über Bord warfen, habe ich gelogen."

Basil hob und senkte die Schultern als wollte er sagen: „Na und?“

Picard verstand die Gebärde zu deuten. Er lobte:

„Gut gemeint, alter Knabe, gut gemeint.“

Seine Miene nahm dann den Ausdruck eines Mannes an, der heulende Geister der Vergangenheit verscheuchen möchte. Dann platzte er heraus:

„Die Schreie werde ich niemals vergessen.“

„Schreie, wessen Schreie?“

„Henrys, als wir ihn über Dollbord schleuderten.“

„Aber – aber, er war doch tot,“ verwahrte sich Basil.

„Sagte ich nicht ich hätte gelogen? Wir warfen keine Leiche ins Wasser, sondern einen lebendigen, sträubenden Mann.“

„Was redest du denn?“ fuhr ihn Basil an.

„Die Wahrheit. Als wir der vermeintlichen Leiche ein Gewicht anketteten, öffnete Henry die Augen.

„ ‚Was geht hier vor,‘ stöhnte er.

„Es waren seine letzten Worte. Die folgenden, unmenschlichen Schreie verschluckte das bewegte Wasser.“

Entgeistert starrte Basil auf seinen Freund.

„Maurice, bei allen Heiligen, wie konnte das geschehen?“

„Nun, es geschah. Wie erwähnt waren wir von Sinnen, außer Rand und Band geraten. Umstände hatten uns zu Menschen gemacht die aufhörten zu fühlen und urteilen.“

„Was hat diese Madame Xiang mit all dem zu tun?“ fragte Basil wie vor den Kopf geschlagen.

„Die Chorti Indianerin, unser Verderben und unsere Nemesis, war Montours Frau, so fand ich später heraus.“

Als er Basils hochgezogene Augenbrauen sah, fügte er hinzu:

„Die Firma stellte nur ledige Männer ein für abgelegene Bauunternehmen. Demnach mußte Henry gelogen haben. Er gab vor ein Junggeselle zu sein, vermute ich. Aber das Teufelsweib hatte andere Vorstellungen, wie sich herausstellte. In ihrem Mädchennamen nahm sie eine Arbeit bei der Hudson Bay Gesellschaft an.“

„Um in der Nähe ihres Mannes zu sein.“

„Sicherlich.“

Basils Stirn zog sich in Falten, seine Augen verengten sich:

„Ich wundere mich immer noch warum sie euch vergiftete, oder tat sie es wirklich?“

„Ohne Zweifel. Warum? Es gibt nur eine Erklärung. Sie mußte alles mit angesehen und gehört haben, wonach sie auf der Stelle beschloß, Anklägerin, Richterin sowie Vollstreckerin zu sein.“

Basil schüttelte ungläubig den Kopf. Er wandte ein:

„Ich finde es sonderbar, daß ein Mensch so handelt. Warum ging sie nicht zur Polizei wie andere Leute?“

Picard schaute dem Freund voll ins Gesicht. Ein verständiges lächeln erhellte seine Miene.

„Die Antwort, mein lieber Bruno, kann nur im wilden Yukatan gefunden werden, unter den Ruinen der Maya.“

Rufe In Der Nacht

„Ein höllisches Treiben," sagte Ralph Mara bereits zum vierten Mal, während er besorgt zum Fenster hinaus schaute.

Es ächzte in den Bäumen und rüttelte am kleinen Blockhaus, worin drei Männer auf besseres Wetter warteten. Aber es sollte nicht sein; es wurde schlimmer, das Treiben und Getose nahm zu. Man hatte den Eindruck draußen stapfe ein vielarmiges, zorniges Ungeheuer, welches an allem rüttelte was nicht festgenagelt war. Ralph Mara fühlte sich nicht wohl in der Haut, er mutmaßte laut:

„Ich wette wir sitzen bald ohne Dach überm Kopf da."

„Hör auf, Ralph," schalt Conrad Hawkes, dessen Vater das Blockhaus vor vielen Jahren gebaut hatte.

„Vergiß nicht, mein alter Herr zimmerte nicht bloß dauerhaft, sondern auch wetterfest," fügte er mit berechtigtem Stolz hinzu."

„Das ist wahr. Mit Hammer, Beil und einer Säge wäre er imstande ein Schloß zu bauen, eines Königs würdig," stimmte Real Renard bei, der die Familie gut kannte.

„Überdies hätte es garnicht lang gedauert. So, keine Angst, mein Lieber, eher zerbröckeln die Felsen um uns herum, bevor hier etwas aus den Fugen geht," bestätigte Hawkes lachend.

„Jetzt mal was wichtigeres; wie wärs mit einem kräftigen Schluck," bot Renard an, indessen er eine Flasche entkorkte.

„Besser wären zwei," meinte Hawkes, wobei er ihm sein leeres Glas hinreichte.

Als die Reihe an Mara kam schüttelte er den Kopf:

„Danke, nicht für mich," wehrte er betreten ab.

Die Freunde blickten sich überrascht, dann entgeistert an, als er die Hand schützend auf sein Glas legte. Hörten sie recht, sahen sie richtig? Ralph Mara, scherzhaft Sohn des Bacchus genannt, als fideler Zecher bekannt, wies etwas alkoholisches von sich? Freilich hüstelte er verlegen dabei, aber es änderte nichts an der Tatsache, daß die beiden Freunde außer Fassung gerieten. Zwar dermaßen, daß sie, scheu geworden, ihre vollen Gläser unberührt ließen.

„Hoho, Ralph, ist dir nicht wohl?" erkundigte sich Hawkes halb spöttisch, doch etwas besorgt über das rätselhafte Benehmen des Kameraden.

„Schon, schon, nur fühle ich mich im Augenblick nicht danach," kam die Antwort, verteidigend, aber auch unwillig.

Kein weiteres Wort fiel darüber, obwohl Hawkes wie auch Renard ihre Bestürzung kaum verbergen konnten.

Draußen nahm der Wind zu, er wurde zum regelrechten Sturm, der die Gipfel der Tannen bog und das Wasser im Fluß über die Ufer peitschte. Ansturm auf Ansturm rüttelte an der Hütte, einer wütender als der andere, manchmal so heftig, daß die Wände zitterten.

Mara wurde zusehends unruhiger. Bei jedem Windstoß zuckte er erschrocken zusammen, sprang gelegentlich auf, eilte mal zum Fenster, mal zur Tür, welche er aufriß, aber dann sofort wieder zuschlug. Sogar inmitten einer Unterhaltung unternahm er diese unverständlichen Sprünge. Was ihn dazu veranlaßte hätte niemand sagen können, denn Gründe dafür bestanden keine. Stürme, heftiger als der gegenwärtige, galten um diese Zeit als keine Seltenheit. Sich deswegen beunruhigen war tatsächlich nicht nötig, obschon der geplante Ausflug zu den Eisfeldern verschoben werden mußte.

Eine beklemmende Stille trat nach jedem aufschrecken Maras ein, seine Kameraden fühlten sich peinlich davon berührt. Sie wußten weder darauf etwas zu sagen noch zu tun. Ihrem ansonsten ungezwungenen, fröhlichen Treffen legten sich allmählich Hemmschuhe an, die im Begriff standen das jährliche Wiedersehen zu vergällen. Seltsamerweise verlor man kein Wort darüber, sie scheuten sich aus unerklärlichen Gründen davon zu reden, obwohl ihnen die Zunge schier ein Loch in den Gaumen brannte. Maras merkwürdiges Benehmen, so ganz im Gegensatz zu seiner herzhaften, überschwenglichen Natur, begann an ihren Nerven zu zehren. Was wohl in ihn gefahren sein konnte? drückten ihre verstohlenen Blicke aus. Sie fühlten sich meilenweit vom Zweck ihrer Zusammenkunft abgekommem. Statt in geistesverwandter Gesellschaft eine angenehme Woche zu verbringen, schwebten Schatten der Verstimmung vor ihren Augen. Sie wurden ungehalten, stellten behutsame Fragen, gaben unwirsche Antworten, aber vor allem begannen sie argwöhnisch jede Bewegung Maras zu betrachten.

Als er vielleicht zum zehnten Mal die Tür wagenweit aufriß, dort stehen blieb wie angewurzelt, hinaus schaute und lauschte, auf was wußte selbst der Himmel nicht, wurde es Hawkes zu bunt. Er fragte schroff:

„Sag mal, Ralph, erwartest du jemanden?“

Wie ein ertappter Sünder zuckte Mara zusammen, während er kleinlaut antwortete:

„Nein, nein, ich dachte nur ein Baum sei eben umgestürzt.“

Er drückte die Tür wieder ins Schloß.

„Deine Nerven scheinen ganz schön ausgefranst zu sein,“ stellte Renard fest, zwar in solch einem anklagenden Ton, daß ihr Freund beschämt den Kopf hängen ließ.

„Ist da etwas was wir wissen sollten?“ erkundigte sich Hawkes, jetzt ruhiger geworden.

Ob es mitfühlend oder rügend gemeint war blieb ungewiß. Mara schüttelte den Kopf und schwieg.

Sie waren Duzfreunde die ohne Fehl seit vielen Jahren eine Art Tagung in der ehemaligen Jagdhütte abhielten, welche freilich auch mit Vergnügen verbunden war. Hier verbrachten sie ein oder zwei Wochen in kurzweiligem Beisammensein, weit entfernt vom menschlichen Treiben. Ihre Ankunft fiel stets auf den Tag des Dionysos, dem Schutzpatron des Weins, welchem alle drei huldigten. Dort an der Wand hing sein Wahrzeichen, der Thyrsos, welchem die drei Freunde allzugern mit vollen Gläsern die Ehre erwiesen. Doch nicht heute, oh nein, weit davon entfernt, noch stand die ganze Reihe der Flaschen ungeöffnet auf den Regalen. Selbst die Karaffe auf dem Tisch blieb halb leer stehen. Die vollen Gläser hatten Hawkes sowie auch Renard allerdings ausgetrunken, freilich verstohlen, als Mara den Rücken wandte.

Aus diesem jährlichen Urlaub machten sich alle drei außergewöhnlich viel daraus; er bedeutete ihnen die Welt. Die Wanderung begann in Spillimacheen, wo der ungestüme Bugaboo in den mächtigen Kolumbia fließt. Auf dem Rücken ihrer Braunen, dahinter ein Packpferd, ging es westwärts bis zum Rand des wildeinsamen Bugabooparks, ein Stück unberührter Wildnis in den Kootenais Britisch Kolumbiens. Die Tage vergingen schnell, eh man sich versah mußten die Pferde wieder zum Heimritt gesattelt werden.

Tagsüber wurde geangelt, gewandert, zu Fuß oder auf dem Rücken ihrer Pferde, oder man ruderte auf dem schäumenden Fluß. Oft wurde die Zeit plaudernd, vor der Hütte sitzend, verbracht. Nach Sonnenuntergang kamen die Flaschen an die Reihe. Es ging dann vergnügt zu. Gläser klangen, Stimmen wurden lauter, die Gemüter erhitzten sich, doch nur in scherzhafter Weise. Sobald die Gurgeln ausreichend geölt waren, ging es ans erzählen. Aber nicht heute, eine Schranke hemmte den Redefluß, graue Schleier des Argwohns senkten sich auf ihren Frohsinn. Maras fremdartiges Gebaren raubte ihnen die Lust am geselligen plaudern.

Anfänglich galten diese Ausflüge ausschließlich der Jagd, aber diese Beschäftigung verlor mit der Zeit ihren Reiz; sie erweckte sogar einen schleichenden Widerwillen, den sie sich lange nicht eingestehen wollten. Wohlgemerkt, solche schlaffe Regungen geziemten sich nicht für einen Mann der Kootenais, dem letzten Bollwerk der handfesten Kerle. Jagen galt hierzuland als wesentlicher, unleugbarer Teil des Mannes, ein Sport den nur ein Zärtling, ein Weibchen, verleugnete. Dennoch geschah es eines abends nach mehrfachen Prosits, daß alle drei das Geständnis ablegten die Lust daran verloren zu haben. Von da an ließen sie ihre Gewehre in einer Ecke ungeladen stehen.

Es begann zu schneien. Der Wind hatte nachgelassen, was ihre Geister merklich belebte. Sogar Mara zeigte Spuren seiner üblich sprühenden Laune. Mit einer schelmischen Miene hob er sein leeres Glas.

„Na, Genossen, muß ich hier verdursten, oder wie stehts?" rief er lachend.

Im Nu wurde sein Glas gefüllt. Während Renard die Gläser aus der Karaffe füllte, knallte schon der nächste Korken, den Hawkes mit munteren Reden aus dem Hals der Flasche zog. Dann ging es lustig zu, die Worte sprudelten nur so aus ihren Kehlen, die Zungen hatten viel nachzuholen. Jeder versuchte das Gespräch mit seinen eigenen Erlebnissen zu würzen. Die eingetretene Stille draußen empfanden sie wie den Segen eines geneigten Himmels. Renard und Hawkes dankten ihrem Stern für das wiedergefundene Gleichgewicht ihres Freundes, wogegen Mara den nachlassenden Sturm begrüßte, aus Gründen welche nur er kannte.

Zuerst berichtete Hawkes von seinen Erlebnissen des vergangenen Jahres. Viel gab es freilich nicht zu verkünden, außer, daß er wie auch die Seinen, gesund und rüstig blieben, wofür er dem Schicksal dankte. Geschäftsmäßig erhielt er weder Rückschläge noch unerwartete Glücksfälle. Es ging im üblichen Trott weiter. So ähnlich stand es mit Renard, obwohl seine Firma den Auftrag erhielt an einem wichtigen Bau in Calgary mitzuwirken.

„Geht alles nach Wunsch?" erkundigte sich Mara teilnehmend.

„Wie erwartet," wurde versichert.

„Wie steht es mit dir, Ralph?" fragte Hawkes, nachdem der Freund nicht die geringste Bereitschaft zeigte mitzuteilen, auf was sie schon seit ihrer Ankunft warteten.

Täuschte man sich oder zog Mara tatsächlich eine unwillige Miene? Da stimmt gewiß nicht alles, durchfuhr es Renard. Die Frage berührte scheinbar einen wunden Punkt in ihrem bekümmerten Kameraden. In der Tat zögerte Mara mit der Antwort. Er stand auf, schaute sich wie bedrängt um, schritt zweimal um den Tisch, wonach er endlich heraus druckste:

„Es geht schon."

„Oho, das klingt aber nicht sehr überzeugend," meinte Hawkes, eh Renard ihm ein Zeichen geben konnte still zu sein, denn er sah den gequälten Ausdruck im Gesicht des Freundes. Er merkte wie er zusammenfuhr, als hätte eine alte, vernarbte Wunde sich wieder geöffnet. Es schien als berühre ihn diese Gesprächsrichtung schmerzlich, er war bedacht das Thema zu vermeiden. Warum wohl? wunderte sich Renard, weil er sich noch gut erinnern konnte was vor einem Jahr beim Abschied geschah. Sie standen draußen vor der Hütte, Maras Brauner war gesattelt, das Packpferd beladen. Unter ihnen tanzte und schäumte der wilde Bugaboo, er sprang übermütig die Felsen in seiner Bahn von allen Seiten an. Über ihnen schimmerten die Eisfelder in der warmen Herbstsonne. Kein Wölkchen trübte den Himmel, keine Sorgen beschwerten ihre Gemüter.

Mara bebte damals vor freudiger Erwartung, weshalb er nur eine knappe Woche mit den Freunden verbrachte. Es zog ihn zurück nach Labrador, wo er glaubte mit ziemlicher Gewißheit einen Vertrag zu gewinnen. Ihnen wurde viel davon erzählt; nichts wie erfreuliches hörten sie darüber, nur angenehmes rollte von seiner Zunge bei der leisesten Andeutung daran. Eine unverhohlene Zuversicht glühte auf seiner Stirn, die anscheinend berechtigt war. Neben ihm wurde nur noch ein anderer Bewerber in Betracht gezogen, welcher jedoch kaum als ernsthafte Konkurrenz galt. Bald sollte die Entscheidung fallen; beide waren eingeladen ihre endgültigen Angebote vorzulegen. Diese Musteranlage, an sich bereits ein beträchtliches Unternehmen, ebnete natürlich den Weg zu größeren, ertragreicheren Möglichkeiten.

Erkundigungen begegnete Mara nun mit der Miene eines Mannes der schon zuviel verraten hat. Seinen Verdruß fühlten sie bereits beim ersten Handschlag, sie merkten es an seiner belegten Stimme, daß nicht nur Wolken zwischen den Bergen schwebten, sondern auch sein Gemüt verdunkelten. Verstimmung stand ihm im Gesicht geschrieben, Ungewißheit beschwerte seinen Tritt. Na ja, sagten sie sich, dazu ist dieser jährliche Urlaub gedacht, um den Lebensgeistern neuen Schwung zu geben.

Aber jetzt schien sich alles eingerenkt zu haben. Mara wurde merklich lustiger, aber auch seltsamerweise lauter, ja, beinahe lärmend. Sein Gesicht glättete sich, die steilen Falten verschwanden von der Stirn, eine huschende Röte drückte mehr als bloße Weinseligkeit aus. Seine wachsende Zuversicht, sowie der Frohsinn, tat den Freunden im Herzen wohl. Nur seine Augen, unverhängbare Fenster zum innersten Wesen, verrieten eine Unruhe die im Gegensatz zur Aufgeräumtheit stand; sie wanderten unablässig umher. Ungeachtet seiner Mühe sie nicht eigenmächtig walten zu lassen, glitten sie von den Freunden verstohlen zur Tür, wonach sie stets wie zufällig am Fenster verharrten. Was ihn dort fesselte wußte man nicht, aber Fragen wurden keine gestellt, obwohl sie die Neugier arg bedrängte.

Die Offenbarung ließ nicht lange auf sich warten, sie kam mit der Wetterwendung. Alles vorspiegeln nutzte nichts, Mara rutschte wieder in die Klauen der Besorgnis. Da half kein mitfühlendes schweigen, die Tatsache ließ sich nicht mehr leugnen; die vorige Erregung hatte ihn wieder gepackt. Aber warum, zum Teufel? wunderte sich Hawkes, dem die Antwort darauf genauso fehlte wie Renard. Wie konnte sich ein Mensch so ändern? Welche Macht brachte es zuweg aus einem standfesten, beherzten Mann, einen wahren Tapergreis zu machen, noch dazu in solch kurzer Zeit? Wie war es möglich, daß ein echter Sohn des Westens, ein Draufgänger ohne Furcht und Tadel, bei jedem Knacks zusammenzuckte? Sie täuschten sich wohl, ihre Einbildung spielte ihnen wahrscheinlich einen üblen Streich.

Sie fanden eigentlich Gefallen an dem Treiben draußen, aber nicht am Benehmen Maras, der nun im Begriff stand ganz die Fassung zu verlieren. Das ratteln und rauschen schien ihn ungemein zu stören, obwohl wirklich kein Grund zur Sorge bestand. Der Hütte konnte nichts geschehen, sie trutzte schon ganz anderen Stürmen. Ihnen selbst drohte keine Gefahr. Sollte das Unwetter nicht nachlassen, konnte man immer noch morgen bei Tageslicht zurück reiten. Aber das war kaum nötig, denn seit Gedenken wurde hier niemand um diese Zeit eingeschneit. Auf alle Fälle wären die Pferde im Nu gesattelt, der Rückweg konnte somit in einigen Stunden erfolgen.

Maras Unruhe, inzwischen in sinnlose Angst ausgeartet, konnte mit bloßer Vernunft nicht erklärt werden. Etwas mußte seit ihrem letzten Wiedersehen geschehen sein, ein Zwischenfall der alles Gewohnte aus der Bahn warf. Launisch war er nie, folglich überraschte diese Sprunghaftigkeit umso mehr. Sie kannten sich seit frühester Jugend, eine rein zufällige Begegnung entwickelte sich zur innigen Freundschaft. Neben einer Sinnesverwandtschaft wirkte die Ausübung desselben Berufs wie ein knüpfendes Band; alle drei waren im Bauwesen tätig.

Es wurde Nacht, aus dem Schneegestöber entstand ein ausgewachsener Blizzard. Während es in den Bäumen ächzte, am Dach rüttelte sowie in den Wänden knarrte, wurde es drinnen immer stiller. Jedes angefangene Gespräch geriet ins Stocken, ein Redefluß kam einfach nicht mehr zustande. Erstens, wegen Maras Einsilbigkeit, aber hauptsächlich weil er einen spürbaren Widerwillen zeigte gegen jegliche Unterhaltung. Reden schien seinen Gedankengang zu stören, denn seine ganze Aufmerksamkeit galt nun den Geräuschen vor der Hütte. Stirnrunzelnd, wie einem inneren Drang gehorchend, trat er immer wieder zur Tür, welche er zögernd öffnete, dann besorgt nach allen Seiten blickte, suchend, horchend, als erwarte er wichtige Nachrichten oder Besuche.

Dort stand er wieder im wirbelnden Sturm, die Tür mit beiden Händen offen haltend, lauernd auf etwas das nicht erschien, lauschend auf Geräusche die ausblieben. Sein Ausdruck im Gesicht wechselte zwischen heillosem Schrecken und gequälter Erlösung.

Den Freunden wurde es schließlich zu bunt, ein Blick genügte um sich zu verständigen. Beide erhoben sich wie ein Mann, sie gingen entschlossen auf Mara zu. Indessen Renard den Freund mit beiden Händen an den Schultern faßte, um ihn zurück an den Tisch zu führen, versuchte Hawkes die Tür zu schließen. Weder das eine noch das andere gelang ihnen. Mara wehrte sich mit einer bestürzenden Heftigkeit, welche die Kameraden abschreckte. Er stieß Renard mit einer Hand zurück, während die andere die Tür offen hielt. Hawkes erfaßte eine hochrote Wut, er brüllte unbeherrscht los:

„Geh weg von der verflixten Tür, du läßt doch die Kälte und den Schnee herein. Mann, bist du gänzlich von Sinnen?“

Renard fügte etwas gefaßter hinzu:

„Ralph, nimm doch Vernunft an, merkst du nicht wie besorgt wir um dich sind? Meine Güte, wir kennen uns lang genug um gegenseitiges Vertrauen zu verdienen. Verrate uns doch um was es sich handelt.“

„Ruhe, seid still, sag ich. Wie kann ich denn hören was vor sich geht bei eurem Gedränge,“ fuhr ihn Mara erzürnt an.

„Vor sich gehen, hören? Aber freilich hören wir den Wind und sehen den Schnee, aber das ist doch kein Grund aus dem Rahmen zu fallen. Ein kleiner Sturm ist es, weiter nichts, morgen ist alles vorbei,“ meinte Renard beschwichtigend.

„Was meinst du eigentlich?“ wollte Hawkes, immer noch aufgebracht, wissen.

„Ich meine ihn, Mark Kirkland da draußen, wir müssen die Tür offen lassen damit er zurück findet. Horcht, hört ihr ihn nicht? Seid ihr taub? Laßt mich, ich muß hinaus, er ruft, er fleht um Einlaß.“

„Er ist durchgedreht,“ flüsterte Hawkes in Renards Ohr. „Wir müssen ihn beruhigen,“ fügte er dann hinzu, indem vier Hände ihn gewaltsam zurück hielten.

Das war jedoch einfacher gesagt als getan, denn Mara schien unter der Vorstellung zu leiden, daß draußen ein gewisser Kirkland herumirre, der verzweifelt ein Obdach suche, welches ihm die Freunde verwehren wollten. Endlich beruhigte er sich einigermaßen, er leistete nur geringen Widerstand als sie ihn zurück führten. Ohne lange zu überlegen verriegelte Hawkes die Tür, während es Renard gelang den Kameraden abzulenken, indem er ihn ermunterte ein volles Glas zu leeren. Beim Versuch ihm ein zweites einzugießen, wehrte Mara ab:

„Nichts mehr für mich, Real, der verflixte Wein ist ja grad Schuld an allem,“ versicherte er mit einem Seitenblick zu Hawkes an der Tür.

„Schuld an was?“ wollte Renard wissen.

Mara begann zu kichern ohne die Augen von den Freunden zu wenden.

„Ihr glaubt ich hab den Verstand verloren, nicht wahr?“

Als die Kameraden schuldbewußt die Köpfe senkten, winkte er verständnisvoll ab.

„Schon gut, wer könnte es euch verübeln im Hinblick meines ausgefallenen Benehmens. Erinnerungen, Kameraden, üble Andenken setzen mir arg zu. Aber keine Sorge, die vorübergehende Verirrung ist vorbei, ich bin jetzt wieder gefaßter. Trotzdem habt ihr ein Recht zu wissen um was es sich handelt. Die Reise von Labrador war anstrengend, die Umgebung dort ist fremd, aber nun bin ich ja unter Freunden, inmitten meinesgleichen."

Während Mara anfing weitschweifende Reden zu führen, unterbrach draußen ein lautes krachen den heulenden Wind.

„Wieder ein Baum weniger," stellte Hawkes mit erzwungener Gleichgültigkeit fest, die weder er noch die anderen fühlten.

Mara erhob sich mit einem Satz. Als seine Kameraden Anstalten machten ihn zu besänftigen, beruhigte er sie mit einer Handbewegung und einem spöttischen lächeln.

„Sachte, sachte, ich will euch nur was zeigen," beteuerte er, indem seine Hände in einer Tasche kramten, welche unweit von ihm in einer Ecke stand.

„Hier, lest," forderte er sie auf, mit der Miene eines Mannes der schon im voraus weiß was kommt.

Vor ihnen wurde ein Zeitungsbericht ausgebreitet, volle zwei Seiten lang. Als erstes fielen ihnen die Bilder ins Auge; sie zeigten auf einer Seite Mara, auf der anderen einen Fremden. Beide zogen ihre Stirn in Falten als sie die Überschrift lasen: Bedauerliches Ereignis am Wabushsee. Mark Kirkland, ein bekannter Bauträger, ist in einem Sturm umgekommen.

Hawkes schaute überrascht auf, was Renard ebenfalls tat. Beide schienen den selben Gedanken zu haben. Mark Kirkland? war das nicht der Mann den Mara erwartete, der angeblich draußen im Schneegestöber herumirrte? Sie sagten nichts, aber dachten viel. Vier verblüffte Augen hefteten sich auf ihn, zwei verstörte Gemüter suchten fieberhaft nach einer Erklärung. Als Mara stumm blieb, mit einem Gesichtsausdruck der zwischen Herausforderung und Schadenfreude wechselte, jagte es ihnen ein Frösteln durch alle Glieder. Wie konnte ein Mensch jemanden erwarten, ihm einladend die Tür offen halten, der vor seinen Augen vor zehn Monaten ein bitteres

Ende fand, noch dazu tausende von Kilometern entfernt? Träumten sie, waren alle stockbetrunken, oder fielen sie überreizten Nerven zum Opfer? Sie lasen weiter, aber bloß mit einem Auge, das andere musterte ihren Freund, dessen rätselhaftes Verhalten verwirrend wirkte; es warf zunehmend dunklere Schatten auf den Widersinn. Obendrein gelangten sie zu der Erkenntnis, er weide sich an ihrer Bestürzung.

Was der Zeitungsbericht offenbarte war nichts weniger als verblüffend. Am Ende angelangt dünkten sie sich genauso klug wie am Anfang, denn Aufschluß über sein verstiegenes Benehmen konnte dem Bericht nicht entnommen werden.

„Erstaunlich, Ralph, wahrhaftig bedauerlich, aber ich sehe nicht wie es einen Verdacht auf dich werfen könnte," tröstete Renard beinahe erlöst, denn er hatte schlimmeres erwartet.

Warum er von Verdacht redete blieb ihm selber fremd.

„Da stimme ich ganz mit ein," setzte Hawkes überzeugt hinzu. Ich hoffe du machst dir keine Gedanken darüber."

Mara sagte kein Wort, nur seine unsteten Augen wollten nicht rasten; sie huschten überall herum, ohne länger als einen Pulsschlag irgendwo zu verweilen. Das rätselhafte lächeln, nun wie eingefroren um seine Lippen spielend, verlieh den Freunden eine Gänsehaut. Ihn plagten Gewissensbisse, ohne Zweifel fühlte er sich schuldig, obwohl den Berichten nach kein Anlaß dazu bestand. Was konnte ihr Freund dafür, daß ein mehr oder minder Fremder, ein Gast im selben Haus, entweder die Nerven verlor oder ein Opfer seines eigenen Mutwillens wurde? Wie sollte er dessen unsinnige, wenn nicht gefährliche Possen, verhindern? Ihm den Alkohol verwehren oder ihn bevormunden? Hier stand es doch, daß ungeachtet seiner wohlmeinenden Mahnungen, jener Kirkland, gut getränkt, jedoch dürftig bekleidet, draußen bei Nacht und Sturm herum stöberte; wohlgemerkt, in einem höllischen, tosenden Blizzard. Jeder halbwegs vernünftige Mensch blieb somit im gesicherten, warmen Raum, außer, wie es schien, Mark Kirkland. Ja, er mußte bei jedem krachenden Laut hinaus eilen, trotz der lähmenden Kälte, des fauchenden Windes sowie dem sichtraubenden, wirbelnden Schnee. Kundschaftsausflüge machen, wie gesagt, in dünner Stubenkleidung, nannte es der seltsame Kauz. Nun, einmal ging er entweder zu weit oder er verirrte sich, denn Mara sah ihn erst wieder am nächsten Morgen, in der Nähe vom Hauptlager, allerdings stumm und leichenstarr. So stand es hier geschrieben.

Sich deswegen das Gemüt und Gewissen beschweren wäre töricht, gelinde gesagt. Sicher kann solch eine unglückliche Begebenheit auf kurze Zeit düster wirken, aber niemals ein Jahr lang. Kirklands Mißgeschick, zweifellos selbst verursacht, müßte doch längst vergessen sein, vor allem im Hinblick auf Maras zunehmender Beschäftigung mit dem Bau des Werkes in Labrador. Sie mußten den Kameraden erheitern, ihm die Flausen aus dem Kopf treiben, die Schatten vom Gemüt scheuchen. Dazu hat man ja schließlich Freunde, nicht bloß zur Kurzweil, sondern auch wenn die Not mal anklopft. Warum überhaupt an Not denken, sagten sich beide, bis sie Maras untröstliches Gesicht betrachteten.

Unleugbar peinigten ihn mehr als ungemütliche Gedanken. Davon zeugten fahrige Bewegungen, Zuckungen mit den Achseln, ruckartige Kopfbewegungen, aber vor allem gehetzte Blicke zur Tür. Sobald es mal lauter als sonst ratterte, fuhr er erschreckt auf, bereit sich dahin zu stürzen. Nur die wehrenden Blicke seiner Kameraden hielten ihn davon ab. Seufzend fiel er nach jedem Anlauf wieder zurück. Seine unerklärliche, lästige Sprunghaftigkeit legte sich immer schwerer auf die Stimmung in der Hütte. Ein bleierner Schleier schien sich über sie zu senken, den weder Renard noch der kernigere Hawkes zur Seite schieben konnten.

Endlich unternahm Renard einen Versuch.

„Ralph, hier steht, die Polizei hätte ihre Pflicht versäumt, was ist damit gemeint?“

Bei diesen Worten nahm Maras Gesicht noch eingefallenere, bleichere Züge an, er fiel geradezu in sich zusammen.

„Eine Anspielung ist es, weiter nichts,“ kam die gequälte Antwort.

„Auf dich?“ wollte Hawkes wissen.

„Es scheint so,“ erwiderte er kleinlaut.

„Aber wie ist das möglich, was hattest du damit zu tun?“ stellte Renard die Frage, die er im selben Augenblick bereute.

Mara wollte etwas sagen, doch er verschluckte was immer es war. Hawkes kam ihm zu Hilfe.

„Gerüchte gibt es überall Real, vergiß nicht, Ralph und jener Kirkland waren die einzigen Gäste im Haus, deshalb ist es verständlich, daß allerlei Schlüsse gezogen wurden. Vor allem seitens Zeitungen, deren Brot und Butter vom Fingerzeigen abhängt."

Mara warf ihm dankbare Blicke zu, dann schweiften seine Augen sofort wieder zur Tür.

Ein tiefes Schweigen trat nun abermals ein, eine drückende Stille, welche nur von draußen unterbrochen wurde. Der Sturm ließ nicht nach, er nahm zu, genauso wie Maras Unruhe, er konnte einfach nicht still sitzen. Zwar vermied er jetzt die Tür, jedoch nicht die Fenster. Kaum wandte er ihnen den Rücken zu, schon wirbelte er abermals herum und stand nach drei, vier rüstigen Schritten wieder davor. Die Kameraden blieben stumm, sie merkten seinen inneren Kampf; er wappnete sich um etwas zu sagen. Mal räusperte er sich laut, dann hüstelte er wiederholt, jedoch keine Worte traten über seine Lippen, sie blieben in der Kehle stecken.

Endlich erzielte der Wille zum reden die Oberhand, ihnen wurden bestürzende Nachrichten vermittelt.

„Ihr glaubt also ich sei unschuldig an Mark Kirklands Tod?"

„Aber sicher glauben wir das," antworteten beide zur selben Zeit.

„Nun, ihr irrt euch, ich hatte viel damit zu tun."

Hätte der Wind ihnen das Dach über dem Kopf abgetragen, wäre die Überraschung nur halb so groß gewesen.

„Er hat nun wirklich den Verstand verloren," verkündete Hawkes mit verhaltener Stimme.

„Laß ihn reden," winkte Renard ab, in der Hoffnung ihn durch gespielte Nichtbeachtung zu beschwichtigen.

Er wird schon zur Ruhe kommen, dachte er, es ist ohnehin bald Bettzeit, morgen früh sieht alles ganz anders aus. Er war überzeugt, wie auch Hawkes, daß sich der Sturm über Nacht legen würde. Freilich folgte darauf zumeist eine ungewöhnliche Kälte, doch währte sie stets nur kurz. Anfang Oktober blieb der Schnee selten liegen, sogar im wilden

Bugaboo. Also ihn bei guter Laune halten, hieß die Parole, wenigstens bis morgen früh.

„Wollt ihr wissen was geschah?“

Obwohl sie nur schwach nickten, fuhr er fort:

„Ihr erinnert euch gewiß noch an den Tag vor einem Jahr, als ich so erwartungsvoll von hier Abschied nahm. Ich sah einer glorreichen Zukunft entgegen, nichts wie Freude und Erfolg erwarteten mich oben in Labrador. Ich mußte eilends dorthin, zwecks Vorbereitungen, die erforderlich waren um Ende des Monats mein endgültiges Angebot vorzulegen.“

„Für die Schmelze am Wabushsee?“ fragte Renard, obwohl sie es bereits wußten.

„Ihr wißt ja Bescheid, außer meiner Firma wurde lediglich nur noch eine andere in Betracht gezogen, von der ich allerdings wenig zu befürchten hatte. Mit dieser Einstellung kam ich dort an. Unterkunft fand ich in einem eben fertiggestellten Blockhaus, welches als eine Art Gästehaus diente – für wichtige Besucher. Allerdings mußte man sich selber betreuen. Ich war der einzige Gast, jedoch nur die erste Nacht. Am nächsten Tag stellte sich ein weiterer Besucher ein, nämlich, mein Konkurrent Mark Kirkland.“

Bei diesen Worten horchten Renard und Hawkes auf.

„Ich muß nun sagen, der Mann übte einen guten Eindruck auf mich aus. Schon seine ersten Worte bei der Begrüßung erweckten meine Zuneigung:

„ ‚Wir sind Konkurrenten, mein lieber Herr, aber Gegner nicht.’

„Mir war es recht, denn wie ihr wißt schreck ich vor angespannten Verhältnissen zurück. Als er dann hinzufügte:

„ ‚So, wie wärs mit ein wenig Spaß in der Bude,’ schüttelte ich seine Hand mit unverhohlender Begeisterung.

Man darf natürlich nicht vergessen, daß ich meines Erachtens nach den Vertrag bereits in der Tasche hatte. Kirkland entpuppte sich als liebenswerter, geselliger Mensch, stets zum scherzen aufgelegt, beseelt von einer Freimütigkeit die mich aufs angenehmste berührte. Freilich besaß er auch eine, na, wie soll ich sagen, schattigere Seite.“

„Er trank zu viel, steht in der Zeitung,“ unterbrach Hawkes, dem die Verkündung des Freundes langsam ein Licht anzündete.

„Das möchte ich eigentlich nicht sagen; vielmehr, daß ihn der Alkoholgenuß sonderbar beeinflußte,“ kam die Erklärung.

„Oh, inwiefern denn?“ wollte Renard wissen.

„Nun, es machte ihn leichtsinnig, übermäßig gesprächig, ja, er begann aus der Schule zu plaudern. Schon am zweiten Abend, nach etlichen Prosits, wurde mir in seiner offenherzigen Weise mitgeteilt:

„ ‚Ralph, Sie werden nur mit viel Glück den Vertrag einheimsen.’

„Seine Augen blinzelten mir dabei vielsagend zu. Obwohl diese Augen ziemlich tief ins Glas geguckt hatten, horchte ich trotzdem auf.

„ ‚Was meinen Sie?’ frug ich mit gespielter Gleichgültigkeit .

„Er verschloß sich dann plötzlich wie eine Muschel bei Gefahr, aus ihm war nichts mehr rauszukriegen. Am nächsten Tag sammelten sich schwere Wolken über uns, die kurz vor der Dunkelheit unheilvolle Ausmaßen annahmen. Dann kam ein Wind auf, so stark, daß das frische Eis auf dem See knackste und die Baumkronen sich verdächtig bogen. Schnee folgte auf seinen Spuren, dicht wie ein Schleier, vom rasenden Wind in alle Richtungen getrieben. Niemand außer mir und Kirkland befanden sich im Blockhaus, ein wirklich gemütliches Heim, einsam im Wald, am Ufer des nun aufgewühlten Sees. Wir saßen am offenen Kamin, worin es lustig flackerte und knisterte. Mit einigen Flaschen Rotwein vor uns, waren wir bereit den Abend in angenehmer Unterhaltung zu verbringen.

„In mir begannen sich unverscheuchbare Kobolde zu rühren, die Vettel Neugier hatte mich bald in ihren Klauen. Kirkland wollte mir gestern etwas kundtun, offenkundig aufschlußreich, was er bedauerlicherweise verschluckte, eh es seine Lippen übertrat. Der Wein verlieh mir eine ungewohnte Forschheit, außerdem erzeugte die Abgeschlossenheit inmitten des wütenden Sturms, ein Gefühl der Vertraulichkeit, welches ich verstand auszunützen. Ich goß ihm fleißig ein, in der Hoffnung mit dem Wein seine Zunge zu lösen.“

Mara musterte die Freunde bei diesen Worten eine Weile.

„Na, ich seh damit nicht viel verkehrt," gab Hawkes kund.

„Geschäft bleibt immerhin Geschäft," pflichtete Renard bei.

Mara warf ihnen dankbare Blicke zu eh er fortfuhr.

„Genauso dachte ich auch. Ich führte das Gespräch bei jeder Gelegenheit darauf hin. Dies wurde verständlicherweise wie so nebenbei getan, keineswegs offensichtlich oder aufdringlich. Kirkland merkte nichts von meinem Vorhaben, seine Unbefangenheit schien grenzenlos zu sein, sie trieb mir langsam die Zornröte ins Gesicht. Endlich überwältigte ich meine Zurückhaltung. Indem ich mein Gewissen in den Hintergrund schob, fing ich an bohrende Fragen zu stellen.

„ ‚Sie sagten gestern etwas vom Glück welches ich benötige um den Vertrag zu gewinnen. Was meinten Sie damit?'

„Er wollte erst nicht mit der Sprache heraus, aber nach etlichen ausweichenden, ‚na ja' und ‚wer weiß', teilte er mir endlich die erstaunliche Tatsache mit, daß der Vertrag so gut wie sicher in seiner Tasche steckte.

„ ‚Aber warum dann ein Treffen einleiten?' verlangte ich zu wissen.

„ ‚Reine Förmlichkeit, weiter nichts,' sagte er mit einer Miene, die neben Zufriedenheit auch Bedauern ausdrückte.

„Ich schüttelte ungläubig den Kopf. Unmöglich! niemand würde mich für nichts um den halben Erdball jagen, das konnte ich einfach nicht glauben. Kirkland schien sich schuldig zu fühlen, obschon der Alkoholdunst dem Schuldgefühl als Dämpfer diente.

„Schließlich packte er aus. Was mir zu Gehör kam rötete nicht bloß meine Ohrläppchen, sondern stöberte vier der sieben Todsünden aus dem Schlaf; nämlich, Stolz, Zorn, Neid und Habgier. Der Mann meinte es sichtlich gut mit mir, er verkündete Tatsachen, welche er weder hervorrief noch deichseln konnte, obschon sie zu seinem Vorteil führten. Anscheinend bestand ein Abkommen zwischen der Provinz Neufundland, auf derem Boden die Erzvorkommnisse sind, und den Eigentümern der Wabush Minen. Es lautete kurz gefaßt, daß alle Vertragsarbeiten, soweit wie möglich, einheimischen Firmen zugeteilt werden müssen.

„Wie erwähnt meinte es Kirkland gut mit mir, aber nicht mehr ich mit ihm. Es stellte sich heraus, der Regierungsminister, ein Familienfreund, hatte sich persönlich zu seinen Gunsten eingesetzt. Er kam, ich meine Kirkland, um den Vertrag morgen zu unterschreiben. Draußen ging es wüst zu, aber nicht minder in meinem Sinn. Mein Traum nahm ein jähes Ende, die Blase war geplatzt. Die Meinen und ich sonnten sich bereits in der Vorstellung, der Bau dieser Schmelze hebe uns über den Mittelstand, wenigstens bis an die Tore des Ruhms und Reichtums. Mein Stolz erlitt als erstes einen Sturz. Wie sollte ich der Familie unter die Augen treten, wenn ihr ausgesandter Held als kärglicher Versager zurückkehrte? Was würden meine Freunde und Bekannten sagen, ganz zu schweigen von den Nutznießern? Der Zorn ließ nicht lange auf sich warten, er entlud sich im Stillen auf Mark Kirkland. Ich wurde betrogen, schändlich hintergangen, und er trug die Schuld daran. Neid und Habgier gesellten sich zu dem aufwallenden Zorn, sie brachten ihn nicht bloß zum gären, sondern legten ihm das Mäntelchen der Rechtfertigung um."

Mara hielt ein, während sein Blick von den Freunden zum Fenster wanderte, dort eine Weile haften blieb, dann aber wie einer unwiderstehlichen Macht gehorchend, der Tür entgegen glitt. Ein Ausdruck des Schreckens verzerrte sein Gesicht, indessen ein stöhnen aus der Tiefe seines Wesens stieg. Der Schrecken verwandelte sich in heilloses Entsetzen, das stöhnen wurde zum röcheln. Starr, wie gelähmt, hingen seine Augen am Eingang; er schien etwas zu sehen und hören was den Kameraden verborgen blieb. Mit ausgestreckter Hand zeigte er dann dort hin, während unverständliche Worte, eher einem röcheln gleichend, aus seiner Kehle drangen. Die Kameraden sahen und hörten nichts, außer dem rauschen in den Bäumen sowie dem ratteln rund ums Haus. Aber Mara schien viel zu sehen und noch mehr zu hören, Dinge welche ihm die Zunge lähmten, jedoch nicht die Glieder. Eh es die Kameraden verhindern konnten sprang er auf. Mit wahren Tigersätzen stürzte er blindlings der Tür entgegen, welche er mit geballter Kraft weit aufriß. Nichts war zu sehen, niemand stand draußen im rasenden Sturm, bereit Einlaß zu begehren. Nur fauchender Wind und wirbelnder Schnee kamen herein. Enttäuscht, aber auch erlöst, schloß Mara die feste Tür, wonach er niedergeschlagen, wie in trostloser Verzweiflung, abermals Platz nahm. Die forschenden Blicke der Freunde mißachtend, erzählte Mara weiter:

„Die eben vermittelte Nachricht machte mich zunächst untröstlich, dann erhob sich, wie erwähnt, der Zorn, auf dessen Flügeln die Rachgier folgte. Wie die Zeitung richtig schrieb, hatte Kirkland die Angewohnheit bei jedem lauten Krach aus dem warmen Haus zu eilen, um draußen nach dem Rechten zu schauen. Obschon dieses hin und her rennen an meinen Nerven zehrte, sagte ich nichts. Der Abend schlich langsam dahin, ich schleppte mich geradezu von einer Minute zur nächsten. Was sollte ich überhaupt noch dort, warum den Schwindel weiter führen, dachte ich, zuwas ein Trugspiel verlängern woraus mir kein Nutzen entstehen kann?

„Ich fühlte mich wie ein Gefoppter der ausgedient hatte. Ich wurde schmählich mißbraucht, folglich durfte ich morgen, außer geheucheltem Dank, nichts weiter erwarten. Ein schwärendes Selbstbedauern erfaßte mich, welches allmählich von einer gärenden Wut verdrängt wurde, die unstillbar nach Rache schrie. Aber wie oder an wem ich Vergeltung ausüben sollte, entging vorläufig meinem Bewußtsein. Kirkland ging mir zunehmend auf die Nerven; er schwatzte wie ein Kakadu, pausenlos, ohne freilich den Wein zu verschmähen. Nur seine Arglosigkeit schützte ihn vor meinem steigenden Zorn. Wiederholt geriet ich in Versuchung mit rohen Fäusten über ihn herzufallen, aber ich zügelte das Verlangen stets wieder im letzten Augenblick.

„Trotzdem wurde er mir zuwider, ich sah in ihm einen Ränkeschmied der mich heimlich belächelte. Ich wollte den Kerl weder länger sehen noch hören. Ich fühlte mich wie in einem Kerker, von der Abgeschlossenheit sowie dem rasenden Unwetter, gefangen gehalten, dazu von abgefeimten Verschwörern insgeheim verlacht. Kirkland sah ich zunehmend als hirnlosen Schwätzer an, gewiß nicht hinterhältig, aber immerhin betrachtete ich ihn als Hürde auf meinem Weg zum Erfolg. Seine zwinkernden Augen im gutmütigen Gesicht schienen mir nun eher herausfordernd, als wären es Boten von weiteren üblen Nachrichten.“

Während Mara erzählte veränderte sich sein Gebaren. Der vorige Anschein eines bedrängten Mannes dem ein großes Unrecht widerfuhr, wich einem mephistophelischen Ausdruck, listig lauernd, zu allem fähig, außer Reue und Mitgefühl. Die Freunde sahen der Verwandlung betroffen zu. Ihr langjähriger Freund, rechtschaffen bis zum Übermaß und überaus gutherzig, schien vor ihren Augen in die Haut eines unbarmherzigen Prokrustes zu schlupfen. Sein Gesicht verzerrte sich dermaßen, daß beide Freunde wie auf Geheiß ihre Köpfe senkten. Der lauernde, höhnische Ausdruck in Maras Zügen, so ungewohnt, gänzlich unerwartet, verursachte eine kribbelnde Unruhe in ihnen. Sie hätten am liebsten ihre Ohren verschlossen und die Augen verschleiert, denn unwillkürlich ahnten beide eine schlimme Fortsetzung des Berichts, eine Folge auf die sie einesteils neugierig waren, aber anderseits zurückwiesen.

Düstere Erinnerungen schienen Mara zu quälen, die ihm vom riesigen Land der Nordlichter folgten. Erinnerungen suchten ihn heim, ein Erlebnis, welches mit einem Schneegestöber in Verbindung stand. Renard versuchte diese trüben Vorstellungen aus Maras Gedächtnis zu vertreiben, mit lustigen Worten ihn erheitern, ihn mit Hanswurstereien zum lachen zwingen. Es nutzte nichts, Mara ließ sich nicht ablenken, er schüttelte nur wiederholt den Kopf, wobei er mit erhobener Hand sagte:

„Hört zu, ich bin noch nicht fertig. Als Kirkland mal wieder aufsprang um draußen nach dem Rechten zu sehen, kam mir ein blitzartiger Gedanke. Angenommen, dachte ich, während er draußen herum geistert, fällt plötzlich die Tür ins Schloß, wobei sie im Rahmen stecken bleibt, sich so verklemmt, daß nicht mal die stärksten Hände sie öffnen könnte.“

Mara blickte die Kameraden vielsagend an, wobei er kicherte, schadenfroh lachte wie ein Mann der einen Weg zur Vergeltung gefunden hatte.

„Ich überlegte mir wie lange ein leichtbekleideter Mensch in dem furchtbaren Gestöber am Leben bleiben könnte. Ich sag es euch, es war bitterlich kalt, der Frost glänzte selbst innen an den dicken Baumstämmen. Draußen hing ein Thermometer, welches schon vor Stunden neununddreißig Kältegrade zeigte, was nicht alles sagt, denn die Säule bestand aus Quecksilber, das bekanntlich bei diesem Stand erstarrt. In Wirklichkeit durfte man wahrscheinlich zehn Grad Kälte dazu rechnen. Indessen sich seltsame Vorstellungen in mein Hirn drängten, kam Kirkland heil zurück.

„Der Mann zitterte am ganzen Leib vor Kälte, sein ansonsten hochrotes Gesicht hatte in den wenigen Sekunden die Färbung eines Leichentuches angenommen. Mein Wunsch, daß er draußen bliebe bis ihm der Frost die Glieder lähmt, obendrein der heulende Wind ihm den Atem raube, ging nicht in Erfüllung. Auf einmal traf mich die Erkenntnis mit voller Wucht; sein Tod bedeutete mit Sicherheit, daß der begehrenswerte Vertrag in meine Hände fiel. Ich wurde nun hellwach, jede Spur des vorigen Verdrußes verschwand im Handumdrehen. Draußen ging es wüst zu, aber was sich jetzt in meinem Hirn abspielte stand dem Wirrwarr nicht viel nach. Trotzdem gelang es mir einen Plan zu fassen, dessen Ausführung ich umgehend einleitete. Der Mann war weinselig, sein Wille somit geschwächt, weshalb es leicht sein sollte ihn zu verleiten."

„Verleiten zu was?" wollte Hawkes beinahe vorwurfsvoll wissen.

Mara sah ihn mitleidig an.

„Nun, draußen wütete ein Sturm, die eisige Kälte begann Bäume zu spalten. Die Tür war aus festen Bohlen gezimmert, den Riegel hatten kundige Hände geschmiedet, außerdem benebelte meinen Konkurrenten ein alkoholischer Dunst. Muß ich noch mehr sagen?"

Bei diesen Worten fuhr Hawkes erschrocken auf, während Renard entsetzt die Hände vors Gesicht schlug. Obwohl sie die Zusammenhänge ahnten, ergriff sie trotzdem ein Unbehagen. Seine Gefühlskälte erschütterte sie genauso wie der lauernde, bösartige Blick, welcher das bestürzende Eingeständnis begleitete; nämlich, der Wille zu einer Tat die ihm die Freunde nicht zutrauten. Daß er wirres Zeug redete, außerdem vom nagenden Gewissen von Pfeiler zu Pfosten gejagt wurde, leuchtete ihnen ein. Sie erkannten den Zahn der Schuld, von einer üblen Hoffnung geschärft, der fletschend in seinem Gemüt wühlte, was ihn sozusagen zuweilen aus der Bahn warf, hauptsächlich bei einem Sturm. Ohne es auszusprechen waren sie der Meinung, daß ihr treuer, biederer Freund unmöglich fähig wäre einen hinterhältigen Anschlag auszubrüten, geschweige denn auszuführen. Er bildete sich etwas ein, was sich nie zutrug. Die Ungewißheit, durch den Alkoholgenuß erzeugt, ließ ihn Vorstellungen mit Tatsachen verwechseln. Ohne Zweifel machte er sich Vorwürfe, wahrscheinlich aus Gründen seiner eigenen Nachlässigkeit, weil er nicht sein Möglichstes tat um Kirkland zu retten. Jedoch absichtlich des Konkurrenten Tod herbeiführen? Nein, sie waren sich im Stillen einig, niemals unser redlicher Ralph Mara, der freilich mehr zu sagen hatte.

„Ich wartete nun ungeduldig auf Kirklands nächsten Sprung nach draußen. Selten waren meine Sinne so geschärft, ich hörte und sah alles um mich. Ich beobachtete ihn ständig, nichts entging mir, all seine Bewegungen wurden vernommen und ausgelegt. Als er nach einer Weile keine Anstalten machte rauszueilen, versuchte ich ihn anzufeuern. Wie? Na ja, durch plötzliches aufhorchen, Fingerzeigen und vielsagendem Mienenspiel. Dann wurde ein besonders lautes bersten vernehmlich. Wie von der Tarantel gestochen fuhr ich hoch mit der Absicht, freilich vorgetäuscht, mich draußen umzuschauen. Wie erwartet kam mir Kirkland zuvor. Er rannte blindlings zehn, zwanzig Schritte hinaus. Kaum war er aus dem Haus, da schlug ich die Tür zu und schob den Riegel vor.“

„Oh nein,“ stöhnte Renard.

„Oh ja,“ höhnte Mara ohne sich dessen bewußt zu sein.

Er klang wie ein Mann welcher den Boden der Erniedrigung erreicht hatte. Er erzählte weiter.

„Sofort begann es draußen zu rütteln und klopfen. Auch die Rufe blieben nicht aus. Kirkland bearbeitete die schweren Bohlen mit Fäusten und Tritten, die allerdings die feste Tür nicht bewegten. So ging es eine Weile, vielleicht zehn Minuten. Seine immer schrilleren, verzweifelten Rufe, erwiderte ich mit kernigen Flüchen auf sein Schurkenstück, den ausgeheckten Schwindel, die verruchte Tat, welche er mit Hilfe anderer an mir verüben wollte. Meine Träume vernichten, niederträchtiges Gesindel! Ha, ha, ha! löffel aus was du dir selber eingebrockt hast! Ein erfrorener Bauunternehmer ist gewiß von geringem Nutzen für Wabush Minen."

Irrten sich Hawkes und Renard oder weidete sich der Freund tatsächlich an ihrer Bestürzung? Die listigen Blicke, sowie die trutzig geschürzten Lippen, erweckten den Anschein er treibe ein böses Spiel mit ihnen. Sie wußten in der Tat nicht mehr was sie glauben sollten. Eins war jedoch sicher: Mara hatte den Verstand verloren, nichts konnte sie von dieser Ansicht befreien. Was er ihnen verriet besaß alle Anzeichen des Mordes; meuchelnd, hinterlistig und mit Vorbedacht ausgeübt. Hawkes wollte Einspruch erheben, den Freund zum Schweigen veranlassen, aber ihm fehlten Kraft und Wille es zu tun. Auch Renard ließ ihn gewähren, obwohl ihn der Bericht auf das tiefste schmerzte. Mara hatte mehr zu sagen.

„So ging es eine Weile. Von draußen drangen schrille, flehende Rufe an meine Ohren, während ich drinnen mit Flüchen und Verwünschungen antwortete. Dann wurde es auf einmal still, sogar der rasende Sturm schien nachzulassen. Plötzlich packte mich eine Erkenntnis die mir heiß durch alle Glieder fuhr. Angenommen man fand Kirkland erfroren vor der Tür, während ich drinnen so mir nichts, dir nichts in der Wärme saß, würde das nicht einen Verdacht auf mich werfen? Man könnte mir Nachlässigkeit vorwerfen, ja, sogar kriminelle Fahrlässigkeit im Hinblick der Tatsache, daß Kirklands Tod mir Vorteile bringen würde.

„Ich hatte mich inzwichen in den hintersten Winkel geflüchtet, in der Hoffnung dort seinen wimmernden Rufen nicht ausgesetzt zu sein. Mit drei Sätzen stand ich vor der Tür, die ich vorsichtig öffnete. Kirkland war nirgends zu sehen noch zu hören. Meine lauten Rufe blieben unbeantwortet, nur der Wind fauchte durch die ächzenden Baumkronen. Eine sinnlose Angst erfaßte mich nun, als ich die Möglichkeit in Betracht zog, daß er irgendwie strauchelnd das Hauptlager erreicht hätte, obschon halbtot, aber doch imstande den Sachverhalt zu erklären. Ich zog mich rasch an und eilte hinaus. Allerdings nicht bevor ich den eisernen Schürhaken neben dem Kamin ergriff."

„Zu was denn?" fragten beide wie aus einem Mund.

Mara starrte sie forschend an als könne er von ihren Gesichtern ablesen was er selber nicht verstand. Er schüttelte den Kopf wobei er meinte:

„Das weiß ich heute noch nicht. Vielleicht zum Schutz gegen meine eigene Angst, oder zur Verteidigung, wie gesagt, wer weiß? Erst ging ich dreimal ums Haus, vielmehr stapfte gebeugt an den Wänden entlang. Der stöbernde Schnee hinderte die Sicht dermaßen, daß ich mit klopfendem Herzen wieder aufgab. An Schlaf war nicht mehr zu denken. Erstens loderte mein ganzes Innere vor Unruhe, weiterhin wollte ich Wache halten."

„Im Fall sich Kirkland wieder meldete?" erkundigte sich Hawkes.

Mara gab keine Antwort darauf, entweder vernahm er die Frage nicht oder wollte sie nicht hören.

„Wie ging es dann aus?" forschte Renard, immer noch vom Wunsch beseelt ein glückliches Ende zu erfahren.

„Wie die Zeitung schrieb, man fand ihn am nächsten Tag unweit des Hauptlagers in einer Schneewehe."

„Tot?" unterbrach Hawkes, worauf ihm Renard einen Blick zuwarf der deutlicher sprach als Worte; dumme Frage, hieß er.

Mara antwortete nichts darauf, er schielte ihn bloß kurz an, wonach er fortfuhr:

„Alles weitere ist euch ja bekannt, es verhielt sich so ziemlich wie die Zeitung schrieb. Gewiß wurden Fragen an mich gerichtet, vor allem seitens der Polizei. Manche konnten ungeniert bohrend genannt werden, andere gewohnheitsmäßig, viele so tollpatschig, daß ich heute noch darüber lächeln muß."

„Man verdächtigte dich also?" erkundigte sich Renard.

„Ja schon, aber mehr wegen Nachlässigkeit, man deutete an ich hätte mehr tun sollen um zu verhindern, daß er bei dem Unwetter aus dem Haus trat. Manche, die nie einen Blizzard im Norden miterlebt hatten, warfen mir grobe Fahrlässigkeit vor, sie erhoben sogar ihre Stimmen bei den Behörden, ich solle kriminell belangt werden. Aber daraus wurde nichts, weil es einfach an Beweisen fehlte."

Der lange Bericht hatte Mara schlapp und gleichgültig gemacht; er muckste sich weder noch zuckte zusammen, als draußen ein Baum krachend zur Erde fiel. Er blieb sitzen obwohl seine Kameraden aufsprangen und zur Tür eilten. Viel wurde nicht mehr gesagt, außer der Mitteilung Hawkes, daß er glaube das Auge des Sturmes richte sich zurück in die Berge. Eine peinliche Stille trat ein, keiner wußte so recht wo er hinschauen sollte. Das Gehörte hatte sie erschüttert, obwohl sie immer noch glaubten, vielmehr hofften, daß Mara die Wirklichkeit mit einer wuchernden Vorstellung verwechselte. Er fühlte sich schuldig, am Tod eines lästigen Konkurrenten verantwortlich, den er schließlich ins Grab wünschte um den begehrten Vertrag zu erhalten. Sie nickten sich zu als ob sie sagen wollten – na ja, edel ist es nicht, aber auch nicht strafbar.

Mara hatte sich inzwischen zurück gezogen. Er verschwand wortlos in einem der Schlafräume. Auch die Freunde wünschten sich eine gute Nachtruhe, freilich etwas entmutigt, wonach sie in ihren jeweiligen Räumen zur Ruhe gingen. Die Schlafzimmertüren ließ man offen um die Wärme des Kamin auszunützen.

Der Wind rüttelte unvermindert an allem in seiner Bahn, während der Schnee im höllischen Tanz durch die Luft wirbelte. Aber die Hütte war sicher und warm; kein Sturm, entfacht zwischen Himmel und Erde, vermochte sie aus ihren Grundmauern zu heben. Mit dem Gedanken, daß sich das Unwetter gewiß über Nacht austobe, worauf ein friedliches Herbstwetter folgt, schlief Hawkes ein.

In den frühen Morgenstunden begann er sich unruhig hin und her zu wälzen. Sein Schlaf wurde von schauderhaften Träumen gestört. Er fühlte sich in eine Höhle verschlagen, wo er leichtbekleidet zwischen frostschimmernden Wänden nach Wärme suchte. Er zitterte vor Kälte, obendrein bebte er aus Furcht dort ein eisiges Grab zu finden. Er wollte rufen, laut um Hilfe flehen, aber nur ein röcheln drang aus seiner halberfrorenen Kehle. Obschon er wußte es sei bloß ein böser Traum, welchem er jeden Augenblick entfliehen könne, fühlte er sich trotzdem am ganzen Körper wie gelähmt. Als es ihm endlich gelang zwischen Schlaf und Wachen die Augen zu öffnen, schloß er sie sofort wieder. Die Kälte bestand nicht nur in seinem Traum, sondern in der Wirklichkeit. Das Feuer muß ausgegangen sein, war sein erster Gedanke. Indessen er

Anstalten machte sich zu erheben um nachzulegen, öffnete er die Augen ganz. Die Erkenntnis traf ihn mit einem heftigen Schlag, welcher ihn hellwach werden ließ. Im Wohnzimmer wirbelten Schneeflocken vom Fußboden bis zur Decke. Die Haustür aus schweren Bohlen, so sorgfältig verriegelt, stand weit offen. Fröstelnd stemmte er sich vom Bett, in einer Verfassung die zwischen Unglaube und Ärger schwankte.

„Verflixter Ralph," brummte er, indem seine klammen Hände nach wärmerer Kleidung tasteten.

Den Freund verwünschend, schlüpfte er hiefernd zur Tür, die er wütend zuknallte.

„Was gibt's?" rief Renard in ärgerlichem Ton.

Seine Schlafzimmertür war geschlossen, weshalb ihn wahrscheinlich die eingedrungene Kälte kaum berührte. Hawkes, der inzwischen an Maras Bett getreten war um ihm gehörig die Meinung zu sagen, antwortete laut:

„Ralph ist verschwunden."

Sie suchten überall, in jedem Winkel des Hauses, dann draußen soweit man sehen konnte, aber von Mara war keine Spur. Ihre Rufe, zunehmend lauter und eindringlicher, blieben unbeantwortet. Nachdem sie wärmere Kleidung angezogen hatten, wurde die Gegend rund ums Haus durchforscht. Sie wechselten sich dabei ab, denn einer mußte stets in der Nähe der Hütte bleiben, also innerhalb Sichtweite, indessen der andere auf die Suche ging. Ralph Mara blieb verschollen, sie hörten und sahen nichts von ihm.

Der Morgen brachte eine Wetterwendung mit sich. Der Himmel hatte sich erhellt, keine Schneeflocke fiel mehr herab. Der Wind raunte lediglich noch verspielt in den Ästen. Kurz nach Sonnenaufgang fanden sie Mara. Er kauerte mit gesenktem Kopf zwischen zwei Bäumen. Kalt, steif, vom Schnee halb zugedeckt schien er dort Wache zu halten. Hawkes entdeckte ihn zuerst. Er nahm den Freund behutsam in die Arme, erfüllt von der Hoffnung ihm rettende Wärme zu spenden. Ralph Mara zuckte auf einmal kaum merklich zusammen, er hob langsam, mühselig den Kopf. Ein rätselhaftes lächeln verschönerte seine Züge, es schlich vom Mund zur Stirn und dann zu den Schläfen. Sein Kopf fiel danach ruckartig herab; er hatte seine Erlösung gefunden.

Die Stimme Des Tulameen

Der erste Brief traf an einem Freitag ein, mit gewöhnlicher Post, an sie gerichtet. Er trug keinen Absender, jedoch Else erkannte seinen Ursprung sofort an den Briefmarken. Er kam aus Kanada, dem Land welches sie vor sechs Monaten verließ. Nachdem sie den Umschlag öffnete, kräuselte sie unwillkürlich die Stirn, denn er schien leer zu sein. Eben wollte sie ihn unwillig zur Seite legen, als ein Zettel heraus fiel. Mehr verdutzt als verärgert hob sie ihn auf, im Glauben jemand wollte sich einen Scherz erlauben. Als sie jedoch den Wortlaut las, verschwand diese Ansicht schneller als sie zustande kam.

„Die Stimme des Tulameen," weiter nichts, entzifferte sie mit erstaunter Miene.

Während sie auf die rätselhafte Mitteilung starrte, die in unbeholfenen Druckbuchstaben geschrieben war, schossen ihr einige Fragen durch den Kopf. Was bedeutete das? Wer sandte diese sinnlose Nachricht?

„Die Stimme des Tulameen," las sie zum dritten Mal. Else Peters kannte den Fluß gut, sie verbrachte fast zwanzig Jahre an seinen Ufern. Oft wanderte sie seinen vollen Lauf entlang, von den schneebedeckten Cascade Bergen bis Princeton, wo er in den Similkameen fließt.

Bestürzt, bedacht eine keimende Beklemmung zu verscheuchen, drehte sie den Zettel hin und her. Gegensätzliche Erinnerungen bedrängten sie; einerseits freudige, anderseits erbärmliche. Es fiel ihr nicht leicht die Sehnsucht nach dem fabelhaften Westen zu dämmen, wo der Wind über den Fluß mit den vielen Stimmen, durch hohe Ponderosatannen streicht. Sie überquerte den weiten Ozean um eine große Entfernung zwischen sich und die bittersüßen Erinnerungen zu legen.

In der Vorstellung hörte und sah Else den Tulameen schäumend und tosend durch Schluchten stürzen, erpicht die Felsen zu bersten. Zuweilen schlängelt er durch Niederungen, friedlich nun, zum verweilen einladend. Sie kehrte zur Stätte ihrer Wiege zurück um zu vergessen. Aber das Andenken blieb haften, an die Welt wo Adler schweben und Wildgänse unter einem klaren Himmel eine geheimnisvolle Botschaft verkünden. Sie ahnte nun, diese Erinnerungen werden ihr bis ins Grab folgen.

Mit einer erzwungenen Handbewegung verscheuchte sie die wehmütigen Gedanken. Dann zerriß sie den Umschlag samt dem Zettel in hundert Fetzen.

„Schlechte Nachrichten, Else?" hörte sie den Vater fragen.

Erschrocken wandte sie den Kopf, sein plötzliches Auftreten geschah so überraschend, daß sie unwillkürlich die Schnitzel hinter dem Rücken versteckte.

„N-nein," antwortete sie verlegen, aber auch ungehalten wegen der Störung.

„Vielleicht eine Nachricht von ihrem Mann?“ wunderte sich Frau Reusle, die neben dem Vater erschien.

Ihr rundes, betuliches Gesicht drückte Besorgnis aus. Else, sichtlich übel gelaunt, schüttelte heftig den Kopf, während sie auf den Boden schaute. Verdutzt blickten die Eltern drein, bekümmert eigentlich, wegen des versteckten Gebarens hinsichtlich ihres Mannes. Sie kannten ihn lediglich dem Namen nach sowie Elses einstmaliger Beschreibung vor vielen Jahren. Kurz vor ihrer Vermählung kamen Nachrichten übers Meer vom weit entfernten Land. Sie mußte damals überglücklich gewesen sein, vom Jubel erfüllt, dem langen, begeisterten Brief nach zu urteilen. Rolf Peters, ihr zukünftiger Mann, wurde mit allem Ruhm unter der Sonne überhäuft sowie mit löblichen Eigenschaften gesalbt. Von der schönen, männlichen Gestalt bis zur erhabenen Gesinnung, beschrieb sie glühend jede Einzelheit. Das war vor langer Zeit, seitdem hörten sie herzlich wenig von ihr.

Die Tochter kam zurück, umwittert von einem dunklen Geheimnis, bedacht die Vergangenheit zu verschweigen, besonders was ihren Mann betraf. Sie erschien unverhofft, aber trotzdem wurde sie mit offenen Armen empfangen. Sicherlich verursachte ihr plötzliches Erscheinen eine gewisse Verwirrung, im Hinblick der zwanzigjährigen Abwesenheit, aber die Freude über das Wiedersehen machte alles wett. Allerdings fühlten sich die Eltern ein wenig verletzt, wegen dem schleierhaften Benehmen ihrer Tochter.

Frau Reusle, fürsorglich wie immer, fühlte sich veranlaßt auf den Busch zu klopfen. Eines abends, nachdem Kobolde im vollmundigen Wein die Zungen lösten sowie die Sprunglatte der Zartgefühle tiefer setzten, fragte sie:

„Else, warum kam dein Mann nicht mit?"

Blitz und Donner aus heiterem Himmel hätten keine größere Verwirrung auslösen können als diese harmlose Erkundigung. Else erstarrte, sie rutschte unruhig hin und her, offensichtlich verlegen. Mit einer Hand zupfte sie am Kleid, die andere fuhr wiederholt über ihre Stirn, als versuche sie die unangenehme Frage aus dem Leben zu wischen.

Herr Reusle blickte rügend auf seine Frau als er das Unbehagen der Tochter bemerkte, obwohl auch er gern mehr erfahren hätte.

„Er – er konnte nicht," stammelte Else schließlich ohne aufzuschauen.

Frau Reusle, gewöhnlich eine verständige Seele, fühlte sich gekränkt. Ihr unbefangenes Wesen konnte nicht begreifen wie eine Frau Mann und Pflicht hinter sich lassen konnte. Sie bemühte sich trotzdem gute Miene zum bösen Spiel zu machen.

„Du mußt verstehen, Else, wir möchten auch mal unsern Schwiegersohn begrüßen, zumal er uns so überschwenglich beschrieben wurde," erklärte sie.

„Na ja, er blieb sicher aus triftigen Gründen zurück," belehrte Herr Reusle mit einem beruhigenden Blick auf die Tochter.

Frau Reusle war im Begriff sich zu verteidigen, aber sie besann sich eines Besseren. Vorgebeugt, mit einnehmender Stimme, forschte sie:

„Sag mal, Else, wie lange erfreust du uns noch mit deiner Gegenwart?"

Der einschmeichelnde Ton sowie ihre Leidensmiene, entlockte ihrem Mann ein lächeln.

„Hm, hm, schon eine Weile, wenn es euch nichts ausmacht," kam eine ausweichende Antwort.

„Bleib solange du willst; ein Jahr, zehn Jahre, oder wie wärs mit immer?" rief ihr Vater mit dröhnender Stimme.

Diese Unterhaltung fand am Anfang statt. Jetzt, sechs Monate später, spitzten sich Dinge zu. Else schien zunehmend von einer Angst belastet zu sein, von einem bevorstehenden Unheil ohne Namen. Manche Tage hinterließ sie den Eindruck, als ob schwere Wolken über ihr schwebten, welche im Begriff standen sich über sie zu entladen. Die Rastlosigkeit der Tochter berührte die Eltern nachteilig. Sorgenfalten begannen sich auf ihren Stirnen zu zeigen. So manche Nacht hörten sie schlurfende Schritte auf knarrenden Dielen über sich.

„Horch, der Gang der Gefangenen," flüsterte Herr Reusle seiner Frau zu.

„Arme Tochter, sie kann mal wieder nicht schlafen," bestätigte sie anklagend, als träge ihr Mann die Schuld an Elses Leid.

Jedoch allmählich beruhigte sich Else. Da keine weiteren Nachrichten aus Kanada eintrafen, fand sie ihr Gleichgewicht wieder. Ihre Stimmung erlebte nach und nach einen Aufschwung; ja, sie erzählte sogar von ihrem Leben in Kanadas Westen, ihr nach eine Gegend welche keiner anderen gleicht. Sie sprach von allem, außer ihrer Ehe und dem Mann. Worte reichten nicht aus um ihren Aufenthalt an den Ufern des Tulameens zu beschreiben. Ein einzigartiger Fluß ist es, belehrte sie, eine Perle unter unzähligen Gewässern. Aber keine Silbe sprach sie von Rolf, ihrem Mann, oder der langwährenden Gemeinschaft.

Elses seelischer Zustand verbesserte sich. Eine Hochstimmung erfaßte sie, die lediglich beim Anblick Karl Fischers, dem Briefträger, getrübt wurde.

„Etwas für mich, Herr Fischer?" rief sie mit pochendem Herzen jeden Morgen.

„Bedaure, Frau Peters, nicht heute, aber morgen gewiß," folgte die übliche Antwort.

Im Nu entspannte sich ihr Gesicht, ein Schimmer der Dankbarkeit trat in ihre Augen, ein Seufzer der Erleichterung entwich ihren Lippen.

„Ah, wieder ein sorgenfreier Tag," murmelte sie.

Danach tänzelte sie durch die Räume und half der Mutter bei der Hausarbeit sowie dem Vater bei seinem Unternehmen. Hätten Uneingeweihte sie beobachtet, ihr Urteil konnte voraus geraten werden:

„Hier weilt eine sorgenfreie Frau, zufrieden mit ihrem Los. Sieht man nicht wie sie den Morgen mit einem trällernden Lied begrüßt und am Abend zufrieden ins Bett steigt?"

Die Eltern jedoch dachten anders.

Der Herbst rückte heran. Die Ernte war geborgen, welke Blätter bedeckten den Boden, höher gelegenes Gelände bot einen winterlichen Anblick. Kürzere, kühlere Tage folgten längeren, frostbesuchten Nächten, sie ließen von rauheren Zeiten ahnen. Zugvögel sammelten sich, Menschen wurden nachdenklich und verdrießlich, ihren Schritten fehlte der einstige Schwung.

Auch Else fühlte sich beeinflußt vom Wolken verhangenen Himmel und den brachen Feldern. Sie suchte zusehends den Horizont ab; nach was, wußte sie selber nicht. Etwas fehlte im Gang der Dinge, eine wesentliche Erscheinung blieb aus, kennzeichnend für diese Jahreszeit. Ein Drang erfaßte sie den vermißten Bestandteil zu finden. Sie raffte ihr Kleid und kletterte auf einen nahegelegenen Hügel, wo man die Umgebung überblicken konnte.

Während sie dort erwartungsvoll stand erhob sich ein leichter Wind, welcher die vergilbten Blätter bewegte und nicht minder ihre Lebensgeister. Als kurz danach eine Bö über das Gelände strich, erkannte sie an was es mangelte; am Wind. Der nächste Luftzug ergriff ihre Gedanken und trug sie westwärts, jenseits des breiten Ozeans, über die grünen Hügel Neufundlands. Weiter ging es, an den Großen Seen vorbei, über die unendliche Prärie, welche jetzt im Griff des Frostes stöhnte. Unaufhaltsam wanderte ihr inneres Auge, zu den

Ausläufern des Felsengebirges, wo sie inmitten ragender Gipfel eingeschüchtert verweilten.

Abwärts schweiften sie dann bis ins wunderliche Trockengebiet Britisch Kolumbiens. Die versengte Landschaft lag lebensnah vor ihren Augen, gebräunt von einer schonungslosen Sonne, ausgetrocknet vom Wind. Sie hörte und sah heute noch wie er das Büschelgras biegt und Bälle von Purzelkraut bergauf und bergab treibt. Der beißende Geruch des blühenden Sagebusches stieg ihr in die Nase. Mit wehmütigem Herzen riß sich Else aus den Träumen.

Als sie zurückkam rief ihr die Mutter von weitem zu:

„Else, Else, schau was ich hab."

„Was denn, Mutter?"

„Einen Brief für dich."

„Für mich, von wem?" fragte Else mit sinkendem Herzen.

Frau Reusle drehte den Brief hin und her.

„Hm, schwierig zu sagen ohne Absender. Aber den Briefmarken nach zu urteilen kommt er aus Kanada."

Else nahm den Brief beinahe unsanft aus den Händen der Mutter. Mit geschürzten Lippen und gefurchter Stirn versuchte sie die Handschrift zu entziffern, welche der vorigen glich. Sogar der Umschlag fühlte sich ähnlich an. Sie konnte sich denken was er enthielt, nur der Sender blieb nach wie vor unbekannt. Verärgert, jedoch ein herablassendes lächeln vortäuschend, steckte sie den Brief ein. Geleitet von der Hoffnung mit der lässigen Gebärde die Teilnahme der Mutter abgelenkt zu haben, ging sie weiter.

„Liest du den Brief nicht?" wurde sie erstaunt gefragt.

Mit einer wegwerfenden Handbewegung erwiderte Else:

„Nicht sofort, ich habe andere Dinge zu tun."

Kaum jedoch überschritt sie die Schwelle ihres Zimmers, als der Umschlag mit zitternden Händen aufgerissen wurde.

„Die Stimme des Tulameen," stand auf einem Zettel geschrieben.

Was hatte das zu bedeuten? Von wem stammte die Sendung? Else sank auf einen Stuhl wo sie ihren Kopf in den Händen vergrub, während sie versuchte ihre Gefühle in Schach zu halten. Was ging hier vor? Erlaubte sich jemand einen groben Scherz, oder noch schlimmer, war man bestrebt sie zu beängstigen? Aber wer, warum?

Nach einer Weile folgerte sie, daß nur einer in Frage kam: Hogart Peters, ihr Schwager. Er allein besaß die Niedertracht so etwas zu tun, ganz gleich was dabei herauskam. Dann wiederum mußten ihre Schwiegereltern ebenfalls in Betracht gezogen werden; fähig dazu waren sie gewiß, denn sie waren ein sonderbares Pärchen, verbittert bis ins Mark, bösartig bis ins Blut.

Diesen Verdacht jedoch verwies Else gleich wieder, da beide ihr zu gerädert erschienen um nur an sowas zu denken. Die Enttäuschung über ein verpfuschtes Leben hatte sie frühzeitig zu Blindgängern gemacht. Wie viele Einwanderer streiften sie die Lebensweise der Alten Welt ab und stürzten kopfüber ins Nichts der Neuen Welt, die weder Kraft noch Saft hat; folglich waren sie weder Gras noch Heu.

„Nein," beschloß Else, obwohl ihre Schwiegereltern ihr gern etwas antun würden, fehlte es ihnen an Wille und Kraft. Hogart sendet diese Hiobsbotschaften, und kein anderer, folgerte sie. Was er damit bezweckte blieb ihr einstweilen unerklärlich.

„Die Stimme des Tulameen," klang unheilvoll für ein unstetes Gewissen, das zwischen Schuld und leugnen schwankte. Das Hogart ihr die Furcht in den Nacken setzten wollte, bezweifelte sie nicht mehr. Geschah es aus reiner Bosheit oder Gründen die sie nicht erforschen konnte, vielmehr wollte? Erwähnte er den Tulameen zu einem bestimmten Zweck? Wußte er von dem verhängnisvollen Verhältnis mit dem einst geliebten, nun verabscheuten Fluß, den sie nicht vergessen konnte? Was führt der Schwager im Sinn? Einen derben Scherz verüben oder verfolgte er vielleicht einen Hintergedanken? Das und nichts anderes; er versuchte ihre Rückkehr zu verhindern, welche unbequem für ihn sein könnte. Nun, sie war bereit ihm die Stirn zu bieten. Es war nicht mehr so einfach Klein-Else ins Bockshorn zu jagen. Die schüchterne Person, welche bei jedem Windhauch wie ein Mimosenblatt zurückschreckte, bestand nicht mehr. Trotz dem tapferen Entschluß überquerte Else den Ozean nicht wieder, kein Sporn konnte sie dazu bewegen.

Nach einigen Tagen, nachdem sie wieder Mut gefaßt hatte, unternahm sie mit Anton Bleuer, einem einstigen Verehrer, einen Ausflug. Bei der Rückkehr, eh sie die Schwelle des Elternhauses übertrat, fühlte sie sogleich die veränderte Stimmung im Haus. Eine verdächtige Stille lag in der Luft. Ihre gewöhnlich aufgeschlossenen Eltern schienen beklommen zu sein; verlegen vermieden sie ihre fragenden Blicke. Selbst ihr überschwenglicher Gruß erhielt lediglich eine lauwarme Erwiderung. Beide schauten wie angespannt zum Fenster hinaus, als ob draußen wunder was geschehe. Wie ein eisiger Luftzug traf Else die Erkenntnis: Eine weitere Nachricht aus Kanada; ja, das mußte es sein.

Sie rannte die Stiege hinauf zu ihrem Zimmer, wo ihr Blick sofort auf den gefürchteten Umschlag fiel. Die Mitteilung lautete diesmal anders:

„Wir kennen das Geheimnis des Tulameens," las Else mit blutleeren Lippen.

Als ihr Auge an dem Kalender an der Wand haften blieb, kroch ihr ein Schauer über den Rücken. Heute war ihr Hochzeitstag, ohne Zweifel, der Schwager heckte eine Teufelei aus. Aber wie konnte er die Hiobsbotschaft übermitteln, so genau auf den Tag? Geschah es zufällig, oder – oder…? Else erstarrte bei dem Gedanken, daß Hogart örtlichen Beistand erhalte. Ein heilloser Schrecken fuhr ihr durch alle Glieder, welcher sie veranlaßte die Tür zu verriegeln, eh sie aufs Bett fiel um nachzudenken.

Was führte der Schwager im Sinn, vielmehr, was wußte er? Ohne Zweifel hegte er den Wunsch das wertvolle Anwesen, ihr Erbe, in Besitz zu nehmen. Er war gewiß der Anlaß zu solchen Machenschaften, denen ein ergeiziger Mensch wie Hogart Peters nicht widerstehen konnte. Es erforderte jedoch beträchtlicher Winkelzüge um das zu erzielen, es sei denn man könnte ihr zur Last legen….

Ein zufriedenes lächeln stahl sich um Elses Lippen bei dem Gedanken an des Schwagers Abwesenheit an jenem verhängnisvollen Tag. Bei seiner Rückkehr, mürrisch wie meistens, wurde er noch ungehaltener, weil nichts, außer einem schleichenden Verdacht, gegen sie vorlag. Es mangelte allerdings nicht an Versuchen und Anspielungen. Jedoch seine anklagenden Seitenblicke verfehlten ihren Zweck; jedenfalls damals. Gewiß wirkten hinterlistige Andeutungen sowie derbe Hinweise störend auf sie, aber bis vor kurzem nicht beunruhigend. Die hinweisenden Nachrichten wühlten ihr Gewissen bis zum Siedegrad auf.

Else sprang hoch. Mit erhobener Faust drohte sie:

„Wartet nur, ich werde es euch schon zeigen."

Kein Zweifel, sie mußte zurückkehren, andernfalls blieb ihr der innere Friede auf ewig entsagt.

Kaum erfaßte sie den Gedanken, schon erhob sich die Stimme des Tulameens und vereitelte ihr Vorhaben. Sie, die Stimme, stieg aus der Schlucht wie an jenem schicksalsvollen Tag. Leise anfänglich, dann lauter, zunehmend eindringlicher, bis ihr die Ohren dröhnten von den jammervollen Schreien. Sie hielt sich die Ohren zu, aber das angstvolle klagen und die erbärmlichen Hilferufe konnte sie nicht ersticken. Wie einst vom Wind getragen zogen sie über die Ponderosatannen ostwärts; diesmal jedoch überquerten sie Land und Meer. In Kürze erfüllte das eingebildete Wehgeschrei, nun ein regelrechter Chor der Anklage, Elses Zimmer. Sie warf sich auf das Bett wo sie ihren Kopf in den Kissen vergrub, in der Hoffnung die Töne der ewigen Schuld fern zu halten.

Die Eltern kamen ihr in den Sinn, sie warteten gewiß begierig auf ein Wort von ihr oder wenigstens auf ein beruhigendes lächeln oder nicken. Für einen Augenblick dachte sie ihnen alles zu sagen; von dem inneren Kampf mit ihrem Gewissen bis zum aussichtslosen Gefecht, welches sie unerbittlich an den Abgrund des Elends zerrte. Jedoch sie entschied anderweitig; erst mußten ihre Gedanken geordnet werden. Ächzend rollte sie sich ein, bedacht den Geistern der Vergangenheit zu wehren. Ein wehmütiger Zug verklärte ihre Miene bei dem bittersüßen Andenken an ihren Aufenthalt an dem sagenhaften Fluß.

„Die Stimme des Tulameen."

Mit geschlossenen Augen rief sie das eigensinnige Gewässer in ihr Gedächtnis, trotz der Entfernung konnte sie es lebensnah herauf beschwören. Auf jenem einsamen, windverwehten Hochland, verbrachte Else Peters die glücklichste Zeit ihres Lebens.

An einem sonnigen Tag im Frühling, als die Bergabhänge im bunten Wachstum entflammten und die wilden Schreie der Adler von Hang zu Hang hallten, traf sie Rolf Peters. Bald gingen sie Hand in Hand über das Grasland, wo sie unter jedem blühenden Strauch Küsse austauschten. Ein scharfer Geruch lag auf dem Hochland, von der wärmenden Sonne bestrahlt, die ihre Leidenschaft schürte. Die ganze Welt erschien ihr damals jung, erfüllt von glühender Begeisterung, wie sie selber. Der Tulameen, bis zur Böschung angeschwollen, wetteiferte tosend mit dem entfesselten Wind. Baumstämme trieben flußabwärts, entwurzelt vom ungestümen Wasser das sich auf alles in seiner Bahn stürzte. Felsen wurden bestürmt, bedacht sie ins wanken zu bringen; Schaum und Sprüh benetzte alles rundum. Wie ein zorniger Riese aus dem Schlaf geweckt, zur Vernichtung angestachelt, tobte der Fluß.

Jeden Tag nach Feierabend wanderten sie eng umschlungen zu einer nahgelegenen Biegung, wo der ungestüme Fluß in alle Richtungen drängte. Dort saßen sie stundenlang, in sich und der Welt versunken. Nachdem die Sonne hinter den Bergen verschwand und die Kojoten ihren unvergleichlichen Singsang anstimmten, gingen sie zögernd zurück.

Im Herbst, als die Schatten länger wurden und das honk-honk der Kanadagänse erschallte, fragte Rolf:

„Else, willst du mich heiraten?"

Kaum fielen die Worte von seinen Lippen, als ihr jubelndes ja von den Bergen widerhallte.

Ihre Träumerei wurde jählings unterbrochen; jemand pochte an die Tür, es mußten ihre besorgten Eltern sein. Sie zerriß die beunruhigende Nachricht samt Umschlag in kleine Fetzen, welche sie in die Tasche steckte eh sie die Tür öffnete.

Der Vater, sein gütiges Gesicht in Falten gezogen, versuchte zu lächeln während er sagte:

„Else, die Mutter und ich machen uns langsam Sorgen um dich."

„War die Nachricht nicht gut?" erkundigte sich Frau Reusle.

Else sprach kein Wort. Sie stand lediglich stumm da und starrte wie gelähmt auf die Eltern. Tränen stiegen ihr in die Augen, sichtlich verstört fiel sie aufs Bett.

„Ich bin am Ende meiner Kraft, weiter geht es nicht mehr," stöhnte sie.

Die Eltern setzten sich und warteten geduldig bis die Tochter sich gefaßt hatte. Sie betrachteten sie mitfühlend, von der Hoffnung beseelt ihr Leid zu erfahren.

„Ich muß euch alles sagen, vom Anfang meines Elends bis zum bitteren Ende, welches ich nun erreicht habe. Glaubt mir, ich finde keine Ruhe mehr. Nachts wird mein Schlaf von Alpdrücken gestört, tags lebe ich in ständiger Angst vor einem bevorstehenden Unheil."

Ihre nächsten Worte ließen die Mutter aufschluchzen und den Vater bekümmert den Kopf schütteln.

„Mein Gewissen tötet mich langsam aber sicher," ächzte sie.

Beide erschraken zu sehr um sich sofort zu äußern. Sie schauten fragend auf Else, dann verwirrt auf sich selber, eh Herr Reusle ihr nahelegte:

„Du solltest deine Last mit uns teilen, es erleichtert gewiß dein Herz."

„Ja, Else, das glaube ich auch," stimmte die Mutter bei.

Else zeigte sich bereit es zu tun; sie nickte mehrmals. Wo sollte sie beginnen? Am besten an dem Tag nach einer bitteren Auseinandersetzung, wonach das Verhältnis mit ihrem Mann feindselig wurde. Seit geraumer Zeit herrschten schwärende Uneinigkeiten zwischen ihr und den Schwiegereltern, die Liebe zur Schwiegertochter war schon längst erkaltet. Die Einstellung Rolfs, ihres Mannes, hatte sich verändert; sie war nicht mehr sein Schatz. Der Stein des Anstoßes bildete die Unfähigkeit, Anmaßung nannten es die anderen, sich rückhaltlos einzugliedern. Man hielt sie für halsstarrig und hochnäsig, eine Wichtigtuerin in anderen Worten. Als sie das erwähnte, wandte der Vater ein:

„Das überrascht mich, ich sah in dir immer ein genügsames Mädchen. In der Tat, ich rügte oftmals deine übertriebene Bescheidenheit."

„Schon, schon, Vater, aber in jener rauhbeinigen Welt zählt Gleichheit zum höchsten Gut. Durchschnitt heißt der Abgott, welchem alle frönen, sich einreihen wird angestrebt und erwartet."

Als Else merkte wie der Vater sein Gesicht verzog, mußte sie trotz ihrer mißlichen Lage lächeln. Sie wußte wie er den Begriff Mittelmaß verabscheute. Sie erzählte vom stummen ringen welches in Groll ausartete, dann schließlich in Haß. Nach und nach stand sie allein dem ganzen Dorf gegenüber, einschließlich der Schwiegereltern und ihrem Mann, der allerdings noch nicht abfällig wurde.

Sie hatte Rolf einst von Herzen geliebt, jedoch das ständige nörgeln zernagte ihre Zuneigung allmählich. Ihr Widerstreben, oder die Unfähigkeit, eine waschechte Kanadierin vorzutäuschen, empfand er beleidigend.

„Ihr erinnert euch vielleicht an meinen überschwenglichen Brief, worin ich Rolf in glühender Weise darstellte?"

„Aber gewiß," kam eine einstimmige Antwort.

„Nun, ich übertrieb nicht, er war der begehrenswerteste Gefährte vorstellbar, wie aus meinem Schreiben hervorging. Glaubt mir, ich war vollkommen glücklich."

„Aber nicht lange, wie man entnehmen darf," meinte die Mutter.

„Mit Bedauern muß ich beistimmen. Ohne Zweifel dauerte es viele Jahre eh die Mißstimmung zur Qual wurde. Obzwar Zeichen einer inneren Trennung bestanden, merkte ich lange nichts davon, da ich bemüht und beschäftigt war meinem Mann Freude zu machen. Ich war jung und stolz den Gürtel der Venus zu tragen, meinen Gemahl versorgen erfüllte mein Streben. Wie ihr wißt besitze ich eine heitere Natur, ich begegnete Rolf mit Anmut und fraulicher Sittsamkeit."

„Dein Mann mußte somit zufrieden sein," unterbrach der Vater.

„Eine Zeit schon, aber wie alle anderen nahm er schließlich Anstoß an mir."

„Warum denn bloß?" stieß Frau Reusle hervor, die keinen Augenblick an des Tochters Schicklichkeit zweifelte.

„Erstens weigerte ich mich Männerkleidung zu tragen; zweitens schneiderte ich meine eigenen Kleider, welche der örtlichen Weiblichkeit zu farbenreich erschien. Obendrein spielte ich Schach, las Bücher und, zu ihrem Verdruß, spielte ich Klavier."

„Du meine Güte, das müssen ja seltsame Menschen sein die sich daran stören," wetterte Herr Reusle.

„Ja, das sind sie schon," gestand Else.

„Wie verhielt sich dein Mann?" wollte er wissen.

„Eine geraume Zeit ergriff er Partei für mich; ja, ich wurde sogar ermutigt meine Gepflogenheiten sowie die Sprache der Ahnen zu pflegen. Aber in den Jahren erkannte ich seinen Ansporn als eitles Lippenbekenntnis. Nachdem mein Mißtrauen anwuchs, änderte sich mein Verhalten; ich wurde unmutig, dazu merklich spöttisch, was Rolf ungemein verletzte. Sein zunehmender Tadel verschärfte sich, er machte mich lächerlich bei allen die unseren Weg kreuzten. Meine Sprechweise nachäffen in ihrer Gegenwart wurde zur Tagesordnung. Rolf, mitsamt seinen Angehörigen, behandelte mich verächtlich und nicht weniger ungerecht."

Else hob den Kopf. Sie richtete ihre Augen bedeutsam auf die Eltern, ihre Miene nahm einen unheilvollen Ausdruck an:

„Ihr wollt wissen warum mein Mann nicht mitkam?"

Sie kicherte vielsagend, wenn nicht schadenfroh in sich hinein.

„Er konnte nicht, weil er tot ist," platzte sie heraus.

Als die Mutter mit ausgestreckten Armen auf sie zukam, wurde sie schroff zurückgewiesen.

„Laß mich sein, Mutter, hör mich zuerst an."

„Ja, das sollten wir," gab der Vater zu verstehen.

Else nahm das Wort wieder auf, sie sprach von Zeiten wo nagende Zweifel ihr die Tage vergällten und die Nächte zur Hölle auf Erden machten. Jedoch rückte sie mit Bedacht alles in ein gutes Licht. Trotzdem verwandelte sich ihre anschmiegsame Natur in Frostigkeit. Necken und schäkern blieb aus; ständige Reibereien, die zumeist in bissiger Zänkerei endeten, wurden gang und gäbe. Die tief verwurzelte Gewohnheit heimlich Küsse auszutauschen, geriet in Vergessenheit. Eine Kluft öffnete sich zwischen ihnen, die zunehmend schwieriger zu überbrücken war.

Als der Vater verständnisvoll nickte, fügte Else hinzu:

„Unvereinbare Ansichten, einst mit nachsichtigem kichern und gutmütigem hänseln geduldet, führten jetzt zu unflätigen Ausbrüchen. Sittliche Gesinnungen, obwohl verschieden, aber trotzdem bereitwillig zugestanden, wurden Anlaß zu verletzendem Wortwechsel."

Else verstummte, düstere Erinnerungen schnürten ihr die Kehle. Mit der Zeit überschattete ihr Dasein eine drückende Einsamkeit, verschlimmert durch die Erkenntnis geächtet zu sein. Ihre Schwiegereltern mieden sie nun gänzlich. Rolf, weiterhin höflich, benahm sich verletzend, unfreundlich ihr gegenüber. Hinzu gesellte sich die frostige Aufnahme die ihr von allen Seiten zuteil wurde. Kein Wunder zögerte sie das Haus überhaupt noch zu verlassen. Die Feindseligkeit um sie, sicherlich teilweise eingebildet, untergrub ihr Selbstvertrauen; sie wurde unsicher, abwehrend sowie äußerst empfindlich.

„Ich fühlte mich mißverstanden, verunglimpft und gemieden wie eine Leprakranke."

„Konntest du nicht wegziehen mit deinem Mann?" erkundigte sich der Vater.

„Es wurde erörtert, öfters als einmal. Ich schlug vor alles zu verkaufen und weit entfernt ein neues Leben zu beginnen, in Vancouver womöglich."

„Er weigerte sich?" fiel ihr die Mutter ins Wort.

„Mit Aufbietung all seiner Überzeugungskraft, was ich gewissermaßen verstand. Unser wertvolles Anwesen in der entlegenen Gegend, obwohl hervorragend, hätte gewiß wenig Angebote erhalten. Bei der letzten Andeutung in dieser Richtung verlor Rolf völlig die Fassung; er nannte mich verstiegen, noch schlimmer, er zweifelte an meinem Geisteszustand, mit Worten die ich nicht wiederholen möchte."

Tränen quollen aus Frau Reusles Augen als sie das hörte. Sie schüttelte den Kopf, bis ein rügender Blick ihres Mannes Einhalt gebot.

„Konntest du dich nicht trennen von deinem Mann, dich woanders niederlassen, hier zum Beispiel?" bemerkte ihr Vater.

„Ich spielte mit dem Gedanken, mehr als einmal, kann ich euch versichern. Jedoch mittlerweile bemühte ich mich, wohlgemerkt nicht sonderlich, näheren Umgang mit den Hiesigen zu pflegen, eine zugänglichere Einstellung zeigen, in anderen Worten. Aber es kam nie zustande. Trotz des guten Willens unternahm ich kaum einen Schritt in jene Richtung. Ich konnte es nicht übers Herz bringen die Sucht, das Streben nach dem Götzen Mittelmaß zu erfüllen."

„Götzen Mittelmaß?" wiederholte Frau Reusle, die schwer von Begriff sein konnte.

„Genau, dort zulande nennt man es einfach Durchschnitts-Kanadier."

Der Vater äußerte sich unter stöhnen:

„Ich möchte wohl hoffen du ahmtest sowas nicht nach, Else."

Herr Reusle, ein Professor Emeritus, legte zeitlebens seinen Studenten nahe nach Vortrefflichkeit zu trachten, dasselbe verlangte er auch von seiner Familie.

Eh Else den Faden ihrer Erzählung wieder aufnahm, änderte sich ihr Gesichtsausdruck. Die düsteren Schatten des Unmutes wichen einem unerwarteten Glanz, eine belebende Kraft schien ihr Wesen zu erheben. Sie berichtete von dem Tag wo sie aufhörte auf den Fall des bekannten Schwertes zu warten.

Es geschah spät im April als ihre bezeichnende Kampflust wieder aufflammte. An einem sonnigen Morgen, als das honk-honk der Kanadagänse erklang, sprang sie vom Bett. Mit flinken Händen zog sie sich an, schnürte die Schuhe und lief den Gänsen hinterher, bis zum Gipfel eines Hügels. Der allgegenwärtige Sagebusch auf den Hängen strömte einen starken Geruch aus. Schwatzende Häher flogen erregt hin und her; ihr keckes whee-ahh-schuck-schuck, von kurzen zänkischen Ausbrüchen gefolgt, erschien Else wie Grüße an sie gerichtet. Jeder Schrei eines Adlers, wild und frei in den Lüften, löste schnürende Bänder von ihrem Gemüt. Der Anblick kreisender Habichte verlieh ihren Schritten einen federnden Schwung. Als einige Kojoten anfingen ihre urwüchsigen, unnachahmlichen Rufe auszuschmettern, fühlte sie den Zauber ihres vorigen Lebens in sich aufsteigen, welcher den schlummernden Trutz erweckte.

Nach der Rückkehr, an Leib und Seele erfrischt, ergriff sie eine unwiderstehliche Lebenslust. Das angetane Unrecht, wohl teilweise eingebildet, geriet in Vergessenheit. Zum Fenster hinaus flogen mißliche Vorstellungen, heraus kamen Stoff, Schere und Faden. Emsige Hände, des Grübelns Verderben, schnitten Muster aus buntem Stoff, welche sie augenfällig bestickte. In den neu geschneiderten Kleidern, mit gehobener Stimmumg, saß sie nun wieder öfters am Klavier, wo sie die Lieder der Kindheit und Jugend spielte und sang. Ihre erneute Lebenslust erregte Rolfs Anstoß, er empfand es wie ein Fehdehandschuh mitten ins Gesicht geschleudert. Er begann hinter ihrem Rücken zu tuscheln, ja, bald verunglimpfte er sie öffentlich.

Der Frühling war da in all seiner Pracht; Else jedoch merkte es kaum. Sie sah nicht die herrlichen Farben, welche die Hügel bedeckten, noch hörte sie die Stimmen der erwachenden Natur. Sie ließ den Kopf wieder hängen, der Glanz wich aus ihrem Gesicht. Sie strauchelte abermals ins Reich der Gleichgültigkeit, bis zu einem Grad wo sie ihr unglückliches Schicksal ohne murren hinnahm. Sogar die Stimme des Tulameens ließ sie unberührt. Sie wanderte ziellos umher, in einer Wolke von düsteren Gedanken, welche ihr auf Schritt und Tritt folgte.

„Stundenlang suchte ich den klaren Himmel ab sowie die sonnigen Hügel, nach einem Zeichen der Ermutigung. Ich sehnte mich nach einer freundlichen Stimme, einem herzlichen Wort, einem wohlwollenden nicken, das meine drückende Last erleichtert hätte. Schon ein aufrichtiges lächeln, selbst ein verständnisvoller Blick hätte meine sinkenden Lebensgeister wieder erfrischt. Aber es sollte nicht sein. Der Wall der Abneigung, vielleicht von mir errichtet, wuchs an, er wurde schwieriger zu erklimmen."

Herr Reusle konnte seinen Unmut nicht länger verbergen, er mußte ihm Luft machen:

„Aber Else, warum hast du uns nicht benachrichtigt?" verlangte er mit gerunzelter Stirn zu wissen.

Else schaute überrascht auf. Sie zuckte mit den Achseln und antwortete:

„Der Gedanke kam mir nie in den Sinn. Immerhin war ich eine erwachsene Frau die ihr eigenes Bett gemacht hatte. Aber hört zu, ich komme langsam zum Ende."

„Ende?" wiederholte Frau Reusle beängstigt.

Else warf ihr einen merkwürdigen Blick zu; beinahe schadenfroh, fuhr es Herrn Reusle durch den Kopf. Else betonte jede Silbe:

„Ja, aber nicht für mich, erst im Grab werde ich Ruhe finden. Mein Mann und ich gingen aneinander vorbei wie verschworene Feinde; beide nährten wir einen schwärenden Groll, der uns unwiderstehlich in einen Abgrund ohne Wiederkehr zerrte. Wir pflegten immer weniger Umgang miteinander. Ich weiß nicht genau wann mir die Einsicht kam, daß er mich loshaben wollte; in anderen Worten, eine Trennung oder sogar eine Scheidung ersehnte. Ich diente seinem Zweck nicht mehr, vor allem seit er mit gewissen Emporkömmlingen in Berührung kam, die sich als hohe Tiere ausgaben. Diese Männer betrachteten Frauen als Jagdbeute, sogenannte Trophäen. Schablonenhaft sind diese Dämchen, vom gefärbten Haar bis zu den bemalten Zehnägeln, aber so wurde es erwartet. Rolf stellte mir einige vor, als Beispiel vermute ich, wie Frauen eines erfolgreichen Mannes aussehen sollten. Ich muß gestehen, daß ich trotz meiner guten Erziehung in ein schallendes Gelächter ausbrach und mit beißendem Spott, der Rolf durch Mark und Bein schnitt, ihm ins Gesicht schleuderte:

„ ‚Frauen nennst du das?‘ schrie ich. Für mich waren es leblose Golems mit eingefrorenem lächeln, das ihnen ein fratzenhaftes Aussehen verlieh, welches Luzifer samt seiner Schar in die Flucht gejagt hätte. Mir fehlen die Worte zu beschreiben wie abstoßend sie auf mich wirkten. Für mich waren es, und sind es heute noch, ferngelenkte Marionetten.

„ ‚Du möchtest mich so haben?’ fuhr ich ihn mit erhobener Stimme an. Danach schmolz der letzte Hauch unserer Zuneigung.“

Else war willig die Ehe weiterzuführen, jedoch nicht in derselben Gegend. Zuviel qualvolle Erinnerungen lauerten an allen Ecken. Hinter jedem Baum, auf dem Grasland sowie auf den Bergen, feixten sie schadenfrohe Gespenster an. Selbst die Ponderosatannen warfen unheimliche Schatten. Niemals konnte sie innere Ruhe finden inmitten dieser Geister der Vergangenheit. Zuviele Brücken wurden abgerissen, welche der beste Wille und die geschicktesten Hände nie wieder aufrichten konnten. Ihre Gefühle Rolf gegenüber schwankten zwischen Abscheu und Bedauern.

„Eines Morgens im Juni merkte ich eine Veränderung in Rolfs Verhalten; er wurde gesprächig, doch seltsamerweise redete er mit belegter Zunge. Trotz meinem Widerstreben ihn zu beachten, erzeugte sein Gebaren ein kribbelndes Gefühl in mir. Was er wohl im Sinn führt? fragte ich mich. Er hüstelte verlegen, atmetete schwer und räusperte sich wiederholt. Unglaublich, er lächelte sogar als er mir näher kam. Endlich äußerte er sich:

„ ‚Else, ich denke in letzter Zeit viel über uns nach,' druckste er heraus.

„ ‚Ich auch,' gestand ich unwillkürlich, aber vorsichtig.

„ ‚Wir sollten uns mal ernsthaft aussprechen,' meinte er.

„ ‚Ich bin bereit,' erwiderte ich.

„Seine Augen wanderten von mir zu den sonnigen Hügeln, dann zu einer Schar krähender Raben. Es war noch früh am Tag. Der unausbleibliche Wind hielt sich noch zurück. Der Morgen hatte Gold im Mund. Schließlich meinte Rolf:

„ ‚Nicht hier. Da ich heute nicht nach Princeton gehe, könnten wir die Gelegenheit ausnützen zu einer Wanderung.'

„Trotz meiner Verwirrung gab ich meine Zustimmung. Im warmen Sonnenschein gingen wir am Ufer des gurgelnden Tulameens entlang, einem Ziel entgegen welches ich mir leicht vorstellen konnte. Wir sprachen kaum ein Wort, eins schien zu warten bis das andere etwas sagte. Die Umwelt geriet allmählich in Bewegung; der Wind kam auf, er begann die Baumkronen zu biegen. Wie erwartet verhielt Rolf seine Schritte an der denkwürdigen Stelle, wo der Fluß sich von Ufer zu Ufer stürzt, unschlüssig in welcher Richtung es weitergehen sollte."

Else stöhnte herzergreifend, dann fuhr sie fort:

„Was dannn geschah ist mir heute noch unerklärlich. Rolf nahm eine bedenkliche Haltung an, er warf verdächtige Blicke auf mich, offensichtlich unsicher über seinen nächsten Schritt. Ich beobachtete ihn argwöhnisch wie er dort stand, stumm vor sich hinstarrend, von Absichten bedrängt, die ich nicht erraten konnte. Während ich ihn nicht aus den Augen ließ, stieg mir das Blut ins Gesicht, mein Puls fing an zu hämmern, die

Schläfen pochten beihnahe hörbar. Sein Blick wanderte von mir zu den sonnigen Bergen.

„Die Biegung, an welcher wir so viele glückliche Stunden verbrachten, wo mei Jawort jubelnd gegeben wurde, nahm plötzlich eine unheilvolle Stimmung an. Auch Rolf schien verdutzt zu sein. Er holte tief Luft, trat von einem Fuß auf den anderen, während er mit der Hand über das Gesicht fuhr. Dann wandte er sich geradewegs mir zu. Im nächsten Augenblick gab er sich einen Ruck, wonach er mit ausgestreckten Armen mir entgegen kam. Dieser unerwartete Schritt, unter den Umständen höchst unangebracht, wies ich mit mehr Gewalt zurück als beabsichtigt. Ich stieß ihn heftig von mir. Er strauchelte rückwärts dem Abgrund entgegen, in welchen er mit einem Schrei des Entsetzens stürzte."

„Um Himmels Willen," rief Frau Reusle.

Sogar der gelassene Vater vermochte seinen Schreck nicht zu verbergen. Trotzdem gelang es ihm ruhig zu fragen:

„Was geschah dann?"

„Gepackt von einem lähmenden Entsetzen stand ich dort wie angewurzelt, unfähig ein Glied zu rühren. Nur ein Gedanke beseelte mich; es mußte ein Alpdruck sein, nichts weiter, der mich unverzüglich verlasse. Meine Hände, noch ausgestreckt um Rolfs Fall zu verhindern, fielen schlaff herab. Es mag unglaublich klingen, aber ich brachte es fertig mich in eine Phantasiewelt zu versetzen, in der alles, sogar der tosende Fluß in der Schlucht, unwirklich erschien. Der Tulameen hörte sich anders an, wie die Schreie eines Menschen der verzweifelt um Hilfe ruft. Während ich gewaltsam versuchte den vermeinten Traum abzuschütteln, wuchs die Wehklage unter mir an. Sie wurde lauter und beharrlicher, es klang wie eine flehende Stimme aus dem Jenseits.

„Dann hörte ich wie mein Name gerufen wurde. Lauter, eindringlicher dröhnten die Rufe an meine Ohren, was mich veranlaßte sie mit den Händen zu bedecken. Trotzdem vernahm ich das erbärmliche jammern unvermindert. Ungläubig schüttelte ich den Kopf; es war unmöglich, kein Gewässer, nicht mal der launische Tulameen, konnte so klagen."

Else unterbrach ihren wunderlichen Bericht. Sie betrachtete ihre Eltern bedeutungsvoll. Beide saßen wie auf

Nadeln, jedoch sie verbargen ihre Ungeduld und Bestürzung mit Bedacht; vielmehr Herr Reusle tat es, seine Frau hatte Mühe sich still zu verhalten. Sie zupfte am Rock, bewegte sich von Seite zu Seite und machte Anstalten Elses Erzählung zu unterbrechen. Nur die erhobene Hand ihres Mannes, verbunden mit einer mahnenden Miene, hielt sie davon ab.

Else fuhr fort:

„Ihr haltet mich sicherlich für eine alberne Gans, die Zuflucht im Reich der Hexerei suchte und zauderte, wenn Geistesgegenwart nötig war. Ja, ich fühlte mich wie betäubt, in einen Bann geschlagen von dem unglaublichen Ereignis. Schließlich faßte ich den Mut mich dem schroffen Abhang zu nähern. Deutlich hörte ich nun meinen Namen. Es war Rolf, der versuchte den Lärm des tosenden Flußes zu übertönen und verzweifelt nach mir rief. Ich konnte es kaum fassen; mein Mann lebte noch, die ungestüme Strömung hatte ihn nicht fortgerissen. Wir begannen uns zu verständigen. Obwohl ich ihn nicht sehen konnte, hörte ich ihn, vorausgesetzt er rief mit der Stimme eines Stentoren. Wie es schien hatte er sich geistesgegenwärtig an einen Felsvorsprung geklammert, wo er nun halb hing, halb stand.

„ ‚Wie lange ich hier aushalten kann, weiß ich nicht,‘ ließ er mich wissen.

„Mit eigener Kraft hoch klettern war ihm nicht möglich, folglich mußte Hilfe von oben kommen. Zwei oder vier starke Arme, dazu ein handfester Strick, könnten ihn sicherlich retten. Er trug mir auf zum nächsten Haus zu eilen und dort um Hilfe bitten. Ich rannte wie nie zuvor dem Dorf entgegen, mit pochendem Herzen und hämmernden Schläfen, teils vor Anstrengung, aber mehr aus Schuld. Während ich ein Stoßgebet nach dem andern ausstieß, dazu versuchte nagende Gewissensbisse zu unterdrücken, stürzte ich vorwärts.“

Frau Reusle vermochte die innere Spannung nicht mehr zu zügeln. Die rügenden Blicke ihres Mannes mißachtend, plazte sie heraus:

„Der arme Mann, was muß er doch für Qualen ausgestanden haben, wie sicherlich auch du, Else. Nur daran denken macht einem frösteln. Sag uns wie es ausging.“

Else betrachtete ihre Mutter eingehend. Eine Mischung von Spott und Schadenfreude überflog ihre Miene, die zusehends unergründlicher wurde.

„Wie es ausging?"

Mit einem bedeutsamen lächeln mahnte sie:

„Ich bezweifle es wird euch gefallen, aber hört zu. Als ich strauchelnd und keuchend auf dem Pfad entlang hetzte, begannen wunderliche Gedanken in meinem Kopf zu spuken. Zwei gegensätzliche Stimmen flüsterten in mir; eine zweifelnd, die andere fordernd. Warum kam Rolf auf mich zu? Wollte er mich umarmen oder beabsichtigte er mich in den Abgrund zu stoßen? Hegte er versöhnliche Absichten oder wollte er mich aus dem Weg räumen? Die Annäherung geschah so plötzlich, überdies war sie zu heftig um als freundlich zu gelten. So ging es hin und her. Zischelnde Kobolde saßen in meinen Ohren, sie setzten mir irre Vorstellungen in den Kopf.

„Unwillkürlich verlangsamte ich meine Schritte, bis ich schließlich stehen blieb. Kein Mensch war zu sehen, nichts rührte sich, außer der ausgelassenen Natur. Der Wind rauschte in den Bäumen, heftig wie immer um diese Zeit; der Tulameen hörte sich anders an, suchend und verwirrt wie ich selber. Widerstreitende Regungen wühlten wie gefräßige Würmer in meinem Gemüt. Was wollte Rolf von mir? Warum wurde er plötzlich so entgegenkommend nach all den abweisenden Jahren? Ein inneres ringen begann das ich nicht verstand. Meine Ohren dröhnten mit Stimmen die stichelten, bis mich ein wuchender Zweifel ergriff der nach Vergeltung schrie. Einen Augenblick zeigte die Versuchung ihr teuflisches Gesicht, welches im nächsten dem engelhaften Bild der Rechtfertigung wich. Das Verlangen nach Heimzahlung siegte am Ende. Die bohrende Frage, warum ich Hilfe holen sollte, ließ sich nicht mehr verscheuchen."

Bei diesem Geständnis schreckten die Eltern zurück. Herr Reusle richtete einen gequälten Blick auf seine Frau, die verstört den Kopf schüttelte. Sie fühlten sich zu überwältigt um ein Wort zu sagen. Zutiefst erschüttert warteten beide auf eine Fortsetzung, die unverzüglich folgte.

„Solche Gedanken, wie viele andere, stöberten durch meinen Sinn. Sprach nicht das Schicksal deutlich und laut?

Teilte es nicht eine gerechte Strafe aus für eine schändliche Tat? Rolf Peters hatte sich als trügerischer Mensch entpuppt, er brach sein Gelübte unsere Gemeinschaft zu ehren. Sein Versprechen, mir in Freud und Leid beizustehen, erwies sich als Lug und Trug. Er schändete unsere Ehe, sein feierliches Wort war keinen Deut wert. Ließ er mich nicht schmählich im Stich? Es schmerzt mich heute noch."

Else sprang auf, gequält rief sie aus:

„Obwohl ich beschloß ihm nicht zu helfen, fühlte ich einen Drang zurück zu gehen.

„ ‚Laß ihn fallen, laß ihn sterben' rief ich dem fauchenden Wind entgegen.

„Nennt mich treulos, ruchlos und was noch. Ha! fiel er mir nicht in den Rücken? Verübte er einen Rufmord an mir oder nicht? Ha! Schuft, elender Ganelon, du wolltest eine Jagdbeute aus mir machen, wie jene Frauen, ein lebloses, bemaltes Scheusal, verkünstelt und knetsam. Ha, ha, ha! und nochmals ha, verkündete ich dem brodelnden Tulameen unten in der Schlucht. Ich muß gestehen, daß ich mich selbst nicht mehr erkannte, ich geriet in eine regelrechte Raserei. Laßt ihn dort kauern, rief ich in den Wind, bis er zu Stein wird. Stürze bis in die Hölle, sag ich, wem kann das schaden, ein Schuft weniger, was mich anbelangt."

Ihre Bereitschaft Rolf seinem grauenhaften Schicksal zu überlassen, erschütterte die Eltern. Ihre gehetzten Blicke drückten Bedenken und Fassungslosigkeit aus. Ratlos starrten sie auf die Tochter. Als Else die verstörten Mienen der Eltern sah, fügte sie verteidigend hinzu:

„Ihr könnt euch nicht vorstellen in welchem Zustand ich mich befand. Ich stand allein, umgeben von einem Meer der Feindseligkeit, kein mitfühlendes Herz schlug weit und breit. Niemand war mir gut gesinnt, keine Hand der Freundschaft wurde mir gereicht, mein eigener Mann wühlte gegen mich. Wo, ach wo, konnte ich Trost finden?"

„Bei uns," stöhnten die Eltern wie aus einem Mund.

Else antwortete nichts darauf, sie nickte nur als ob sie meinte: „Das ist leicht zu sagen hinterher."

Sie suchte Verständnis beimVater, wonach ihre Augen zur Mutter glitten, eh sie weiter erzählte.

„Als ich mich der Biegung näherte, hörte ich Rolfs verzweifelte Schreie schon von hundert Schritten Entfernung, folglich lebte er noch.“

Frau Reusle sprang auf, sie schlug beide Hände vors Gesicht, sie konnte die Spannung nicht länger ertragen. Else warf ihrer Mutter einen gringschätzigen Blick zu; ihre Miene schien auszudrücken: „Warte, es kommt noch mehr.“

Herr Reusle fühlte sich offensichtlich nicht wohl in seiner Haut. Mißfallen stand auf seinem Gesicht geschrieben. Er starrte die Tochter entgeistert an, unschlüssig ob sie im Besitz ihrer vollen Sinne sei. Else nahm das Wort abermals auf:

„Hörte ich Stimmen vom Himmel oder flüstern aus der Hölle? Ich vermochte es nicht zu sagen, weder damals noch heute. Doch ein unablässiger Gedanke hatte mich im Griff: Der Mann in den Klauen des Todes fiel in eine Grube die er selber schaufelte. Das Schicksal hatte gesprochen, redete ich mir ein, die Gerechtigkeit siegte.“

Eine seltsame Gelassenheit erfaßte Else, die im Gegensatz stand zu ihrem schaurigen Bericht. Die Spuren jener unheilvollen Zeit, welche ihre Züge verzerrten, wichen wie durch Zauberei. Ihr Gesicht verklärte sich, eine lautere Entsagung glättete und verschönte es. Sie hinterließ den Eindruck einer Frau unberührt vom menschlichen Unheil. Mit geisterhafter Stimme erzählte sie weiter:

„Seine Rufe, eine wahrhaftige Jeremiade nun, die übers Ufer des Tulameens stieg, hörte sich nicht mehr menschlich an, sie verkündeten das Ende. Mit beiden Händen über den Ohren rannte ich wie ein gehetztes Reh abermals dem Dorf entgegen. Ich wollte Zeit gewinnen, weiter nichts, muß ich gestehen; aber nach einer Weile kehrte ich zur Biegung zurück.“

Frau Reusle schrie entsetzt:

„Himmel steh uns bei, hattest du absichtlich gewartet bis dein Mann in den sicheren Tod stürzt?“

„Wer weiß, ich erinnere mich nicht mehr so recht, aber hört zu. Etwas erstaunliches geschah, ein Wunder wahrlich und wahrhaftig, das ich bis heute nicht erklären kann. Rolfs Rufe aus dem Bereich des blanken Schreckens vermengten sich mit dem rauschen des Tulameens, beide wurden eins. Das ungestüme Wasser in der Schlucht verlor den schroffen, gebieterischen Ton, im selben Schritt wie Rolfs gellende Schreie sanfter wurden. Ein Klang wie nie zuvor erfüllte die Luft, mit Wehmut beseelt und Entsagung geweiht. Die Stimme des Tulameens hatte sich verändert, sie wurde wohlklingender, ruhiger, wie von einem Unheil geläutert. Von da an ertönten Klagerufe in meinen Ohren die mir keine Ruhe lassen. Das rauschen des Flußes klang fortan wie ein Chor der Gefangenen. Rolf, als Mann und Wesen, schied aus meiner Erinnerung, der Tulameen hatte ihn mit Leib und Seele verschluckt.

„Trotzdem war mir meine Notlage bewußt. Von einer ungenannten Schuld geplagt, jedoch unberührt von Reue, nahm ich mir oftmals vor der Polizei alles zu sagen. Aber zu welchem Zweck? fragte ich mich. Immerhin verübte ich kein belangbares Verbrechen, und wenn schon, wo blieben die Zeugen? Sicherlich konnte mein Urteilsvermögen getadelt werden, man wäre berechtigt gewesen mir Kopflosigkeit vorzuwerfen, ja, vielleicht sogar Nachlässigkeit, aber wie erwähnt, wer sollte es bezeugen?“

Else stöhnte erbärmlich, eh sie niedergeschlagen fortfuhr:

„Alles wäre gut gegangen ohne die Stimme des Tulameen. Rolf, wie gesagt, schied aus meinem Gedächtnis, aber nicht das Klagelied aus der Schlucht, welches mir folgte. Unser Haus steht auf einem Hügel, wo der Otter in den Tulameen mündet. Der Lärm, erzeugt vom Wirbel und Sturz des Wassers, kann bei geschlossenen Fenstern gehört werden. So manche Nacht drückte ich kaum ein Auge zu, eine Macht stärker als die Vernunft trieb mich im Morgengrauen an jene unvergeßliche Stelle. Der Drang dort zu verweilen erwies sich als unwiderstehlich. Er wuchs schrittweise an, überdies klangen die klagenden Stimmen mit zunehmender Stärke in meinen Ohren. Es gelang mir nicht ihnen zu entfliehen. Zu meiner Not mußte ich des Schwagers beißende Bemerkungen ertragen, ganz zu schweigen von den anklagenden Seitenblicken der Schwiegereltern. Als ein Gerücht umging, daß ich Rolf vorsätzlich an jene Stelle gelockt hätte um ihn in die Schlucht zu stoßen, hatte ich genug. Mein Maß war voll; ich packte meine Sachen und ging weg.“

„Es war höchste Zeit,“ pflichtete Frau Reusle bei, wie auch ihr Mann.

„Zehn wilde Pferde hätten mich dort nicht mehr halten können. Zuerst beabsichtigte ich nach Vancouver zu ziehen, vielleicht sogar weiter zur Westküste, wo das brausende Meer sich donnernd an kahlen Felsen bricht. Der lärmende Ansturm, so dachte ich, würde gewiß die Stimme des Tulameens übertönen. Doch ich wies den Gedanken zurück, da ich mittlerweile eine Abneigung gegen das ganze Land empfand. Außerdem gelangte ich zu der Überzeugung, daß es dort nur spärlich Arbeitsmöglichkeiten gab. Folglich entschloß ich mich zu euch zu kommen."

Else verstummte. Sie hatte alles gesagt was ihr Herz beschwerte; ein Teil der Last lag nun auf den Schultern der Eltern. Sie fanden keine Worte. Ihre sittsame Welt hatte einen argen Stoß erlitten. Sie wurden mit rüder Heftigkeit in einen Wirbel geschleudert, den sie gern zurück über das Meer geschickt hätten.

Herr Reusle unterbrach die drückende Stille:

„Wir sind froh, daß du bei uns bist, entspanne dich, die Gefahr ist vorbei," tröstete er.

Else schüttelte den Kopf. Sie seufzte tief, eh sie jammerte:

„Ich kann nicht, ich finde keine Ruhe. Die Stimme des Tulameens hat mich wieder gefunden."

Pech Gehabt

Pierre Lamont starrte schon seit Tagen aus dem Guckfenster seiner Zelle. Unentwegt hielt er den Blick durch das feste Eisengitter über den Ottawa gerichtet. Was ihn dort fesselte mußte sogar dem einfallsreichsten Betrachter rätselhaft erscheinen, denn außer Steinen und verdörrtem Gras gab es wenig zu sehen. Kaum ein Baum wuchs auf dem trostlosen Gelände, nicht mal Sträucher gediehen in dieser verwahrlosten Einöde. Soweit das Auge reichte waren weder Siedlungen noch Bauernhöfe sichtbar. Nur vereinzelte, halb zerfallene Hütten, lehnten schief im Wind. Es war ein erdrückender Anblick. Jedoch Lamont schien anderer Meinung zu sein, er konnte sich von der Sicht nicht trennen. Die Wärter standen der harmlosen Beschäftigung ablehnend gegenüber; sie versuchten erst mit Humor, dann Tücke, aber schließlich mit Amtsgewalt ihn davon abzuhalten. Es nutzte nichts, seine sehnsuchtsvollen Augen hafteten unverwandt an dem felsigen, unansehnlichen Landstrich über dem bewegten Fluß, was die Wärter bis ins Blut störte.

Unter dem Vorwand er hecke dort etwas regelwidriges aus, begann ein schüren und wühlen, welches Lamont entweder nicht merkte oder einfach links liegen ließ. So ging es eine Zeit hin und her, bis ein regelrechtes Tauziehen entstand. Indessen die Wärter eifrig im Buch der Regeln blätterten, in der Hoffnung dort Mittel und Wege zur Lösung zu finden, nahm Lamont jede Gelegenheit wahr am Ausguck Platz zu nehmen.

Sie nannten es Trutz, eine Herausforderung, welche kein selbstachtender Wärter lammfromm hinnehmen konnte. Etwas mußte degegen unternommen werden. Schaffte man es nicht mit Tücke, dann mußte eben die Gewalt herhalten. Sie kamen nicht mehr zur Ruhe, es wurde zum treibenden Dorn in ihren Leibern. Besonders der Vorsteher, ein ungeschlachter, ehrsüchtiger Mensch, nahm gewaltigen Anstoß daran. Daß ein Sträfling tagein, tagaus eine gottverlassene Wüstenei anstarrte, ließ er noch gelten, aber niemals die Erfrischung seiner Lebensgeister, welche sich daraus ergab. Ein vergnügter Sträfling dünkte sie einfach unerträglich, es geziemte sich nicht die düsteren Hallen mit einem unwillkommenen Licht zu erhellen. Nein, es durfte nicht geschehen. Eh Lamont von der Einzelhaft zurückkehrte, mußten Vorbeugungen getroffen werden, damit andere Sträflinge von seinen Flausen nicht angesteckt werden.

Nun, was bewegte Lamont jede verfügbare Stunde wie verzückt auf das jenseitige Ufer zu starren? Die Öffnung war klein, die gebückte Stellung höchst unbequem, überdies die Aussicht trüb. Zusätzlich waren die Maßnahmen ihn daran zu hindern lästig, wenn nicht gefährdend. In der Tat, was hatte er dort entdeckt? Bestanden zwingende Gründe warum er starr wie ein Baumstumpf die unscheinbare Gegend absuchte? Vielleicht haftete ein Geheimnis an den kahlen Steinen, welches sich ihm jeden Augenblick offenbaren könnte, oder barg der Wind im verdörrten Gras eine außerordentliche Botschaft? Nichts dergleichen veranlaßte diese hartnäckige Wacht an der vergitterten Öffnung, sondern lediglich die Neigung zur Böswilligkeit. Freilich könnte man auch eine ausgeprägte Widerspenstigkeit dafür verantwortlich machen. Als er nämlich den Unwillen der Wärter merkte, welcher ihm durch Gebärden, Anspielungen und hinweisende Bemerkungen vermittelt wurde, verdreifachte er seine Anstrengung. Man konnte es getrost so nennen, denn ihm war schon der Buckel steif, außerdem schmerzten ihn die Füße vom vielen stehen. Aber er gab nicht nach, ihr Verdruß wurde sein Sporn. Umso verbissener man gegen ihn voranging, desto beharrlicher vertiefte er sich in die Beobachtungen. Die kleinen Schikanen, sowie die größeren Schurigeleien, ertrug er mit Gleichmut. Ihre

Knuffe und das herausfordernde anrempeln nahm er lächelnd hin. Nichts brachte ihn aus der Fassung, der Gedanke an ihren Kummer und Ärger machte ihn unempfänglich. Sogar als man ihn mit Flüchen und roher Gewalt von seinem Standort wegzerrte, hob er zum allgemeinen Staunen keine Hand zur Wehr. Er hatte sie ja in der Tasche, sie waren die Gefoppten.

Die Wärter ließen nicht locker, in ihrem Ermessen hatte Lamont den Fehdehandschuh knallhart vor ihre Füße geworfen. Nichts konnte sie überzeugen, daß ein Gefangener, obendrein jung und ungestüm, aus reiner Freude tagtäglich an einem unbequemen Ausguck soviel Zeit verbrachte. Entweder hoffte er mit Hilfe Verbündeter auf der anderen Seite einen Ausbruch zu wagen oder er trieb ein böses Spiel mit ihnen. Der Oberwärter, Rolf Gilbert, behauptete verbissen er zahne sie an; damit nicht getan, klatsche er sich heimlich die Schenkel wund vor Vergnügen, weil er glaubte sie an der Nase herumzuführen. Ihr anfängliches Wohlwollen verwandelte sich zusehends in Feindseligkeit. Der nachsichtig belächelte Québecois wurde zur Zielscheibe ihrer derben Scherze, die eigentlich eher als Gemeinheiten gelten konnten.

Unter dem Vorwand man hätte einen ausführlichen Plan entdeckt, wobei er mit Sicherheit ausreißen wollte, traten sie an den Direktor heran. Er stünde fortwährend am Guckfenster, wurde ihm erklärt, nur um Hehlern Zeichen zu geben, ferner von ihnen Nachrichten zu erhalten. Der Direktor, ein verständiger Mann, schmunzelte heimlich, nickte einige Male teilnehmend, jedoch Handlungen blieben aus. Er kannte seine Wärter in- und auswendig, sie hegten mal wieder einen Groll gegen einen der Sträflinge, weiter nichts. Einen Ausbruch aus der gesicherten Zelle wagen? Laßt ihn, er wird nicht weit kommen, kicherte der erheiterte Direktor vor sich hin, nachdem der letzte Antragsteller die Tür hinter sich geschlossen hatte. Die angeforderte Versetzung wäre ohnehin unzweckmäßig gewesen, da alle Strafzellen mit Ausblick über den Ottawa angeordnet standen. In sechs Wochen, teilte er ihnen am nächsten Tag mit, dürfe er nach Gutdünken in einer anderen Zelle untergebracht werden. Sechs Wochen? keineswegs, das ging nicht an, die Zeit erschien ihnen unerträglich lang.

Als ihr verstärktes traktieren, ja selbst die abgefeimtesten Machenschaften zu nichts führten, sondern ihnen lediglich Spott und Verachtung ernteten, wurde beschlossen ernsthaft voranzugehen. Sie steckten die Köpfe zusammen, nahmen an Tagungen teil, flüsterten in den Hallen, tuschelten im Speisesaal, bis endlich eine Lösung gefunden wurde. Von da an änderte sich die Stimmung im ganzen Gefängnis; sie wurde gelockerter. Als Lamont wie üblich zwei Tage danach an seinem Posten stand, traten ihm schier die Augen aus den Höhlen. Hinter einer der zerfallenen Hütten bewegten sich drei Gestalten, die er mühelos mit seiner außergewöhnlichen Sehkraft als Männer erkannte. Die Abwechslung kam ihm gut gelegen, denn trotz der Freude am Ärger der Aufseher, wurde ihm die Guckerei allmählich eintönig. Mit erweckter Teilnahme verfolgte er deshalb das Geschehen überm Fluß.

Plötzlich blendete ihn ein Lichtstrahl, der ihn zwang seine Augen zu schließen. Was jetzt, dachte er, indessen er sie wieder öffnete. Abermals blitzte es drüben auf, wiederholt und in regelmäßigen Abständen. Mal kurz, dann lang, wie einem sinnvollen Zeitmaß folgend. Ohne Zweifel versuchten die Männer hinter der Bretterhütte seine Aufmerksamkeit auf sich zu lenken. Weshalb, blieb Lamont einerlei, denn er war dankbar für die Abwechslung. Gespannt wie es weiter gehen sollte, schaute er zu. Das Geblinke nahm nicht ab, es verstärkte sich. Na ja, die scheinen ihre Kurzweil zu haben, dachte er belustigt, eh ihn die Erkenntnis traf, daß jemand Signale aussandte, welche offenkundig ihm galten. Als er die Zeichen mit dem Morsen in Verbindung brachte, kam ihm die Erleuchtung es könnte bloß Gil Lecomte sein, der kürzlich entlassene Falschmünzer aus seiner Heimatstadt Quebec, ein ehemaliger Funker bei der Küstenwache. Gil beabsichtigte durch Morsezeichen ihm eine Nachricht zu vermitteln. Die Freude darüber erhielt leider einen rüden Dämpfer, denn Lamont verstand keine Silbe vom Morsen. Aber das schreckte ihn nicht ab, denn sein Ruf findig zu sein, war kein eitles Geschwätz.

Als sich kurz danach einer der unvermeidlichen Wärter näherte, sprach er ihn mit der Miene eines Bettelmönchs an. Im Nu kam die Rede auf Samuel Morse und sein kniffliges

Alphabet, welches Lamont mit wahrhaftiger Inbrunst lernen wollte.

„Keine Schwierigkeit," wurde ihm versichert, „der Direktor wird sich freuen wenn er davon hört."

Innerhalb einer knappen Stunde lag die ersehnte Auskunft in seinen Händen. Lamont machte sich mit dem Eifer eines Zeloten an die Arbeit. Mit Stift und Papier in der Hand harrte er auf ein Zeichen, welches nicht lange auf sich warten ließ. Mühselig vermerkte er alle Signale, immer wieder, fast eine Stunde lang. Dann ging es ans übersetzen, was den ganzen Tag in Anspruch nahm. Aber endlich verstand er um was es sich handelte; ein Ausbruch war bis ins kleinste ausgeklügelt. Am kommenden Montag, kurz nach Mitternacht sollte die Flucht stattfinden. Er müsse heftige Magenkrämpfe vortäuschen, wonach alles seinen Gang nehmen würde. Diese Mitteilungen wurden auf Französisch gegeben, womit man hoffte Schnüfflern ihr Handwerk zu erschweren.

Punkt zwölf Uhr begann Lamont ein herzzerreißendes jammern. Alles andere folgte auf dem Fuß, es klappte wie am Schnürchen. Allerdings nur bis zum Augenblick wo er am andern Ufer ans Land kroch. Weder Lecomte noch seine Handlanger waren zu sehen, ringsum herrschte eine Stille wie im Grab. Rufen kam nicht in Frage; es war ohnehin nicht nötig, da hinter einer der Hütten in kurzen Abständen ein kleines Licht aufleuchtete, eigentlich eher ein Funke. Es gab ihm das Geleit, mehr verlangte er nicht. Mit seinen jungen, gesunden Beinen rannte er darauf zu. Weit kam er nicht. Der erste Schuß traf ihn zwischen die Schulterblätter, der zweite ging etwas tiefer, den dritten hörte er nicht mehr.

Die folgende Untersuchung enthüllte die Tatsache, daß Lamont um Haaresbreite ein Ausbruch gelang. Nur die Wachsamkeit Rolf Gilberts und einige seiner Untergebenen, verhinderte die Flucht. Wiederholte Mahnrufe sowie Warnschüsse, blieben erfolglos, er rannte ohne anzuhalten auf eine der Hütten zu. Nachdem man eine Waffe in seinen Händen fand, blieb keine Wahl. Obschon widerstrebend, aber geschossen mußte werden. Der Direktor las den Bericht des Oberwärters mit gerunzelter Stirn sowie geschürzten Lippen; jedoch er sagte nichts.

Zweite Gnade

Die Nachricht kam an einem Dienstag morgen.

„Die Unterredung kann am Freitag stattfinden, um vier Uhr nachmittags. Bitte treffen Sie etwas zeitiger ein und verlangen Sie nach mir."

Rolf Keimer konnte seine Genugtuung über die Einladung nur schwerlich verbergen. Seit Monaten versuchte er ein Treffen mit dem weitbekannten Eigentümer der Firma Karmak einzuleiten. Er hatte viel von ihm gehört, sein einsiedlerisches Verhalten bildete das Gespräch in Industriekreisen sowie dem Zeitungswesen. Er ließ sich seit Jahren nicht blicken, weder bei geschäftlichen Besprechungen noch bei gesellschaftlichen Veranstaltungen. Viele fanden das merkwürdig, denn man sah in ihm eine Säule, wenn nicht die Hauptstütze, der Industrie, einen Mann der als Vorbild dienen sollte.

Haarsträubende Gerüchte hafteten ihm an. Er sei mißgestaltet, hieß es da, dort flüsterte man er sei tobsüchtig und gerate außer Rand und Band im ständigen Suff. Mutmaßungen flogen wie die Mücken ums Licht herum. Manche hielten ihn für taubstumm, andere bezichtigten ihn das wie jenes zu sein; kurzum alles, was sich Lästerzungen ausdenken konnten. In einem war man sich jedoch einig; er war einer der reichsten Männer des Landes.

Wie er den ungewöhnlichen Wohlstand erreichte, darin kreuzten sich die Meinungen. Er hätte als junger Mann Diamantenfelder in Südwest-Afrika beraubt, versicherten manche; andere mutmaßten er sei ein Rädelsführer der

Unterwelt gewesen. Die Wahrheit wußte niemand, außer vielleicht Franz Weil, Freund und Geschäftsführer des vielbesprochenen Horst Kurin.

Die Botschaft von der Einladung stammte von Weil, also aus sicherer Quelle.

Kurz nach drei Uhr meldete sich Keimer bei Weil. Die zwei kannten sich seit Jahren, nicht nur geschäftlich, sondern auch im engeren Kreis.

„Ah, da sind Sie ja," sagte Weil mit ausgestreckten Händen und erhellter Miene.

Aufrichtige Freude leuchtete auf seinem Gesicht, worüber ebenfalls Schatten des Bedenkens huschten.

„Endlich ist es soweit, ich kann es gar nicht erwarten dem Großwesier unserer Branche die Hand zu schütteln. Franz, ich sag es Ihnen, es ist höchste Zeit. Wo soll das Treffen stattfinden?"

„In einem seiner Räume, ich werde Sie schon begleiten," versprach Weil.

Im Nu waren sie in eine angeregte Unterhaltung vertieft, denn sie hatten sich eine Weile nicht gesehen. Weil schaute wiederholt auf die Uhr an der Wand, mit einem Blick welcher den Anschein erweckte, er versuche den Zeiger aufzuhalten.

„Sie sind heute etwas unruhig, Sie scheinen unter einem Zwang zu stehen," bemerkte Keimer mitfühlend.

Weil schaute ihn voll an. Offenkundig stand er im Begriff etwas zu sagen was ihm schwer fiel. Er runzelte die Stirn, schabte sich am Kinn, schürzte die Lippen einigemal, wonach er bedächtig meinte:

„Sie wissen, Rolf, daß Herr Kurin seit vielen Jahren zurückgezogen lebt."

„Das weiß ich, wenn nicht noch mehr," entgegnete Keimer.

„Er ist menschenscheu bis zur Verstiegenheit. Nun, dafür bestehen Gründe."

Keimer schaute ihn fragend an, aber Weil äußerte sich nicht weiter, er ließ lediglich seine Augen nachdenklich auf ihm ruhen, indessen er zweimal seufzte:

„Eh ich Sie Herrn Kurin vorstelle, möchte ich Ihre Aufmerksamkeit auf etwas lenken."

„Das wäre?“ fragte Weil.

„Horst Kurin, mein Freund und Chef, leidet an Zuckungen.“

Als er den erstaunten, ja, belustigten Blick Keimers auffing, setzte er hinzu:

„Wir reden nicht von nervösen Bewegungen, was man einen Tick nennt, sondern von ständigen, krampfartigen Verrenkungen, die nicht bloß Erstaunen hervorrufen, sondern beängstigend wirken können. Ich möchte Sie deswegen ernstlich ersuchen gefaßt zu sein, eh Ihr Fuß über die Schwelle seiner Gemächer tritt.“

„Keine Sorge, ich lasse mir nichts anmerken,“ versicherte Keimer, während seine Augen zur Uhr an der Wand glitten.

Noch zehn Minuten deuteten die Zeiger an. Keimer hüstelte verlegen, wonach er lächelnd sagte:

„Ich möchte nicht versessen erscheinen, aber ich habe es mir in den Kopf gesetzt dem erstaunlichen Mann die Hand zu schütteln. Ich weiß ja nicht einmal wie er aussieht. Mir geht es wie allen anderen, welchen der Name bekannt ist, jedoch die Person nicht. Soviel ich weiß bestehen weder Bilder noch Zeichnungen von ihm.“

Weil nickte zustimmend was Keimer zur Frage bewegte:

„Was glauben Sie unterliegt der – na, wie soll ich sagen, unnatürlichen Neigung so versteckt zu leben?“

Statt einer Antwort zeigte Weil auf die Uhr. Sie machten sich auf den Weg. Weil trat als erster ein, er hieß seinen Besucher draußen warten.

„Es wird nicht lange dauern, währenddessen können Sie in einem der bequemen Sessel Platz nehmen,“ tröstete er.

Als Keimer dort wie auf dem Sprung saß, fiel sein Blick auf einen Gegenstand, so eine Art Schrank, worauf das geschmiedete Abzeichen der Miner stand. Seine Augen weiteten sich vor Überraschung, indessen ihn schier eine Lähmung befiel. Die Sicht schob alles andere in den Hintergrund, er vergaß wo er war. Wie gebannt starrte er auf den Schlegel der mit dem Eisen ein Andreaskreuz bildete. Ohne sich dessen bewußt zu sein fesselten ihn eigentlich die zwei daneben liegenden Geräte. Wirre Gedanken begannen tief in seinem Inneren zu stöbern, sie wanderten weit zurück in die Vergangenheit, in ein fernes, fremdes Land.

Er schüttelte sich geradezu. Wie konnte das Wahrzeichen der Miner solch eine Bestürzung in ihm auslösen? Freilich erweckte es gewisse Erinnerungen an unvergeßliche Tage, die zum schmunzeln, seufzen oder abwehren anregen konnten, aber aus der Fassung bringen sollten sie einem nicht. Was haftete an den Werkzeugen, die schließlich von unzähligen Bergmännern täglich benutzt werden? Eigentlich nichts sonderliches, ohne der Keilhaue sowie dem Spitzhammer links und rechts daneben. Diesen galt seine ganze Aufmerksamkeit. Je näher er sie betrachtete, um so deutlicher entfaltete sich vor seinen Augen ein längst vergessenes Ereignis. Ein regelrechter Taumel ergriff ihn beim Anblick dieser Werkzeuge, welche mit Sicherheit einst ihm gehörten. Er fuhr sich wiederholt mit beiden Händen über die Augen, als versuche er schattenhafte Bilder wegzuwischen, welche sich jedoch nicht verscheuchen ließen. Unverkennbar lag dort sein Eigentum, deutlich konnte er die kennzeichnenden, selbstgefertigten Stiele erkennen, sowie die eingebrannten Initialen P.S.

Aber es konnte nicht sein, sie lagen doch Welten entfernt in einem entlegenen, wildeinsamen Tal der Selkirks in Britisch Kolumbien. Zwanzig Jahre sind vergangen seit er mit Peter Flander seine Zelte an den Ufern des ungestümen Downies aufstellte. Kaum eine Seele, außer ihm sowie dem verschollenen Freund, drangen damals so weit flußaufwärts, denn es ist ein rauhes und unzugängliches Gebiet. Bis in die Schatten der ragenden Eisfelder schleppten sie ihre Ausrüstung damals, wo sie von Grislybären belauert und Wölfen umheult, beharrlich nach dem Fund aller Funde suchten. Ja, Peter Flander, wo er blieb weiß der liebe Himmel, stöhnte Keimer.

Eben wollte er sich erheben um sich zu überzeugen ob er träume oder ein Opfer von Schemen seiner Vergangenheit wurde, da erschien Weil.

„Gut, Rolf, Herr Kurin ist bereit Sie zu empfangen,“ sagte er nicht gerade begeistert.

Nur mit äußerster Mühe gelang es Keimer sich von dem Anblick auf der Anrichte zu trennen, was ihm bloß bei dem tröstenden Gedanken gelang, eine ausführlichere Untersuchung später zu unternehmen.

Wie Weil später berichtete trug sich dann alles so schnell zu, daß ihm heute noch beim Gedanken daran der Kopf schwirrte.

„Du!“ rief – nein, brüllte Keimer entgeistert.

„Du! du!“ ächzte Kurin wie auf der Folter.

Im nächsten Augenblick stieß Keimer einen Schrei aus, in dem sich blinde Wut die Waagschale mit schriller Freude hielt. Dann sprang er Kurin mit einem wahren Panthersatz an die Kehle. Weil stand wie vom Donner gerührt da, unfähig ein Glied zu rühren. Eh er sich besann lag Kurin windend und blau im Gesicht am Boden, sein Hals blieb nach wie vor von den schraubstockartigen Händen Keimers umklammert. Er drückte Kurin nach und nach den letzten Hauch aus dem Leib.

Alle Versuche seitens Weil den eisernen Griff von der Gurgel des Freundes zu lösen, blieb erfolglos. Keimers Arme und Hände schienen aus Stahl geformt zu sein; er besaß die Kraft eines Bären, aber nicht minder die Entschlossenheit eines Vergelters. Endlich löste er von selbst die tödlichen Klammern.

„So, das wär vollbracht,“ meinte er erlöst.

Weil starrte ihn entgeistert an, immer noch unfähig seine Gedanken zu ordnen. Mehr verdattert als anklagend stotterte er endlich heraus:

„Rolf, wissen Sie was Sie eben verübten?“

„Ich heiße nicht Rolf,“ kam die barsche Zurechtweisung.

„Aber – aber, wie dann?“

„Mein Name ist Philip Speer. Dieser hier hieß...“ mit diesen Worten stieß er einigemal nach der vermuteten Leiche auf dem Boden.

„Der Schurke heißt Peter Flander.“

Im Gefängnis hatte Speer Zeit zum nachdenken, obwohl nicht viel Nutzen daraus entstand. Es war zu spät; ein unglücklicher Augenblick zerstörte sein sorgfältig eingeteiltes Leben, welches in vieler Hinsicht als erfolgreich gelten konnte. Den Jähzorn, lange ein treibender Dorn in seinem Gemüt, lernte er allmählich in Schach halten. Er hatte ihn sozusagen, wie einst der Ritter den Furor, mit hundert Stricken und hundert Knoten vertäut. Leider lösten sich diese Fesseln wieder mit einem unverhofften Ruck. Aber wer könnte sich zähmen angesichts eines Geschehens dessen Erinnerung ihn wie eine Sturzwelle überfiel. Allein die Überraschung hätte so manchen aus der Fassung gebracht. Nun, in ihm entfachte sie die lodernde Flamme der Raserei.

Das Andenken war zu bitter, eine Tat so gemein, unglaublich tückisch, daß es ihm die Besinnung raubte. Wie irreführend das Leben doch sein kann, bedauerte er im Stillen. Er glaubte schmunzeln zu können über eine Begebenheit vor zwanzig Jahren, die immerhin glimpflich ausging, obwohl sie an Niedertracht ihresgleichen suchen müßte. Sein Verstand zeigte sich gewillt die Angelegenheit mit philosophischem Gleichmut hinzunehmen, aber nicht sein Geist. Der Sporn des Lebens trieb ihn zu einer Handlung, die er nun bereute.

Doch lag die Schuld nicht allein an ihm; mitnichten, tröstete er sich. Warum mußte der heimtückische Schuft zum zittrigen Krispindl werden, der sich weder wehrte noch genügend Luft in den Röhren besaß um auszuhalten. Warum blieb er nicht derb wie er, kräftig wie einst und furchtlos? Er litt unter Zuckungen, verriet Weil, was verständlich war angesichts des Bisses eines schuldigen Gewissens, das ihm sicherlich das Mark aus den Knochen fraß. Aber der Kerl war ja schon immer leicht angehaucht, so ein vernarbtes Herz mit viel Hau auf den Lippen, jedoch wenig Ruck im Leib.

„Hol ihn der Teufel," stieß er zwischen den Lippen hervor, wonach er kicherte, in der Annahme, daß der ihn ohnehin bereits an beiden Ohren hinzerrte, wo er hingehörte. Der Zitterlappen hätte sich wehren sollen, wie es die Pflicht eines jeden Mannes gebietet, dann wäre sicher alles ganz anders ausgefallen.

Über Franz Weil schüttelte er ebenfalls den Kopf. Wo fehlte es bei einem Menschen der untätig zuschaut, während sein Freund und Gönner windend in seinem Würgegriff verhauchte. Ha! ein Kalmäuser mehr, ein Mimosenherz, das längere Schatten wirft als der ganze Mann. Beistehen hätte er dem Freund sollen, nicht angewurzelt dastehen wie Lots Weib. Rüdes Eingreifen hätte weitaus mehr erzielt, als sich mit geweiteten Augen abwenden. Allerdings konnte Speer damals nicht ahnen, warum Weil dem Freund in der Not erst zu Hilfe eilte, nachdem er mit Sicherheit den letzten Haucher ausstieß. Noch bezeichnete er ihn als einen Wurstel ohne Knurr und Mumm. Aber nicht mehr lange, oh nein, nicht mehr lange.

Der Gefangene atmete schwer auf, es bewegten ihn Vorstellungen die er nicht verscheuchen konnte.

„Welch ein Zufall," verkündete er wiederholt seinen eigenen Ohren.

Viel Wasser floß seit der Begebenheit den Downie hinab, das mit der Zeit, so hoffte er, die unlauteren Gedanken aus seinem Gemüt gespült hatte. Anfänglich heckte er nichts wie Rache aus, aber wie gesagt, der Gedanke an das helle, quirlige Wasser des Downies wirkte auf ihn wie ein Trunk aus dem Fluß Lethe.

Nach einigen Jahren vergaß er Peter Flander vollkommen samt seiner niederträchtigen Tat. Nur der Downie tummelte nach wie vor an seinem inneren Auge vorbei. Eine Begegnung mit Flander, einst so sehnlichst erwünscht, wäre nach einigen Jahren unwillkommen gewesen, redete er sich ein. Freilich erkundigte er sich anfänglich nach ihm. Mit missionarischem Eifer forschte er hier, erkundigte sich dort, aber stets traf er verneinende Gebärden an. Niemand schien ihn zu kennen, weder bei Namen noch den Beschreibungen nach. Nur in Revelstoke, dem nächsten Ort, stieß er auf seine Spur, obschon nicht auf seine Person. Warum, konnte man sich leicht vorstellen, lag der Ort doch kaum sechzig Kilometer entfernt von der Stelle jener schmachvollen Tat. Gewiß hatte er die Gegend in Siebenmeilenstiefeln so schnell wie möglich verlassen.

Speer erhob sich von der harten Gefängnispritsche, indessen er mit einem Ruck alle verdrießlichen wie schnürenden Gedanken abstreifte. Der Verteidigung allein gebührte jedes Gran Tatkraft, sie verdiente seine ungeteilte Aufmerksamkeit.

Anwalt Kessler befand sich auf dem Weg zu ihm, weshalb klare, unveränderliche Anweisungen ausgedacht werden mußten. Viel zu überlegen gab es eigentlich nicht. Der erste Grundsatz seiner Verteidigung hieß leugnen, wie auch der zweite und dritte. Nichts gestehen, hieß seine Parole, trotz des

Augenzeugen alles abstreiten. Philip Speer zählte sich zu der Minderheit, die eine Sache nicht verloren geben bis sie verloren ist. Die Anklage, Mord zweiten Grades, klang vernichtender als sie in Wirklichkeit war. Beweise lagen sicher vor, aber ob sie als erdrückend gelten konnten, darüber ließ sich streiten.

Aussichtslos bezeichnete er seine Lage keineswegs, nicht seit dem Erlebnis vor zwanzig Jahren in den wilden Selkirks. Saß er nicht damals im Rachen des Todes der anfing ihn gelassen zu verschlingen? Ha, ha, ha! welch ein Happen, der sich weigerte verschluckt zu werden. Im Gegenteil, allen Anzeichen zum Trutz wartete er hartnäckig auf ein Wunder das ihn aus dem unerbittlichen Schlund befreien würde. Nun, das Wunder geschah.

Wie erwähnt gewährte ihm die Haft Zeit zum überlegen. Indizien lagen seiner Meinung nach nicht sonderlich schwer auf der Waage, sie allein durften ihn nicht lange im Gefängnis halten. Die einzige Hürde auf dem Weg zur Freiheit bildete Franz Weil, der sicherlich als Augenzeuge gegen ihn auftreten würde. Der Kerl muß von allen Seiten in Angriff genommen werden, ohne Bedenken; sei es mit lauteren oder unlauteren Mitteln. Ein Geständnis seinerseits lag bei der Polizei nicht vor, er hatte sich weder schriftlich noch mündlich geäußert. Versprechungen, Schmeicheleien wie Drohungen, erzielten so ziemlich garnichts.

Beweggründe fehlten der Polizei. Speer stellte kichernd fest, daß sie fieberhaft danach suchten, aber bis jetzt nichts fanden. Sie fischten im Trüben, daran bestand kein Zweifel, denn niemand wußte von der gemeinsamen Vergangenheit mit Flander, von welcher er keine Silbe verriet. Sogar dem Anwalt beabsichtigte er vorläufig nichts davon zu berichten. Laß sie tüfteln und raten, dachte er schadenfroh, aber auch vom Bewußtsein erwärmt, daß diese Unwissenheit sein eigenes Wohl förderte. Herr im Himmel, warum sollte ein gediegener Geschäftsmann im gesetzten Alter dem Magnaten der Industrie grundlos an die Gurgel fahren, dazu noch bei der ersten Begegnung? Es klang zu widersinnig, wenn nicht abwegig. Dieser Mangel an Folgerichtigkeit stak gewiß seinen Anklägern wie eine Gräte im Hals. Seltsamerweise hörte er wenig von dem Augenzeugen Weil, sein Name wurde kaum erwähnt, und wenn, dann nur so nebenbei.

Er nahm abermals auf dem harten Lager Platz, wo er, mit dem Kopf an die Wand gelehnt, die Geschehnisse vor seinem inneren Auge vorbeiziehen ließ. Ernst war die Lage schon, jedoch hoffnungslos nicht. Sein unbeherrschtes Verhalten bereute er aufrichtig; es rückgängig machen war nicht möglich, aber die Folgen lindern vielleicht. Dem erdrosselten Flander schenkte er geringe Beachtung, ihm nach erhielt der tückische Freibeuter seinen verdienten Lohn.

Ungeachtet der Absicht die Vergangenheit hinter sich zu lassen, drängte sich das Andenken an die Zeit in Kanada in den Vordergrund. Wie konnte ein Mann so heimtückisch, außerdem er selbst so einfältig sein. Nicht ein Körnchen Argwohn beschwerte seinen Umgang mit Flander; im Gegenteil, er hätte ihm Hab, Gut und sein Leben anvertraut ohne mit der Wimper zu zucken. Fünf Jahre lang gingen sie durch dick und dünn miteinander. Sie rangen um ihr Leben in den Flutwellen der Charlotteninsel, die in einem plötzlichen Sturm vom weit entfernten Alaska über sie stürzten. Sie kämpften Seite an Seite bis zum letzten Hauch in den tödlichen Schnellen des Kolumbias. Keiner ließ je den anderen im Stich; der stärkere Arm des einen stützte und schützte den erschlafften Leib des anderen, bis entweder beide gerettet oder vernichtet wurden. Als Flander am steilen Abhang des Höllentors ausrutschte, wo er sich nur zufällig an einem Felsbrocken festhielt, dachte er mit Sicherheit ein Opfer des rasenden Frasers tief unter ihm zu werden. Doch sein Kamerad, Philip Speer, stand fest, er wankte keinen Augenblick. Nichts blieb unversucht, bis beide nach vierstündigem Kampf erschöpft auf sicherem Boden lagen.

Dann kam die Wendung, so unerwartet und unerhört, daß es eine Weile dauerte um einzusinken. Kein Schimmer des Mißtrauens trübte damals Speers Gemüt. Trotz den verdächtigen Anzeichen dachte er nicht an Verrat. Sein treuer Kamerad ihn absichtlich dem Verderben preisgeben? Nur daran denken erschien ihm lange frevelhaft, denn ihr Puls schlug im gleichen Takt. Sie gingen Hand in Hand, Herz an Herz einen gemeinsamen Schicksalsweg. Sie lebten wie zwei Körper in einer Hülle, was einer vorhatte, führte der andere bereits aus.

Halb betäubt, wie in einem geistigen Rausch, suchte er nach Erklärungen, die trotz seiner besseren Einsicht nicht anerkannt wurden. Erst nachdem in Revelstoke unumstößliche Beweise ihm ins Gesicht starrten, gestand er sich das Unvorstellbare ein.

Speer fuhr zusammen, denn er vernahm Schritte die sich seiner Zelle näherten. Zwei Wärter erschienen vor dem Gitter, sie hießen ihn mitkommen; sein Anwalt warte auf ihn. Die Begrüßung im Privatraum war kurz, Herbert Kessler wählte seine Worte sorgfältig:

„Sie verschweigen mir etwas," sagte er weder rügend noch ermunternd.

Speer blickte ihn verlegen an.

„Oh, was denn?" fragte er scheinheilig, indessen der Anwalt seinen durchdringenden Blick nicht von ihm abwandte.

Kräusel erschienen auf seiner Stirn, er zog die Mundwinkel kaum merklich herab.

„Sie verschweigen mir etwas Wesentliches," wiederholte er mit der Miene eines Mannes der ein störrisches Kind zurechtweisen will.

Dann fuhr er fort:

„Hier ist die Lage schwarz auf weiß. Zwei angeblich wildfremde Menschen, beide im gesetzten Alter, überdies Geschäftsmänner von Rang, fahren sich bei der ersten Begegnung unbegründet an die Gurgeln; vielmehr der eine, also Sie, versuchte den anderen zu erwürgen. Ohren, die so etwas widersinniges hören wollen, sind nicht leicht zu finden, gewiß nicht an den Köpfen der Richter und Geschworenen. Kein Jurist im Land nimmt es als bare Münze hin."

Nach diesen Anführungen, welche den sachlichen Anwalt verdrießlich machten, fing er an mit den Fingern auf dem Tisch zu trommeln. Speer horchte bei dem Wort 'versuchte' nicht nur auf, sondern er zeigte sich seltsam bewegt.

„Sie sagten eben, versuchte ihn zu erwürgen, oder habe ich falsch verstanden?"

Kessler öffnete in seiner bedächtigen Weise eine Aktentasche, der er zwei Blätter entnahm. Er las sie sorgfältig durch. So vertieft prüfte er jedes Wort, daß ihm die flackernde Neugier auf Speers Gesicht nicht auffiel. Eigentlich flammte in dem Gefangenen mehr als bloße Neugier, man hätte es eher sprachloses Erstaunen nennen können. Sein scharfes Gehör, vom Trieb der Selbsterhaltung gesteuert, vernahm ein Wort das ihn verwirrte, aber zur selben Zeit den Strahl der Hoffnung entfachte. Wie auf heißen Kohlen sitzend betrachtete er den Anwalt. Ihn ablenken wagte er nicht, denn er fürchtete seinen strafenden Blick.

Endlich nahm die Durchsicht ein Ende. Indem er das Schriftstück zurück in die Mappe schob, brummte Kessler ungehalten:

„Was war eben Ihre Frage?"

„Sie sagten, versuchte ihn zu erwürgen."

Die Betonung lag auf dem Wort versuchte.

„Ja," kam die schroffe Antwort.

„Aber – aber..." Speers Gedanken eilten seiner Zunge voraus. Er wollte sagen:

„Aber ich tat es doch, mit diesen Händen drückte ich ihm die Luft aus den Lungen."

Doch er besann sich noch rechtzeitig. Auf die Lippen des Anwalts trat ein sonderbares lächeln, halb spöttisch, halb anerkennend. Er liebte einen wortkargen Klienten, der nicht plauderte, sondern stets Gewalt über seine Zunge behielt. Freilich trieb Speer die Verschwiegenheit etwas zu weit, das heißt ihm, seinem Anwalt, gegenüber.

„Laut des amtlichen Befunds starb Kurin an Herzstockung, nicht an Erstickung," belehrte Kessler.

Speer atmete erlöst auf. Während er die Ohren spitzte erklärte der Anwalt:

„Wie Sie wissen ist der Polizei einiges bekannt. Ihre Fingerabdrücke sowie die Schwielen an Kurins Hals, sind unleugbar echt. Zum Glück besteht ein Augenzeuge welcher diese zwingenden Indizien entschärft."

Jetzt fuhr Speer tatsächlich auf. Als Kessler das verdutzte Gesicht seines Klienten bemerkte, schalt er unverzüglich ein:

„Überrascht? Hm, ich kann mir denken warum. Eines möchte ich sagen: ohne Franz Weils Aussage wäre Ihnen ein Stelldichein mit des Seilers Tochter gesichert."

„Seine Aussage ist somit nicht vernichtend?" wollte Speer mit belegter Stimme wissen.

Kessler schüttelte den Kopf:

„Wohl kaum, sie beschwert den Fall nicht. Freilich muß berücksichtigt werden, daß ohne Weil der Schwerpunkt auf Indizienbeweisen ruhen tät, die zumeist weitaus kniffliger für den Staat sind als Augenzeugen, obwohl solche Beweise zuweilen höchst ungemütlich für den Angeklagten ausfallen können."

Nach diesen Worten fiel Kesslers Blick abermals erwägend auf Speer. Eine Mischung von Tadel und Anerkennung lag darin. Gefühlsregungen jedoch hatten wenig Raum in der nüchternen Gesinnung des Anwalts. Er kam zur Sache:

„Der Haken, die wunde Stelle des Falles, liegt am mangelnden Beweggrund. Die bekannten Tatsachen allein reichen nicht aus um sich einen Reim aus dem Vorfall zu machen. Kurin wechselte anscheinend seinen Namen vor etwa zwanzig Jahren, und zwar gesetzlich, weshalb die Umänderung den Behörden kein Geheimnis blieb. Gemäß Weils Aussage, der Sie als Rolf Keimer kennt, wußten Sie darüber Bescheid; Sie kannten Kurin, so steht es in den Gerichtsurkunden. Davon zeugt der erstaunte Ausruf, sowie hinterher die Erklärung gegenüber Weil, nämlich, daß sein Freund und Chef nicht Horst Kurin heiße, sondern Peter Flander. Auch Ihren eigentlichen Namen nannten Sie, also Philip Speer. Die Frage bleibt unbeantwortet, warum diese, na, wie soll ich sagen, Tarnungen und Geheimniskrämerei? Es läßt gefährliche Schlüsse ziehen, muß ich als Jurist sagen. Man darf mit Recht vermuten, daß entweder eine gemeinsame Vergangenheit bestand oder unliebsame Begegnungen stattfanden."

Kessler fing wieder sein kennzeichnendes trommeln mit den Fingern an, wodurch er augenscheinlich beabsichtigte seinen Unwillen zu verbergen. Er äußerte sich mit hochgezogenen Brauen:

„Wie erwähnt steht die Verteidigung auf wankenden Beinen. Ohne das fehlende Glied eines Beweggrundes, welches nur Sie allein liefern können, sehe ich kein Licht am anderen Ende des Tunnels. Wir müssen den Geschworenen einen einleuchtenden Grund vorlegen, warum Kurin eine Pistole auf Sie richtete, selbst auf die Gefahr hin, daß es auch Sie belastet."

„Eine Pistole auf mich gerichtet?“ platzte Speer beinahe heraus, eh er die Worte verschluckte.

Er rutschte unsicher hin und her. Seine Stirn zog sich in Falten.

„Ich behaupte nicht, daß kein Zusammenhang zwischen mir und Kurin besteht, der allerdings weit in der Vergangenheit liegt. Wie eine Begebenheit vor zwanzig Jahren, im Licht der Zeit verblaßt, von mir halb vergessen, ausschlaggebend sein soll, erscheint mir rätselhaft.“

„Diese Entscheidung sollten Sie mir überlassen,“ unterbrach ihn Kessler unwirsch.

Speer nickte:

„Gut, nur brauch ich Zeit um alles wieder in meinem Gedächtnis zu ordnen.“

Täuschte er sich oder umspielte tatsächlich ein spöttisches lächeln die Lippen des Anwalts?

„Das ist verständlich, wie wärs wenn ich mich in drei Tagen wieder melde und zwar zur selben Stunde?“

„Einverstanden.“

Speer saß wieder allein in seiner Zelle. Unbewußt drängte sich Peter Flander in sein Gedächtnis. Sie lernten sich in Kanada kennen, fünfhundert Kilometer nördlich von Toronto, unweit der stürmischen Georgienbucht, in den Minen Elliot Lakes, die in fieberhafter Eile gebaut wurden. Möglichkeiten, ungeahnt bisher, schossen buchstäblich aus dem Boden. Die Luft war schwanger mit verlockenden Versprechungen, die in alle Richtungen des Landes drangen. Uran, hieß die Verheißung, Elliot Lake der Ort der Erfüllung. Männer, zum Teil auch Frauen, drängten aus allen Winden dem Eldorado der fünfziger Jahre entgegen. Glückssucher, durchdrungen von Erwartungen, arbeiteten Schulter an Schulter mit sachlichen Erfolgsmenschen der Zukunft. Realisten rempelten sich mit Schemenjägern. Es war ein bunter Haufen, laut, trinkfroh, im ständigen Aufruhr mit sich und allem Erdenklichen. Die Stimmung in den Lagern, welche unglaublich dürftig waren, sowie die hastig errichteten Hütten, zitterte geradezu vor Zuversicht. Brütend heiß sind die kurzen Sommer dort, windgepeitscht und klirrend kalt die langen Winter. Die Zeit kommt nie wieder wo soviel Treuherzigkeit Hand in Hand mit einer ungezwungenen Hilfsbereitschaft geht.

In dieser Umgebung der prickelnden Erwartungen, vollen Bäuchen sowie klimpernden Taschen, wurden Freundschaften mit Leichtigkeit geknüpft, deren Bande manchmal fester waren als besiegelte Verträge. Männer von ähnlicher Gesinnung und Sprache fanden sich ohne lange zu suchen. Wortlos wurde ein Bündnis geschlossen, nämlich, bis auf weiteres gemeinsam die vielseitigen Gelegenheiten des unermeßlichen Landes zu erforschen.

Die Lust am wandern flackerte damals in vielen Herzen, jung oder nicht so jung; der Geruch der Ferne kitzelte ihre Nasen. Neugier, vom Lockruf der Abenteuer entfacht, brannte unter ihren Sohlen. Ein Bedürfnis das weite, freie Land in sich aufzunehmen, machte sie ruhelos. Doch nach einer kurzen Bleibe am selben Ort wurde die Luft allmählich schwer, schwerer, und schließlich erdrückend. Flugs wurden dann die Siebensachen gepackt und weiter ging es. Ohne ein Wort des Abschieds drängte man einer unbekannten Welt entgegen. Reisen von abertausend Kilometern bedeutete nicht viel, sie wurden bedenkenlos unternommen. Sei es versteckt in einem Güterwagen, mit ausgestreckten Daumen am Straßenrand oder mittels eigenem Transport, die Welt hinter dem Horizont besaß eine unwiderstehliche Anziehungskraft, sie mußte erforscht werden.

Speer wie Flander waren noch jung, weit unter dreißig, überdies vom ähnlichen Unternehmungsgeist beseelt. Elliot Lake dünkte sie ein Treffpunkt der Plethis und Krethis, wo selten jemand mehr als ein Gran Hirn zwischen den Ohren besaß. Sie betrachteten sich etliche Schichten über den randalierenden, geistlosen Haufen.

Eines Morgens, zeitig im April, packten sie ihre Sachen und wanderten westwärts. Vorbei ging es an den Großen Seen, quer durch die weite Prärie, wo die Saat unter einer stechenden Sonne ächzte und zuweilen entwurzelt wurde von fauchenden, gnadenlosen Winden. Dann erreichten sie das Grasland Albertas, der Provinz mit der Einstellung – tun oder sterben – deren Konjunktur entweder bis zum Himmel blühte oder am Boden verhauchte. Dort verbrachten sie einige Wochen, bis sie abermals den Stich des Fernwehs in allen Gliedern spürten. Gern wären sie unter der freidenkenden, großzügigen Bevölkerung geblieben, aber sie wollten, nein, mußten herausfinden, was hinter den schimmernden Gletschern lag. Mit dem Bild der blühenden Obstgärten des Okanagans vor Augen, sowie dem rauschen des tosenden Meers an der Westküste in den Ohren, ging es weiter, westwärts, dem Stillen Ozean entgegen.

Drei Wochen später landeten sie auf der Sturm gerüttelten Charlotteninsel, dem westlichsten Landstrich Kanadas. Dort, unter den Haidas, sowie den ziehenden, Gitarren klimpernden jungen Leuten, die sich Blumenkinder nannten, gefiel es ihnen überhaupt nicht. Sie fühlten sich in eine Welt des Schattens versetzt, die man versuchte mit falschen Vorstellungen zu erhellen. Die Indianer erkannten sie als unechte Selbsttäuscher, mit einem wackligen Bein in der Vergangenheit, dem anderen genauso unsicher in der Zukunft tapsend. Die Blumenkinder flößten ihnen keinerlei Bewunderung ein. Für sie waren es ziehende Herden, von Drogen betäubt und Alkohol getränkt, dazu Tränen umflort, mit der Begabung versehen mal hie und da an einer Gitarre zu zupfen. Mit dem nächsten Boot ging es wieder ostwärts.

In Revelstoke, am mächtigen Kolumbia, drangen vielversprechende Gerüchte an ihre Ohren, die sie beabsichtigten zu erforschen. Trotz den ausgiebigen Reisen besaßen sie noch beträchtliche Mittel. Im menschenleeren, unerschlossenen Westen war Geld leicht zu verdienen, überdies waren ihre Unkosten überraschend gering. Ihre englischen Sprachkenntnisse wuchsen von Tag zu Tag an. Unterhaltungen mit den Einheimischen, vor kurzem noch die reinste Schur, lief nun wie am Schnürchen.

Ein Zufall änderte ihr Leben grundsätzlich. Was sich zutrug war so unerwartet wie auch unglaublich, daß es erst eine Weile bewitzelt und verlacht wurde, eh ein ernstes Wort darüber fiel. Speer besaß eine durstige Kehle, er ging ungern an einer Gaststätte vorbei ohne sich die Inneneinrichtung anzuschauen. Es sei ungeschliffen, behauptete er, einer offenkundigen Einladung nicht Folge zu leisten. Schon beim ersten Blick auf das Schild ‘Zum Ephram‘, wußte Flander

Bescheid. An der Straße nach Mica, keine zwei Kilometer außerhalb der Ortschaft, schwang das einladende Schild im Wind. Speer stieß zweimal ein ‚aha' aus, wobei er schnurstracks auf das Lokal zusteuerte. Der Raum war von Wand zu Wand gefüllt. Prositrufe in wenigstens fünf Sprachen flogen von Tisch zu Tisch. Im Nu watete Speer mitten durchs Gewoge. In einer Hand hielt er das halbvolle Glas, während die andere ausgestreckt den und jenen Zecher begrüßte.

In der entferntesten Ecke, etwas abseits vom Getriebe, saß ein Mann der augenscheinlich alle Lasten der Welt auf seinen gebeugten Schultern trug. Ein hippokratischeres Gesicht wäre schwer vorstellbar gewesen. Gramgebeugt saß er dort, Kummer schien ihm aus allen Poren zu triefen, herbe Enttäuschungen umrahmten den ganzen Menschen.

„Schau, Peter, dort sitzt Cezannes Trinker," meinte Speer halb belustigt, halb angewidert, denn trauernde Gestalten behagten ihm nicht, sie verletzten seine zuversichtliche Natur.

Trotzdem grüßte er ihn treuherzig und laut. Eh Flander zweimal blinkte, saß er ihm bereits aufgeräumt gegenüber.

„Hallo, Kamerad, wie geht's?" begrüßte er ihn lachend.

Statt zu antworten richtete der betrübte Geselle lediglich seine Augen von einem zum andern, wobei er stöhnte als wärs Matthäi am letzten. Flander wußte nicht warum, aber der Mann, noch nicht alt, erschien ihm wie ein Bote des Unheils. Man schien ihn zu meiden; einige Gäste warfen ihnen unmißverständlich mahnende Blicke zu. Täuschte er sich, fiel er der Einbildung zum Opfer, oder schüttelten tatsächlich etliche den Kopf? Nicht daß die Zeichen, echt oder falsch, eine Wirkung bei Speer erzielt hätten, denn er geriet in Fahrt. Ungeachtet des Murrkopfs ihm gegenüber, überhäufte er ihn mit Fragen, die zumeist unbeantwortet blieben. Sein Name sei Jens Melrud, soviel wurde ihnen mitgeteilt. Weiterhin wurden sie von der Tatsache eingeweiht, daß ihm seit Jahren ein Unstern wie sein eigener Schatten folgte. Er stolperte anscheinend vom Feld der Disteln auf den Acker der Dornen, und das ohne sein Verschulden, behauptete er. Flander wollte seinem Freund eben einen hinweisenden Knuff geben, ihn auffordern den Leid getränkten Burschen sich selbst zu überlassen, als Melrud verstohlene Blicke von Wand zu Wand warf. Was jetzt? dachte Flander, als Melrud mit einer geheimnisvollen Miene ein Blatt Papier aus einer Tasche zog. Verwundert schaute er seinen Freund an, der sich ein belustigtes zwinkern nicht verkneifen konnte.

Melrud hielt das Blatt in beiden Händen, welches er mit einer Sorgfalt behandelte als wär es die Schrift des Prinzen Ptah-Hatep, also von unermeßlichem Wert. Lauernd wanderten seine Augen von einem zum andern. Mißtrauisch betrachtete er die Zecher. Seine Züge wurden zunehmend rätselhafter, er benahm sich als hätte er bahnbrechende Verkündungen zu machen.

„Burschen, was wißt ihr vom Wolfram?" verlangte er zu wissen, wobei ihnen das Papier vor den Augen hin und her geschwenkt wurde.

Speer schaute ebenso verdutzt auf Flander, wie der auf ihn. Beide wußten im Augenblick nichts zu antworten.

„Nicht viel," kam schließlich die Antwort von beiden fast gleichzeitig.

Melrud nickte wiederholt ohne den abschätzenden Blick von ihnen zu wenden.

„Wolfram ist ein seltenes Metal, das im Wert Gold als eine hübsche Kleinigkeit erscheinen läßt."

Danach begann eine Lobrede, mit technischen Ausdrücken gewürzt, die beide vom Staunen ins Wundern stürzte. Mit glänzenden Augen sowie geröteter Stirn, wurde ihnen der chemische Grundstoff bis ins Kleinste erklärt. Speer erfaßte eine stechende Unruhe deren Ursache ihm verborgen blieb. Saßen sie einem Scharlatan gegenüber, einem Bauernfänger auf der Suche nach Opfern, oder jenem seltenen Vogel eines wunderlichen Landes, wo ein Mittelloser mit Schneid und Ideen im Kopf fast über Nacht zum Krösus werden konnte?

„Warum erzählen Sie uns das?" wollte Flander wissen.

Der Mensch konnte einfach keine geradlinige Antwort geben. Er räusperte sich erstmal ausgiebig, dann hüstelte er in die Hand, kräuselte die Stirn bis sie schier verschwand, wonach die Augenbrauen wie gekränkt hochgezogen wurden. Nach wiederholtem schniefen und brummen bequemte er sich endlich eine Frage zu stellen:

„Haben die Herren Geld?“

Aha, dachten sie, die Angel wird ausgeworfen, der Köder zappelt vor unsern Augen.

„Nicht viel,“ kam die argwöhnische Antwort.

„Tausend Dollar?“

Der Kerl geht zu weit, durchfuhr es beide. Tausend Dollar zu jener Zeit war kein Pappenstiel, vor allem nicht im unsteten Westen, wo viele von der Hand in den Mund lebten. Wie gewonnen so zerronnen, hieß damals die Losung. Vom sparen wollte man nichts wissen, ja, die meisten hätten nie mit dem Gedanken gespielt je die Schwelle einer Bank zu überschreiten.

Eh sie jedoch ihren Unwillen zeigen konnten, kam die verblüffende Mitteilung:

„Ich weiß wo ein unerschöpflicher Reichtum liegt,“ flüsterte er ihnen unter der Hand zu.

„Wo?“ entschlüpfte es Flander, eh ihn ein rügender Blick seines Kameraden zurückhalten konnte.

„Erst das Geld.“

Als er ihre abgeneigten Mienen sah, wie auch ihre Anstalten aufzustehen, fügte er eilends hinzu:

„Nicht weit von hier liegen Schätze im Boden die alle bisherigen Funde in den Schatten stellen. Ich sag es euch, es ist ein zweiter Klondike, mit dem einzigen Unterschied, daß nicht Gold sondern Wolfram vorhanden ist. Mit ein wenig Geld und Mühe können Millionen verdient werden.“

An eine Unterbrechung war nicht zu denken, dem Mann fehlte bloß ein Podium um eine Ansprache zu halten, Einwände berührten ihn nicht. Immer noch mit gedämpfter Stimme ging es weiter:

„Ich rede nicht durch meinen Hohlkopf, ha! weit davon entfernt. Umfassende Bohrungen wurden eigenhändig von mir ausgeführt, natürlich bei höchster Verschwiegenheit. Den Kern von jedem Bohrloch beförderte ich auf Umwegen zur Erzprobe nach Calgary. Warum auf Umwegen wollt ihr wissen? Seid verständig, ein umwälzendes Geheimnis wie meines muß mit allen Mitteln bewahrt werden.“

Hier wandte er beide Augen auf Speer, der ihm scheinbar unternehmungslustiger als sein Freund erschien, somit eine Gemütsverwandtschaft vermuten ließ.

„Sie verstehen sicher warum ich so umsichtig handelte. Obwohl der Erzbestand keine fünfzig Kilometer entfernt ist, eine Strecke die trotz der Unwegsamkeit binnen drei Tagen mit zwei Pferden bewältigt werden kann, benötigte ich wenigstens eineinhalb Wochen dazu. Wieso, warum, fragt ihr? Das ist leicht erklärlich, nämlich, um etwaigen Schnüfflern ihr Handwerk zu erschweren. Das versteht sich ja von selbst."

Melrud geriet jetzt in den reinsten Zustand eines Eiferers. Wie ein Verschwörer neigte er sich mal einem, sonach dem anderen zu, wobei seine Stimme einen heiseren Ton annahm. In der Erregung ließ er das Papier allmählich außer Acht, welches die Freunde als eine Art Plan erkannten. Während er nickte, pochte und die Arme schwenkte, geriet dieser Plan zusehends mitten auf den Tisch.

Plötzlich wurde es so still im Saal, als hätte man den lärmenden Zechern die Zunge gelähmt. Melrud merkte davon vorläufig nichts, er war zu beschäftigt die Lobrede noch verlockender zu gestalten. Mit reger Miene sowie eindringlichen Bewegungen, stand er im Begriff ein Gespinst der Erwartung und des Verlangens um die Zuhörer zu weben. Somit sah er nicht die zwei furchterregenden Gestalten zwischen den Türpfosten stehen. Wie konnte er, da beide Augen lauernd die zwei Freunde betrachteten. Auch die plötzliche, geisterhafte Stille, entging ihm, weil seine Ohren nur der eigenen Rede zuhörten. Schließlich ging ihm ein Licht auf, er folgte den Blicken der anderen. Sofort weiteten sich seine Augen vor Entsetzen. Eh Speer and Flander die erstaunliche Wendung zur Kenntnis nehmen konnten, stürzte Melrud bereits kopfüber zur hinteren Tür hinaus. Den Plan, welchen er im Stich ließ, steckte Flander geistesgegenwärtig ein.

Erklärungen ließen nicht lange auf sich warten, sie folgten auf dem Fuß. Indessen die zwei wutschnaubenden Männer fluchend Melrud hinterher eilten, unterrichtete man sie von den Geschehnissen. Mit Hohn in der Stimme, weil man auch sie bereits als begaunert betrachtete, wurde ihnen erzählt wie die entrüsteten Gesellen Melrud auf den Leim gingen. Er verkaufte ihnen anscheinend eine Mutung am oberen Jordanfluß, die bei flüchtiger Prüfung vielversprechend aussah. Vorkommnisse von Goldkörnern konnten hie and da mit bloßem Auge entdeckt werden. Ihr Glück erschien ihnen unfaßbar, weswegen sie den verlangten Preis ohne Zögern bezahlten.

Die kalte Dusche folgte bereits am nächsten Tag. Die vermutlichen Goldkörner entpuppten sich als Kupferkies. Von Gold konnte keine Rede sein, nicht mal eine Färbung davon wurde heraus gewaschen. Flucht unter diesen Umständen war für Melrud in der Tat der bessere Teil der Tapferkeit. Immerhin herrschten damals noch rauhe Sitten in den Monasheebergen Britisch Kolumbiens, wo oft die Gesetze der Grenzgebiete ausgeführt wurden. Ein Messerstich in den Rücken oder eine Kugel in den Kopf in solchen Fällen, waren keine Seltenheit.

Noch eh Speer und Flander das Lokal verließen, kamen die zwei Betrogenen wieder zurück. Sie speiten immer noch Feuer und versprachen erbarmungslose Rache. Auf ihre Fragen, die eher einem Verhör glichen, welche an Speer und Flander gerichtet wurden, erhielten sie ausweichende Antworten. Beide fühlten eine unwillkürliche Abneigung gegen diese prahlerischen Gesellen, ihre überwältigende Art schreckte sie ab, weshalb sie zugeknöpft blieben.

In den kommenden Tagen blieb die Luft zum bersten gefüllt mit Nachrichten von Melrud. Vom üblichen Köhlerglauben getragen sowie der Freude an Verleumdungen geschürt, kreisten unerhörte Geschichten über ihn von Mund zu Mund. Die meisten trugen den Stempel des Biests, aber nicht alle nahmen daran teil. Einige weigerten sich die eifrig gesammelten Steine zum Wurf zu benutzen. Spuren einer aufrichtigeren, kernigeren Zeit wurden noch nicht ganz von der syrupsüßen Fügsamkeit bepflastert. Einzelgänger, obschon eine Seltenheit, stapften immer noch in den wilden Bergen Britisch Kolumbiens herum. Halsstarrig blieben diese Männer, urwüchsig und aufrichtig. Folglich standen sie der großen Gleichscherung im Weg.

So ein Mann war Thomas Shark, ein Sonderling, gegen welchen die zischelnden, ränkevollen Meinungstyrannen Sturm liefen. Er war in Minenkreisen gut bekannt; man nannte ihn den Kauz der Selkirks, wunderlich, aber von unbescholtenem Charakter. Vor zehn Jahren entdeckte er die großen Goldadern nördlich des Goldstroms, im Schatten der Remillard Gletscher. Heute wird dort vermessen und auf Teufel-komm-raus gebaut.

Shark erzielte Ansehen sowie einen gewissen Wohlstand, was ihm allerdings nicht anzumerken war. Er ging seinen alten Weg weil er ihn gehen mußte. Trotz des anschreitenden Alters blieb er leidenschaftlich unabhängig, ein Eigenbrötler wie je, geprägt von den Bergen rundrum, so streng und doch so schön. Erfüllt mit dem Mut sowie der Freiheit des Westens war er, vierschrötig, bärbeißig nach außen, aber innerlich gütig und gerecht. Sein dröhnendes Gelächter, bekannt und gefürchtet, schallte zuweilen dem Gipfel des Begbies entgegen. Er konnte solche Ausbrüche nicht unterdrücken beim Anblick der gebügelten, samtenen Gestalten vom Osten, mit ihren tänzelnden Geherdalen, denen sie barsche Befehle in schneidiger Sprechweise in die Ohren bellten. Über diese Possen hätte gewiß sogar der strenge Richter James Begbie geschmunzelt, nach dem der ragende Berg über dem Kolumbia genannt wurde. Aber wer weiß, vielleicht wäre der ernsten, unerschrockenen Nemesis der Strolche und Diebe, die Galle gestiegen.

Thomas Shark blieb unberührt vom Anschwall des großen Meinungszwanges, er behielt seinen Willen sowie seine Knorren. Einzelgänger nannte man ihn, aber nicht im lobenswerten Ton wie bis vor kurzem; mitnichten, man brachte es fertig diesen Wesenszug im Einklang eines Versagers zu betrachten, der es an Mannschaftsgeist fehlen läßt. Aber Shark machte sich keinen Deut daraus, er polterte und spottete unvermindert weiter. Zusätzlich verteidigte er nun Jens Melrud mit seiner üblichen geharnischten Hartnäckigkeit. Schon aus reiner Freude an Gegensätzlichkeiten sprang er in die Bresche, aber auch wegen dem angeborenen Mißtrauen gegenüber öffentlichen Meinungen.

Sie kannten sich, er und der Schwede. Seit Jahren stießen sie hier und dort aufeinander. Einmal schürften sie zusammen an der großen Biegung des Kolumbias, wo es freilich Auseinandersetzungen gab, da beide unbeugsamen Richtlinien folgten. Von unlauteren Machenschaften seitens Melrud konnte jedoch keine Rede sein; im Gegenteil, der Schwede erwies sich als unbedingt redlich und selbstlos.

Flander betrachtete wieder mal den eingesteckten Plan in der Sicherheit ihres Raumes. Ungeachtet des spöttischen Blickes Speers überprüfte er jeden Punkt und Strich. Es sei nichts wie ein Fetzen Papier, behauptete der Freund, nützlich zum Feuer entfachen, aber niemals wert sich darüber aufzuhalten. Flander zeigte sich unberührt von diesen Einwendungen, was freilich eine Priese Prahlerei enthielt, weil auch ihn Zweifel plagten, die er allerdings verheimlichte. Allein die üblen, allgegenwärtigen Nachreden hinsichtlich Melrud, übten einen nachteiligen Einfluß auf ihn aus. Rechnete man dazu Speers Hänseleien, sowie seinen wachsenden Unwillen über das sinnlose Unternehmen, fühlte er sich zusehends unsicherer. Um die Wahrheit einzugestehen, der Vorsatz aufzugeben reifte in ihm stündlich. Nur eine Tatsache, merkwürdig wie unerklärlich, hielt sein Interesse wach. Es bestanden keinerlei Angaben von den Namen der Flüsse oder Berggipfeln auf der Zeichnung. Man erhielt den Eindruck einer absichtlich irreführenden Wiedergabe, welche bloß dem Eingeweihten sinnvoll erscheinen sollte. Jemand versuchte vorsätzlich Spuren zu verschleiern. Diese Annahme wurde von der verdächtigen Sorgfalt bekräftigt, welcher der angeblichen Mutung widerfuhr. Ganz nach Vorschrift bestand sie aus der zugelassenen Höchstzahl von zwanzig Einheiten, von je fünfundzwanzig Hektar. Jedoch die Abwesenheit jeglicher Anhaltspunkte regte zur Verwunderung an. Sogar die Höhenlagen fehlten, aber nicht die Verbindungslinien. Nein, sie waren unfehlbar in zehn Meter Abständen vermerkt, genau wie alle anderen Merkmale, seien es Gewässer, Sümpfe oder Niederungen. Das Gelände lag in einem fünfhundert Meter breiten Flußbett, wodurch sich ein Insel bespickter Fluß wandt.

Ein kurzer Besuch beim hiesigen Mutungsamt ließ Flander genauso klug wie zuvor. Der Beamte lächelte nachsichtig; er bedaure, aber Hilfe gewähren könne er nicht, keineswegs ohne nähere Angaben. Es wäre zuviel verlangt, mehr als dreißig umfangreiche Bücher anzuschleppen, deren Durchsuchung einen ganzen Monat beanspruchen könnte.

„Kennen Sie wenigstens den Namen des Verfassers?“ fragte er.

„Das schon, es ist ein Schwede namens Jens Melrud," erwiderte Flander.

„Aha, den kenn ich, aber ich muß Ihnen leider mitteilen, obzwar einige Mutungen in seinem Namen eingetragen sind, daß man ausnahmslos nur von Goldseifen reden kann, also keineswegs von Erzmutungen wie auf der Karte angeführt."

Als er Flanders enttäuschte Miene sah, fügte er tröstend hinzu:

„Sie vermuten die Stelle sei keine fünfzig Kilometer von hier entfernt? Haben Sie schon die alten Schürfer um Rat gefragt?"

„Nein," kam die verblüffte Antwort.

Flander, wie viele der jüngeren Generation, litt unter der irrigen Ansicht, daß jene schwerfälligen Murrköpfe durchaus hinterm Mond seien, die eher mit ihren Mauleseln umzugehen verstanden, als mit einer hochtechnischen Kartographie. Ob der Beamte den verdutzten, wenn nicht hämischen Blick Flanders merkte, war schwer zu sagen, er fuhr schmunzelnd fort:

„Da sind einige in der Nähe, die jede Handbreite der Wildnis rundum kennen. Schließlich streifen sie schon seit fünfzig Jahren mit Bären und Wölfen durch die Wälder. Sofort kommt mir Thomas Shark in den Sinn, auch als Kauz der Selkirks bekannt, der oben am Laforme wohnt, in einer der wieder hergestellten Hütten eines zerfallenen Minendorfs. Ganz allein schürft er dort, rechnet man seine zwei Packesel nicht mit. Es wäre ratsam ihn aufzusuchen, den Weg kann ich Ihnen ganz leicht beschreiben."

Das war gestern. Heute saß Flander vor der ausgebreiteten Karte gegenüber dem stirnrunzelnden Freund. Speer hatte es satt das fruchtlose Unternehmen des Kameraden noch länger anzusehen. Es drängte ihn ohnehin zur Weiterreise, womöglich nach Calgary, einer Stadt die anscheinend mitten in einer Ölblüte stand. Flander befürchtete, daß Speer demnächst aufbrechen würde; mit oder ohne ihn. Noch konnte er den Gedanken nicht abschütteln auf der Fährte einer einmaligen Gelegenheit zu stehen, die allerdings nirgends hinführte. Seine Vorstellungen schwankten hin und her. Bestand die Mutung überhaupt, oder diente der Plan lediglich als Lockspeise für ein ruchloses Vorhaben?

Er beschloß einen letzten Versuch zu unternehmen, um die Antwort darauf zu erhalten. Ein Besuch bei dem Eigenbrötler Shark könnte möglicherweise die Ungewißheit beseitigen. Wenn nicht, hol's der Teufel, dann fliegt der ganze Schwindel samt den trügerischen Hoffnungen zum Fenster hinaus. Den Gang zu Shark wollte er jedoch nicht ohne seinen Freund unternehmen, denn so ein Marsch war gewiß kein Sonntagsspaziergang. Mit einer Tageswanderung mußte man schon rechnen, welche durch ein unwegsames Gelände ohne Wegweiser führte, außerdem gewiß von Gefahren umringt war, die man nur ahnen konnte. Ein unerschrockener Bursche wie Speer wäre da höchst willkommen, besonders da er über ungewöhnliche Körperkräfte verfügte. Einen besseren Gefährten in der Not gab es nicht.

Klopfenden Herzens wandte er sich dem Kameraden zu, der ihn grollend musterte.

„Philip, braus nicht gleich wieder auf, ich habe ein kleines Anliegen."

Bei diesen Worten zuckte Speer sichtlich zusammen. Mehr Unwille in einer Stimme wäre unvorstellbar gewesen, mit der er sich erkundigte:

„Nicht wieder die alte Leier."

„Ich befürchte schon, doch hör zu."

Da Speer nicht wie üblich entschieden abwinkte, fuhr Flander fort:

„Gestern erfuhr ich aus verläßlicher Quelle etwas von Nutzen."

„So, und was war das?" wollte Speer immer noch mißmutig wissen.

„Ein Beamter vom Mutungsamt nannte einen alten Schürfer namens Thomas Shark, der die Umgebung angeblich wie seine eigene Tasche kennt. Er könnte uns vielleicht verraten wo die Stelle ist."

„Uns?"

„Ja, sicher, du solltest schon mitkommen. Vergiß nicht, es ist der letzte Versuch, sollte nichts dabei herauskommen, bin ich bereit mit dir weiter zu ziehen."

Als ihm die Entgegnung Speers zu Ohren kam, glaubte er sich im ersten Augenblick verhört zu haben.

„Gut, wann geht‘s los?“ wollte er wissen.

„Morgen bei Sonnenaufgang,“ stotterte Flander beinahe, weil ihm die unerwartete Zusage die Zunge beschwerte.

Seit vier Stunden folgten sie nun einem schmalen, teilweise überwucherten Pfad, der immer weiter in ein vergessenes Land führte. Von menschlicher Gegenwart war keine Spur, gewiß nicht aus der jüngsten Vergangenheit. Aber sie stapften weiter; Flander von einer brennenden Erwartung angespornt, während sein Freund, ohnehin weitaus rüstiger, von der Genugtuung vorwärts getrieben wurde, die Narretei ein für allemal hinter sich zu kriegen.

Die Wanderung fing gut gelaunt an; ihre Stimmung jedoch, vom Glanz des hellichten Morgen erhoben, senkte sich immer tiefer, umso höher sie stiegen. Es ging in der Tat hoch und höher, in eine unwirtliche, jedoch seltsam schöne Welt.

„Ich muß sagen, der Alte liebt die Abgeschlossenheit,“ meinte Speer mit einem belustigten Blick auf seinen Freund, den offenkundig ein inneres ringen plagte.

Die Anstrengung inmitten dieser wilden Umgebung, vom Zweifel verschlimmert, konnte von seinem Gesicht abgelesen werden, ebenso wie an den Bewegungen. Sie wurden zögernd, steifer und schwerfälliger, als fehle der Ansporn zur Fortsetzung des Marsches. Umkehren wollte er freilich nicht, obschon ihm der Sinn danach stand. Eins bewegte ihn nach wie vor, nämlich, der Gedanke an eine angenehme Überraschung.

Speer ging voraus, er hatte sich schon längst zum Schrittmacher erkoren. Selten wandt er sich nach dem keuchenden Kameraden um, sein derbes Wesen fand zunehmendes Vergnügen an den Anstrengungen, besonders angesichts der Schwierigkeiten die Flander offensichtlich plagten. Freilich hätte er ihn näher ins Auge fassen sollen; seine verblüffende Verwandlung, körperlich wie geistig, drückte mehr als bloße Müdigkeit aus. Sie ließ von einem Charakterzug ahnen, welcher sich später deutlich zu Speers Leidwesen offenbarte. Aber seine arglose Natur merkte nichts, außer der wilden schönen Herrlichkeit rundum.

Nach einer steilen Anhöhe breitete sich vor ihnen ein Tal aus, in welchem dicht gedrängt halb zerfallene Bretterhütten auf eine Zeit ohne Wiederkehr warteten. Ein trüberes Bild konnte nicht mal die lebhafteste Einbildung beschreiben. Vor einem halbwegs wohnlichen Gebäude stand ein vierschrötiger Mann, der unschwer als Thomas Shark erkannt wurde. Die Beschreibung des Beamten stimmte bis aufs Haar überein. Sogar die leichtfertige Bemerkung, welche er ihm zum Abschied nachrief, enthielt ein Körnchen Wahrheit.

„Keine Sorge, er ist nicht verkennbar. Wenn Sie glauben einen Grislybär vor sich zu haben, das ist Ihr Mann."

In der Tat war dieser Vergleich nicht an den Haaren herbei gezogen. Shark erweckte den Eindruck, den Bruchteil einer Sekunde lang, eine zweibeinige Nachahmung des Königs der Wildnis zu sein. Wie ein grimmiger Wächter stand er dort, flankiert von zwei kauenden Packeseln, abweisend, aber doch von einer gegensätzlichen Freundlichkeit umrahmt, die er nur schlecht verbergen konnte. Trotz seiner erzwungenen, schroffen Haltung, die im großen, Scheu erweckenden Raum fehl am Platz erschien, täuschte er sie nicht. Die Freude an der Begegnung, obwohl sichtlich unterdrückt, glimmte ihm auf der Stirn. Auf die Frage ob er Thomas Shark sei, folgte sein kennzeichnendes Gelächter, daß es von den Bergen widerhallte.

„Ja, wer denn sonst? Alle Welt ringsum weiß es," wies er sie zurecht.

Shark besaß die Gabe einem unverblümt zu mustern, bis man förmlich in sich hinein kroch. Sein Blick schien in alle Winkel des Gemüts zu dringen, man konnte das Gefühl nicht abstreifen, ein offenes Buch für den sonderbaren Kauz zu sein, worin er nach Belieben blätterte. Offensichtlich fand er nicht viel an den beiden auszusetzen. Indem er seinen Eseln einige Worte zukommen ließ, fuhren beide Hände in eine Satteltasche, woraus er mit zwei frohlockenden ahas eine halbvolle Flasche zog. Dann stutzte er einen Augenblick und ließ seine Augen von den Eseln zu den Besuchern kreisen.

„Schon gut, schon gut," murmelte er, während er in seiner Hütte verschwand, woraus er im Nu wieder mit drei Gläsern in der Hand erschien.

„Ich weiß was sich geziemt," verkündete er den Eisfeldern links und rechts. Nach zwei, drei kräftigen Schlucken wollte er wissen:

„Nun, Burschen, was bringt euch zu mir?“

Sichtlich verlegen angelte Flander nach dem Plan in seiner Tasche, den er dann unsicher mit beiden Händen vor sich hinhielt. Sein Anliegen erschien ihm plötzlich töricht, unwürdig eines Erwachsenen. Im Schatten der riesigen Schierlingstannen sowie den strengen Gletschern, dünkte ihn alles belanglos, so nichtig, daß er um ein Haar geflüchtet wäre, vor allem als er Speers schadenfrohe Blicke bemerkte.

„Na, junger Mann, wird‘s bald?“ fuhr ihn der struppige Einsiedler an.

„Das Ganze ist eine heikle Angelegenheit,“ begann Flander stockend zu erklären.

Doch Shark unterbrach ihn mit einer gebieterischen Handbewegung, Ziererei behagte ihm nicht, Männer wie er schwiegen entweder oder redeten freimütig. ‚Ahems‘ und ‚hm, hm,‘ fanden bei ihm keinen Anklang. Während Flander verdutzt des zottligen Einsiedlers erhobene Hand anstarrte, ergriff Speer das Wort:

„Wir suchen die Stelle, welche der Plan hier andeutet.“

Eh sich Flander besann, nahm er ihm die Zeichnung aus den Händen und überreichte sie Shark, der sie umgehend studierte. Dann fing er an sich gemächlich im Kreis zu drehen. Indem seine Augen vom Plan zu den Bergen wanderten, führte er Selbstgespräche. Aber vielleicht wurden die einsilbigen Worte auch an die Esel gerichtet, die mit erhobenen Köpfen ihren Herrn betrachteten. Speer und Flander standen mit verhaltenem Atem da, freilich beseelt von gegensätzlichen Hoffnungen. Der eine wartete auf ein Kopfschütteln, der andere auf ein Nicken.

Shark wandte sich an Speer, der ihm geistesverwandter als Flander erschien:

„Schwierig zu sagen, außer, daß im weiten Umkreis nur ein Fluß mit so vielen kleinen Inseln besteht, nämlich, der Downie, etwa fünfzehn Kilometer nördlich von hier. Aber, Genossen, die Stelle finden kommt mir verzwackt vor, weil es überall sein könnte, zwischen Walters Hütte und dem Vorgebirge des Durand, also innerhalb einer Strecke von zwanzig Kilometern.“

Er beäugte sie eine Weile stumm, mit der Miene eines Mannes der mehr weiß als er sich anmerken läßt. Flander ermannte sich schließlich eine Frage zu stellen:

„Könnten Sie uns den Weg dorthin beschreiben?“

„Das kann ich, aber wie gesagt, den genauen Platz finden gleicht einem Glücksspiel. Pfade hinter dem Pelky sind mit Sicherheit nicht vorhanden.“

„Pelky?“ unterbrach Flander.

„Das ist ein kleiner Sturzbach, der kurz, nachdem sich das Tal ausbreitet, in den Downie fließt. Von dort ist es noch eine mühselige Strecke bis zum Talende, also flußaufwärts. Ich bezweifle, daß in den vergangenen zwanzig Jahren ein menschlicher Fuß jenes Niemandsland betrat.“

„Aber Sie scheinen die Gegend zu kennen,“ bemerkte Speer.

„So ist es. Schließlich stapfte ich dort vor fünfundzwanzig Jahren mit Matt Krenz monatelang herum. Ha! welch ein fruchtloses Unterfangen das war. Die Gegend ist für Schlangen und Eidechsen tauglich, aber keineswegs für Menschen geeignet. Unverrichteter Dinge kehrten wir zurück, froh mit dem nackten Leben davon gekommen zu sein. Halb zerfressen von blutrünstigen Moskitos, von einem Unheil ins andere stolpernd, verbrachten wir dort die übelste Zeit unseres Lebens. Am schlimmsten erwies sich der Regen. Ha! Leute bezeichnen die Sintflut als Verkörperung aller Nässe, aber nur weil sie noch nie im Juni am oberen Downie waren, behaupte ich.“

Neugier schien den unverwüstlichen Schürfer nicht zu plagen. Speer wie Flander konnten dem Eindruck nicht wehren, daß er mehr wußte als er durchblicken ließ. Zum Abschied fügte er hinzu:

„Es ist allerdings möglich, wie ich hörte, daß Jens Melrud in der Gegend herum spürte, nur weiß niemand wo er ist.“

Dem Ton sowie der Gebärde nach zu urteilen, war für ihn das Gespräch beendet. Als Speer erstaunt auffuhr bei der Erwähnung des Schweden, erhielt er einen Knuff von Flander, welcher kein Mißverständnis zuließ. Ob Shark den Stoß in Speers Rücken wahrnahm, konnte nicht ersehen werden, denn er schien in etwas vertieft zu sein, worüber er sich jedoch nicht äußerte. Trotzdem zwang er sich ihnen den Weg ins Downietal zu beschreiben, begleitet von der Mahnung, die ganze Gegend sei nicht nur unwirtlich, sondern durchaus gefährlich.

Danach trat abermals ein erwägender Zug in sein Gesicht, ein Ausdruck des Zweifels. Seine Augen, sonst so hell und scharf, nahmen ein umflortes Aussehen an. Sie wanderten von Flander zu Speer, an dem sie längere Zeit haften blieben, als wollte er ihm eine Mitteilung machen. Aber er sagte kein Wort mehr. Mit einem Ruck, erstaunlich für einen alten beleibten Mann, drehte er sich um und verschwand kurz danach in seiner Hütte.

Auf dem Rückweg sprachen beide kaum ein Wort, sie waren mit ihren eigenen Gedanken beschäftigt. Speer befielen seltsame Regungen, unerklärlich, aber trotzdem eindringlich. Im Gegensatz von zuvor zeigte er sich jetzt geneigt der Sache auf die Spur zu gehen. Der Einsiedler oben in den Bergen beseitigte seine Bedenken, er benahm sich gar zu rätselhaft. Seine Sorge um ihr Wohl schien ihm gespielt, genauso wie die Unwissenheit hinsichtlich der Geländekarte. Der gewiegte Alte wußte davon, behauptete Speer im Stillen, offensichtlich bestand ein Zwiespalt zwischen seiner eingefleischten Aufrichtigkeit und dem Bedürfnis etwas zu verheimlichen.

„Als erstes sollten wir morgen im Minenamt nachforschen,“ sagte Speer wie zu sich selbst.

Flander verblüfft nennen, hätte nur die halbe Wahrheit ausgedrückt, er fühlte sich wie vom Donner gerührt.

„Du änderst also deine Einstellung gegenüber der Jagd nach Schemen, wie du es nennst?“

„Eigentlich ja, der Graubart in den Bergen hat meine Neugier erweckt.“

Flander war es recht, er konnte seine Genugtuung darüber kaum verbergen. Stand er doch am Scheideweg eines wichtigen Entschlußes; es hieß nun, entweder sich die Beschäftigung mit der Erzangelegenheit aus dem Kopf schlagen, was ihm widerstrebte, oder sich von einem treuen Freund trennen, wozu er sich ebenfalls nicht entschließen konnte.

Am nächsten Morgen standen beide schon vor acht Uhr an der Schwelle des Rathauses. Eine Durchsuchung erwies sich als einfach, da man sich lediglich aufs Downietal beziehen mußte. Viele Seiten waren dort eingetragen, aber keine Erzmutungen. Um unbedingt sicher zu gehen, zogen sie trotzdem weitere Erkundigungen ein. Ein Gehilfe des Wardein unterrichtete ohne zu zögern:

„Was Sie sehen entspricht der Wirklichkeit, Erzmutungen entlang des Downie sind keine vorhanden, jedenfalls nicht zur Zeit."

„Aber zuvor bestanden welche?" wollte Flander wissen.

„Ja, eine von zwanzig Einheiten, die jedoch mangels der vorgeschriebenen Verbesserungen das Nutzrecht verlor."

Geistesgegenwärtig wie immer wenn es um seinen Vorteil ging, fragte Flander:

„Könnten Sie uns verraten wo das ist?"

„Mehr als das, ich gebe Ihnen einen Abdruck des Plans," versicherte der hilfsbereite Mann.

Ein Blick darauf genügte, es war ein Ebenbild von der Zeichnung in Flanders Tasche, allerdings mit weitaus mehr Angaben. Der Name des vormaligen Nutzberechtigten besagte ihnen nur soviel, daß es nicht Jens Melrud war.

Unverzüglich wurden Vorbereitungen getroffen, so heimlich wie möglich natürlich, um die Gegend zu erforschen und die Mutung gegebenenfalls für ihren Gebrauch zu gewinnen. Trotz der Beschäftigung fiel es ihnen nicht leicht sich von Gedanken zu trennen, die stets zu den merkwürdigen Geschehnissen der jüngsten Vergangenheit eilten. Ebenso verhielt es sich mit den Gesprächen, sie wanderten wie von selbst zum Downietal. Alles raten und tüfteln nützte jedoch nichts, sie blieben so klug wie zuvor. Im Gegenteil, um so mehr sie darüber redeten, desto rätselhafter wurde alles. So schwankten sie zwischen erregenden Vorstellungen und trüben Ahnungen, was ihr Vorhaben keineswegs beeinträchtigte.

Wie erwähnt gingen sie umsichtig voran. Trotz dem brennenden Verlangen ihr Lager so bald wie möglich am Downie aufzuschlagen, stolperten sie nicht kopfüber voran, die Worte Melruds klangen laut und klar in ihren Ohren. Vorsicht hieß die Parole, alle Finten eines erprobten Erzsuchers wurden angewandt. Gelangweilte Mienen beim Einkauf sollten ihre innere Erregung tarnen. Die Frage der Beförderung mußte noch erörtert werden. Sicherlich wußten sie vom ersten Tag an, daß nur Esel oder Pferde in Betracht kämen, die ihres Erachtens allerseits erhältlich sein sollten. Zu ihrem Leidwesen fanden sie heraus, daß fast alle verfügbaren Lasttiere unter der Obhut von beruflichen Ausrüstern standen, deren Leistungen ihren Bedarf keineswegs deckte. Sie lieferten alles, vom Bergführer bis zu jeglichen Versorgungen; selbst das Ausflugsziel wurde von ihnen bestimmt. Darüber mußte sogar der sauertöpfische Flander laut lachen. Wie dem auch sei, meckern und fluchen brachte sie keinen Schritt weiter, sie mußten schließlich zwei störrische Esel um teures Geld kaufen.

An einem Mittwoch morgen bei spärlichem Licht brachen sie auf. Um mögliche Spürnasen irre zu leiten, gingen sie freilich nicht schnurstracks ihrem Ziel entgegen. Sie führten ihre schwerbeladenen Esel auf Umwegen erst westwärts, dann kreuz und quer über Schotterstraßen bis sie schließlich auf den rechten Pfad gelangten. Nordwärts ging es von da an, geradewegs dem Downie entgegen. Am dritten Tag erreichten sie die Gegend, am vierten fanden sie die aufgezeichnete Stelle. Eine Erzmutung war wie gezeigt abgesteckt, überdies mußte es in jüngster Zeit geschehen sein, davon zeugten Spuren aus allen Richtungen.

Bei näherer Betrachtung erfaßte sie eine unstillbare Erregung. Was ihre Augen sahen, weigerte sich der Sinn zu bestätigen. Es konnte nicht sein, keinem Menschen auf Erden widerfuhr solch ein Glück. War es ein Traum, vielleicht ein Wahngebilde ihres überanstrengten Hirns? Wortlos überprüften sie immer wieder die Metallschilder an den Grenzpfosten. Es bestand kein Zweifel; die Mutung besaß gegenwärtig keinen Eigentümer, davon zeugte das verzeichnete Datum sowie die Eintragungen im Titelbuch. Die Frist von dreißig Tagen war längst verfallen, somit konnte jeder rechtmäßige Miner die Mutung übernehmen.

In weiser Voraussicht hatten beide Minerscheine erworben sowie genügend Plaketten, um auszuführen was ihnen sofort in den Sinn kam. Erst jedoch mußte ausgepackt werden, denn die Sonne verschwand allmählich hinter den Bergen. Ohne ein Wort gerieten sie in fieberhafte Tätigkeit. So schnell wurde selten ein Lager aufgeschlagen, nichts hielt sie von der Arbeit ab. Sie hatten weder Augen für die schimmernden Eisfelder im Hintergrund noch Ohren für die kreischenden Adler über ihnen. Vier Hände waren tätig, aber sie verrichteten Arbeiten von einer ganzen Mannschaft.

Am nächsten Morgen begannen sie die Mutung gesetzmäßig für sich zu gewinnen. Die alten Schilder wurden abgenommen und neue an ihrer statt angenagelt, die natürlich ihre Namen trugen. Sogar dem unerschütterlichen Speer zitterten dabei die Hände. Es blieb ihm unbegreiflich wie Menschen soviel Glück haben konnten, denn auch er begann den Beteuerungen Melruds Glauben zu schenken. Sie arbeiteten pausenlos bis zum Einbruch der Dunkelheit. Es gelang ihnen gerade noch den letzten Pflock mit dem neuen Schild zu versehen. Erst dann merkten sie, daß ihre Zelte weit zurück gelassen wurden, deren Gegenwart nur geahnt, aber nicht gesehen werden konnte. Ihrer Schätzung nach standen sie wenigstens drei Kilometer entfernt. Sie zu finden bereitete keine Schwierigkeiten, weil man nur am Fluß entlang gehen brauchte bis man auf sie stieß.

Drei Kilometer ist keine weite Strecke für rüstige Beine auf festem Boden. Ganz anders verhält es sich in einem unebenen Gelände, dazu von müden Gliedern gehemmt. Zu ihrem Verdruß kam plötzlich ein steifer Wind auf; er strich von den eisigen Berggipfeln herab, wo er mit gesammelter Kraft durch das Flußtal wehte. Es wurde ungemütlich kalt, wesbalb sie ihren Zelten entgegen eilten. Dort konnte man Schutz vor wiederholten Böen finden, außerdem Wärme an einem lodernden Lagerfeuer.

Als sie eine ausgedehnte Flußbiegung erreichten, wurde beschlossen sie zu umgehen, also den Weg abkürzen. Eine kleine Anhöhe mußte allerdings erklommen werden, aber es würde sich lohnen, stimmten sie überein, denn jede Minute gewann an Kostbarkeit. Der Frost nippte bereits an ihren Fersen, die Ungewißheit einer fremden, unwirtlichen Gegend, nagte an ihrem Gemüt, obendrein schlich ihnen eine lähmende Erschöpfung in alle Glieder. Fünfzehn, zwanzig Minuten gewinnen erschien ihnen wie ein Geschenk des Himmels.

Wie oft in solchen Fällen geschah alles unerwartet. Nicht mal ein Schrei der Überraschung drang aus ihren Kehlen, als beide, oben angelangt, ins taumeln gerieten, und eh man sich's versah abwärts rutschten, bis sie unten in einer tiefen Grube landeten. Ihre Müdigkeit war wie weggeblasen, sie wurden hellwach. Zum Glück kamen beide mit heilen Knochen davon; außer einigen Hautschürfungen erlitten sie keine weiteren Verletzungen. Nachdem ihre Unachtsamkeit in zwei Sprachen verwünscht wurde, erkannten sie die spaßige Seite der Rutschpartie.

„ Eine sonderbare Abkürzung," spöttelte Speer.

Auch Flander lachte über die unwillkommene Abwechslung, aber nur kurz, denn die rauhe Wirklichkeit zeigte bald ihr Gesicht. Im fahlen Licht der einbrechenden Dunkelheit offenbarte sich eine beunruhigende Tatsache; sie waren von allen Seiten von schroffen Felsen umringt, steil, glatt und hoch. Ihre erzwungene Heiterkeit war dahin, sie verwandelte sich ins Bedenken, das bald in heillosen Schrecken ausartete. Fieberhaft betasteten ihre Hände alles soweit sie reichen konnten, sie suchten verzweifelt nach Ritzen oder Vorsprüngen, um sich womöglich daran hoch zu ziehen. Es war vergeblich, man hätte genauso gut nach einem Halt an Glaswänden suchen können. Eine sinnlose Furcht überkam nun beide, sie benahmen sich wie ewig Gefangene. Zu allem Elend verschwand der Mond hinter den Bergen, über das Land senkte sich eine ägyptische Finsternis. Nicht mal die oberen Ränder der Grube blieben sichtbar, somit war eine Höhenschätzung unmöglich. Die Ausgrabung erwies sich als länglich, ziemlich schmal, jedoch beträchtlich länger. An einen Rettungsversuch war nicht zu denken, gewiß nicht in der Dunkelheit.

„Es gibt nur eins, Peter, nämlich, bis zum Morgengrauen warten."

Seinem Freund leuchtete das ebenfalls ein, er gab seine Zustimmung. In diesem felsumrahmten Pferch verbrachten sie die Nacht, die ihnen wie eine Ewigkeit schien. Der Angstschweiß trat ihnen allmählich auf die Stirn, eine schleichende Furcht drang in ihr Gemüt. Warum? Speer sprach als erster davon was beide bewegte.

„Der Himmel steh uns bei sollte einem Bären dasselbe Mißgeschick widerfahren wie uns," bemerkte er mit belegter Stimme.

„Oder vielleicht einem Grislybären," fügte Flander mit Galgenhumor hinzu.

Bei den ersten Schwaden des neuen Tages erkannten sie bald den Weg zur Rettung. Die Höhe von etwas über vier Metern durfte bei gemeinsamer Anstrengung nicht unüberwindlich sein. Einer sollte auf den Schultern des anderen mit Mühe und ein wenig Glück oben einen Halt finden, wonach kräftige Arme, die oben zogen und unten schoben, das übrige bewerkstelligen sollten.

Neu belebt von dem Gedanken einer baldigen Befreiung, angespornt von dem Licht des erwachenden Tages, gingen sie mit ächzen und stöhnen voran. Speer, der Stärkere, diente als Stütze für seinen Kameraden, der sich auf dessen Schultern streckte bis er mit äußerster Mühe oben einen Halt fand. Ihn weiter hoch heben erforderte viel Mühe und Entschlossenheit, aber endlich gelang es Speer den Freund mit letzter Kraft über den Rand zu stemmen. Flander stand auf sicherem Boden, die Rettung war vollbracht. Mit den Worten:

„Sei tapfer, Philip, in spätestens drei Stunden bin ich wieder zurück," machte er sich auf die Beine.

„Vergiß nicht die Stricke mitzubringen," rief ihm Speer nach, mehr einer inneren Erregung gehorchend, als einer Notwendigkeit, denn alles wurde schon im voraus besprochen. Ein paar handfeste Seile sollten ihn ohne weiteres in Sicherheit bringen.

Drei Stunden vergingen, dann vier und fünf. Von Flander zeigte sich keine Spur, er konnte weder gesehen noch gehört werden. Wilde Gedanken bestürmten den beunruhigten Speer, Vorstellungen die ihm wie ein rasendes Fieber durch die Adern jagten. War dem Freund etwas zugestoßen, hatte er sich verirrt oder hielt ihn lediglich ein ärgerlicher Zwischenfall auf? Der Morgen verging, ihm folgte der Nachmittag, aber Flander blieb fern. Als sich die Sonne hinter die Eisfelder schob, ergriff Speer ein heilloser Schrecken. Er begann zu rufen, laut, lauter, bis seine verzweifelten Schreie von den Bergen widerhallten. Schließlich versagten ihm die Stimmbänder den Dienst; er schlich sich in eine Ecke, wo er kauernd anfing den Himmel um Beistand anzuflehen. Es nützte nichts, weder Flanders Schatten noch seine Schritte waren zu vernehmen.

Bei dem Gedanken an Thomas Sharks Worte überlief Speer ein Schaudern. Sagte der grausträhnige Alte nicht, daß wahrscheinlich kein menschlicher Fuß seit über zwanzig Jahren diese Gegend betrat? Somit lag sein Heil ganz allein bei seinem Kameraden Flander, nur er konnte ihn aus dieser Grube herausziehen, eh sie ihm zur Gruft wurde. Doch wo blieb er? Speer packte eine blinde Wut, die sich mit voller Wucht gegen den Freund richtete. Wurde er im Stich gelassen oder steckte Flander ebenfalls in einer verhängnisvollen Klemme? Ganz gleich was geschah, ihm galt sein aufgespeicherter Groll, er hätte ihn schon längst aus dieser schlimmen Lage befreien müssen.

Mit der sinkenden Sonne verließ ihn die letzte Spur der Vernunft. Vom Zorn getrieben, von der Verzweiflung angespornt, nahm er einen Anlauf und sprang die glatten Wände mit reinen Panthersätzen an. Immer wieder versuchte er sich an den gemeißelten Wänden anzuklammern, in der Hoffnung, der Wirklichkeit zum Trotz, doch irgendwie einen Halt zu gewinnen. Es führte zu nichts; mit geprellten Knochen sowie blutigen Händen, kauerte er nach wie vor auf dem Boden seines unentrinnbaren Kerkers. Indessen ihm die Sinnlosigkeit seines krampfhaften Unternehmens langsam einsickerte, versuchte er seine gehetzten Gedanken zu sammeln. Da saß er nun in der anschleichenden Dunkelheit, allein und verlassen, hoffnungslos einem unerbittlichen Schicksal preisgegeben.

So schwankte er zwischen den Fängen der Verzweiflung, die im Begriff standen ihn tiefer ins Elend zu zerren, und den Schwingen der Zuversicht, welche verlockend aber unerreichbar über ihm schwebten. Schließlich zwang er sich den wüsten Vorstellungen Zügel anzulegen, vielmehr mußte er es tun, eh sie zu Mühlsteinen wurden, welche seinen schwindenden Mut zur jämmerlichen Entsagung zermalmten.

„Nicht die Flinte ins Korn werfen,“ befahl er sich, denn es bestand mehr als eine Möglichkeit der Zwangslage zu entrinnen.

Bis morgen warten, beschwichtigte er die flackernde Unruhe in seiner Brust, bei Tageslicht sieht alles freundlicher aus. Der treue Freund setzt gewiß Himmel und Hölle in

Bewegung, und koste es das eigene Leben, um ihn zu retten. Daran zweifelte er weder jetzt noch in den kommenden Tagen.

„Geduld, Geduld,“ knurrte er jedesmal, wenn das geifernde Untier Verzweiflung seine Krallen wetzte.

So verhielt es sich die ganze Nacht. Trotz dem wiederholten Versprechen, weder die Besonnenheit noch den Mut zu verlieren, vermochte er sich nicht aus den Banden der Niedergeschlagenheit zu lösen. An Schlaf war kaum zu denken, seine aufgewühlten Sinne gewährten dem Spender neuer Kräfte keinen Zugang.

Der Morgen kam und ging; Flander blieb weiterhin fern. Zuweilen glaubte er Geräusche zu vernehmen, die sich mal wie hämmern anhörten, dann wie knirschende Schritte im Sand. Die Esel! durchzuckte es ihn, Flander näherte sich mit ihnen. Nichts dergleichen geschah. Die Laute, wahrscheinlich aus einer fieberhaften Erwartung entstanden, vereinten sich immer wieder mit dem rauschen des Downies.

Speer begann sich näher umzuschauen, seine Augen glitten von Ecke zu Ecke, er nahm sozusagen Maß. Die Grube, fast gleichmäßig tief, war ungefähr drei Meter breit und zehn Meter lang. Die Wände fielen an allen vier Seiten schroff ab. Merkliche Unebenheiten oder Vorsprünge bestanden kaum, keineswegs in erreichbarer Höhe. Sich aus eigener Kraft ohne Hilfsmittel befreien, leuchtete Speer ein, grenzte ans Unmögliche, nur ein Wunder konnte es vollbringen. Aber da er an Wundern zweifelte, hieß es tun oder sterben. Die Erkenntnis machte ihn rege, er schüttelte sich erstmal die Steifheit aus den Gliedern sowie die Zagheit aus dem Gemüt, wonach er die Lage mit erzwungener Sachlichkeit erwägte; das hieß, er blickte der Wirklichkeit voll ins Gesicht.

Es war die: Eine Rettung seitens des Freundes blieb mit ziemlicher Sicherheit aus, er steckte wahrscheinlich in einer größeren Verlegenheit als er selbst. Gedanken an ihn verschwenden bringt nichts ein, genauso wenig wie sich um ihn sorgen. Handeln hieß die Devise; wie, war die Frage. Sich an den kahlen Wänden hochziehen oder sie versuchen mit wildnärrischen Sätzen zu erklimmen, käme einem unsinnigen Unternehmen gleich, welches ihm nur Enttäuschungen und Verletzungen einbrächte. Ein Ausweg bestand gewiß, nur mußte er gefunden werden. Zwei Meter lagen zwischen Leben und Tod. Eins leuchtete ihm ein; herumsitzen wie Buddha unter dem Feigenbaum und auf Eingebungen warten, hieße auf die Vollstreckung des eigenen Todesurteils warten. Jedoch der Gedanke ans Sterben versetzte ihm den sprichwörtlichen Tritt in die Kniekehlen, denn um nichts auf Erden war er gewillt diese schöne Welt zu verlassen. Er dachte an morgen, an eine Zukunft, mit vielseitigen Erlebnissen. Die Tundra mußte noch besucht werden, im kurzen Sommer, wenn tausend übermütige Stimmen inmitten einer verschwenderischen Farbenpracht, ihre Freude am Leben verkünden. Er hatte viel von den Rentieren gehört, die im wärmenden Licht der Mitternachtssonne, stets von hungrigen Wölfen begleitet, ihren großen Zug nordwärts antreten. Sei es auf Händen und Füßen, ginge es über Disteln und Dornen, er mußte dabei sein. Das, und hundert andere Wunder in einem Land ohne Grenzen, durfte ihm nicht verborgen bleiben.

Der Hunger begann langsam gebieterisch in ihm zu nagen. Zum Glück plagte ihn der Durst nicht sonderlich, weil genügend Wasser von den Wänden troff. Sein Blick fiel auf die schimmernden Gletscher, wohinter die Sonne abermals langsam verschwand. Bei verblassendem Licht untersuchte er jeden Ritz, alle Spalten sowie Unebenheiten erst mit den Augen, dann mittels eines Steins, mit dem er jeden versprechenden Fleck abklopfte. In der Zwischenzeit senkte sich die Dunkelheit über das Land. Mit trübem Herzen blickte er den schrittweise schwindenden Umrissen der Berge nach. So stand er lange im Halbdunkel, unwillkürlich den Blick auf etwas gerichtet, von dem er sich trotz der schwachen Sicht nicht trennen konnte. Warum er wie gebannt dorthin starrte, was ihn fesselte, hätte er nicht sagen können. Kopfschüttelnd wollte er sich gerade mit Gewalt abwenden, da traf es ihn wie ein Donnerkeil. Der Weg zur Rettung starrte ihm ins Gesicht!

Im letzten Schimmer, eh die Dunkelheit Berge und Wälder völlig verschlang, erkannte er die Ursache seiner ungeteilten Aufmerksamkeit. Über dem westlichen Ende der Grube ragte ein kleiner Hügel, der einem Schotterhaufen ähnelte. Ihn in Bewegung setzen, wenigstens teilweise, sollte ihm gelingen. Einfach würde es gewiß nicht sein, aber mit

Hilfe der größeren Steine auf dem Boden, dazu einer zielsicheren Hand, müßte es möglich sein den Haufen ins rutschen zu bringen, und nach und nach, freilich auch mit etwas Glück, das eine Ende der Grube zu erhöhen. Zwei Meter, mehr verlangte er vom Schicksal nicht. Da es inzwischen stockdunkel wurde, konnte sein Vorhaben nicht in die Tat umgesetzt werden. So schwer es ihm fiel, er mußte auf den Morgen warten.

Es wurde die längste Nacht seines Lebens. Von Bedenken gehetzt, einer flackernden Unruhe getrieben, mußte er sich in ständiger Bewegung halten. Unaufhörlich schritt und stolperte er von einem Ende der Grube zur anderen. Hundert wüste Gedanken zermarterten dabei sein Hirn mit Vorstellungen, welche ihm schier die Sinne raubten. Kaum überwältigte er eine Sorge, schon überhäufte ihn die nächste. Eben gelang es ihm die Stichflamme einer neuen Furcht in Schach zu halten, schon sickerte ein weiteres eingebildetes Übel durchs Gewebe seiner regen Phantasie. Alles was geschehen könnte, jeder Zufall den sich ein erhitztes, Kummer beschwertes Gemüt ausdenken kann, durchlebte er von Anfang bis zum Ende. Mal sah er den Hügel als einen festen Felsen, worauf lediglich einige Kieselsteine haften blieben, aber im nächsten Augenblick fühlte er sich darunter begraben.

Endlich begann es zu dämmern. Es war höchste Zeit, weil die Vettel Ungeduld allmählich den Sieg über seine Vernunft erzielte. Speer war von einer derben Natur, unerschrocken sowie im Besitz außergewöhnlicher Körperkraft. Aber wie viele Menschen von diesem Schlag mangelte es an Seelenstärke. Frieren, hungern oder körperliche Mühe überhaupt, verzagten ihn kaum. Sich tapfer wehren bei greifbaren Gefahren, widerstrebte ihm nicht im geringsten. Aber untätig herumstehen, Zufälle abwarten die womöglich nie eintreffen, also einer Ungewißheit ausgesetzt sein, erschreckte ihn mehr als jeder Kampf.

Er warf nun schon seit Stunden Steine mit gezielter Wucht auf den Hügel. Die meisten prallten wirkungslos ab, doch hin und wieder traf er so geschickt, daß sich ein größerer Brocken löste, welcher, unten angelangt, mit unermüdlichen Armen wieder zurück geworfen wurde. Die Sonne hatte bereits ihren

Wendepunkt erreicht, als ihm endlich der große Wurf gelang. Ein regelrechter Erdrutsch wurde von einem Felsstück ausgelöst, welchen er keuchend mit beiden Händen hoch auf die Anhöhe geschleudert hatte. Es erschien ihm unfaßbar, wie sich alles auf einmal einrenkte; die ersehnte Rampe lag vor seinen Augen. Hoch kommen erwies sich als einfach, obschon einige Anläufe nötig waren.

Ohne sich lange umzuschauen eilte er den Zelten entgegen, die bald in der Ferne sichtbar wurden. In kurzen Abständen rief er aus voller Kehle nach dem Freund. Antwort bekam er keine, sehen konnte er gleichfalls weder ihn noch die Esel. Den Zeltplatz fand er verlassen an, alles schien unberührt noch auf demselben Fleck zu stehen. Speer stürzte sich über den Proviant, von welchem er nicht nur aß, sondern sich damit die Taschen vollstopfte. Dann begann die ernsthafte Suche nach dem Freund, den er in höchster Not vermutete. Er durchsuchte die ganze Strecke diesseits des Flusses, vom Anfang bis zum Ende der Mutungen. Es wäre ja möglich, daß Flander hinter einem Felsen oder in einer Vertiefung in den letzten Zuckungen lag. Wo die Esel steckten konnte er sich nicht vorstellen, dann wiederum wußte er kaum etwas über ihre Gepflogenheiten. Wanderten sie gewohnheitsmäßig gern, kehrten sie von selbst wieder zurück, meldeten sie sich wenn man sie rief? Ihm war nichts darüber bekannt.

Den Freund fand er nirgendwo, etwas fürchterliches mußte ihm zugestoßen sein. Alles stöbern, rufen und pfeifen führte zu nichts, ihn, sowie die Esel, schien die Erde verschluckt zu haben. Als er am letzten Pflock der Mutung ankam, richtete er seine Augen noch einmal überall hin, außer auf das Schild am Pfosten. Hätte er es getan, würde er mit Sicherheit jetzt nicht im Gefängnis sitzen. Aber der Gedanke kam ihm nicht in den Sinn, allein die Sorge um den Freund beschäftigte ihn damals.

Kurz vor Einbruch der Dunkelheit stand er wieder vor den Zelten, wo er sich unverzüglich für die Nacht vorbereitete. Weiter suchen wäre sinnlos gewesen, rufen konnte er ohnehin nicht mehr, da ihm die Stimmbänder versagten. Nach einer kräftigen Mahlzeit am lodernden Feuer, faßte er den Entschluß morgen früh eine Wanderung zu unternehmen, hinunter zur

Mündung, wo seines Wissens ein Einsiedler wohnte, dessen Namen er nicht kannte, außer, daß man ihn Edward die Buschtrommel nannte. Warum, konnte leicht erklärt werden, weil er anscheinend über alles ringsum Bescheid wußte, überdies sein Wissen mit jedem teilte, ob gern gehört oder nicht.

Bedrückt wegen dem Verschwinden des Freundes, fieberhaft nach einer einleuchtenden Erklärung strebend, machte er sich in aller früh auf den Weg. Nach vier Stunden erreichte Speer den Wasserfall kurz vor der Mündung, unbemerkt wie er hoffte, was aber nicht der Wirklichkeit entsprach. Edward die Buschtrommel hatte ihn schon längst bemerkt. Sich einem erprobten Waldläufer unbemerkt nähern, na ja, sowas konnte sich bloß ein Grünling einfallen lassen.

„Grüße Freund, willkommen, willkommen," wurde Speer schon von weitem zugerufen.

Seine Stimme verriet eine sichtliche Begeisterung über die Begegnung. Was dann folgte erschütterte Speer heute noch, beim bloßen Gedanken daran überkam ihn ein Gruseln. Sogar nach zwanzig Jahren heilten die Narben dieser Erinnerung nicht ganz, sie brachen immer wieder auf. Nach den üblichen Artigkeiten, von den Einzelgängern hierzulande erwartet und ausgeübt, wagte Speer die Frage zu stellen:

„Haben Sie zufällig jemand vor kurzem gesehen?"

„Sie meinen den Deutschen mit den zwei Eseln?"

Ein Blitzschlag hätte nicht die Wirkung erzeugt, wie diese Entgegnung. Die Beschreibung, welche folgte, stürzte ihn auf den Boden der Verwirrung. Es konnte, nein, durfte nicht sein, hätte er beinahe laut ausgerufen. Trotzdem wollte er wissen:

„Wann war es?"

„Vorgestern spät nachmittags," berichtete Edward die Buschtrommel mit strahlendem Gesicht. Er fühlte sich geschmeichelt, denn augenscheinlich interessierte es den Fremden was er mitzuteilen hatte.

Seine Zunge geriet nun erst recht in Bewegung, er beschrieb die Begegnung mit Überschwang. Währenddessen rasten wüste Vorstellungen durch Speers Hirn. Der Mann faselte, die lange Einsamkeit setzte ihm Schrullen in den Kopf, er hatte Grillen statt Hirn im Schädel. Unmöglich konnte der verschrobene Kerl gesehen haben, was er behauptete. Er beschrieb seinen Freund, der mit Sicherheit ganz woanders war an jenem Tag, nämlich, in seiner Nähe, mit nichts anderem als seiner Rettung im Sinn. Laß ihn reden, sagte er sich, man nennt ihn ja nicht umsonst die Buschtrommel.

Trotzdem ging er nicht zum Lager zurück, sondern in Richtung Revelstoke. Dort verschwanden bald alle Zweifel an Flanders heimtückischer Tat. Er wurde vielerseits gesehen, samt den Eseln, welche er anscheinend um einen Pappenstiel verkaufte. Er schien es eilig zu haben der Gegend den Rücken zu kehren, wurde ihm versichert. Die Erkenntnis raubte ihm schier den Verstand; er lief wie benommen umher, immer noch nach einer Erklärung ringend. Den Anzeichen zum Trotz fiel es ihm schwer hinzunehmen was ihm ins Gesicht starrte. Vielleicht stieß dem Freund etwas zu, fremd, so außergewöhnlich, daß es ihm vorübergehend den Verstand raubte, ihn in eine Welt der überspannten Vorstellungen versetzte. Er hatte von solchen Fällen gehört, die alten Waldläufer nannten es Buschfieber. Aber die Wahrheit offenbarte sich noch am selben Tag. Zufällig begegnete er Thomas Shark, dem Kauz der Selkirks, der unbemerkt an ihm vorbeigehen wollte, sich aber im letzten Augenblick eines anderen besann. Nach einer halb herzlichen, halb verwunderten Begrüßung, führte das Gespräch zur Mutung am Downie. Mit einem Blick zwischen Mißtrauen und Verwirrung, den Speer beim besten Willen nicht entziffern konnte, fragte er schließlich:

„Waren Sie schon im Mutungsamt?“

„Ja, vor etwa zwei Wochen.“

„Nein, nein, ich meine jüngst, gestern oder heute.“

„Nein, ich sehe keinen Grund dazu,“ kam die bestürzte Antwort.

Da traf ihn abermals Sharks erwägender Blick, als suche er die Antwort auf eine Frage, ohne sie zu stellen. Seine ganze Haltung drückte Unwillen aus, den er gewaltsam versuchte von sich abzuschütteln.

„Sie sollten das Titelbuch untersuchen,“ sagte er, indessen er kopfschüttelnd weiterging.

Weiß der Kuckuck warum ihm der Sonderling den Rat gab, den er trotz Mangel an Überzeugung befolgte. Nicht lange danach änderte er seine Einstellung, er verstand nun die merkwürdigen Blicke des Alten, wie überhaupt alles andere. Sein sogenannter Freund hatte ihn vorsätzlich einem schmählichen Ende überlassen, um den vermuteten Ertrag der Mine allein zu ernten. Die Mutung war lediglich in Peter Flanders Namen eingetragen. Mit hämmernden Schläfen sowie rauschendem Blut lief er wochenlang durch das Dorf am Kolumbia, immer hinter der schattenhaften Gestalt Flanders her, die ständig vor seinen Augen schwebte. Deutlich sah er den verhaßten Strolch mit dem dünnen Hals, so herrlich geformt für zwei sehnige Hände, von der Rachgier gestärkt. Er dachte weder an eine Anzeige bei den Behörden noch an eine berechtigte Verwahrung im Grundbuch. Allein der Wille zur Vergeltung trieb ihn vorwärts; Gerechtigkeit oder Gewinn reizten ihn nicht.

Flander blieb unauffindbar, was ihm ohnehin mit der Zeit gleichgültig wurde. Das anfänglich brennende Verlangen der Heimzahlung ließ allmählich nach, bis es völlig verschwand. Es widerstrebte ihm einer ständig verblassenden Fährte zu folgen, die ihn von Kanada über den Ozean zurück nach Deutschland führte, wo er sie ohnehin gänzlich verlor. Im Land seiner Geburt folgte ein glückliches, grübelfreies Dasein, vom wirtschaftlichen Erfolg gekrönt, der alle düsteren Erinnerungen im Sand der Zeit vergrub. Die Narben der Vergangenheit waren verheilt, jedenfalls dachte er so, bis sie an jenem verhängnisvollen Tag von neuem aufbrachen.

Kessler, sein Anwalt, kam ihm in den Sinn. Heute sollte eine wichtige Unterredung stattfinden. Er hatte nichts einzuwenden, seine Entscheidung war getroffen.

Nicht lange danach führten ihn zwei Wächter ins Sprechzimmer, wo Kessler bereits auf ihn wartete. Er saß mit gezücktem Stift über einem leeren Blatt, mit einer Miene die verkündete, daß er nicht zu weiteren Mätzchen aufgelegt sei. Ohne lange Einleitungen verlangte er zu wissen:

„So, wie lautet das Urteil, Duselei oder Vernunft?“

Trotz seiner Notlage konnte sich Speer ein anerkennendes grinsen nicht verkneifen, ihm gefiel die schroffe unumwundene Art des Anwalts, die seinem eigenen Wesen gewissermaßen glich.

„Was wollen Sie wissen?"

„Alles," kam die ungezierte Aufforderung.

Speer berichtete von seiner Begegnung mit Flander bis zum Tag des unverhofften Wiedersehens, welches so unglücklich für ihn ausfiel. Kessler hörte aufmerksam zu, indessen er zuweilen etwas auf dem Papier vermerkte. Wie ihn Speers Mitteilungen berührten, verrieten weder Bewegungen noch sein Gesichtsausdruck, er horchte und schrieb. Erst zum Schluß zeigte er sich angeregt, er schaute verdutzt auf Speer, als hätte er ihn bei einer Unwahrheit ertappt.

„Sie betraten also hinter Franz Weil die Räume Flanders?"

„Richtig."

„Was geschah dann?"

„Ich sah den elenden Schuft an seinem Schreibtisch stehen."

„Sie erkannten ihn sofort?"

„Ohne Zweifel, er war es. Obwohl verändert, verkrüppelt schien er mir, aber trotzdem unverkennbar."

„Sie wurden ebenfalls von ihm erkannt?"

„Sofort."

„Wurde gesprochen?"

„Hm, soviel ich mich erinnere sagte er zwei, dreimal:

„ ‚Du, du?' wonach er ächzte: ‚Gott steh mir bei!' "

„Was geschah dann?"

„Ich sprang ihn an und erwürgte ihn."

Bei diesem Geständnis zuckte Kessler merklich zusammen, es gefiel ihm offensichtlich nicht. Zum Zeichen seines Unwillens trommelte er eine Weile mit den Fingerspitzen auf dem Tisch.

„Hielt Flander etwas in der Hand?" wollte er dann wissen, mit einer Miene die eine Zusage voraussetzte.

„Was meinen Sie?"

„Eine Pistole, die er auf Sie richtete."

„Nein," erwiderte Speer verdutzt.

Wieder traf ihn der rügende Blick.

„Sie fühlten sich nicht bedroht?“

„Von dem Kümmerling? Ha, ha, ha! das ich nicht lache.“

Der Anwalt lachte nicht mit, er schwieg, indessen er Speer voll anschaute. Ein kundiger Mienenleser hätte mühelos deuten können was in ihm vorging. Erst traten Unmutsfalten auf seine Stirn, ein sicheres Zeichen der Verwirrung, wonach sich seine Augen verengten, was von nachdenken zeugte. Schließlich glättete sich sein Gesicht, als läge die Lösung schwarz auf weiß vor seinen Augen. Speer wollte eben etwas hinzufügen, doch hinderte ihn die erhobene Hand des Anwalts daran. Er räusperte sich einmal, zweimal, worauf eine Zusammenfassung folgte:

„Der Fall, das heißt die Verteidigung, liegt klar auf der Hand. Trotz der außergewöhnlichen Herausforderung verhielten Sie sich, ein erfolgreicher Geschäftsmann, mustergültig. Sie hatten die niederträchtige Tat verziehen und vergessen. Jedoch beim Anblick Flanders, der bekanntlich mörderische Absichten gegen Sie hegte, mit einer Pistole in der Hand, die unmißverständlich auf Sie zielte, versuchten Sie, wie jeder andere Mann es getan hätte, ihm die Schußwaffe zu entwenden. Ein Handgemenge entstand, welches im Rückblick vielleicht zu heftig ausartete, aber es war Notwehr, was übrigens der einzige Augenzeuge Franz Weil gewillt ist zu bestätigen.“

Speer schüttelte bei diesen Worten so entschieden den Kopf, daß ihm sein Anwalt am liebsten eine Ohrfeige verabreicht hätte. Er unterdrückte jedoch seinen Unwillen und fügte hinzu:

„So verhielt es sich. Keineswegs dürfen Sie als Zeuge auftreten, es würde den Fall nur verwirren und obendrein verschlimmern. Franz Weil ist die beste Karte die wir spielen müssen, ein gnädiges Schicksal hat sie Ihnen ausgeteilt.“

„Sie wissen natürlich, daß seine Aussage falsch ist,“ wandte Speer ein.

„Ich weiß garnichts,“ kam die barsche Erwiderung, wobei Kesslers Gesicht einen vernichtenden Ausdruck annahm.

„Übrigens wurde die geladene Pistole mit Flanders Fingerabdrücken am Tatort gefunden,“ wurde Speer belehrt.

Darauf wußte er nichts zu sagen, er schüttelte bloß verwundert den Kopf, heftiger als zuvor.

Später, allein in seiner Zelle versuchte er sich einen Reim aus der ganzen Sache zu machen, was ihm freilich nicht gelang. Er hätte auf dem Grab seiner Mutter geschworen, daß Flander nichts in den Händen hielt, er streckte sie bei seinem Anblick nur wehrend aus. Ihn bedrohen? Himmel, steh allen Narren bei, kicherte er, der Tatterich besaß kaum genügend Kraft sich auf den Beinen zu halten, geschweige denn einen kernigen Mann wie ihn anzugreifen. Aber wieso war Weil gewillt einen Meineid zu begehen, warum wollte er ihm zu einem günstigen Urteil verhelfen? Aus Liebe zu ihm gewiß nicht, denn obschon sie ein kollegiales Verhältnis pflegten, Freundschaft konnte man es unter Aufbietung aller Vorstellungen nicht nennen.

Die Gerichtsverhandlung ging zu seinen Gunsten aus; ein Freispruch folgte auf dem Fuß. Speer nahm mit merklichen Schwierigkeiten sein voriges Leben wieder auf. Seine Vergangenheit, bisher so eifrig gehütet, wurde nun zum Allgemeingut. Jeder der Zeitungen las wußte von seinen erstaunlichen Erlebnissen. Er spielte ernsthaft mit dem Gedanken wieder nach Kanada auszuwandern, aber die mühsam gegründete Existenz aufgeben wäre ihm schwer gefallen, wie auch die Trennung von Kollegen und Freunden. Hier muß erwähnt werden, daß ihn manche absichtlich auswichen, worunter Franz Weil die erste Stelle einnahm. Speer versuchte seit Wochen vergeblich ihm seine Aufwartung zu machen. Warum, wußte er selber nicht so recht. Sich für seine Hilfe bedanken wäre kaum schicklich gewesen, es würde den üblen Dunst unlauterer Beweggründe erheben. Sein Bekenntnis zur Wahrheit loben ging erst recht nicht an, es käme einer Verhöhnung gleich, da beide wußten daß er log.

Drei Monate vergingen seit seinem Freispruch, der lediglich dank Weils Aussage zustande kam. Speer bemühte sich immer noch ihn zu treffen, sich irgendwie erkenntlich zeigen. Der Erfolg blieb nach wie vor aus, genauso wie die Antwort auf Weils rätselhaftes Verhalten. Aber das sollte sich bald ändern, die Enthüllung des Geheimnisses lag in Sicht.

Heute abend hatte er Kessler zu einer kleinen Feier eingeladen. Unten im schicken Lokal am Wasser wollte er ihm abermals seinen Dank aussprechen, obendrein die Rechnung für seine Dienste begleichen.

Herr Kessler, sonst so ernst, wenn nicht grimmig, schien ausnahmsweise guter Laune zu sein. Speer staunte als er anfing plänkelnde Bemerkungen zu machen. Entweder versetzte ihn die pünktliche Bezahlung in eine ungewohnte Hochstimmung, oder er benahm sich abseits des Gerichtshofs gelockerter. Das Gespräch steuerte wie von selbst der Verhandlung sowie Franz Weil entgegen.

„Haben Sie ihn seit Ihrer Entlassung wieder gesehen?“

„Zu meinem Bedauern, nein,“ erwiderte Speer.

„Nun, da können Sie noch lange bedauern,“ meinte Kessler schmunzelnd.

„Oh, wie ist das gemeint?“

„Er ist verschwunden.“

Während Speer noch mit seiner Überraschung rang, sagte Kessler:

„Er wird von der Polizei belangt, die ihn allerdings erst finden muß, um ihm die Anklage vorzulegen.“

„Was wird ihm vorgeworfen?“

„Ein Mord.“

„An wem denn?“

„An Horst Kurin, den Sie Peter Flander nennen.“

Jetzt wußte Speer nicht ob er lachen sollte oder ebenfalls eine Münchhausiade erzählen. Aber trotzdem entfuhr es ihm:

„Wie ist das möglich, da ich doch den elenden Meuchler mit eigenen Händen erwürgte?“

„Sie haben ihn aber nicht erwürgt. Wie ich schon zuvor erwähnte, der Befund hieß Herzstockung. Sie drosselten ihn zwar, aber nicht bis zum Tode, welcher anscheinend anderweitig von Weil herbei geführt wurde. Eh ich es vergesse, Gerüchte gehen um, daß die Polizei Fragen an Sie richten möchte betreffs Weils Anklage. Ich rate in allen Fällen sich auf mich zu berufen, also in meiner Abwesenheit nicht einmal Buh! sagen.“

„Das versteht sich von selbst, aber jetzt mal raus mit der Sprache, ich sitze wie auf Nadeln,“ forderte Speer ungeduldig.

„Was ich Ihnen jetzt sage, muß als streng vertraulich betrachtet werden, jedenfalls bis die Behörden die Anklage veröffentlichen. Bei der Polizei trat ein neuer Kommissar den Dienst an, der aus gewissen Gründen die Kartei Ihres Falles wieder öffnete."

Als er den bestürzten Blick Speers bemerkte, lenkte Kessler tröstend ein:

„Keine Sorge, Ihnen kann nichts mehr geschehen."

Nachdem sich Speers Schreck gelegt hatte, fuhr der Anwalt fort:

„Die polizeilichen Ermittlungen in Ihrer Sache fand ich immer schon als eine Übung der Hudelei. Gewisse Merkmale machten mich vom ersten Tag an stutzig, wie zum Beispiel die Tatsache, daß Weil stumm und untätig dabei stand, während Sie seinen Freund und Gönner angriffen. Ich ahnte ja, genau wie auch Sie, das mit der Pistole war eine Erfindung."

„Aha, endlich wird mir geglaubt," stieß Speer frohlockend aus.

Kessler betrachtete ihn beinahe freundlich, wobei er belustigt mit den Augen zwinkerte.

„Es paßte nicht in meinen Verteidigungsplan dergleichen anzuerkennen. Immerhin rettete Weils Aussage, falsch oder echt, Ihren Nacken. Aber weiter zu meiner Erzählung. Herr Tauber, der neue Kommisssar, verbrachte viele Jahre in Haiti sowie anderen Inseln der Antillen, wo ihm so manche sonderbare Erlebnisse begegneten; Begebenheiten die ans übernatürliche grenzten, außerdem unvorstellbar wären in unserem nüchteren Land. Sein Mißtrauen gegenüber Weil war geweckt, es schärfte seine Sinne dermaßen, daß jede Kleinigkeit von ihm verwertet wurde. Ganz zu schweigen von der Angelegenheit mit der verspäteten Meldung. Bekanntlich benachrichtigte Weil die Polizei erst drei Stunden nach der Tat, was er mit der Erklärung begründete, er hätte nach Ihrer Flucht versucht den Freund wieder zu beleben. Außerdem gab er zu in seiner bodenlosen Verwirrung ungebührlich gehandelt zu haben. Trotz seinem verweilenden Verdacht, stand der Kommissar zuletzt im Begriff die Kartei endgültig zu schließen. Zuvor jedoch wollte er noch einmal die zwei Polizisten befragen, welche als erste am Tatort erschienen.

Warscheinlich käme dabei nichts heraus, vermutete er, aber wenigstens würde es sein Gewissen beruhigen.

„Das geschah tatsächlich, am Ende der Unterredung fühlte er sich genauso klug wie am Anfang. Dann kam die Wendung. Auf die Frage, mehr an sich selbst als an die abgehenden Polizisten gerichtet, ob denn garnichts auffälliges zu berichten wäre, wandten sich beide mit den Worten um:

„ ‚Doch, der sonderbare Geruch.'

„Nun, Gerüche zählen kaum im Polizeiverfahren, sie verwirren mehr als sie erleuchten, da sie fast ausschließlich dem Geschmack unterliegen. Was einer Duft nennt, dünkt andere muffig. Aber wie erwähnt zollte der Kommissar jeder Geringfügigkeit Beachtung. Er rief sie zurück mit der Aufforderung sich deutlicher auszudrücken. Was ihm zu Ohren kam förderte seinen Verdacht, es gab ihm den Antrieb zu weiteren Forschungen."

Speer hörte mit wachsender Aufmerksamkeit zu. Kesslers Wiedergabe fesselte ihn außerordentlich, denn auch er ahnte mehr als das Auge sah. Ihn argwöhnisch nennen hinsichtlich Weils Verhalten, wäre einer absichtlichen Unterbewertung gleichgekommen. Dem Freund seinen Beistand verweigern war nicht leicht zu erklären, das Märchen mit der Pistole hatte seine Hirnräder immer schon in Bewegung gesetzt. Obschon es zu seinen Gunsten ausfiel, vermutete er tiefere Beweggründe dahinter. Da Kessler eine Pause machte, wobei er einen bedeutsamen Blick auf ihn warf, fühlte sich Speer gezwungen etwas zu sagen.

„Was war es denn?" wollte er wissen.

Kessler nickte zufrieden und fuhr weiter in seinem Bericht:

„Was ihm seine Untergebenen mitteilten, beinahe verlegen, da es ihnen unwesentlich vorkam, stählte jedoch seine Entschlossenheit der Sache auf den Grund zu gehen. Die Polizisten zeigten sich unbeirrbar in ihrer Behauptung, Kurin hätte einen Geruch ausgeströmt, welcher sie an ihren jüngst gemeinsam verbrachten Urlaub auf der Insel Dominika erinnerte. Dort kamen sie in Berührung mit den einzigartigen Cashimar Zombibäumen, welche einen merkwürdigen, sinnverwirrenden Duft von sich geben, der unverkennbar an

Kurin haftete, versicherten sie mit unerschütterlicher Überzeugung. Der Kommissar horchte auf, denn ihm war bekannt, daß der Saft dieser eigenartigen Rinde ein wichtiger Bestandteil einer Mischung ist, welche je nach Zumessung einen Scheintod oder endgültigen Tod herbeiführen kann. Die Spuren der Mischung, von einem Bocor ausgeführt, sind unauffindbar. Herzstockung heißt der ärztliche Befund in allen Fällen."

„Wie bei Flander," bemerkte Speer, dem langsam ein Licht aufging.

„Richtig, wie bei Flander," bestätigte Kessler.

Dann fügte er hinzu:

„Wußten Sie eigentlich, daß Weil der Alleinerbe Flanders ist?"

„Das wußte ich nicht, hat es eine Bedeutung?"

„In Herrn Taubers Erachten bildete es die Grundlage der verwickelten Angelegenheit. Aber lassen Sie mich weiter erzählen. Kaum hatte der Kommissar seine Polizisten entlassen, setzte er die Walze ins rollen. Zunächst trat er mit dem Untersuchungsarzt in Verbindung, der den Totenschein ausstellte. Alles reihte sich dann ein. Sie wissen ja, sobald man die Lösung einer rätselhaften Begebenheit ahnt, lassen Beweise mittels zielbewußtem Vorangehen, nicht lange auf sich warten. Die treffenden Fragen welche er Dr. Hanner stellte sowie die Antworten darauf, steuerten schnurstracks der Schuld Weils entgegen. Zuvor dachte Tauber an die Möglichkeit eines geheimen Bündnisses zwischen Ihnen und Weil, was kaum verwunderte in Anbetracht seiner Aussage vor Gericht. Allerdings schlug dieser Argwohn keine tiefe Wurzeln, ja, er verblaßte im Licht der Mitteilungen seiner Polizisten. Eine weitere verblüffende Enthüllung folgte, nämlich, die Tatsache von Weils längerem Aufenthalt in Dominika."

„Soviel ich weiß wurde die Todesursache als Herzversagung angegeben," meinte Speer, immer noch unklar über den Ausgang.

„Das schon, doch der Bericht des Arztes ließ gewisse persönliche Eindrücke aus."

„Welche denn?" fragte Speer überrascht.

„Nach des Doktors Ansichten erfüllte Flander nicht die erwarteten Merkmale einer Leiche; etwas fehlte. Ob es die übliche Färbung der Haut war, die seltsam verrenkten Glieder oder der rätselhafte Gesichtsausdruck, welche seinen Argwohn erweckten, hätte er nicht sagen können. Er räumte diese Beobachtungen einer überstiegenen Einbildung ein, die er zu verbergen dachte. Aber später unter vier Augen, von Taubers Fragen angespornt, äußerte er sich ungezwungener. Flander erinnerte ihn an einen Menschen in tiefer Bewußtlosigkeit, gestand er schließlich. Aber sein Herz schlug nicht mehr, folglich war er tot.

„Nach diesem Gespräch hätte keine Macht auf Erden den Kommissar zurückhalten können, er handelte unverzüglich. Gewappnet mit hinreichender Auskunft, von mehr als einer Ahnung getrieben, unternahm er eine Reise zu den Antillen. Doch nicht bevor er nach langen, aufreibenden Verhandlungen mit dem Staatsanwalt, die Genehmigung erhielt eine Leichenöffnung auszuführen.

„In Dominika erwarteten ihn nichts als Kränkungen seitens der ungezügelten Alamanda, der gefürchteten Secouya in den Bergen. Da er ihr schauderhaftes Patois ohnehin kaum verstand, berührte es ihn nicht sonderlich. Mehr Erfolg erwartete ihn in Haiti. Dort stöberte er einen alten Bekannten auf, einen Arzt mit weitreichender Erfahrung im Obeah und Voodoo. Von ihm erfuhr er einiges von Bedeutung. Den Beschreibungen nach könnte es sich um einen Koma ähnlichen Zustand gehandelt haben, der sich vom Tod nicht unterscheiden läßt, versicherte ihm der Arzt. Als der Kommissar seinen Verdacht hinsichtlich Alamanda aussprach, horchte Dr. Bancour auf. Er kenne sie gut, meinte er mit einem vielsagenden Blick, sie, samt ihrem Ruf.

„Dr. Bancour ließ sich zur kurzen Bootfahrt nach Dominika bewegen, mit dem Vorhaben die berüchtigte Secouya auszuhorchen. Sie kamen am nächsten Tag an. Nach unzähligen Schlucken aus der Rumflasche gestand sie dem Arzt, Weil etwas von ihren sogenannten Tropfen des Abschieds verkauft zu haben. Alles nahm dann seinen Lauf. Dr. Bancour ließ sich überreden der Leichenöffnung beizuwohnen, wo er mit ziemlicher Sicherheit beteuerte, Spuren einer Vergiftung zu erkennen."

Speer begann gegen seine Gewohnheit fahrig zu werden. Was er hörte entfachte in ihm mehr als bloßes Staunen, es machte ihn ausgesprochen wütend. Er kam sich vor wie der sprichwörtliche Gimpel, den man nach Willen deichselt.

„So hab ich den Kerl doch nicht umgebracht," platzte er heraus.

„Auf keinen Fall, das besorgte Weil."

„Aber warum und wie?"

„Warum? Aus Gier, weiter nichts. Sie sagten ja selber, Flander sei fabelhaft reich gewesen. Selbstverständlich wußte es Weil, genauso wie ihm bekannt war, daß er jüngst als Alleinerbe eingesetzt wurde. Wie er ungeduldig auf Flanders Tod wartete, kann man sich vorstellen, der sich trotz seiner bedenklichen Gesundheit fern hielt. Was Weil im Sinn führte kann im Licht der späteren Enthüllung ausgeklügelt werden. Er beabsichtigte nachzuhelfen, mittels eines unentdeckbaren Giftes, welches er in Dominika erwarb. Aber es fehlte an der rechten Gelegenheit, die Ihr unverhofftes Wiedersehen schließlich besorgte.

„Nun zum wie. Hier ist die Theorie der Polizei. Flander lag am Boden, von Ihnen anscheinend erwürgt. Sie ergriffen die Flucht ohne weitere Erklärungen. Weils Freude über das Geschenk des Himmels ist leicht vorstellbar, ein geneigtes Schicksal erfüllte seinen sehnlichsten Wunsch, ohne den geringsten Hauch eines Verdachtes auf ihn zu lenken. Doch es sollte anders kommen. Zu seiner unsäglichen Bestürzung raffte sich Flander plötzlich wieder auf. Was nun?"

„Vermutungen, nichts wie Mutmaßungen," unterbrach Speer lächelnd.

„Mehr als das, mein Lieber, viel mehr. Die Indizien sprechen laut und klar. Weil befand sich in einer Zwickmühle, daran bestand kein Zweifel. Er wußte von der unfehlbaren Wirksamkeit der Fingerabdrücke, demzufolge wagte er nicht die Arbeit zu vollenden welche Sie begonnen hatten. Jedoch die einmalige Gelegenheit durch die Finger schlüpfen lassen, widerstrebte ihm ebenfalls. Wie gesagt, er saß in des Teufels Küche, bis ihm die Mischung aus Dominika einfiel, die er dem

Freund zur Kräftigung anbot. Dann begann ein Tauziehen; einer wartete auf Besserung, der andere auf Verschlimmerung. Weils Verfassung kann man sich denken; hinter ihm nahte der Henker mit der Schlinge in den Händen, vor ihm entfloh das ersehnte Glück.

„Eine Stunde verging ohne sichtliche Wirkung, dann eine zweite. Das erhoffte Ergebnis blieb aus. Franz Weil mußte Tantalusqualen ausgestanden haben."

„Ich verstehe immer noch nicht die Angelegenheit mit der Pistole, welche angeblich neben Flander auf dem Boden gefunden wurde," wandte Speer ein.

„Sie irren sich."

„Inwiefern?"

„Die Polizei fand sie unter Flanders Leiche, nicht neben ihr, und darin liegt der springende Punkt. Wie sollte Weil ihre Gegenwart erklären? Vorgeben sie nicht gesehen zu haben, hätte ihn verdächtig gemacht. Viel Zeit zum klügeln hatte er ebenfalls nicht. Der einzige Ausweg schien ihm sie in Verbindung mit Ihrem Erscheinen zu bringen."

„Aber warum bestand er darauf, daß Flander auf mich damit zielte?"

Kessler schmunzelte eh er gestand:

„Das war ein Fehler, überdies völlig unnötig, aber einmal getan, wagte er es nicht die Aussage hinterher zu ändern."

„Wie erklärt die Polizei den Tatbestand?"

„Wenn Sie meinen mit der Schußwaffe, folgendermaßen: Flanders letzter Atemzug nahte, wahrscheinlich fühlte er wie die Dinge standen. Die angebliche Medizin war in Wirklichkeit Gift, eine tödliche Mischung die ihn allmählich lähmte. Wer weiß, vielleicht vermutete er eine Verschwörung zwischen euch beiden, die allerdings nicht ganz nach Wunsch verlief. Wie dem auch sei, Rache stand zuvorderst in seinem Sinn. Er suchte wahrscheinlich fieberhaft nach seiner Pistole, die er jedoch zu spät fand. Mit der Schußwaffe in der Hand brach er zum zweiten Mal zusammen. Hier unterlief Weil sein größter Fehler, er zollte der Pistole keine Beachtung. Sie verschwand vor seinen Augen bis sie von den Polizisten entdeckt wurde."

Beide schwiegen nun, sie hingen den eigenen Gedanken nach. Speer nahm zweimal einen Anlauf um etwas zu sagen, eh ihm die Frage gelang.

„Besteht die Möglichkeit, daß Flander begraben wurde ohne eigentlich tot zu sein?"

„Sie besteht," antwortete Kessler in seiner unberührten Art.

Speer überlegte eine Weile. Was ihn bewegte war schwer zu ersehen. War es Schadenfreude, Genugtuung über Flanders gerechte Strafe, oder hätten es Rachegefühle gegen Weil sein können? Wer weiß.

Maria

Der Wind zeigte geringe Neigung sich zu legen, er nahm eher an Heftigkeit zu. Maria Abel suchte besorgt den östlichen Himmel ab, sie forschte nach Zeichen des Morgengrauens, die irgenwo hinter den Staubwolken versteckt blieben. Sie hoffte inständig, daß Herr Pulko, wie üblich bei schlechtem Wetter, bei ihr vorbei käme auf dem Weg zu den abgelegenen Feldern. Wie sagte er stets?

„Ich möchte nur sicher gehen Sie heil und versorgt anzutreffen."

Er verweilte sich selten. Belangloses reden behagte ihm nicht, am wenigsten auf dem Weg zur Arbeit. Suchte er sie auf, versäumte er nie sie anerkennend zu mustern, wobei er stets zufrieden nickte. Maria hegte den Verdacht, daß der langjährige Witwer Absichten hatte.

Sie warf abermals einen Blick auf den hingestreckten Mann vor ihren Füßen, der seltsam verkrümmt und mißgestaltet dalag. Nach den starren Gliedern und der bewegungslosen Gestalt zu urteilen, mußte angenommen werden er sei tot; somit hatte sie von ihm nichts mehr zu befürchten. Diese Erkenntnis verlieh ihr Seelenruhe, es glättete ihre Stirn. Tränen der Erleichterung traten in Marias Augen, weil das Schicksal einen anhaltenden Kummer beseitigte, der seit geraumer Zeit abwesend war, jedoch unvergeßlich blieb.

Das Gehöft, die Stätte ihrer Geburt, lag zwischen Regina und Moose Jaw. Obwohl von beiden Städten nicht weit entfernt, hätte es genauso gut in Buxtehude sein können, hinsichtlich der Abgelegenheit. Herrn Pulkos Anwesen, etwa drei Kilometer enfernt, war das einzig sichtbare.

Maria trat aus dem Haus um den Himmel abermals zu mustern. Sie mußte ihre Augen schirmen zum Schutz gegen den Wind gepeitschten Staub, der sich in ihren Haaren verfing.

„Endlich," murmelte sie erleichtert.

Das Firmament nahm die Färbung des Morgengrauens an, die Staubwolken vermochten nicht länger die Sonne ganz zu verbergen. Obwohl Schichten aufgewirbelter, pulveriger Erde weiterhin die Sicht behinderte, vernahm Marias feines Gehör das eigentümliche tschuk-tschuk des Nachbars Traktor.

„Wie geht's unserer Maria?"

„Alles ist in Ordnung, Herr Pulko."

„Na, da kann ich ja weiterfahren," meinte der Landwirt.

Natürlich unterließ er nicht die einsame Frau, wie gewöhnlich, mit anerkennenden Augen zu betrachten; somit bemerkte er ihr verdutztes Gesicht.

„Stimmt etwas nicht, Maria?" fragte er auf Deutsch.

„Eigentlich schon," antwortete sie in derselben Sprache.

„Um was handelt es sich?"

„Ich zeige es Ihnen wenn Sie herein kommen."

Beim Anblick des hingestreckten Mannes, der steif und verkrümmt am Boden lag, holte Herr Pulko tief Atem.

„Was geht hier vor, wer ist es?"

„Mein Mann."

„Ihr Mann? Ich wußte nicht, daß Sie verheiratet sind."

„Ich vergaß es zu erwähnen," setzte sie seinem versteckten Tadel entgegen.

„Was fehlt ihm?"

„Er brach plötzlich zusammen."

„Ist er – ist er…?"

„Mausetot," erklärte Maria.

Herrn Pulkos sanfte, ehrliche Augen wanderten von der einsamen Frau zum erstarrten Mann auf dem Boden. Ihm fehlten die Worte etwas zu sagen. Ein Mensch wie er, geprägt von ländlicher Unbefangenheit, vermochte sich lediglich den Kopf zu kratzen. Allerdings nur innerlich, da er sich rühmte ein Mann von Welt zu sein. Jedoch nach seinem Ermessen sollte eine Frau, deren Mann soeben zu ihren Füßen starb, sich anders gebärden.

Maria zeigte weder Kummer noch Überraschung; sie machte den Eindruck einer unbekümmerten Person die ihrem Alltag nachging. Na ja, ihr Benehmen hatte schon immer Herrn Pulko verwundert. Er kannte ihre Eltern wie auch sie seit ihrer Geburt. Maria verließ die Gegend mit ihren Leuten in jungen Jahren und kam bis vor kurzem nicht wieder zurück. Er verlor die Familie aus den Augen, die anscheinend nach Ontario zog.

Nach ihrer Rückkehr erkannte er sie kaum wieder, denn der Backfisch hatte sich in eine üppige Frau verwandelt, begnadet von einer eigentümlichen Anmut. Ihre Wesensart jedoch veränderte sich kaum. Um es genauer zu sagen, hatten sich gewisse Merkmale tiefer verankert, wie zum Beispiel die Neigung zur Wortkargheit, welche den Marsch der Zeit überlebte. Aus ihr etwas heraus kriegen schien Herrn Pulko mühseliger als riesige Ländereien bestellen.

Etwas jedoch erfuhr er; ihre Eltern starben vor kurzem, und sie beabsichtigte das Anwesen ohne Hilfe zu verwalten. Walter Pulko pachtete Abels Ländereien als Gegenleistung für die Wartung des Gehöfts.

„Haben Sie die Polizei benachrichtigt?“ wollte er wissen.

Statt einer Antwort betrachtete Maria ihn mit einem eigentümlichen lächeln, das er einerseits gern sah, jedoch anderseits mit gerunzelter Stirn aufnahm.

„Sie wissen doch, daß ich mich mit der Außenwelt nicht verständigen kann,“ drückte ihr rügender Blick aus.

„Oh, ich vergaß. Soll ich sie benachrichtigen?“

„Ja.“

Nachdem Herr Pulko gegangen war, betrachtete Maria höhnisch die ausgestreckte Gestalt. Sie geriet in Versuchung sich hinunter zu beugen, um dem Toten in die Ohren zu flüstern:

„Hör zu, Wilf Procter, du hast einmal zuviel die Rechnung ohne den Wirt gemacht.“

Jedoch es dünkte sie etwas unangebracht, schließlich war es eine ernste Lage. Sie überflog den Vorfall in Gedanken. Würde eine Leichenschau stattfinden? Wenn schon, sie besaß keinen Anlaß zur Sorge. Ihre Aussage, gewiß erforderlich, würde sich als belanglos erweisen. Kurzum, ihr Mann, der sie besuchte, befand sich in einem Zustand den man wilde Aufregung nennen durfte. Was geschah, konnte mit wenigen Worten erklärt werden. Es war das:

In den frühen Morgenstunden riß sich Maria aus beklemmenden Träumen, die bald zur Wirklichtkeit wurden. Wilf hatte sich vom Sofa erhoben, wo er die Nacht verbrachte. Er stöhnte als hätte ihn Belzebub an der Kehle, welche er mit einer Hand umfaßte, während die andere auf der Herzgegend lag. Erbärmlich ächzend taumelte er im Kreis herum, bis er schließlich röchelnd niedersank. Einige Minuten später lag er auf dem Boden, wo ihn die Polizei unverändert auffand. Die seltsam verrenkten Glieder umwitterte der Geruch des Todes. Herr Pulko bestätigte ihre Aussage teilweise. Da zwei Ärzte Herzstockung bezeugten, fand keine gerichtliche Untersuchung statt. Gewiß ließ die Polizei nichts unversucht, Beweise ihrer Schuld zu finden. Es kam zu nichts, sogar der Verdacht verblaßte mit der Zeit.

„Ha! welch ein Verein von Anfängern," verkündete Maria der weiten Prärie öfters als einmal.

„Die konnten nur mit Augen sehen und Ohren hören, jedoch ahnen war ihnen nicht vergönnt. Ha, ha, ha! welch eine Stümperzunft."

Die Familie Abel zog vor etwa zehn Jahren ostwärts um der zermürbenden Plackerei zu entfliehen, sowie der Knochen bleichenden Kälte im Winter und der sengenden Hitze im Sommer. Ganz zu schweigen vom Unbehagen der abscheulichen Staubwolken, durch heftige Winde erzeugt. Infolge seiner Deutschkenntnisse fand Herr Abel Arbeit bei Mannesmann Röhrenwerke in Sault Ste. Marie. Maria, nun zur jungen Frau herangewachsen, lernte Wilf Procter kennen, der ihr den Hof machte, mehr oder minder, zwar plump und unaufrichtig.

Ein Blick genügte Herrn Abel; Marias Freier verursachte mehr als bloß eine gerunzelte Stirn. Der junge Mann erweckte in ihm Vorstellungen der Gemütsarmut und seelischer Verkalkung. Ihm mißfiel der Schlag Mensch mit jeder Faser seines Gemüts.

„Anna, der Kerl entfacht ein Grausen in mir," verkündete er seiner Frau.

Sie betrachtete Marias Freund mit ähnlicher Abscheu, den sie jedoch tapfer verbarg.

„Keine Sorge, Kurt, das Verhältnis wird bald ein Ende nehmen," tröstete sie.

„Sagte sie das?"

„Ja," folgte eine Lüge.

Als Maria eine Verlobung mit Procter durchblicken ließ, waren beide wie vor den Kopf geschlagen. Herr Abel fühlte sich besonders gekränkt, so sehr, daß es ihm die Sprache verschlug. Stumm griff er nach seinem Hut und polterte zum Haus hinaus.

„Den Zappelphilipp," wie er den zukünftigen Mann der Tochter nannte, „im Kreis der Familie aufnehmen? Nicht mal im Traum," gelobte Herr Abel.

Blind vor Wut, betrübt wegen dem vermeintlichen Verrat der Tochter, stolperte er an der Queenstraße entlang. Er verhielt seine Schritte am Eingang eines Lokals, welches er stets als ungeeignet fürs Vieh erklärte. Ein flüchtiger Blick vor etlichen Jahren überzeugte ihn, daß es nichts weiter als eine Spelunke sei. Trotzdem ging er hinein, obwohl der abgestandene Geruch einen Puma angewidert hätte. In dem fensterlosen Raum standen enggedrängte Tischchen, kaum größer als ein Suppenteller, jedoch viel wackeliger. Herr Abel nahm Platz. Während er noch die kahle Wand anstarrte, wurden ihm zwei volle Bierflaschen vor die Nase gesetzt.

„Gläser?"

„Hier wird aus Flaschen getrunken," wurde er belehrt.

„Aus Gläsern nippt bloß ein Weibchen," gab man ihm zu verstehen.

Trotz seinem inneren Zerwürfnis brachte es Herr Abel nicht fertig die Flaschen anzurühren, geschweige denn daraus zu trinken. Er stand auf und eilte hinaus.

Die Hochzeit fand sechs Monate später statt. Die Procter Ehe entfaltete sich gemäß den Erwartungen der Eltern; innerhalb eines Jahres wurde sie sauer, dannn bitter, und schließlich brutal. Maria, eine gehorsame Tochter und ergebene Gattin, fühlte sich bei der rauhen Behandlung schrecklichen

Regungen ausgesetzt. Sie wankte von den Armen der Liebe in die Klauen des Hasses.

Anfänglich ertrug sie ihres Mannes Mißhandlungen, in der Annahme es geziemt sich einer unzulänglichen Ehefrau gegenüber. Jedoch nach jahrelangen Demütigungen, die sich verschlimmerten, verebbte ihre Hoffnung auf Besserung. Maria wurde kleinmütig; sie zog sich vom Leben zurück. Von Scham überwältigt verbarg sie ihr Leid vor der Welt, vor allem vor ihren Eltern. Als Wilf eine Arbeitsstelle in den Sudbury Nickelminen angeboten wurde, drängte ihn Maria sie anzunehmen. Sie hoffte wenn man dem Ort des Elends den Rücken kehrt wird alles besser werden. Auch begrüßte sie die Gelegenheit, undenkbar einst, entfernt von den Eltern zu wohnen. Wenigstens waren sie dann nicht länger Zeugen ihrer zunehmenden Erniedrigung sowie unverkennbaren Spuren ihres Mannes Gewalttätigkeiten. Ferner wollte sie ihnen die schrittweise Verwandlung verheimlichen die sie durchmachte. Die beherzte junge Frau bestand nicht mehr, sie wich einem mechanischen Wesen.

Nichts änderte sich in der neuen Umgebung; Wilfs Feindseligkeit ihr gegenüber nahm eher zu. Trotzdem verlor Maria nicht die Hoffnung.

„Alles wird besser, es wird, es wird," ermutigte sie sich.

Dann griff das Schicksal ein. Ihre Eltern erlitten einen tödlichen Unfall. Obschon bis ins Mark getroffen, stieß Maria einen Seufzer der Erleichterung aus. Sie mußten nicht länger die Schmach der Tochter miterleben. Sie war nun allein mit einem Mann der vorgab sie zu lieben, jedoch handelte als ob er den Boden haßte auf dem sie stand. Seltsamerweise wurde sie nun mutiger; sie fürchtete sich nicht mehr vor ihm, auch bedauerte sie ihn nicht länger. Sie erkannte Wilf als ein Windei, dem der Grundsatz des Lebens fehlte.

Seit dem Tod der Eltern fühlte sie sich einsamer als je zuvor, doch merkwürdigerweise nicht mehr so unglücklich und hilflos. Sie wußte was zu tun sei, sie beschloß es auszuführen. Die Eltern hinterließen ihr all ihren Besitz, einschließlich eine beträchtliche Summe Geld.

Eines Morgens, als Wilf auf dem Weg zur Arbeit war, packte sie ihre Sachen und verließ das Haus. Zuvor jedoch ging sie zum letzten Mal durch alle Räume die vom Hauch der Feindschaft durchzogen waren.

„Lebe wohl, Elend, auf Nimmerwiedersehen."

Nach diesen Worten machte sie sich auf den Weg. Als sie im Zug saß sank ihr der Mut, die Ungewißheit legte sich schwer auf ihr Gemüt. Viele Gedanken bewegten sie. In welchem Zustand befindet sich das Anwesen? Kann es von mir allein bewältigt werden? Was geschieht mit Wilf? Wird er mich belästigen, mittels des Gesetzes vielleicht, oder, Schutzengel sei gnädig, mir nachfolgen? Stechende Sorgen überkamen sie, Bedenken wegen der ungewissen Zukunft ließen ihr keine Ruhe. Der düstere Himmel über dem Oberersee erschien ihr wie ein Unglücksbote, wo immer sie hinschaute glaubte sie Spuren eines herben Schicksals zu sehen. Gegensätzliche Regungen von Schuld und Trotz zeigten ihre fratzenhaften Gesichter, bis der Zug die Grenze überquerte und mit offenen Ventilen Winnipeg entgegen dampfte.

Marias Gesinnung änderte sich; der finstere Ausdruck verschwand, wie auch das Leid welches sich in ihren Augen spiegelte. Als die Wächter der Prärie sichtbar wurden, die allgegenwärtigen Getreidespeicher, lüfteten sich die Schleier des Trübsinns völlig. Empfindungen, seit langer Zeit unbekannt, zupften scheu an den Strängen ihres Herzens. Als unendliche Felder durchquert wurden, wo sich der Weizen im Wind wiegte, nahm Maria Abschied von ihrem Kummer. Beim Anblick der Prärielilien, die in der Morgensonne nickten, traten Tränen der Freude in ihre Augen.

„Daheim, endlich wieder daheim," wisperte sie.

Gesichter erhellten sich überall, Gespräche wurden lauter, angeregter und scherzhafter; Frohsinn lag in der Luft. Die Bewegungen des Zuges fühlten sich anders an; nicht holperig wie zuvor, sondern weich, als schwebe er in der Luft. Die Pfiffe der Lokomotive, bisher tastend, fast verlegen gehört zu werden, klangen nun laut und übermütig.

Das Dasein in der Prärie Saskatchewans ist nicht für Zimperlinge gedacht, vor allem nicht während des langen Winters. Maria fühlte sich zuweilen von der klirrenden Kälte und großen Einsamkeit bedrückt, und von den heftigen Winden gefährdet, die anscheinend erpicht waren das ganze Gehöft wegzublasen. Jedoch überschattete eine nagende Angst vor ihrem Mann alle anderen Bedenken. Obzwar Maria keine weltkluge Frau war, sprach ihre Eingebung deutlicher als Bücher der Seelenkunde. Sie ahnte, nein, wußte, daß Wilf eines Tages bei ihr auftauchen würde, um den Anspruch auf seinen Besitztum geltend zu machen; sie hatte sich längst darauf vorbereitet.

Wilfs Charakter barg keine Geheimnisse mehr für sie. Ihrem Vater nach war er ein Erzeugnis einer Gesellschaft zernarbt von falscher Moral. Liebe, in Wilfs Vorstellung, mußte mit Erniedrigung bestraft werden, ihre in diesem Fall. Nur so konnte ein Mann seine Machtstellung beweisen.

Nach einem langen, rauhen Winter, folgte plötzlich der Frühling. Schon Mitte März lag keine Schneeflocke mehr auf der Erde. Sonne und Wind vereinten ihre Kräfte, sie verwandelten den Grund zu Pulver.

Maria war wie verwandelt, sie duckte sich nicht mehr unwillkürlich beim Gedanken an Wilfs Ankunft; im Gegenteil, sie kicherte erwartungsvoll. Was war geschehen? Nur das: Der Zauber der Prärie hatte sie berührt. Kurzum, sie lag im Griff des Präriefiebers, das bekanntlich die guten Eigenschaften hervorhebt und die minderwärtigen schwächt.

Unvergeßlicher Sonnenaufgang sowie Sonnenuntergang, erfrischten ihre Lebensgeister, der gespensterhafte Singsang der Kojoten schürte ihren Mut. Sie fühlte sich wie neugeboren; die Furcht vor ihrem Mann war wie weggeblasen.

Wilf erschien an einem Nachmittag im April. Ein Blick zum Horizont entlockte Maria ein kichern; ein zweiter, auf ihren Mann gerichtet, ließ sie beinahe laut herauslachen. Er sah ausgesprochen verhutzelt aus und nicht weniger verlassen. Offensichtlich hatte ihn das unermeßliche, baumlose Land, eingeschüchtert.

Als er sich Maria näherte, die im Türrahmen stand mit den Armen in die Seiten gestemmt, wie eine unheilvolle Schwester die vor der Walhalla wache steht, stockte sein Schritt. Doch nur einen Augenblick, dennn er wurde sich bewußt, daß es nur seine Frau sei, die er seit Jahren mit Willkür behandelte.

Er zog ein Blatt Papier aus einer Tasche, welches er zerknüllte und ihr zornig vor die Füße warf.

„Dem Wisch nach willst du mich verlassen,“ schnauzte er sie an.

„Du hast unrecht. Darin steht, ich habe dich verlassen.“

„Das wird nie geschehen. Mach dich fertig, wir gehen zurück,“ knurrte er.

„Nie im Leben.“

Die Worte lagen ihr auf der Zunge, aber sie verschluckte sie.

Während Maria den östlichen Horizont absuchte, betrachtete sie ihren Mann aus den Augenwinkeln, der im stärker werdenden Wind zitterte. Maria lächelte; der entscheidende Augenblick nahte.

„Komm herein, Wilf,“ schmeichelte sie.

Warum wurde sie auf einmal so freundlich? Aus zwei Gründen: Wegen den dunklen Staubwolken die auf sie zurollten, welche einen Blizzard ankündigten, und dem Wissen der geheimen Vorrichtungen draußen ums Haus.

„Mach es dir bequem, Wilf, ich benötige schon eine Weile zum packen und alles in Ordnung zu bringen,“ meinte sie sanftmütig.

Mit einer unwilligen Bewegung, heftig schnaubend, nickte er kurz. Ein Tauziehen begann nun wie zwischen Phaedruses Esel und Treiber, wo des einen Wunsch des anderen Verderben bedeutete. Wilf drängte zur Eile, Maria ließ sich Zeit. Obwohl sie pausenlos hin und her hetzte, kam sie kaum voran.

„Geduld, Geduld,“ entgegnete sie auf sein drängen.

„Die ist bald zu Ende. Würdest du aufhören alle zwei, drei Minuten raus zu gaffen, wären wir schon in Regina,“ knurrte er.

Er trat an ein Fenster und schaute hinaus.

„Was gibt es da überhaupt zu sehen?“ schimpfte er.

„Zu sehen? Mehr als genug,“ hätte ihn Maria belehren können, jedoch zügelte sie ihre Zunge.

Über der weiten Ebene entfaltete sich ein ergreifendes Schauspiel, das den verstädterten Menschen unberührt ließ, im Gegensatz zu ihr. Sie folgte dem Geschehen draußen, wie auch drinnen, mit jeder Faser ihres Seins. Wilf hatte einen Zustand erreicht den man getrost außer Rand und Band bezeichnen konnte. Sie kannte diese Laune allzu gut, die sie einst fürchtete, aber nun mit einem mitleidigen lächeln betrachtete. Seine zunehmende Verstörtheit, wie auch Unschlüssigkeit, kannte sie gut. Um die Wahrheit zu sagen, er stolperte umher wie jemand der überall sein wollte, nur nicht hier. Dennoch unternahm er etliche Versuche seine frühere Oberhoheit geltend zu machen, doch Maria erstickte dieses Vorhaben im Keim. Sie reckte sich, verschränkte ihre Arme und schaute ihn herausfordernd an. Es genügte; er zog die Hörner ein.

Dann geschah alles so plötzlich, daß sogar Maria sich überrumpelt fühlte. Ein unverhoffter, heftiger Windstoß, bekanntlicherweise der Vorläufer eines rasenden Sturms, ließ das Haus in den Grundmauern erzittern. Kurz danach ging der Tanz los. Ein heulender Wind überfiel alles in seinem Pfad, die reinste Hölle brach los. Innerhalb Minuten verhüllten treibende Staubwolken die Sonne. Säulen aufgewirbelter Erde erhoben sich, die vereint in dichten Schwaden auf sie zurollten.

Als Wilf merkte wie Maria abermals den Himmel absuchte, schrie er sie an:

„Was starrst du jetzt wieder hinaus? Los, rühr dich, ich möchte die Grenze noch vor Dunkelheit erreichen."

„Nicht heute, lieber Mann, und auch nicht morgen," belehrte sie.

Diese Bemerkung brachte ihn auf die Beine. Während er mit beiden Händen die Luft durchschnitt, wetterte er:

„Sei nicht blöd, Weib, wir brechen sofort auf, sage ich."

Gelassen gab ihm Maria ein Zeichen näher zu treten.

„Schau hin," meinte sie wie gelangweilt.

Ein Blick ließ Wilfs Blut in den Adern stocken, alle Spuren der gespielten Tapferkeit wichen aus seinen Zügen. Kein Wunder, die weite Prärie bestand nicht mehr; sie war verschluckt vom aufgewirbelten, schwarzen Staub, der Gegenstände, vor einigen Minuten noch deutlich sichtbar, nun völlig einhüllte. Bestürzt von dem unheimlichen Treiben vor seinen geweiteten Augen, verlor er die Lust sich auf den Heimweg zu machen. Er stand wie angewurzelt da und starrte abwechselnd auf Maria und das höllische Getose draußen. Als eine gewaltige Bö das Haus zum wanken brachte, stieß er einen Schrei des Entsetzens aus und sprang erschreckt zurück.

Maria betrachtete ihren Mann mit unverhohlenem Spott, als er in sich schrumpfend, Zuflucht in einer Ecke suchte. Es berührte sie seltsam, wie ein Mann, der ihr wiederholt Gewalt antat, sich nun verängstigt verkroch, als wären ihm Unholde auf den Fersen, die aus dem Erdinnern krochen und jaulend nach Opfern suchten.

Maria beschloß ihm ein für allemal Mut und Lust zu verderben sie je wieder als sein Eigentum zu betrachten. Er mag sogar zu einer Scheidung bereit sein, nachdem er merkt, daß sie unter dem Schutz des fauchenden Präriewindes steht. Das Schicksal hatte sie angelächelt, Wilf erschien im richtigen Augenblick. Kaum trat er ihr unter die Augen, als das Schauspiel ernsthaft begann. Als hätten sie den Besucher erwartet, vereinten sich Mächte die mit geballter Wucht das einsame Gehöft bestürmten.

Obwohl Maria wußte, daß ein Sandsturm sein böses Spiel mit den stärksten Naturen treiben kann, traf sie die nötigen Maßnahmen um Wilf das Gruseln zu lehren. Ein Plan, längst ausgeheckt, durchdacht und geprüft, sollte in kürzester Zeit seine Wirksamkeit beweisen.

Maria bemühte sich den Zorn ihres Mannes zu beschwichtigen. Mit flinken Händen und regen Füßen täuschte sie vor zur baldigen Abreise bereit zu sein. Während sie von Stelle zu Stelle eilte, zuweilen hinaus huschte, setzte sie die Bühne für Wilfs Waterloo. Die Erfindung des Vaters sollte imstande sein des Tochters Peiniger auf immer zu verjagen. Die Stimmen der Wendigos, nannte er die unheimlichen Töne. Wehgeschrei des jüngsten Gerichts, ruchlose Teufeleien, unerwünscht in einem christlichen Heim, bezeichnete es die Mutter.

„Na, na, Anna, verwerf es nicht, es ist eine treffliche Einrichtung um sich lästigen Besuch vom Hals zu halten," entgegnete er ihr.

So verhielt es sich. Seine Erfindung von Röhren und Trichtern, in gewissen Winkeln befestigt, erzeugten bei starkem Wind einen Lärm der dem mutigsten Herzen den bleichen Schrecken einjagen konnte. Maria erinnerte sich zu spät, daß Wilf weder Schneid noch Gemütsstärke besaß; die vorgesehene Kur erwies sich zu wirksam für ihn. Der zunehmende Wind rief die gespensterhaften Töne ins Leben, mit solch vernichtender Wirkung, die Wilf veranlaßte auszurufen:

„Was ist das, was ist das?“

„Die Stimmen der Wendigos,“ erklärte Maria mit gespieltem Entsetzen. „Horch, horch, hörst du es?“ keuchte sie.

„Ja, ja,“ stöhnte Wilf, sichtlich verängstigt.

In der Tat erhob sich ein mörderischer Aufruhr, gefolgt von stampfenden Füßen und scharrenden Hufen, die rund ums Haus streiften. Während Wilf anfing zu stottern, warf er gehetzte Blicke um sich. Er drückte beide Hände an die Ohren um das grauenhafte Gefauche fern zu halten. Es nützte nichts; das Tosen aus einer anderen Welt war trotzdem vernehmlich.

Procter taumelte von Wand zu Wand, er näherte sich seiner Frau wie ein Bittsteller, welcher das Ende seiner Kraft ahnte. Als er Maria mit flehenden Blicken anstarrte, geriet sie in Versuchung ihn aufzuklären. Doch beim Gedanken an ihre seelischen und leiblichen Mißhandlungen, entschied sie anderweitig.

Indessen es draußen unvermindert tobte, wiederholte sie des Vaters Bericht von den sagenhaften Wendigos, ein vermutlicher Stamm der Algonkins.

„Es sind die Wendigos, Menschenfresser, die bei Stürmen über die Prärie streifen auf der Suche nach Opfern.“

Wilf, vor Entsetzen wie gelähmt, stammelte in sich hinein. Maria erzählte weiter:

„Ich erkenne sie am fauchen und knirschen, und dem hungrigen knurren.“

Ein gellender Schrei, gefolgt von wütigem rütteln, unterbrach ihren Bericht. Entgeistert, mit offenem Mund, stieß sie hervor:

„Sie haben uns gefunden, Wilf, sie haben uns gefunden.“

Marias Wiedergabe klang überzeugend, Wilf ahnte nichts von ihren bösen Hintergedanken. Er hielt ihr ausgeschmücktes Märchen für bare Münze, was ihm teuer zu stehen kam; sein Schicksal war besiegelt. Rückwärts taumelnd griff er sich mit einer Hand an die Gurgel, mit der anderen an die Brust, dann brach er röchelnd zusammen. Der rasenden Furcht, von einer wuchernden Erregung geschürt, konnte sein schwaches Herz nicht widerstehen. Wilf Procter hauchte sein Leben dort auf dem Boden aus.

Marias Aussage entsprach der Wahrheit, so behauptete sie. Obwohl sich ihr Gewissen anfänglich regte, wegen gewissen verheimlichten Tatsachen, schläferte es im Eilschritt ein. Alle Bedenken verschwanden noch eh Herr Pulko erschien.

Slumachs Hort

Eines späten Nachmittags im Januar 1891 wurde trotz peitschendem Regen und Wind draußen fieberhaft gehämmert. Ein Galgen mußte noch vor Einbruch der Dunkelheit errichtet werden. Man hatte alle Hände voll zu tun, denn die ersten rotbraunen Färbungen erschienen bereits über den schneebedeckten Bergen. Bedenkliche Blicke fielen über die Achseln auf den breiten Fraser, wo sich im widrigen Wind Schaumkronen unaufhaltsam meerwärts wälzten. Morgen war ein wichtiger Tag; Slumach, ein Katzi Indianer, sollte, nein, mußte, gehenkt werden, schlecht Wetter oder nicht.

Seine Hinrichtung wurde bereits zweimal verschoben. Einmal, weil der Henker eine Stunde vor der geplanten Vollstreckung stockbetrunken ins eiskalte Wasser fiel, wo er schier in der reißenden Strömung sein Leben verlor; das zweite Mal spielte Slumach dem Henker ein Schnippchen; er wurde plötzlich krank. Kranke Menschen henkte man damals nicht, sondern nur die kerngesunden. Morgen mußte es somit klappen, alle Anzeichen sprachen dafür. Slumach erschien derber als je zuvor, der Henker hatte gelobt drei Tage vor dem Termin nicht mal am Korken zu riechen, somit blieb nur der Galgenbau in der Schwebe. Aber mit viel Hau und noch mehr Ruck, schafften es die Handwerker schließlich.

Am nächsten Tag erschienen die ersten Neugierigen schon vor dem Morgengrauen. Sie sammelten sich draußen an den festen Mauern, bis kurz vor sieben Uhr die Tore geöffnet wurden. Slumach kam pünktlich in Begleitung von zwei kräftigen Männern an. Bewaffnet war keiner, noch legte der eine oder der andere eine Hand an ihn. Obwohl er von starkem Wuchs sowie grimmigem Äußeren war, fürchtete niemand eine Flucht; beide hätten ihn einzeln, mit dem wahrsten Vergnügen nieder gerungen, ferner sich mit ihm gemessen. Man betrachtete damals so etwas als eine Begleiterscheinung des Berufs, ja, sie wünschten er würde einen Versuch unternehmen.

Links neben Slumach trippelte ein betender Priester, welchem er nicht die geringste Aufmerksamkeit schenkte. Rechts schritt ein Gerichtsdiener mit aufgespanntem Schirm, den er dem Todgeweihten über den Kopf hielt, um ihn vor dem Regen zu schützen.

Der Henker stand schon bereit da. Sie kannten sich gut, er und Slumach, sie hatten etliche Abenteuer miteinander erlebt. Viele Tage und Nächte verbrachten sie miteinander in den Gletscher umringten Bergen am Pittsee, entweder auf der Jagd oder Goldsuche. Unzählige Stunden saßen sie in den allgegenwärtigen Kneipen Neu Westminsters, am Ufer des mächtigen Frasers. Es bestand also keine Feindseligkeit zwischen ihnen.

„Nichts persönliches," sagte der Henker, während er Slumach die Hand zum Abschied reichte.

Im Nu lag die Schlinge um seinen Hals, wonach er vor dem verhängnisvollen Tritt nach dem letzten Wunsch gefragt wurde. Er hatte nur einen, ließ er durchblicken.

„Der wäre?" wollte der Beamte wissen.

„ Das euch alle der Teufel hole."

Eben wollte der Henker die Falltür öffnen, als Slumach die Hand hob, während die andere seinen Neffen herbei winkte. Er beugte sich hinab soweit es die Schlinge zuließ, zog dabei einen Umschlag aus der Tasche, welchen er dem Neffen in die Hand drückte, indessen er ihm etwas ins Ohr flüsterte. Kurz darauf schwang er im leichten Morgenwind.

Slumachs Ruf wuchs nach seinem Tode an, sein Name erzielte einen verschrienen Ruf weit über die Grenzen Britisch Kolumbiens. Nicht weil er einen Mord beging, dazu an einer Frau, noch weniger weil er des Seilers Tochter kennen lernte, sondern wegen dem anhaftenden Geflüster von einem fabelhaften Goldfund. Slumachs Goldgrube wurde es genannt, ein wahres Eldorado der üblichen Beschreibung nach zu urteilen. Gerüchte von Peter Slumach, dem Neffen und Erben des geheimnisvollen Schatzes, kreisten ständig. Man konnte ihn oftmals auf den Straßen Neu Westminsters sehen, mit prallvollen Taschen, selten nüchtern, aber stets lärmend. Er erwies sich als freigiebig gegenüber jenen die seine Gelage teilten. Leerten sich seine Taschen, verschwand er heimlich vier, fünf Tage lang. Nach jeder Wiederkehr klimperten erneut die Körner in allen Beuteln. Viele schlichen ihm nach, aber niemand fand seine Spur, geschweige denn die reiche Ader in den unwirtlichen Bergen. Einige eilten mit geweiteten Augen zurück, sie behaupteten man hätte sie mit Schüssen aus dem Hinterhalt in die Flucht gejagt. Diese Gegend ist heute noch so wild und unzugänglich wie damals. Peitschender Hagel, klirrende Kälte sogar im Hochsommer, bereiteten manchem Glücksucher ein frühes Ende, wofür man allerdings den jüngeren Slumach verantwortlich machte.

Viele Jahre vergingen seit Slumachs Hinrichtung, Jahre, in welchen der sagenhafte Fund nicht bloß anzuwachsen schien, sondern auf Reisen ging. Er wanderte, von der Flüsterpost getragen, am mächtigen Fraser entlang, flußaufwärts bis zur Mündung des unbändigen Thompsons, wo er auf dem blaugrünen Wasser schließlich in Kamloops landete, dann wieder kehrt machte, um endlich in der Nähe Ashcrofts zu verbleiben.

Nun, Peter Slumach entwickelte sich zu einem Lungerer und Säufer. Ausflüge in den Bergen behagten ihm nicht, sie erwiesen sich anstrengender, wenn nicht gefährlicher, als ihm lieb war. Weiterhin widerstrebte ihm das ständige schleichen in der einsamen, unheimlichen Gegend. Seine einzigen Begleiter, nämlich, volle Rumflaschen, verursachten so manche heikle Augenblicke. Er rutschte aus, fiel zuweilen in tiefe Schluchten, und verirrte sich gelegentlich bei hellichtem Tag. Einmal sank er in einen Ohnmacht ähnlichen Schlaf, aus den ihn bloß der Zufall rettete. Zwei Kundschafter auf seiner Fährte entdeckten und wiederbelebten ihn.

Danach begann er lediglich Pläne von der sagenhaften Mine zu verschachern, zwar einer verschieden vom anderen.

Dabei ging er auf Reisen, denn es erwies sich als ungemütlich, wenn nicht brenzlich, dem Zorn der wiederkehrenden Sucher ausgesetzt zu sein. Wie erwähnt schwebte das Geflüster von der Goldmine Slumachs über dem Thompson durch Ashcroft, dem einstigen Anfangsort des berühmten Klondikepfads, wonach es westwärts in das verrufene Niemandsland drang. Öd ist diese Gegend, fast baumlos, im Sommer wie Winter ausgetrocknet, ohne Wege, Zäune oder Wachstum. Allerdings verwechselten jene Gerüchte einen zwar kleineren, aber echten Schatz, mit Slumachs fraglicher Mine in den Bergen am Pittsee. Dieser kleine Goldschatz bestand tatsächlich, und zwar in der Heimat der rasselnden Klapperschlangen, bellenden Kojoten und kreischenden Adlern.

Wie Horst Koppel und Rainer Munk auf den Gedanken kamen diesem Schatz auf die Spur zu gehen, wußten sie selber nicht, es ergab sich halt so. Man langweilte sich in der ungewohnten Umgebung, irrte mal dahin, mal dorthin, eilte ziellos, ohne klare Vorstellungen, von Ort zu Ort, und suchte im Unterbewußtsein einen Vorwand zur sofortigen Rückreise.

Schließlich landeten sie in Ashcroft, einem kleinen Dorf inmitten einer Wildnis im Trockengebiet des unvergleichlichen Westens. Zwanzig rüstige Schritte von jeder Dorfecke versetzten einem in eine Welt des Sagebusches, dessen betäubender Geruch so manchem den Kopf verdrehte, außerdem Alt wie Jung auf andere Gedanken bringen konnte. Der zausende Wind im Büschelgras, dazu das raunen in den hohen Ponderosatannen dringt einem unwiderstehlich ins Gemüt. Ist man eine Zeitlang davon entfernt, wird eine unstillbare Sehnsucht nach dieser eigentümlichen Welt erweckt. Gewiß ist diese Gegend einsam und verlassen, aber trotzdem von einem Zauber behaftet den man nur ungern vermißt.

Eine unvergleichliche Stimmung, vor allem zwischen April und Oktober, liegt über dieser Gegend, spärlich besiedelt sowie windig, trocken und heiß. Das Grasland erstreckt sich in alle Richtungen, worüber jahrein und jahraus unübersehbare Rinderherden ziehen. Sagebusch wächst überall, sogar mitten im Dorf. Klapperschlangen kriechen im Spätsommer aus dem verdörrten Gras bis in die Schatten der Häuser. Koppel wie

Munk hatten solch ein Wetter noch nie erlebt. Als sie eines morgens am Frühstückstisch saßen, mürrisch bis ins Mark, überreichte Jon, ein Indianer, Fremdenführer und freundlicher Cowboy, ihnen die örtliche Zeitung. Als Munk lustlos einen Blick darauf warf, fiel sein Auge auf etwas das ihn aus seiner Trägheit riß.

„Da, lies," sagte er lauter als es Koppel lieb war.

„Hör auf damit, du weißt doch, daß mein Englisch begrenzt ist," wies ihn Koppel zurecht.

Munk starrte ihn eine Weile an als stünde er im Begriff etwas unangenehmes zu sagen. Statt dessen jedoch wies er auf einen kunstvoll umrahmten Bericht mit der Überschrift: ‚Slumachs Goldfund,' worunter ein Hut lüftender Schürfer einen Maulesel an den Zügeln führte, offensichtlich auf dem Weg zum stets gegenwärtigen, jedoch schwer fassenden Hort aller Horte.

„Hör zu, ich übersetze es dir," bot Munk an.

„Ich bin ganz Ohr," munterte ihn Koppel auf.

„Es ist eine lange Geschichte, laß es mich erst in Ruhe durchlesen, dann erkläre ich dir um was es sich handelt," gab Munk zu verstehen.

„In Ordnung, ich mache in der Zwischenzeit einen kurzen Spaziergang."

Es war ein herrlicher Tag, kein Wölkchen trübte den Himmel, eine unvergleichliche Stimmung umgab den Kurort inmitten eines riesigen Weidelandes. Zwar erstreckte sich ringsum eine Wildnis, weit und unbegrenzt, die jedoch einen freundlichen Eindruck erweckte. Die ganze Umgebung, abseits der Zivilisation, strömte einen seltsamen Frieden aus, der von ungekünstelten Menschen hervor gehoben wurde.

„Ein wahres Paradies," bemerkte Koppel öfters.

„Ja, es besitzt heilsame Wirkungen," pflichtete Munk bei.

Solche Regungen, die anfänglich empfunden und ausgesprochen wurden, versiegten bald. Heimlicher Groll, den keine Heuchelei verbergen konnte, verschluckte die lobenden Erwähnungen.

Was trug sich zu? Vielleicht beängstigte sie die ungewohnte Stille oder das weit offene Land, von den Rufen der Wildnis übertönt. Störte sie womöglich das arglose

Auftreten der Angestellten, deren Ungezwungenheit sich streng unterschied von der erwarteten, einstudierten Tüchtigkeit?

„Nein, nein, die Hitze wirkt so nachteilig auf uns," redete sich Koppel ein.

Jedoch der Schuh drückte ganz woanders; ihre fragwürdige Freundschaft begann im grellen Licht der Sonne in Brüche zu gehen.

Munk verkündete dem zurück kehrenden Freund:

„Sogar eine Zeichnung wurde beigelegt."

„Na, erzähle schon alles," forderte Koppel ungeduldig.

„Dem Bericht nach entdeckte ein Schürfer namens Ohm Hansen, Slumachs sogenannte verschwundene Mine unweit von hier. Da ihm die Mittel zur Ausbeutung fehlten, außerdem sein Proviant dem Ende zuging, fühlte er sich gezwungen zurück nach Cache Creek zu gehen. Allerdings nicht ehe er eine Zeichnung anfertigte, die Merkmale sowie geschätzte Entfernungen voneinander, andeuteten. Erfrischt und besser ausgerüstet wollte er zurück kommen; jedoch das Schicksal dachte anderweitig. Hansen erkrankte plötzlich, er starb kurz danach. Unter seinen Habseligkeiten, so steht es hier, fand man diese Zeichnung. Da, schau sie dir an."

Sicherlich tändelte die Zeitung ein wenig mit der Wahrheit. Hm, eigentlich wurde sie bis zum ächzen gebogen. Der Herausgeber rückte die Geheimnis umwitterte Ader südwärts, etwa zweihundert Kilometer entfernt vom ursprünglichen Ort. Wer sollte es ihm verübeln. War eine hiesige Zeitung nicht pflichtgebunden der heimatlichen Gegend Farbe zu verleihen? Ohm Hansen, ein Lungerer ohnegleichen, war geistreich, unterhaltsam und zu Münchhausiaden geneigt. Er verkündete allen geneigten Ohren Slumachs sagenhafte Mine entdeckt zu haben. Ruhm und Reichtum erwarte Ashcroft und Cache Creek in Kürze, versprach er. Wann die Ausbeutung beginnen sollte?

„Morgen, natürlich," wies Hansen die Frager zurecht. Jedoch der Morgen schien nicht zu kommen, er wich geschickt aus.

Als Hansen zwei Tage der Öffentlichkeit fern blieb, wurden Erkundigungen eingezogen, die ergaben, daß er krank und stöhnend im Bett lag. Eine Woche später erschien seine

Todesanzeige in der hiesigen Zeitung. Hansens Ruf erlebte einen erstaunlichen Wandel. Der einstige Ausbund von einem Taugenichts wurde als Inbegriff der Tugend gepriesen. Der Müßiggänger von gestern, verlacht und schnöde behandelt, erhob sich wie durch Zauberei zum Sinnbild der Wegbereiter des Westens.

Zollten die deutschen Besucher dem Bericht Glauben? Wohl kaum, aber trotzdem beschlossen sie dem fabelhaften Hort auf die Spur zu gehen. Schon aus dem einfachen Grund, weil sie hofften damit ihre gegenseitige Abneigung in den Hintergrund zu schieben. Sie lehnten einen Führer ab, wie auch Maulesel und Zeltausrüstung.

„Wer braucht das schon bei dem ewigen Sonnenschein," bemerkte Munk.

„Unsere Beine sind noch jung und kräftig," versicherte Koppel.

Jon, der Indianer, ritt eine Weile neben ihnen her, er schien besorgt zu sein. Als man ihn wissen ließ wohin es ging, zuckte kein Muskel in dem Wetter gebräunten Gesicht, er warf lediglich bedenkliche Blicke auf die Sommerfrischler.

„Geht nicht zu weit, wandert nicht außer Sicht des Kurortes oder der Dörfer," mahnte er.

Munk winkte ab:

„Schon gut, wir sind auch nicht gerade von gestern."

Jon stieg vom Sattel. Er griff in eine seiner Taschen woraus er einen Beutel zog, welchen er Munk mit den Worten überreichte:

„Das mag euch von Nutzen sein."

Mit einem Satz schwang er sich wieder aufs Pferd und ritt zurück. Als Munk den Beutel öffnete, fand er darin ein Notenheft, Bleistifte sowie einen Kompaß. Während er alles genau besah, fiel ihm eine Schrift ins Auge, die er langsam entzifferte. Ungeachtet Koppels finsteren Blicken, las er alles Wort für Wort wiederholt durch. Die Kräuseln auf seiner Stirn glätteten sich allmählich, ein schlaues lächeln umrahmte sein Gesicht.

„Was liest du da?" verlangte Koppel zu wissen.

„Vermerke bezüglich der Sicherheit."

„Oh, inwiefern?"

„Nun, du hörtest den Indianer, er riet uns in Sicht der Dörfer zu bleiben,“ bemerkte Munk.

„Das wird kaum möglich sein, vermute ich,“ entgegnete Koppel.

„Jon befürchtet es ebenfalls, folglich schrieb er etliche Hinweise nieder.“

„Die wären?“

„Eh man außer Sicht der Dörfer und des Kurortes wandert, müssen alle Merkmale verzeichnet werden. Sei es ein Baum, Gebüsch oder ein Felsengebilde. Wiederholte Kompaßlesungen seien erforderlich, steht hier, wie auch geschätzte Entfernungen zwischen den Anhaltspunkten.“

„Hm, das klingt garnicht so übel, wenn es dir nichts ausmacht, lasse ich alles in deinen Händen,“ verkündete Koppel, der weder technische Veranlagungen besaß noch Neigung zu geistiger Anstrengung.

Sie gingen zu Fuß, leicht ausgerüstet einem Ziel entgegen, welches man getrost Weißnichtwo nennen durfte. Regen wurde nicht erwartet, folglich nahmen sie nur Schlafsäcke mit, neben Proviant und Wasser, ausreichend für fünf Tage.

Frühzeitig hatten sich die zwei Abenteurer auf den Weg gemacht, ein prächtiger Tag stand ihnen bevor, daran war nicht zu zweifeln. Obwohl die Sonne bereits über den Hügeln stand, fehlte ihr die Glut der späteren Stunden. Um die Mittagszeit, vor allem wenn kein Wind aufkam, legte sich eine Brutofen Hitze auf die ganze Gegend. Koppel wie auch Munk, wußten und erwarteten es. Im Augenblick fühlte man sich wohl, dermaßen so, daß Koppel begann ein Lied zu summen.

Sie holten kräftig aus, somit verloren sie den Kurort und die Dörfer im Tal allmählich aus den Augen. Munk, der sich wiederholt umdrehte, beschlich ein seltsames Gefühl. Er erweckte den Eindruck eines Schiffbrüchigen, dessen Schiff langsam hinter dem Horizont verschwindet. Koppel tat als würde er nichts davon merken, aber auch ihm war nicht wohl in der Haut. Sein summen klang schrittweise gekünstelter, bis es schließlich verstummte. Seine Beklommenheit mäßigte sich allerdings, als er Munks emsige Eintragungen ins Heft wahrnahm. Jedoch die Tatsache, wie nie zuvor allein und verlassen zu sein, ließ sich nicht leugnen. Seltsamerweise verschlimmerte die Gegenwart des einen die Einsamkeit des anderen.

Die Gegend nahm von Stunde zu Stunde verlassenere Eigenschaften an. Hauptsächlich in ihren Vorstellungen, in Wirklichkeit veränderte sich nicht viel; abgesehen von dem spärlicheren Wachstum. Aber die wuchernde Unruhe rief Mächte ins Leben, welche den Eindrücken düstere Schleier umhing. Das Gras sah welker aus, die Sonne fühlte sich brennender an, die Schatten der Ponderosatannen erschienen ihnen dürftiger und seltener, der Wind in ihren Gipfeln klang geisterhaft, wie ein Gespött an sie gerichtet.

Ihr gegenseitiges Mißtrauen nahm zu. Eigenschaften, bislang belächelt, wurden zum Stein des Anstoßes. Munk fand weniger und weniger Gefallen an seinem Freund, der immer schon Muskelkraft mit Verstand verwechselte. Er war ein stämmiger Kerl, fast doppelt so stark wie er, welche Tatsache ihm den Spitznahmen Kraftmeier verlieh. Man hätte meinen sollen, daß ein Mann wie Koppel, kräftig gebaut, bekannt als unerschrockener Draufgänger, ein willkommener Begleiter wäre in der Wildnis. Munk war bereit solche Annahmen zu bestreiten, genau gesagt wünschte er den Freund zum Teufel. Sein Betragen beängstigte ihn eher, als daß es beruhigend auf ihn wirkte. Munk konnte es einfach nicht fassen wie sich der Freund vor seinen Augen veränderte. Koppel blieb hin und wieder stehen, wonach er ihn mit vernichtenden Blicken durchbohrte, dann herausfordernd prustete, eh er seinen Weg fortsetzte, schweigend und mißgestimmt.

„So kann es nicht weiter gehen,“ beschloß Munk, „dem Freund muß der Kopf zurecht gesetzt werden.“

Auf seine wiederholte Frage, was ihn so ungebührlich bestürze, folgte stets ein wütendes schnauben, weiter nichts. Dort draußen in der Wildnis, fern den Spuren menschlichen Daseins, wurde die Saat eines Mißgeschicks gestreut, von welchem die entfremdeten Freunde noch nichts ahnten.

Munk, der Koppel zu fürchten begann, fing an zu brüten. In Kürze kam er zu dem Schluß, daß ihm eine Lehre erteilt werden müsse, noch dazu vor der Rückkehr zum Kurort. Sein langjähriger Freund benötigte eine Demütigung, er hatte sie längst verdient. Wie gesagt, die Drachensaat war gesät, ihre

Freundschaft wandte sich im Staub des Bonaparte Hochlands. Koppels Erniedrigung nahm nun den Vorrang ein über die Entdeckung von Slumachs reicher Ader.

Des Indianers Rat wurde gewissenhaft ausgeführt. Munk verzeichnete jedes Wahrzeichen, sowie Entfernungen und Kompaß Messungen. Zwischendurch tüftelte er Koppels geplanten Denkzettel aus, vielmehr bemühte er sich es zu tun; es gelang ihm jedoch nicht. Kaum hatte er einen Plan gefaßt, schon verwarf er ihn wieder als undurchführbar oder nicht vernichtend genug.

Als er Koppel lang und näher betrachtete, heimlich natürlich, erhellte sich seine Miene. Ihn traf die Erkenntnis was zu tun sei um dem Kraftprotz Einhalt zu gebieten und ihn auf lange Zeit zum Gespött seiner Freunde sowie Bekannten zu machen.

Munk wollte seinen Augen nicht trauen; sein großspuriger Freund war bereit aufzugeben. Zeichen der Mutlosigkeit sowie völliger Erschöpfung entstellten sein Gesicht.

„Laß uns umkehren, ich hab genug," verkündete Koppel halblaut.

Da Munk keine Antwort gab, wiederholte er die Worte:

„Hörst du nicht? Laß uns umkehren, sagte ich."

Munk rief mit gespielter Entgeisterung:

„Zurück gehen? Am ersten Tag schon aufgeben? Du bist wohl nicht ganz bei Trost."

„Nun, dann geh ich halt ohne dich zurück," entgegnete Koppel trotzig.

„Ohne mich? Ha, ha, ha! das ich nicht lache. Du Narr, sag mir doch welche Richtung du einschlägst.

Koppel starrte ihn verblüfft an. Er drehte sich in alle Richtungen, eh er mit der Hand irgendwo hinwies.

„Diese," antwortete er kleinlaut.

Munk schüttelte den Kopf als bedaure er seine Dummheit.

„Meine Güte, wie kann man nur so blöd sein, deine Einfältigkeit rührt die Engel zu Tränen," versicherte er halb seufzend, halb lachend.

„Nur zu, geh schon, doch hinterlasse mir zuvor dein Testament," fügte er hinzu.

Unsicher geworden, doch keineswegs geneigt sein Vorhaben aufzugeben, nahm Koppel ein versöhnliches Verhalten an. Er erkannte die Wichtigkeit der Eintragungen ins Heft, welches in Munks Händen war, das er sich aber aneignen wollte, vielmehr mußte, um den Heimweg zu finden. Sollte es ihm gelingen sein Ziel mit lauteren Dingen zu erreichen, umso besser; wenn nicht, war er gewillt es auf Schleichwegen zu tun.

Der zweite Tag hatte begonnen. Koppels Stimmung schien sich zu heben, er wurde regelrecht verspielt, wenn nicht schalkhaft. Zu Munks Überraschung ließ er durchblicken, daß eine sofortige Rückkehr nicht in Frage käme. Munk faßte ihn mit zunehmenden Argwohn ins Auge, er schöpfte Verdacht der sich nicht unterdrücken ließ. Jedesmal wenn er das Heft aus der Tasche zog, heftete Koppel seine Augen verlangend darauf. Munk grinste, er ahnte wie Koppel bestraft werden konnte.

Die Sonne brannte nun unbarmherzig herab, das spärliche Gras knisterte unter ihren Füßen, der Sagebusch ächzte vor Trockenheit. Die Hitze begann ihnen den Atem zu rauben; der Wind, heiß und schneidend, wirbelte Sand und Staub auf, der in der Luft hängen blieb.

Koppels wiedererweckte Tapferkeit erwies sich in Kürze als Spiegelfechterei; sie zerschmolz in der sengenden Hitze. Als Munk wieder mal Vermerke ins Büchlein eintrug, fuhr ihn Koppel an:

„Gib mir das Heft.“

„Oh, zuwas denn?“

„Ich möchte wissen wo wir sind.“

„Fast am Ziel, noch ein paar Stunden rüstig ausholen, dann sollten wir am Ort sein,“ tröstete Munk.

Dann besann er sich eines Besseren:

„Komm näher, ich zeig es dir,“ versprach er, indem er das Heft hin und her schwenkte.

„Gib das Buch her, sag ich,“ kam eine gebieterische Aufforderung.

„Na, wenn du unbedingt darauf bestehst, hier, nimm es schon,“ lud Munk ein.

Verdutzt über diese unerwartete Willfährigkeit, blieb Koppel wie angewurzelt stehen. Machte ihn Munks spöttisches lächeln stutzig oder die Schadenfreude in seinem Gesicht?

Trotzdem gab er sich einen Ruck und entriß Munk mit einer Hand das Heft, während die andere ihm einen heftigen Stoß versetzte. Es wäre nicht nötig gewesen, da Munk ja bereit war es ihm zu überreichen.

Hörte Koppel die Kassandrarufe? Wohl kaum; er flüchtete, innerlich jubelnd, mit dem vermeindlichen Kleinod einem Felsen entgegen. Munk, der rückwärts strauchelte und hinfiel, verstauchte sich beide Füße. Seine Schmerzens- und Hilferufe blieben unbeachtet; Koppel antwortete nicht noch wandte er sich um.

„Horst, ich bin verletzt, komm zurück, hilf mir," rief ihm Munk nach.

Koppel hatte inzwischen den Felsen erreicht, er schmunzelte unwillkürlich. Die Vorsehung meinte es gut mit ihm, sie sprach laut und klar. Verführerische Gedanken schwirrten durch seinen Kopf, verlockende Stimmen zischelten in seine Ohren:

„Das ist die Gelegenheit, pack sie beim Schopf."

Nun, auch Munk lächelte zufrieden. Trotz den Schmerzen, ungeachtet seiner Hilflosigkeit, kicherte er vergnügt in sich hinein.

„Wie geplant," flüsterte er.

Dann raffte er sich auf und rief:

„Wo bist du, Horst?"

Da er keine Antwort erhielt, schrie er aus Leibeskräften:

„Sag mal, willst du mich im Stich lassen?"

„Geh zum Teufel," rief Koppel erbost.

„Ha, ha, ha! du bist in die verkehrte Richtung gerannt, zieh das Buch zu Rate, du ausgewachsener Tölpel," höhnte Munk.

Koppel benahm sich verdächtig schweigsam als er mit dem aufgeschlagenen Heft hervortrat.

„Sag mir schon, Herr Ganelon, was darin steht," hänselte Munk.

Koppel verhielt sich weiterhin stumm.

„Oho, dem Judas hat es die Sprache verschlagen. Du allmächtiger Esel, dich hatte ich schon lange durchschaut, darum beugte ich vor."

Koppel, von einer schleichenden Ahnung überwältigt, blätterte hastig in dem Heft. Seine Hände wurden fahrig, sein Herz begann zu flattern. Stirnrunzelnd, kopfschüttelnd, wendete er Blatt für Blatt. Verwirrung entstellte sein Gesicht, er wandte sich als spüre er die Fühler eines Verhängnisses. Munks Vermerke erschienen ihm sinnlos, nichts wie wahllose Kritzeleien. Er kratzte sich am Kopf, rieb ein Auge nach dem anderen, während er verzweifelt versuchte die Hieroglyphen zu entziffern. Nichts dergleichen gelang ihm; im Gegenteil, die Striche, Punkte und Häkelchen nahmen Gestalten von höhnenden Unholden an.

Nach einer Weile ging ihm ein Licht auf; die vermeindlich sinnwidrigen Schnörkel besaßen eine tiefere Bedeutung. Kein Zweifel, Munk bediente sich des Morsealphabets um die Eintragungen zu machen. Von dieser Schriftart verstand Koppel keinen Deut, eine Tatsache die Munk bekannt war; ja, er mußte so manche Stichelei deswegen hinnehmen.

So verhielt es sich also: Der Beißer wurde gebissen, sein mutmaßlicher Freund gab Contra auf sein Re, die Schlinge für ihn gedacht lag nun um seinen Hals. Da war es wieder, das wiehernde Gelächter, gefolgt von höhnischen Andeutungen:

„Warum so still, mein Freund? Los, lies vor was in dem Büchlein steht. Ha! er zögert, ist mein treuer Kamerad stumm geworden?“

Bis ins Mark erschüttert versuchte Koppel seine Gedanken zu sammeln. Es leuchtete ihm ein, daß er ohne Munks Hilfe seiner Heimat auf ewig ade sagen konnte. Er haßte nun den einstigen Freund leidenschaftlich, ihm Schaden zufügen stand vorderst in seinem Sinn. Doch siegte noch die Vernunft, Vergeltung mußte somit den Rücksitz einnehmen; er sah ein, das Munks Wohl sein eigenes Heil bedeutete.

Hätte sein Gefährte den Mund gehalten, wäre wahrscheinlich ein Unglück verhütet worden. Jedoch Munk konnte seine Zunge nicht zähmen, er lästerte eifrig drauflos:

„Du einfältiger Pinsel, das wird dich lehren Muskeln über Verstand zu loben. Komm schon, sei ein braver Bub, gib mir mein Heft zurück!“

Dieser Befehl, in einem verletzenden Ton gegeben, war der Tropfen welcher das Faß zum überlaufen brachte. Koppel ging wütend auf Munk zu:

„Halt die Klappe oder es setzt was!“ brüllte er ihn an.

„Setzen? Dich lasse ich hier sitzen, sofern du nicht artig bist. Zum letzten Mal, her mit dem Heft!“

Koppel verlor nun völlig den Kopf. Er packte das Heft mit beiden Händen und begann daran zu zerren. Munks Augen weiteten sich, er schrie auf:

„Um Himmelswillen, was machst du da?“

„Eine Lehre willst du mir erteilen? Ho ho, ich bin ganz Ohr.“

„Horst, bist du wahnsinnig geworden? Ohne die Eintragungen finden wir nie wieder zurück!“

„Mich erniedrigen, bloßstellen? Da, hier ist dein kostbares Buch.“

Mit diesen Worten riß er es in Fetzen, die er Munk ins Gesicht schleuderte.

Jon sorgte sich um die Deutschen als sie nach vier Tagen nicht erschienen, weshalb er mit seinem Vorgesetzten darüber sprach.

„Ach was, diese Deutschen finden immer ihren Weg,“ wurde er belehrt.

Jon, unaufdringlich von Kindheit an, hatte nichts einzuwenden. Als jedoch nach zwei weiteren Tagen die Gäste sich nicht blicken ließen, sprach er nochmals vor. Am nächsten Tag wurden Kundschafter ausgesandt.

„Geht mit Umsicht voran, beunruhigt auf keinen Fall die anderen Gäste,“ wurde ihnen befohlen.

Auf dem Rücken der Pferde, gut ausgerüstet, machte man sich auf den Weg.

Sie fanden Munk hingestreckt in einer Mulde liegen; er war mausetot. Von Koppel wurde keine Spur gefunden.

www.ingramcontent.com/pod-product-compliance
Lightning Source LLC
Chambersburg PA
CBHW030339310726
48979CB00001B/106